PETITE SALE

lemasque.com

Louise Mey

PETITE SALE

roman

ÉDITIONS DU MASQUE
17, rue Jacob 75006 Paris

Louise Mey vit à Paris. Autrice de romans noirs et de thrillers, elle a également écrit pour le théâtre et pour la jeunesse. *La Deuxième Femme*, publié en 2020 aux éditions du Masque, a été finaliste du prix Maison de la presse et du prix Landerneau polar et a reçu le prix Robin Cook. Il a été traduit en anglais et publié en 2021 chez Pushkin Press.

Ouvrage publié avec le concours de l'agence Kalligram.

Ce texte a été écrit avec le soutien du Centre national du livre.

Couverture : Louise Cand

Photographie © Ebru Sidar/Arcangel

ISBN : 978-2-7024-5109-0

Pour Gigi et toute la fine équipe.

Lundi 10 février 1969

À perte de vue la terre, brun-noir, grasse et humide sous sa croûte de gel gris.

Riche.

La terre est riche. Parfois, elle y pense – la terre est riche. La boue est riche. Elle pas. Tout le monde est plus riche qu'elle, même la boue. Les bûcherons qui s'activent dans la cour sont plus riches qu'elle. Giovanni et les autres Italiens qu'on loge dans la baraque du champ est. M. Dubuis, l'instituteur qui l'humiliait, est plus riche qu'elle. Salors, le cafetier avec ses moustaches qui sert le vin à des hommes qui ne devraient pas boire, est plus riche qu'elle. Et Monsieur, bien sûr. Monsieur est plus riche qu'elle. Tout le monde ici est plus riche qu'elle, même la boue. Parfois, elle y pense. Souvent, elle y pense. Tout le temps, elle y pense, et puis elle ravale, elle cache au fond d'elle-même, au milieu d'un dédale de secrets et d'envies, un dédale si serré et si étouffant qu'il n'y a plus qu'un nœud. Un nœud de dépit, un nœud de faim, la faim d'autre chose et d'ailleurs. Mais elle est ici, clouée au sol, les pieds dans la boue, la boue plus riche qu'elle.

Elle sait qu'il y a quelque chose au-delà, au-delà de là où portent ses yeux pleins d'envie. Au-delà du plateau, de ses dénivelés aux sillons bien rangés, de sa terre fertile qui doit tout aux morts. On a tué dans la région, beaucoup, c'était la Grande Guerre, avant la Seconde, elle n'était pas là bien sûr, elle a l'impression d'être vieille parce qu'elle est pauvre et qu'elle ne vaut rien mais c'est faux aussi, évidemment. Tout est lourd et faux ici, la tendresse du vert qui surgit chaque année de la terre grasse, ce que disait l'instituteur sur l'école de la République qui donne sa chance à tous, et le respect que tout le monde feint de porter à Monsieur; Monsieur si riche, lui, pour de vrai, parce qu'il possède la terre grasse de cadavres, devant lui on baisse les yeux parce qu'on a peur, et la peur, ce n'est pas le respect. Mais ça, elle ne le dit jamais, surtout pas. Le dire, ce serait le penser et quand on est une fille comme elle, si on vous voit penser c'est le début des ennuis. Ça reste dedans, dans le nœud, dans le creux brûlant qui voudrait quelque chose, autre chose, n'importe quoi. Si elle osait se poser la question peut-être découvrirait-elle que cette envie dévorante de revanche porte un nom et que ce nom est bien plus tranchant que ce qu'elle s'autorise à formuler, peut-être qu'au fond elle les hait, peut-être qu'au fond elle les hait tous. Et pas que les bûcherons, l'instituteur et Monsieur, non, peut-être qu'elle hait tout, tout jusqu'à la terre, tout jusqu'aux racines, à la pluie, aux sillons et aux feuilles tendres des betteraves, peut-être que seule et pauvre, debout face à ces champs gelés elle brûle d'une haine féroce. Mais il ne faut pas y penser. Parce qu'on pourrait voir le feu dans ses yeux, et que sa vie est bien plus simple tant qu'on ne voit rien briller. Ici, c'est un endroit terne où seule compte la terre, le reflet sourd de l'argent, l'ocre mat des lourdes pierres de calcaire qui tiennent la ferme debout. Même le hangar fait de briques rouges qu'on est allé chercher encore plus au nord a ce quelque chose d'éteint et d'empêché. Quelques semaines par an, le soleil se fait cru et l'air chaud, et alors seulement la ferme resplendit, rayonne, et les teintes deviennent des couleurs, de vraies couleurs, du jaune, du bleu, du vert. Ces jours sont précieux, rares, et on les lui vole. On lui vole les couleurs du jour parce qu'il faut bouillir, vider, ranger, balayer, parce qu'elle est là pour travailler.

— Catherine !

Elle sursaute.

Dans son dos, par-dessus l'enclos des porcs, on l'appelle.

— Catherine !

C'est pressant, impatient, ça transperce les bruits de tronçonneuse qui montent de la vallée avec le vent et celui des scies qui s'activent dans la cour, c'est Mélie.

Mélie est un peu moins que pauvre, Mélie est un peu plus qu'elle. Alors Mélie appelle, Mélie commande. Tout le monde commande Catherine, elle est en dernier, après la boue, après les porcs. Un jour, elle a apporté un café dans le bureau de Monsieur, il y avait la facture des truies, et elle a su qu'elle valait, elle, Catherine, moins qu'un porc. Elle a regardé les mains de Monsieur, des mains qui n'avaient pas touché la terre depuis longtemps, des mains à compter les sous, à signer des papiers, elle a imaginé le café brûlant renversé sur ces doigts aux poils bruns et blancs, les brûlures, la peau fondue, elle s'est imaginé lui faire mal, mais en hiver la maison est froide, en hiver tout est froid et d'être montée de la grande cuisine jusqu'au premier étage la tasse avait déjà cessé de fumer ; il n'aurait pas eu mal, pas assez. Pas assez pour réparer, pas assez pour lui faire oublier que les filles comme elle, Catherine, valent moins qu'un porc. Alors elle a posé la tasse, en essayant de toutes ses forces de ne pas trembler, et elle est sortie, vite, parce que ces doigts-là, Catherine les connaît, parce que Monsieur possède tout et prend ce qui lui chante, et que si elle ne pouvait pas le réduire en cendres alors il valait mieux partir.

Mélie lui fait des signes, impatients. Dit : « Mais viens donc ! »

Catherine serre la poignée du seau dans sa main. Elle est venue jeter les pelures aux cochons, et elle a osé regarder au loin ; rien que ça, on dirait que c'est une offense. À Mélie, à l'ordre, à Monsieur, aux porcs peut-être, quoique eux, oui, lui font un peu peur, mais la traitent avec une indifférence bienvenue. D'égaux à égale. Ils pourraient lui faire du mal. Puisqu'ils valent plus cher. Puisque tout ce qui vaut plus cher s'arroge le droit de la maltraiter. Même Mélie.

Pourtant quand Mélie est arrivée, elle s'est dit : une amie. Peut-être. Une alliée. Mais Mélie sert à table, élabore les repas, et cela lui donne déjà un rang que Catherine n'a pas. Elle, elle apporte. Les pelures aux cochons ; le repas aux Italiens ; le vin aux bûcherons, des porcs, ils lui font peur aussi. Des tâches ingrates. Elle ne servira jamais à table. Elle, la petite sale. Mélie n'est pas petite, et elle a le droit de refuser de faire des choses salissantes. Ou plutôt, elle les demande à Catherine. Elle les donne, les ordonne, il n'a pas fallu longtemps à Catherine pour comprendre qu'il n'y avait pas d'amitié à trouver là, et puis Mélie est jolie, et les filles jolies, on les regarde, et les filles qu'on regarde, elles ont des problèmes. Alors, Mélie lui laisse apporter les choses aux hommes qui regardent, à Monsieur aussi, qui se fait vieux mais garde les mains rapaces, et Catherine obéit, parce qu'il faut de l'argent, même si c'est moins que pour un porc, et que de l'argent, chez elle, il n'y en a pas assez. Elle obéit et se fait invisible, toute petite, petite, petite sale.

C'est la femme de Monsieur qui l'a dit. Catherine debout dans le bureau du régisseur qui avait fait chercher la patronne, parce que quand c'est pour la maison, elle a son mot à dire. Et c'est ça, le mot que la vieille a choisi : sale. Et c'était tellement méchant. Parce que Catherine était propre. Elle avait sa plus belle blouse, ses cheveux peignés si fort qu'elle en avait les tempes rouges. La femme de Monsieur l'a regardée de haut en bas, et elle a dit « Si vous n'avez rien d'autre, mais pour le ménage, le balai alors, la cuisine, ce genre de choses. Je ne la veux pas au salon, pas de service à table en tout cas, elle fait sale, cette petite », et Catherine a presque fermé les yeux pour que la femme de Monsieur ne voie pas les flammes sous ses cils, elle aurait aimé la brûler jusqu'aux racines.

Quand Catherine y pense, la femme de Monsieur n'est jamais « Madame ». Toute petite sale qu'elle est, Catherine a bien compris que la femme de Monsieur n'est que la femme de Monsieur. Qu'elle l'a doté de terre en cadeau, en cadeau contre quoi ? C'est Monsieur qui a tout, maintenant. Les terres, les porcs, les champs, les betteraves, les Italiens, les maisons, c'est Monsieur qui a tout et quand il mourra un jour c'est son fils qui aura ; la vieille n'est qu'un champ, au fond, un champ qui a cessé d'être fertile mais qu'on garde pour bien montrer qu'on possède le champ. Des fois Catherine se demande ce que ça fait, d'être épousée pour son bien, de donner des enfants, deux morts et trois vivants, et puis de rester là à appartenir à quelqu'un. Peut-être que la vieille vaut elle aussi moins qu'un porc, maintenant qu'elle a donné toutes ses portées. Catherine n'est jamais triste pour la vieille, même quand elle pense à ça, parce que toujours lui revient la voix méchante qui a dit « petite sale ». Quand elle est rentrée chez elle ce jour-là, elle a dit à sa mère qu'elle était embauchée, elle n'a pas raconté la vieille qui disait « petite sale », parce que sa mère avait cousu une blouse neuve, mis tant de soin, tant de soin à la faire propre, présentable, au mieux, et le mieux quand on n'a presque plus rien, c'est quoi ? Pas quelque chose qui avait plu à la femme du patron en tout cas, et avant qu'elle quitte la ferme ce jour-là la vieille avait jeté « On te donnera un tablier », parce que la vieille ne dit pas, elle jette, et Monsieur ne dit pas, il crache ou il tonne, et leur fils geint, et leur fille se tait, personne ne parle dans cette famille.

Depuis, Catherine s'est coulée dans le tablier imposé et dans sa petitesse, sa saleté, puisque de toute façon il ne sert à rien d'essayer d'en sortir ; et ça lui va très bien. Si les filles qu'on regarde ont des problèmes, elle préfère qu'on ne la regarde pas.

Mélie s'impatiente, appelle encore. Elle a besoin d'aide, on reçoit ce soir et Catherine doit encore peler, vider, équeuter avant de pouvoir partir. Elle rentre chaque soir après avoir soupé, quand le dîner des patrons est prêt et les cantines qu'elle apporte aux Italiens déposées, a son dimanche après-midi. Elle aurait son dimanche en entier si toute la maisonnée n'était pas de messe le matin, mais à la ferme, ça messe ; la vieille pour manger des hosties, Monsieur pour bien se montrer, et pendant ce temps Mélie, qui elle est à demeure, a le loisir de dormir tard – le samedi soir son fiancé vient la chercher à moto et elle passe la soirée ailleurs, au cinéma, au bal à danser, dans des cafés dont elle revient les cheveux imprégnés de fumée de cigarette. C'est Catherine qui arrive tôt le dimanche, fait chauffer l'eau, prépare le café, apporte le pain, pendant que Mélie dort. Parfois, la vieille laisse échapper un commentaire, sur l'impiété supposée de Catherine, le fait qu'elle n'aille pas se confesser, et Catherine se garde bien de répondre, mais trouve cela stupide : soit elle fait du café le matin et met en place le repas du midi, soit elle va à la messe. Ça ne peut pas être les deux : il n'y a qu'une seule messe le dimanche dans l'église de Saint-Dury. Cela fait tellement longtemps que Catherine n'a pas dormi tard un matin qu'elle a oublié ce que ça fait et c'est peut-être tant mieux.

Mélie crie son nom, encore, et Catherine presse d'un geste son écharpe contre la chair tendre de son cou. Il fait froid et humide, c'est février, ça sent la neige fine et la corvée. Elle contourne l'enclos où les porcs s'affairent les pieds dans la bouillasse, rejoint Mélie qui l'attend, les bras croisés d'impatience. Elles se faufilent toutes les deux dans la cour, entre les hommes en bras de chemise qui rentrent le bois, rouges de travail, mais qui prennent tout de même le temps de les regarder et de dire des choses. Janvier est un mois mort, un mois de nuit. Février est plus court mais il n'a aucune pitié. C'est le mois où on coupe les arbres, avant la sève, et Catherine déteste voir le bois coupé. Aujourd'hui, la ferme vibre de sons lourds et de voix d'hommes : on a pris les saisonniers de Demaret pour débiter et ranger le bois dans le hangar. Ils abattent sur place, dans les creux de vallée où il reste quelque chose à couper, débardent, débitent en gros tronçons que l'on monte à la ferme, et finissent d'assassiner les troncs au milieu de la cour, avec de longues scies qui se manœuvrent à deux, en ahanant avec violence, des « han ! » et des « rha ! » qui hérissent les petits cheveux sur la nuque de Catherine. Ils sont en nage et malgré le froid exposent leurs bras et leur gorge ; on voit des nuages de vapeur monter de leurs torses, on dirait des bœufs frémissant de force. Elle déteste ça, cette promesse de brutalité, cette évidence du muscle, à côté elle se sent minuscule, faible, et jamais assez invisible pour échapper à leurs regards, leurs mots grossiers, leurs sifflements. Elle traverse la cour à la suite de Mélie, le cou rentré dans les épaules.

— Traîner comme ça, lui reproche Mélie quand elles entrent toutes deux dans la grande cuisine.

Il ne fait pas chaud, mais au moins il ne fait pas froid. La cuisinière à bois parvient à tiédir la pièce. Il paraît qu'à Paris, les radiateurs sont partout, qu'il n'y a pas besoin de charrier des bûches, de sortir la cendre qui tache les vêtements et lui incruste dans le nez des relents de fumée froide. Qu'on ne se trimballe pas de grosses bouteilles de gaz consignées pour alimenter les feux de cuisson, le four même : qu'il suffit de tourner un bouton et qu'une belle flamme blanche et bleue jaillit. Mais Paris, c'est loin. Ici, il y a l'électricité, mais on cuisine à la bonbonne et on chauffe au bois. Parce que c'est moins cher et que c'est Monsieur qui décide. Le bois ne lui coûte rien, juste les saisonniers de Demaret, une fois par an. Il achète de nouvelles terres. Quand c'est acheté il fait venir l'entreprise des bûcherons et il arrache. Les arbres entre les terres, les bosquets, il arrache tout et puis il éventre, il fait creuser des sillons bien propres et dedans il met de la betterave sucrière, ces gros tubercules aux airs d'abdomens d'insectes, maronnasses et terreux, qui révèlent une chair blanchâtre quand on les ouvre. Les betteraves, on les stocke sous les hangars, en monticules gigantesques, les usines sont plus loin et elles appartiennent à d'autres hommes, tout aussi riches sans doute. On ne les voit pas mais certains jours un vent spécial apporte jusqu'à elle l'odeur de la betterave dont on extrait le sucre, une odeur fétide et doucereuse, une odeur d'intestin malade, et parfois elle rêve qu'elle passe à côté d'un des hangars et que la montagne s'écroule, que les tubercules dévalent, l'entourent, l'étouffent, dans leur odeur de terre, de jus acide et de pourriture secrète. Dans l'esprit de Catherine, l'argent sent la betterave.

Elle se secoue.

Il faut faire. Parce qu'il y a toujours des choses à faire, et parce qu'on n'aime pas la voir ne faire rien. La vieille, qui va à la messe parce qu'elle aime ça, dit parfois de ces idées qui sentent le missel poussiéreux : que l'oisiveté est mère de tous les vices, ce genre de choses, et Catherine baisse avec soin les paupières, pour qu'on ne puisse pas lire dans ses yeux les réponses qu'elle ravale, que de la part d'une vieille qui passe la vie assise sur son cul ça ne manque pas d'air. Catherine passe beaucoup de temps les paupières baissées quand elle est à la ferme.

Non, pas « la ferme » ; l'exploitation. L'ex-ploi-ta-tion. Monsieur est très fier de dire « mon exploitation », la ferme est loin derrière lui, c'est une ex-ploi-ta-tion maintenant, augmentée, boursoufflée comme une langue de bœuf greffée à un chêne, extension parasite, qui prospère sur les restes des soldats tués dans les tranchées et le travail de bras loués. Depuis que Catherine a commencé à venir travailler ici, on a fait construire deux nouveaux hangars, on a agrandi le poulailler, l'écurie puisque Monsieur s'est mis à la chasse à courre, on a construit des murs, des pierres, des poutres, de la tôle ; plus on creuse la terre en sillons et plus l'exploitation s'étale, sur son replat qui domine la vallée, grignote les creux et les vallons, se répand. Monsieur l'a même pompeusement nommée « Domaine » et fait graver le nom sur une plaque aux airs de tombe, un domaine à son nom bien sûr, ça va avec les chevaux, la chasse à courre et les belles vestes taillées pour impressionner les autres riches. Au village on s'est moqué, un peu, Domaine Demest, domaine de quoi, on fait de la betterave, pas du vin, Domaine du cru du cul, Château Boueux, Grand vin de Gadouille. On a ri. Pas trop fort. Monsieur emploie plus de la moitié des hommes du village. Sans compter Catherine.

Mélie lui donne des pommes de terre à éplucher, un lapin à vider. Elles ne sont que deux dans la cuisine même s'il y a de la besogne pour quatre. C'est comme ça sans doute que les gens riches deviennent riches et restent riches : en faisant travailler double.

Catherine cuisine bien mais c'est Mélie qui commande, c'est Mélie qui dirige, si le dîner de ce soir est réussi c'est

Mélie à qui la vieille dira « Tu as bien travaillé ». De toute façon, la femme de Monsieur ne saura jamais que Catherine fait bien à manger, « Pas pour le service à table », a-t-elle dit ce jour-là. Alors elle dépèce et vide le lapin. Le cœur, le foie, les rognons vont dans une jatte, on les mettra dans la sauce ; le reste est pour les chiens, l'estomac plein d'herbe, les intestins encore chauds. Et tout au bout, dans la fine membrane, les petites merdes noires et oblongues ; le lapin avait de l'appétit, il n'avait pas prévu qu'il mourrait aujourd'hui.

Un peu avant 16 heures, Clémence Demest, la belle-fille de Monsieur, entre avec Sylvie dans les bras et comme chaque fois que l'enfant paraît quelque part, tout s'arrête un instant pour lui offrir un sourire. On ne peut pas refuser de sourire à Sylvie, à ses doigts minuscules et potelés, à ses yeux billes. Elle est riche mais elle ne le sait pas encore, elle n'est pas encore méchante. Sa mère la pose à terre.

— Je la laisse ici, dit Clémence. Tu restes avec Mélie.

La petite fille est ravie. Dans la cuisine, il se passe des choses. De toute façon, la petite fille est toujours ravie. Quand on a quatre ans, il se passe toujours des choses. Et la cuisine est un lieu de merveilles. Il y a du pain, des confitures, du fromage, il y a aussi beaucoup d'objets qu'il ne faut pas toucher et quand on a quatre ans, tout ce qu'il ne faut pas toucher est merveilleux.

Au début, Mélie cale Sylvie dans la haute chaise de bois où on l'installait bébé, où elle tient encore et où on la colle parfois pour qu'elle reste tranquille. Mélie lui donne un bout de pain à manger. Quand la petite fille a fini de mâchonner son pain et commence à s'agiter en se penchant dans tous les sens, au risque de tomber de la chaise, Mélie est loin d'avoir fini de préparer le repas. Alors elle dit à Catherine d'emmener Sylvie dehors.

Catherine saisit le châle qu'on laisse dans la cuisine à cet usage et se baisse pour l'enrouler autour du petit corps chaud de la fillette. La gamine est forte et pleine de vie, mais elle n'a que quatre ans, et quand le grand châle est bien noué, croisé sur le torse plat et le ventre rond, passé derrière, croisé dans le dos encore, noué finalement sur l'avant, Sylvie a des airs de bonhomme de neige, de bibendum Michelin, les bras un peu ballants, dont dépassent seulement le bas d'une robe bleue et de gros collants de laine.

Elles sortent dans la cour. Le jour n'est pas encore tombé, il est à peine 16 heures, mais on sent que la nuit guette, un peu fourbe, très résolue ; c'est février, février ne pardonne rien. Dans la cour, les bûcherons s'agitent encore, Catherine fait attention à la fillette. Des haches, des troncs, des hommes, la cour est remplie de choses qui pourraient blesser une si petite fille. Elle se penche pour la prendre dans ses bras mais Sylvie se tortille, proteste, veut marcher, veut faire toute seule, alors Catherine la pose et avance courbée. Elle leur fait faire un arc de cercle pour passer le plus loin possible du hangar ouvert où les hommes débitent et parlent fort, les petits doigts de Sylvie dans sa main à elle, sa main rêche de fille qui travaille. Elle n'a pas envie qu'ils lui parlent maintenant – et c'est ce qu'ils feraient, elle le sait, pas une seule fois elle n'est passée à leur portée sans qu'ils la chahutent, la commentent : ses gestes, ses traits, son corps. Ils lancent des mots comme des claques, quand elle est contrainte de s'approcher trop près pour apporter un plateau ou déposer une bouteille leurs mains s'égarent, et elle doit s'esquiver, brûlante de dégoût et de rancune, tandis qu'ils reprennent le fil de leurs gestes comme si de rien n'était, oublieux de l'humiliation qu'ils viennent d'infliger, comme si palper une fille n'était qu'une action comme une autre, rouler une cigarette, boire, couper du fromage ou déplacer un outil. Catherine marche plus lentement quand Sylvie lui tient la main, elle ne pourrait pas s'enfuir, alors elles passent à l'écart. Elle sait qu'une des chattes de la ferme a mis bas dans la grange à foin qui jouxte l'étable, elle sait que Sylvie va aimer voir les chatons. Alors elle la guide à travers la cour, leurs pas collants dans le sol détrempé font des bruits organiques et ridicules, cela aussi fait rire Sylvie, elle lève la tête vers Catherine et dit « Oh ! » avec un sourire malicieux qui expose ses dents de lait.

L'étable et sa grange à foin sont l'endroit préféré de Catherine. Autant elle craint les porcs, qui la mettent mal à l'aise avec leur peau trop sensible, leurs yeux luisants d'intelligence et leurs cils blonds, autant elle aime les quelques vaches de la ferme, leurs museaux veloutés. Quant aux chevaux, elle les ignore et ils le lui rendent bien, ces gros bestiaux stupides qui sont là pour faire riche et la regardent avec dédain, comme s'ils savaient qu'elle est de celles qui servent et pas de ceux qui commandent. Dans la grange, les remugles animaux se mêlent aux parfums du fourrage qu'on a rentré à la fin de l'été. Elle emmène Sylvie jusqu'aux chatons, la fillette tend les doigts, veut toucher, n'ose pas toucher mais veut toucher, alors Catherine dit seulement :

— Doucement.

— Doucement, répète Sylvie exactement sur le même ton, très sérieuse, comme si elle admonestait une autre enfant, invisible et un peu brouillonne.

Les gestes de Sylvie sont très doux, elle dérange à peine les chatons. La chatte, après quelques signes d'agitation, se met à ronronner.

Dans leur coin de grange, cachées dans le fourrage, il fait doux, tout est tendre. On entend les mouvements des vaches engourdies, déjà alourdies des veaux à venir, leurs piétinements lents, leur mastication humide.

Elles restent là un moment. Ces instants d'oisiveté, Catherine ne s'en plaint pas – la douceur est si rare. Mais ils ne durent jamais. Dehors, les hommes s'interpellent, ils ont enfin terminé après une semaine de travail, ils remballent. C'est que la nuit va commencer à tomber, il faut repartir vers la maison, c'est ce qui est convenu, et Mélie va avoir de nouveau besoin d'elle dans la cuisine. Sylvie chouine mais Catherine lui promet une cuillérée de confiture.

Dehors, l'air est d'une humidité coupante et les ampoules qui tentent d'éclairer la cour ne font qu'assombrir encore les zones où la lumière ne porte pas. Quand la nuit tombe en hiver, l'obscurité est comme une vague, un immense animal gras et épais qui vient renifler aux portes et gratter aux fenêtres. La traversée en ligne droite de la grange à la cuisine prend des allures d'expédition, deux hommes lancent « Attention ! » plus fort que nécessaire et passent en portant une des lourdes scies qui ont œuvré toute la journée ; un autre brouette des déchets quelconques, et pour jouer à quelque chose qui ne fait rire que lui, sépare Catherine et Sylvie, manœuvrant la brouette comme un cheval dont il aurait perdu le contrôle, tournant autour de Catherine. Les autres hommes l'encouragent, ils trouvent cela très drôle. Catherine tente d'avancer, de se retourner, de reprendre la main de Sylvie, l'homme insiste, riant toujours, elle demande : « Laissez-moi », mais il a fini sa journée et passe un excellent moment à tourner avec sa brouette en fer autour d'une gamine qui n'a rien demandé. Catherine, elle, n'a d'autre choix que de rester là, plantée. L'homme comme un gros chien joueur et ravi continue encore quelques secondes, peut-être qu'il voit les épaules crispées de Catherine, sa mâchoire serrée ; tout en elle supplie qu'on la laisse tranquille, mais il s'obstine et tourne encore, son corps large et fumant cache sporadiquement Sylvie aux yeux de Catherine. Sylvie, l'homme, Sylvie, l'homme, Sylvie, l'homme ; Catherine cherche des yeux un appui, un des autres journaliers va peut-être comprendre, à son regard de détresse, qu'elle a peur et qu'elle va avoir des ennuis, ils s'en foutent des femmes mais parfois ils s'allient à elles contre le patron, alors elle le dit, elle dit : « Laissez-moi, à la fin, je vais avoir des ennuis. » Les autres s'esclaffent encore un peu avec le soupir de ceux qui ont aimé la plaisanterie, et puis ils se tapent sur l'épaule, viennent chercher leur collègue, repartent qui vers le hangar, qui vers le camion, qui vers la remise à outils. Catherine scrute la cour, où l'ombre a pris ses quartiers, elle cherche Sylvie des yeux mais ne la voit plus.

Sylvie n'est plus là.

Elle tourne sur elle-même, jette des regards alentour, cherche la silhouette minuscule en gros châle et robe bleue, mais la petite fille a disparu. Sylvie a disparu.

Ce qui aurait été malin, pense Catherine, ç'aurait été de forcer tout le monde à rester à sa place, et regarder le sol de la cour. Voilà. Trouver la trace des pieds de la fillette, suivre. Peut-être qu'ils l'auraient trouvée. Ça, ç'aurait été malin. Mais personne ne lui a demandé son avis, de toute façon, bien sûr. Et personne n'a été malin. On s'est précipité pour aller vérifier dans la cuisine, mais Sylvie ne pouvait pas être rentrée dans la cuisine; la poignée est trop haute, trop dure. Sylvie ne pouvait pas être dans la cuisine, alors elle n'était pas dans la cuisine. Les bûcherons se sont mis à courir dans tous les sens comme des poulets sans tête, quand Catherine a crié que la fillette avait disparu. Elle y pense, debout dans le bureau de Monsieur, alors que l'heure habituelle de son départ est passée depuis longtemps, et se demande où se trouve la limite invisible, qu'est-ce qui fait que les hommes riaient de lui faire peur, à elle Catherine, qu'ils la détaillaient avec des yeux de boucher, mais s'affolent d'une fillette manquante; où est cette frontière qui fait que les hommes qui se prennent pour des gars bien se targuent de protéger les fillettes et vont ensuite agripper les filles.

Dans le bureau de Monsieur, il y a foule. Tout le monde a couru et crié à tort et à travers, et puis finalement Monsieur a fait chercher les Italiens et les journaliers qui terminaient leur journée, a rassemblé tous les hommes dans la cour et a donné toutes les lampes torches. Il n'y en avait pas assez, on a enflammé des flambeaux, c'était beau ces lumières orangées dans la nuit au gris sombre et glacé. Les hommes sont partis, puis revenus : Sylvie n'est nulle part. Catherine, elle, a attendu à la cuisine. Attendu qu'on l'autorise à rentrer chez elle, dans le village qu'on ne voit pas de la ferme, là où elle vit, là où elle descend tous les soirs, là d'où elle monte tous les matins, entourée des sillons de terre noire. Même en hiver, même quand il pleut, même quand il neige, elle rentre chez elle, dans la grand-rue de Saint-Dury, et ça ne la dérange pas. Quand elle descend dans la vallée et que la ferme disparaît dans son dos, qu'elle se laisse avaler par les reliefs arrondis, que les champs la cachent aux regards des murs de pierre et des toits des hangars du Domaine, elle respire mieux. C'est à elle, ce temps secret, entre le travail et le sommeil ; entre les tâches qu'elle accomplit pour un salaire et celles qu'elle accomplit pour aider sa mère. Si l'oisiveté est vraiment mère de tous les vices alors ce chemin à l'abri des regards est le seul péché que lui offrent les jours tous identiques. Chaque soir elle suit la route puis bifurque, fait quelques dizaines de mètres jusqu'à un des rares bosquets que Monsieur n'a pas fait raser, excaver jusqu'au cœur. Monsieur aime le bien rangé, bientôt toute la vallée sera vide d'arbres, un arbre ça ne sert à rien pour Monsieur, leurs racines lui volent de la place, à l'ombre des arbres on fait des siestes, entre les arbres les enfants jouent, quel intérêt, quelle utilité, il faut que cela serve, toute la vallée doit lui servir.

Chaque matin et chaque soir, elle quitte les bas-côtés de la route et coupe par le petit bois. C'est son raccourci préféré. C'est à elle. Elle n'a pas grand-chose, mais ça, c'est à elle. Le petit sentier adouci par ses pas, le parfum d'humidité sauvage qui monte du sol, l'odeur du grand seringa qui la chavire aux derniers jours de juin, la fraîcheur qui la désaltère en été et les secrets que murmurent les branches qui craquent en hiver. Si elle avait comme Monsieur la conviction qu'on peut posséder la terre et pas juste la parcourir, elle dirait du petit bois qu'il est à elle. Mais alors qu'elle est dans le bureau de Monsieur ce soir de février glacial, les yeux baissés, occupée à regarder la boue qui macule ses souliers, comme toujours dans ces moments-là le ton sur lequel on lui parle lui rappelle sans l'ombre d'un doute qu'elle ne possède rien.

Le patron est là. La vieille est là. Le fils. La belle-fille aussi, Clémence ; elle est la seule à pleurer. Monsieur dit une nouvelle fois :

— Tu es sûre ?

La belle-fille sanglote, on dirait que ça monte directement de son ventre pour exploser sur ses lèvres, Catherine est un peu désolée pour elle, mais ça ne change rien, elle n'a rien de nouveau à dire. La grange, les chatons, la cour, l'homme venu pour le bois qui l'a agacée avec sa brouette, c'est le mot de Monsieur, « agacée », Catherine se demande où il est allé chercher ça. L'homme en bras de chemise ne voulait pas l'agacer, il voulait rire, lui, et lui faire peur, à elle, qu'elle sache qu'il était plus fort et qu'il décidait, parce que c'est le genre de chose que les hommes trouvent drôles. Mais Monsieur a dit « Oui bien, il est venu t'agacer, et après ? », et Catherine n'a rien à ajouter ; et après, eh bien après c'est tout. Après, Sylvie n'était plus là. Catherine assure qu'elle ne voulait pas la lâcher, mais l'homme, la brouette, et puis Sylvie, et puis plus de Sylvie.

Les hommes sont repartis de nouveau. Ils ont mangé de la soupe après l'heure de la soupe, dans la cuisine, même les Italiens qui d'ordinaire dînent dans leur baraque, et sont repartis, à travers les champs, ont plongé sous la ferme. Les Italiens, les saisonniers du bois et les employés de l'exploitation qui montent chaque jour comme elle du village, Gustave le vieux qui soigne et Radier le régisseur. Seuls Monsieur et le père de la petite, Demest fils, qui parle peu et a des airs de desséché, sont restés là. Maintenant, les hommes remontent. Terreux jusqu'aux genoux, les yeux alourdis d'avoir scruté la nuit.

Le Domaine est un écho, ce qu'on dit dans la cour remonte jusqu'au bureau du patron, on n'a pas besoin de descendre pour entendre, pour comprendre : ils ne l'ont pas retrouvée. Il n'y a toujours plus de Sylvie. Radier le régisseur toque un coup à la porte ouverte du bureau, confirme, dit simplement : « On n'a rien trouvé. »

Monsieur se lève et dit :

— Je vais appeler les gendarmes.

Catherine pensait qu'on allait la forcer à rester. À attendre. Mais Monsieur fait un geste et Radier dit « Rentre chez toi », et elle ne demande pas son reste. Elle quitte le bureau du premier étage, descend à la cuisine, laisse son tablier, passe son manteau et sort dans la nuit.

En s'aventurant hors des murs de la ferme, alors qu'elle fait ses premiers pas sur la route aux bords terreux et gelés, elle voit à travers les champs les hommes qui finissent de remonter : les journaliers qui crient, les Italiens qui s'interpellent de questions aux sonorités rondes, les bûcherons qui trébuchent sur le sol gelé, comme des lucioles qui tanguent ; eux aussi ont eu une longue journée.

Catherine quitte enfin la route et se laisse avaler par la pente – elle est dans son petit bois. La terre craque et glisse sous ses pas, mais elle n'a pas besoin de lumière, elle connaît le chemin par cœur. Quand elle parvient au seringa, aux branches noires entremêlées, fines et nues dans la nuit d'hiver, elle se retourne juste un instant pour regarder la ferme, ses murs hautains, sa masse écrasante avalée par une nuit grise, ses contours qui rayonnent çà et là de lumières inhabituelles, et sa frénésie inattendue, sa panique. À cette heure-ci, tout devrait être calme, Monsieur devrait être au lit, bien au chaud, à compter les arbres arrachés et les sillons de betteraves, à quoi pense un homme comme ça avant de s'endormir ? Mais Sylvie a disparu et à sa place ne reste que le chaos.

Quand Catherine entre et referme la porte, sa mère endormie sur une chaise lève la tête, les paupières papillonnantes.

— Ils ne l'ont pas retrouvée, alors ?

Marie sait déjà, bien sûr, la nouvelle a coulé de la ferme jusqu'à la vallée.

Catherine secoue la tête.

— Je t'ai gardé à manger. Je me suis dit qu'ils auraient sans doute autre chose à faire que de te nourrir.

D'ordinaire, Catherine part de la ferme après avoir soupé. Mais aujourd'hui est extraordinaire et Mélie a interrompu la préparation du dîner ; et puis plus tard les questions, servir les hommes pour leur donner des forces et les laisser repartir à travers les champs, jusqu'au ru en contrebas de la ferme. Catherine n'a pas même eu le temps de mordre dans un bout de pain.

Les invités annoncés pour le dîner sont venus jusqu'à la ferme. Personne n'avait pensé à les prévenir et la disparition de Sylvie n'avait pas encore franchi la distance jusqu'à la vallée d'à côté. Leur voiture a fendu sans l'interrompre l'agitation qui régnait dans la cour et ils ont compris que quelque chose n'allait pas. Ils sont restés un peu avec la vieille, Catherine les a croisés, un monsieur et une madame ; ils avaient l'air ravis, au centre du malheur, curieux de tout, peut-être que les riches ça aime bien se faire des émotions. Monsieur a fini par les congédier, moins que poli, c'est rare mais parfois il montre qu'il vient de la terre et qu'il n'a pas les manières. C'est la vieille qui a raccompagné le couple jusqu'à la voiture, elle sait faire ça, c'est elle qui avait l'éducation, la terre et les couverts en argent. Peut-être qu'elle est triste, aussi, mais ça, Catherine décide qu'elle s'en fout. Petite sale.

Catherine habite dans la grand-rue du village, non pas qu'il y en ait mille de plus petites. La maison est ancienne et elle pourrait être plus vaste et plus confortable, d'ailleurs elle pourrait être beaucoup de choses si elles avaient de l'argent, mais de l'argent, il n'y en a plus. Plus assez en tout cas. Sinon, Catherine serait à l'université peut-être, ou employée dans un bureau bien chauffé, et pas à jeter des pelures aux cochons.

Un véhicule haut passe dans la grand-rue, une lumière orange surgit dans la pièce puis s'éclipse : les gendarmes montent à la ferme en estafette. Catherine mange, de quoi se caler le ventre. Et puis elle se hisse jusqu'à l'étage. Se déshabiller dans la chambre froide est un supplice, mais elle ne supporte pas de se coucher couverte de sa journée et chaque soir elle se lave, elle la petite sale. Peut-être qu'un jour elle pardonnera à la vieille d'avoir dit ça. Peut-être pas. Dans la pièce, le souffle de Catherine s'élève en petits nuages timides et l'eau qui est restée sur le poêle perd vite sa chaleur. Catherine se sèche mais en hiver, malgré la serviette avec laquelle elle se frotte sans douceur, il lui reste toujours un petit peu d'humidité sur la peau, et février s'y faufile. Le lit est gelé. Elle n'en peut plus de ce froid sans fin. Elle rabat l'édredon sur sa tête, grelotte. Cela prend un peu de temps mais son corps réchauffe les draps, les plumes et leur masse se font rempart, cela prend un peu de temps mais elle est à l'abri, pelotonnée. Cela prend un peu de temps mais son corps chaud chasse l'hiver de son lit et elle s'endort enfin.

Mardi 11 février 1969

Il fait encore nuit, des coups à la porte d'entrée réveillent Catherine, mais elle reste couchée. Elle est allongée, dans la douceur du lin qu'une nuit de sommeil a transformé en une grotte tiède, moelleuse. Catherine est travailleuse mais, dans ces moments-là, elle voudrait rester cachée toujours, dans la chaleur des draps. C'est faux, elle n'est pas sale. Chez les Caron, les vêtements qu'on use jusqu'à la corde sont parfois à un fil de la défaite, mais jamais tachés : ici on est propre. Chez elle, on se débarbouille, on se rince, il y a un broc et une bassine dans chaque chambre ; il n'y a pas de salle de douche mais chaque dimanche midi, quand elle rentre, Marie lui remplit la grande baignoire en zinc et elle se lave avec soin de sa semaine. Et les draps sont changés – on est mardi matin et ils sentent encore le propre, Catherine adore cette odeur, la pureté du linge séché au soleil. À la ferme Monsieur a fait installer une salle de bains avec de l'eau chaude, mais parfois elle remarque ses cheveux gras et son odeur viandarde et se dit que ce n'est pas tout d'avoir une salle de bains, encore faut-il s'en servir. Elle enfouit sa tête sous les couvertures de laine ; elle sait qu'il est très tôt mais qu'elle doit se lever – elle s'octroie juste encore quelques secondes de chaleur.

Il y a des voix dans la pièce du rez-de-chaussée, le bruit de pas, de chaussures rigides, et quand sa mère l'appelle, Catherine repense à la lumière orange.

Elle descend, en chemise de nuit, emmitouflée dans un épais gilet de laine.

— Les gendarmes, annonce sa mère.

La précision de Marie est inutile. Catherine le voit bien, que ce sont des gendarmes, ils sont là avec leurs pantalons stricts, leurs vestes bleu nuit aux galons craie dont la teinte lui rappelle les murs de la ferme, d'ailleurs ils ont des airs de murs, ils sont trop grands, bougent lourdement. Sa mère prépare de la chicorée.

Ils font signe à Catherine de s'asseoir, alors elle s'assied. Elle se dit qu'elle est chez elle et qu'elle n'a pas besoin qu'on lui dise si elle doit s'asseoir ou pas, mais bien sûr qu'elle s'assied, elle n'a pas le choix, elle est moins forte qu'un mur.

Ils lui demandent si elle s'est occupée de Sylvie hier.

Oui.

Si c'est vrai qu'elle l'a emmenée dans l'étable.

Oui.

Et ensuite ?

— Ensuite, il commençait à être tard, et je devais encore aider pour le dîner.

— Et ?

— Et on est sorties de l'étable.

— Et ?

— Et il y avait des gens dans la cour.

Un des gendarmes tape sur la table, pas fort, mais assez pour les faire sursauter, elle et sa mère :

— Oh, tu te réveilles, un peu ? Tu te secoues ? On te l'avait confiée, Sylvie.

Il a deux bandes sur son galon, il est roux, il parle sans gentillesse. Cette fois, Catherine se crispe, se tortille sur sa chaise, mais ne dit rien : « Tu te secoues », ce n'est pas une vraie question.

— De l'étable à la cuisine, il y a vingt-cinq mètres, comment tu as fait pour perdre l'enfant en vingt-cinq mètres ?

— Je ne l'ai pas perdue. Il y a un homme qui nous a séparées.

— Quel homme ? Comment ?

Elle explique. Le saisonnier de l'équipe du bois, la brouette, les rires, les hommes, l'homme, autour d'elle. Sylvie, l'homme, Sylvie, l'homme, et puis plus de Sylvie.

— Tu sais comment il s'appelle ?

Oui. Elle sait comment il s'appelle.

Elle explique et décrit le mieux possible la scène, cette fois les gendarmes ont l'air satisfaits. Le jour est levé.

— Tu travailles, aujourd'hui ? demande l'autre gendarme, beaucoup plus jeune.

Catherine hoche la tête. Les gendarmes proposent de l'emmener jusqu'à la ferme. Enfin, le gendarme roux décide, plutôt. Elle monte s'habiller.

Catherine n'a jamais fait le trajet en voiture. C'est tellement rapide ; on croirait que le monde tourne à un rythme différent, fébrile. De la route, on voit à peine son petit bois, celui à travers lequel elle coupe.

Le jeune gendarme vient lui ouvrir la portière de la Renault R4 grise. L'autre, avec les deux bandes de galon sur l'épaule, elle sait que c'est un lieutenant, qu'il s'appelle Chaval. Elle est mal à l'aise en descendant de la voiture. Monsieur a appelé d'autres gens, recrutés peut-être, et il y a d'autres gendarmes, la cour grouille de monde et elle a l'impression qu'on la regarde de travers. Elle voit même le maire, monté prendre des nouvelles la veille au soir et sans doute resté lui aussi sur place – Demaret, vassal à l'air préoccupé. C'est lui qui dirige l'entreprise du bûcheronnage, lui qui a envoyé des hommes au Domaine, peut-être craint-il qu'on lui reproche quelque chose ou peut-être veut-il seulement qu'on lui libère ses bûcherons. Catherine ne sait pas si Monsieur a accepté de le recevoir, il se murmure que c'est Monsieur qui décide tout au conseil municipal et qu'aux prochaines élections, s'il le décide, c'est lui qui aura le poste et adieu Demaret, mais ce ne sont pas ses affaires.

— Va travailler, lui dit le lieutenant Chaval. On t'appellera si on a besoin.

Et puis ils crient le nom de l'homme d'hier. Celui qui a caché Sylvie, jusqu'à ce qu'elle ne soit plus là. André.

Mélie est dans la cuisine. Elle prépare du café. Elle a l'air surprise de voir Catherine, mais finalement elle dit juste :

— Ils ont gardé les gars qu'il avait embauchés pour le bois, ceux que monsieur le maire avait envoyés. Ils leur ont dit de rester sur place. Maintenant qu'il va faire jour, les gendarmes vont retourner la chercher je pense.

— Oui, Demaret est dans la cour.

— J'ai vu.

Cela sent le pain. Catherine ne demande même pas si on a retrouvé Sylvie. La cour ne grouillerait pas de gendarmes.

— Tiens, apporte ça à Demaret et à ses hommes sous le hangar à bois, dit Mélie en désignant d'un coup de menton le large plateau qui est sur la table, encombré de bols, de miches, de fromage, et sur lequel elle pose un pot de café. Je dois faire le petit déjeuner des patrons.

Catherine obéit. Une pluie fine tombe sur la cour. Les bûcherons d'hier sont réfugiés sous le hangar, désœuvrés et frileux, leur patron à leur côté. Ils tapent des pieds pour se réchauffer, allument des cigarettes roulées, essuient des miettes de tabac qui leur collent aux lèvres avec des gestes sans délicatesse. Ils semblent épuisés et pour la toute première fois, s'abstiennent de commentaire à l'approche de Catherine, avides seulement de pain et de café chauds.

Quand elle repart à la cuisine, Catherine jette un œil vers le bureau de la cour. C'est le bureau de Radier le régisseur, mais c'est là où Monsieur s'installe pour recevoir les journaliers, dresser les contrats des domestiques, payer les fournisseurs. Il a un régisseur parce que ça fait bien mais il n'arrive pas à déléguer, c'est peut-être une des seules choses qu'il paye à perte : Radier, son régisseur. Lui qui a l'œil sur chaque sou, il emploie un Radier qu'il régit et ne laisse pas régir. Quand on recrute des journaliers, Monsieur ne les convie pas dans son joli bureau à tapis du premier. Il descend, à niveau de terre. Le bureau qui donne sur la coursive est allumé, mais Monsieur n'y est pas, Radier non plus. Catherine voit le gendarme roux, de dos, et puis un autre, plus petit et très droit, avec des cheveux blancs sous son képi et des galons à trois bandes. Et puis l'homme d'hier, André. Celui qui avait la brouette. Le bûcheron leur fait face, assis sur une chaise. Il est encore sale de sa journée et de sa nuit, des copeaux de bois dans les cheveux, des cernes sombres sous les yeux.

Catherine ressent du plaisir à le voir ainsi. À le voir transpirer, courber la tête, perdre de son assurance. André Lequemer ne rit plus du tout. Elle pourrait détester le voir ainsi humilié devant plus fort que lui, lui qui s'est imposé autour d'elle hier. Et la semaine précédente. Et l'année d'avant. Et l'année d'avant. Et chaque fois qu'elle a eu le malheur de passer à sa portée dans la cour. Elle pourrait détester voir un saisonnier baisser les yeux devant les gendarmes, mais lui n'a eu aucune pitié quand il lui faisait peur. Ou quand, l'année dernière, il l'a poussée contre un des piliers du hangar alors qu'elle apportait du vin aux bûcherons sur ordre de Mélie. Catherine aussi loue ses bras ; mais l'homme n'a rien reconnu en elle, rien de solidaire, rien de ses efforts et de sa place, il a juste profité qu'elle soit encore plus bas que lui pour écarter d'un geste ses mains et ses résistances, et il lui a palpé le torse sans aucune gêne, pendant qu'autour les autres riaient – qu'ont-ils, ces hommes, à savourer sa peur comme une bonne plaisanterie. Elle aurait pu être une pouliche, une truie, elle aurait pu être une vache, et ses grosses mains sur elle, ses doigts cruels qui lui pinçaient les seins, envoyant une vague de douleur jusque dans sa gorge. Et puis il a dit quelque chose de brusque, trop plate, l'année prochaine, je la garde pour l'année prochaine, comme pour une femelle dont on attend qu'elle soit prête pour la saillie. Catherine l'a dit à Mélie qui lui a conseillé d'en parler à Madame. La vieille a juste répondu de ne pas les aguicher, et Catherine l'a haïe si fort, les yeux soigneusement baissés, persuadée que le feu de sa rancune pouvait se voir à travers ses paupières.

Elle ne s'attarde pas, elle savoure juste la vue d'André et ses épaules basses, sa posture de vaincu, serre le large plateau contre elle et rentre à la cuisine.

La journée est comme toutes les autres, et semblable à aucune autre. Les gendarmes interrogent tous ceux qui étaient présents hier, et sur une grosse ferme, cela fait du monde. Les ouvriers du village, qui logent en bas et travaillent en haut ; les Italiens qu'on a questionnés en premier, tard dans la nuit apprend Catherine, quand les gendarmes ont pris les choses en main, mais il n'y a pas eu beaucoup à en tirer, à part Giovanni, ils parlent mal français et ils étaient tous avec Radier quand Sylvie a disparu, d'ailleurs, ils sont venus aider aux recherches. Et puis les extras – tout serait peut-être plus simple si ce n'était pas précisément le temps du bois, la semaine où Monsieur sacrifie les arbres des terres acquises au cours de l'année à sa passion de l'ordre et du bois de chauffage. Eux, inhabituels, donc suspects, surtout depuis que Catherine a décrit l'étrange manœuvre d'André. Elle n'a osé aucune conclusion mais quand elle a décrit la scène les gendarmes se sont regardés : la diversion pouvait-elle être volontaire, anticipée ? Au fond, Catherine pense André bien trop occupé à couper des arbres, rouler des cigarettes et humilier les filles pour anticiper quoi que ce soit, mais personne ne lui a demandé son avis là-dessus non plus et elle s'est bien gardée de le donner. Et puis les autres, les habituels : Mélie, Radier le régisseur que Monsieur épuise à force de ne jamais le laisser régir, tous ceux du village qu'on emploie à la betterave, et Gustave qu'on emploie à tout et auquel Monsieur tient parce qu'il sait soigner les bêtes et que le vétérinaire coûte cher. Peut-être que les gendarmes ont posé des questions à Monsieur, aussi, à la vieille, à leur fille. À leur fils et à sa femme, Michel et Clémence, les parents de Sylvie. Mais s'ils l'ont fait, c'est dans la maison, au salon sans doute, à l'abri des regards. Pas dans le bureau de la coursive, là où chacun et chacune, au gré des passages, des ouvertures de porte et des regards en coin, peut observer l'inconfort et la détresse qui viennent s'asseoir tour à tour face aux gendarmes.

La journée est semblable à aucune autre, et semblable à toutes les autres : elle finit. Comme hier, Catherine est autorisée à rentrer chez elle. Les gendarmes ne la rappellent pas. Ils ont parlé plusieurs fois à André. Elle, on dirait qu'ils ne lui accordent pas d'importance. C'est toujours comme ça. Elle n'intéresse personne, et ça lui va très bien.

Les gendarmes ne proposent pas de la redescendre jusqu'au village, malgré le vent et la nuit. Ils viennent seulement dans la cuisine réclamer du café et dire à Mélie « La fille peut rentrer chez elle », comme si Mélie était sa mère, ou sa patronne. La neige n'a pas cessé, elle s'est juste faite plus grasse, plus obstinée au fur et à mesure que les heures ont passé, et puis s'est transformée en tempête. Quand les gendarmes décrètent qu'elle peut partir, Catherine regarde la pendule, il n'est pas encore l'heure, elle n'a même pas dîné. Elle mange à la ferme avant de partir, c'est compris dans sa paie. Elle hésite. Les gendarmes sortent. Une nouvelle fois, l'air froid du dehors s'engouffre dans la cuisine. Mélie se passe la main sur le front, regarde Catherine qui reste debout, à passer son poids d'un pied sur l'autre.

Mélie laisse couler ses yeux jusqu'au bas de son tablier, les jambes de pantalon démodé de la petite, les souliers cirés avec soin sous la boue inévitable, les manches aux reprises presque invisibles du pull, elle a envie de lui reprocher quelque chose, son immobilité peut-être, son hésitation, mais Mélie sait ce que vaut un repas pour les gens qui comptent les morceaux de pain. Elle fourre dans un panier une demi-miche, du fromage, des pommes. Elle verse deux grosses louchées de soupe dans un pot, qu'elle enveloppe dans un linge et cale à son tour dans le panier.

— Tiens. Tu dîneras chez toi.

Catherine acquiesce, passe son ciré, s'emmitoufle.

— N'oublie pas de rapporter le panier, demain. Et le pot.

Catherine hoche la tête, dit : « À demain. »

— Ça va aller ? demande Mélie, et Catherine s'immobilise, la main sur la poignée de la porte de la cuisine.

Elle ne comprend pas la question. Aller quoi ?

— Fais attention, ajoute Mélie, et Catherine comprend qu'elle la met en garde.

Que Sylvie a disparu, alors, Mélie la met en garde.

— Tu prends toujours ton raccourci ? demande encore Mélie.

Catherine est mal à l'aise. Le raccourci, le petit bois, c'est à elle. Elle prend tellement l'indifférence de Mélie pour acquise qu'elle n'avait jamais pensé que celle-ci pouvait savoir des choses sur elle. Son bois. Elle hausse les épaules.

— Suis la route, peut-être, plutôt, ajoute encore Mélie.

Catherine hoche la tête, par réflexe, mais elle est déçue. Elle n'a pas une affection débordante pour Mélie, mais elle ne la prend pas pour quelqu'un de stupide. Est-ce qu'elle ne sait pas ? Que le danger ne vient jamais des bois ? Les bois n'ont jamais fait de mal à personne. Ce sont les hommes qu'on croise quand on sort des bois qui peuvent vous faire du mal. C'est aussi pour ça qu'elle n'aime pas longer la route. Elle sort.

La cour n'a jamais été aussi éclairée, alors que la nuit est déjà là, profonde, poisseuse. Catherine traverse l'étendue balayée par les bourrasques de vent froid et de flocons épais, serrés, en direction de la route, jetant des regards discrets alentour. Invisible, quantité négligeable, petite sale.

Chez elle, Marie lève les sourcils quand elle voit le panier.

— Ils ne t'ont pas fait dîner là-haut ?

Catherine pose le panier sur la table.

— Tu sais, là-haut, depuis hier…

— Oui, fait sa mère, j'imagine.

Hier soir, elle lui a dit qu'elle s'inquiétait. Qu'elle pensait fort à la petite. Et à sa mère. À cette mère sans sa petite. Marie a dit « la pauvre », et Catherine n'a rien répondu. Clémence, la mère de Sylvie, n'est pas méchante, pas comme la vieille. Mais elle n'est pas spécialement gentille. Clémence a surtout l'air absente. Elle leur laisse Sylvie l'après-midi souvent, le samedi après-midi toujours, pour se reposer. Oui, triste, elle l'est sans doute. Catherine n'y pense pas. Elle se contente d'ôter son écharpe, de mettre sa veste à sécher sur le dos d'une chaise, face à la cheminée. Les doigts de sa mère n'ont pas cessé un instant de bouger.

Catherine les scrute, une seconde, sa mère est encore jeune mais déjà son corps a pris l'empreinte du travail. Sa tête, baissée vers les ourlets, s'est habituée à rester penchée, des plis de concentration dédiés aux raccommodages délicats sont incrustés au coin de ses yeux, et quand Marie ôte son dé de métal, la pulpe pâle et molle de son majeur tranche avec la peau cornée des autres doigts endurcis de coups d'aiguille. Catherine a grandi entourée de gens comme sa mère, aux corps modelés par le labeur. Modelés ? Non, c'est un joli mot, doux, qui évoque la fraîcheur minérale de l'argile rouge qu'elle récolte en forêt parfois, les doigts qui glissent dans la matière humide, les formes rondes qui émergent de ses mains. Retaillés, plutôt. Rabotés, conscrits, comme on taille un sureau pour le forcer à produire davantage de grappes, plus grosses, comme on éventre la terre pour la gorger de betterave, la coloniser de tubercules à la chair pâle qui vont aspirer sa force.

— Range les chemises avant de faire chauffer la soupe.

La voix de Marie a interrompu ses pensées. Sa mère a raison. On ne livre pas des vêtements qui sentent le poireau. Catherine prend la brassée de chemises repassées de frais, va l'accrocher dans l'appentis qui communique avec la cuisine par la petite cour et où on garde les réserves de bois. Face à elle, les bûches montent presque jusqu'au plafond, leurs troncs clairs contrastant avec la teinte plus terne des rares bûches de l'année précédente, on était presque au bout. Il reste du chêne, aussi, quelques bûches grises, on les utilise avec parcimonie. L'odeur acide de résineux prend Catherine à la gorge. Elle revient dans la cuisine.

— Le bois est arrivé aujourd'hui ?

— Oui. Quelqu'un de chez Demaret a enfin livré. C'est du sapin.

Le sapin brûle plus vite. Le sapin coûte moins cher. Les maisons qui commandent du sapin ne sont pas livrées en premier. L'année dernière, elles avaient pu se payer du frêne. Catherine sait que sa mère travaille de moins en moins. Pas parce qu'elle le souhaite ; parce qu'il y a moins à faire. Autour d'elles, on achète de plus en plus de vêtements neufs. Sa mère travaille encore : elle part en bus, jusqu'à Soissons parfois, vendre l'habileté de ses doigts à la journée, réparer les accrocs des vêtements des autres et revient chargée de linge. Elle répare les belles chemises, les étoffes brodées reçues en héritage, coud quelques costumes, des tenues pour les grandes occasions, fait des trousseaux. Mais on ne se marie qu'une fois – sauf Mme Bertin à Anceny, qui a divorcé puis quitté le village, épuisée d'entendre chuchoter sur son passage. D'ailleurs Catherine ne le dit pas, mais elle préférerait elle aussi porter des blouses imprimées du commerce, en nylon qui ne se froisse pas, et des jeans neufs ; elle voudrait un sac surtout, un sac à main jaune, ou rouge peut-être, en skai, comme elle en a vu sur des filles à la fête foraine de Villers l'été dernier. Elle voudrait une chaîne sur laquelle écouter des disques, d'ailleurs elle voudrait des disques, elle voudrait qu'on se débarrasse du vieux poste TSF, elle voudrait que sa mère puisse acheter une machine à laver, une Miele, ne plus faire partie des rares femmes du village qui doivent encore se rendre au lavoir, comme un stigmate, un aveu de pauvreté, elle voudrait davantage de nouveauté, de confort, d'ailleurs elle voudrait davantage de tout. Elle ferme la porte avec soin et met la soupe à chauffer.

Mercredi 12 février 1969

La lettre arrive avec le courrier.

Le nom de Monsieur est écrit sur l'enveloppe en lettres majuscules. C'est Catherine qui a récupéré le courrier. La lettre était différente des autres, au poids : plus légère qu'une facture, pas la même épaisseur qu'une des lettres que la vieille reçoit de ses cousines. Catherine s'est contentée de prendre le courrier et d'aller le porter à Radier le régisseur. À l'intérieur de l'enveloppe, il y avait une seule feuille, la demande de rançon, chuchote-t-on, mais on ne l'a pas montrée à Catherine, bien sûr. La missive est écrite en lettres noires, pas avec des caractères découpés, comme dans les romans. C'est la rumeur qui se répand dans la ferme, à travers les pièces, les dépendances, les champs : pas comme dans les romans. L'exploitation est une fourmilière, aux multiples couloirs, les sentiers de chacun se croisent parfois, et les nouvelles progressent à pas rapides. Quand Catherine prend son repas du soir dans la cuisine emplie d'odeurs grasses et rassurantes, tout le monde, elle, Mélie et jusqu'aux vaches peut-être, sait que Monsieur a décidé de faire venir la police.

— Mais elle est déjà là, la police, souffle Mélie, perplexe, en transvasant du petit salé de la cocotte au plat de service.

— La gendarmerie, la reprend Catherine sans y penser, une cuillérée de lentilles à la main.

Mélie la regarde.

— Comment ça ?

— La gendarmerie et la police, c'est différent.

— Comment tu sais ça, toi ? fait Mélie.

Catherine hausse les épaules.

— L'école.

Et puis elle enfourne ses lentilles, une grosse bouchée, pour mettre fin aux questions, les lentilles sont parfumées, bien salées, c'est presque comme manger de la viande. Elle a faim. Un peu de lentilles tombent sur son tablier. Elle déteste se tacher mais Mélie ne fait aucune remarque, après tout elle est dans son rôle. Petite sale.

Il y a d'autres chuchotements, d'autres rumeurs, d'autres questions qui parcourent le Domaine comme des rafales de vent. Monsieur a de l'argent. Il paye des impôts. Il a des amis. Il emploie du monde. Du monde qui l'écoute. Du monde qui vote. Du monde qui l'écoute avant de voter. L'avis de Monsieur est important, et sa petite-fille a disparu, et il s'impatiente. Monsieur n'est pas content. Et les gendarmes non plus, maintenant, qui n'apprécient pas vraiment que Monsieur qui dirige sa famille, ses ouvriers, sa ferme, ait la prétention de diriger aussi leur enquête. Quand les gendarmes venaient chercher du café, aujourd'hui, à la cuisine, ils parlaient entre eux. Ils font de leur mieux. Ils ont parcouru le Domaine, leurs pieds lourds de boue. Ils parlaient de ça, de la boue, de la lourdeur de la boue, de la petite rivière en contrebas, qui n'est pas assez profonde pour charrier un corps. Depuis leur arrivée, les gendarmes n'ont pas dormi, et eux aussi sont épuisés, eux, et leur patience. Toute la journée, Mélie et Catherine ont servi café et sandwichs à des hommes insatisfaits, qui se sont relayés, ouvrant la porte au vent et maculant le sol de terre.

Quand Catherine a fini de dîner et va pour poser son assiette dans le grand évier émaillé, deux des gendarmes viennent réclamer quelque chose à boire. Mélie sort du vin et les sert, on ne pose même pas la question, ils demandent et on les sert, ce sont les gendarmes et ils cherchent Sylvie. S'ils savaient la pingrerie habituelle du patron, les consignes d'économie de sa femme. C'est sans doute comme ça que les gens riches restent riches : ils gardent leur argent, n'offrent rien et n'ont de générosités que calculées. Quand Mélie a versé le vin, elle se remet à préparer le repas.

Catherine sait que la mère de Sylvie n'a presque rien mangé depuis la veille, mais on s'est mis à préparer le repas tout de même, et c'est presque terminé. Le repas des Italiens a été prêt d'abord, il a fallu porter les cantines jusque dans la baraque du champ est, débarrasser ensuite, laver, puis aider à terminer le repas de Monsieur et de sa famille pendant que son assiette attendait sur la cuisinière à bois. Mélie ne va pas tarder à servir, puisqu'elle n'est pas « sale », elle, et a le droit de poser les plats sur la table de la salle à manger. Catherine pourrait le faire, peut-être qu'on la payerait mieux alors. Mais elle n'envie pas Mélie. Elle ne veut pas sa place. Elle ne cracherait pas sur sa paie. Mais dormir dans la même maison que Monsieur…

Catherine finit sa compote quand le gendarme roux d'hier entre dans la cuisine. Les deux qui buvaient leur vin se lèvent, prêts à agir, mais en face, le grand gendarme avec ses deux bandes galonnées dit seulement :

— On remballe.

Le plus jeune des gendarmes demande :

— On laisse tomber, lieutenant ?

Il y a un peu de scandale dans sa voix.

— Si c'est un enlèvement, ça ne sert à rien de continuer à la chercher ici. Allez, le capitaine nous attend.

Il ajoute un « Merci pour la cantine » à Mélie, et puis il touche la visière de son képi, fait demi-tour, repart dans la cour.

Les gendarmes sont partis avant que Catherine ait fini la première vaisselle. Exécution. En vingt minutes, il n'y a plus personne dans la cour. Les bûcherons de Demaret ont enfin été autorisés à partir. Monsieur les a payés, il a mis un billet en plus, tout petit, pour la patience, pour les recherches, la journée supplémentaire. Elle se demande s'il l'a fait avec reconnaissance ou avec ce pli violent qui lui barre le menton dès qu'il doit payer plus que prévu, plus que strictement nécessaire. Cette affaire lui coûte cher.

Les silhouettes que Catherine croise alors qu'elle traverse la cour sont toutes familières. C'est presque comme s'il ne s'était rien passé. Seul le sol de la cour, labouré de tous ces pas d'inconnus, est en plus mauvais état qu'à l'ordinaire. Il a enfin cessé de neiger. La lune est visible, blanche, un fin croissant qui déchire le ciel de son sourire de travers, on dirait qu'elle se moque, qu'elle nargue.

Catherine longe la route, un peu, puis bifurque vers son bois. Elle le traverse lentement, dépasse le seringa qui lance ses fines branches nues vers le ciel, puis le bosquet de houx aux feuilles dentelées et brillantes, arrive au pommier sauvage. Elle aime ses branches torturées, sa fourche basse. À l'automne, elle aime ses minuscules pommes à la rougeur trompeuse – elles sont immangeables. Elle aime l'anfractuosité dans son tronc. Si elle était une souris, elle s'y ferait une maison. Mais elle n'est pas une souris, et elle préférerait un endroit plus sec, plus chaud. Avec de la musique. Et par-dessus tout, du soleil.

Il y a une rafale de vent.

Elle se retourne : rien, personne.

Jeudi 13 février 1969

Les policiers sont arrivés. On le sait avant même qu'ils pénètrent dans l'enceinte de la ferme. La rumeur est montée de Saint-Dury. Parfois Catherine a l'impression que l'endroit où elle vit est un être monstrueux, au corps en village, à la tête en Domaine, reliés par des vaisseaux invisibles qui charrient les informations, la bile, le sang et les rancunes. On monte à la tête pour travailler, on en descend avec l'argent, pour se nourrir, maintenir le corps. On rapporte chez soi la convoitise, aussi. Celle du Domaine, de Monsieur qui lui n'a pas à se préoccuper de l'avenir de ses enfants, du salon avec de beaux tapis, des toilettes à chaque étage, de la chaudière à bois et des radiateurs en fonte dans chaque chambre, celle de Monsieur, celle de la vieille, celle de leur fille, celle de leur fils et de sa femme, celle de Sylvie. Sylvie qui tiendrait roulée dans un panier de chat a sa propre chambre et un radiateur avec. Le dimanche Catherine est la seule à monter de Saint-Dury jusqu'à la ferme. Les autres oublient. Le dimanche, c'est le jour où on oublie qu'on appartient à Monsieur. C'est le jour où on se raconte que la grand-route mène ailleurs qu'au travail. Qu'on pourrait la prendre dans l'autre direction, et puis aller loin, faire autre chose. Le dimanche, c'est le jour où on se ment. Catherine, elle, monte tous les jours. C'est bien, elle n'a pas le temps de se mentir, elle ne se berce de rien.

Les policiers sont deux, un jeune, un vieux. Ils se garent dans la cour, juste devant la cuisine et la grande fenêtre basse. Catherine est sortie arracher des poireaux, dans le potager après l'enclos des porcs. Elle voit le jeune descendre de la voiture, une 204 noire, poser le pied par terre, baisser les yeux et grimacer. Elle voit sa peau plisser un peu dans une moue contrariée, et puis il relève la tête, passe à autre chose ; une fois débarrassée de la surprise de la boue sa bouche a pris une ligne généreuse, prête au sourire. Pour Catherine c'est presque suspect, qui sourit sans raison ? Le jeune policier porte une veste en cuir et une paire de blue-jeans, il est bien coiffé, d'une blondeur enfantine. Les cheveux trop longs pour pouvoir travailler dans le coin. Monsieur n'aime pas le négligé, on pourrait croire que posséder les bras des hommes lui suffit mais il a aussi son mot à dire sur la longueur des coupes, il faut que ce soit propre. Le jeune policier a des bottes de cuir, noires. Enfin, noires et boue, maintenant. Elle voit moins bien le vieux, plus massif, plus raide, vêtu d'un manteau qui l'alourdit : il s'est déjà tourné vers la maison, et lève la tête vers les fenêtres du premier étage.

Radier le régisseur émerge du bureau du rez-de-chaussée, leur fait signe, dit quelque chose.

Du potager, Catherine n'entend pas quoi. Le vent qui a nettoyé le ciel avant de le repeupler de nuages pendant la nuit n'a pas faibli depuis hier soir et emporte les sons vers les champs noirs. Le jeune policier zippe sa veste de cuir jusqu'au menton, puis il contourne la voiture, et rejoint le régisseur dans le bureau.

Catherine regarde ses poireaux extraits péniblement de la terre gelée, leurs feuilles vert foncé qui iront aux cochons. Même les poireaux sont durs ici. Elle estime le poids au bout de son bras, prend la bêche et en déterre trois autres avec peine. Puis elle s'en va vers le carré aux choux, et sort son couteau pour en cueillir deux. Du chou, des poireaux, du chou, des poireaux. Du navet aussi. Elle déteste les légumes d'hiver. La seule chose à laquelle on échappe, ici, c'est les topinambours. Monsieur en a mangé toute la guerre, il ne peut plus les voir en peinture. Elle se redresse, inspire à fond, aimerait se convaincre qu'elle sent quelque part une odeur de printemps, la fin de la nuit, mais il n'y a rien, rien que l'hiver.

Elle rentre, les paniers pleins au bout des bras.

Les policiers commencent par faire le tour de la cour, avec Monsieur et Radier. Ils passent plusieurs fois devant la fenêtre de la cuisine où s'activent Mélie et Catherine. Le jeune a le cou un peu rentré dans les épaules ; le vieux porte une écharpe qui visse sa tête à son torse, il a une moustache et les joues rouges. Ils ont tous le nez rosi par le froid mais l'air concentré. Et puis ils se dirigent vers la cuisine, tous les quatre, Monsieur, Radier et les deux policiers.

Monsieur ouvre la porte et sans pénétrer dans la cuisine, annonce que c'est la police, pour Sylvie, et puis il a un geste du bras, et dit seulement « C'est elle, Catherine ». C'est souvent comme ça, les riches ont des titres, les hommes ont des noms, elle, elle est juste Catherine.

Les policiers l'emmènent dans le bureau de Radier, Monsieur et son régisseur à leur suite. Et puis ils ferment la porte. Avant qu'elle ne se referme complètement devant son nez, Catherine voit Monsieur qui a un hoquet de surprise. Radier, lui, reste silencieux, et ne hoquette pas. À force de se voir voler son bureau par le patron, Radier ne hoquette plus depuis longtemps. Pendant un instant, Catherine les entend qui restent sur la coursive, à piétiner, mais un instant seulement. C'est trop humiliant de rester ainsi à la porte de chez soi. Ils s'éloignent.

Le vieux lui fait signe de s'asseoir, et puis il tire la chaise de Radier, et s'assied lui aussi. Le jeune reste debout, il fait le tour du bureau, à pas lents, s'adosse contre le grand coffre-fort vert.

— Catherine, alors, commence le vieux.

Elle hoche la tête.

— Catherine comment ?

Ah, eux veulent savoir son nom. Sa date de naissance. Si elle vit au village. Son adresse, d'ailleurs. Sa mère ? Alors son nom, à elle aussi.

— Depuis combien de temps tu travailles ici ?

Ils la tutoient, bien sûr.

— Raconte-moi ce qui s'est passé lundi.

Elle raconte. Encore. Les policiers lui posent les mêmes questions que les gendarmes. Encore. Plusieurs fois. Elle répète. Elle regarde ses mains, sous ses mains ses genoux, cachés par le tablier, et le bout de ses pieds, qui dépasse de ses jambes de pantalon. Le vieux dit :

— Regarde-moi.

Alors elle lève les yeux.

En face, le policier à moustache plisse les paupières, comme s'il essayait de lire quelque chose de caché, et la peau au coin de ses yeux se lézarde de rides. Mais Catherine reste là, silencieuse ; elle a raconté tout ce qui s'est passé lundi au moment où Sylvie a disparu, elle n'a rien à ajouter.

— Viens avec nous, dit le vieux en se levant.

Elle doit les mener à la grange à foin. Elle leur montre les chatons, bien au chaud. En les voyant approcher, la chatte se crispe et gronde, mais le jeune policier s'accroupit, la caresse avec délicatesse et elle se calme.

— Et après ? demande le vieux policier.

Après, la cour, la brouette, elle commence à se lasser de répéter mais elle répond, et quand on la ramène à la cuisine elle comprend qu'ils en ont fini avec elle. Pour l'instant.

C'est presque l'heure du déjeuner. Elle arrange un plateau avec les grandes cantines que Mélie prépare pour Giovanni et ses Italiens qui logent dans la baraque du champ est. C'est lourd. Ça sent le chou. Ce serait beaucoup plus simple de les faire déjeuner ici, à la table, mais Madame ne veut pas d'eux dans la maison, pas même à la cuisine. Si on leur a construit une baraque, ce n'est pas pour rien.

Gabriel et Dassieux ont trouvé à se loger au café, dans les chambres, à l'étage. Le propriétaire s'appelle Salors, lui aussi a des moustaches, et en entrant le vieux policier lui a fait un signe de tête. Le jeune policier se demande maintenant s'il y a quelque chose entre les hommes qui portent des moustaches, une connivence, une entente. Lui, Gabriel se rase, tous les jours. Claudia le préfère sans moustache, il préfère Claudia à la moustache, il préfère Claudia à beaucoup de choses, alors il se rase.

Ils ont passé beaucoup de temps à la ferme, chez Augustin Demest, le propriétaire, dans son bureau, dans ses champs, chez son régisseur Radier, avec ses employés, et quand ils sont arrivés au café il faisait déjà nuit depuis longtemps. On les a dévisagés, plus ou moins discrètement : le juge Fiquet devait ce soir faire une déclaration sur l'enquête, l'espoir qu'on garde, les forces qu'on mobilise, la collaboration entre la gendarmerie et les policiers dépêchés sur place. Gabriel et Dassieux ont demandé à manger et sont montés poser leur sac dans les chambres.

C'est propre, mais qu'est-ce qu'il fait froid. Dans cette chambre, cet hôtel, ce village, cette ferme, il fait froid. De Paris à la ferme, Gabriel a conduit moins de cent kilomètres, mais il a l'impression d'avoir changé de pays, et surtout, d'époque. Ici, il fait cinq degrés et trente ans de moins. Il tourne sur lui-même, cherche la porte de la salle de bains. La seule chose qu'il trouve, c'est un petit lavabo surmonté d'un miroir, et un haut broc émaillé posé à côté d'une grande bassine, sur un petit meuble. Quelques instants d'investigation supplémentaires lui révèlent la présence d'un pot de chambre sous le lit.

Gabriel marmonne « C'est une blague », sort de la chambre, va toquer chez son collègue. Dassieux ouvre la porte. Gabriel le trouve engoncé, mais c'est parce qu'il a passé un pull par-dessus son pull. Dassieux tire la porte derrière lui, en disant : « Ça pèle. »

— On descend dîner ? ajoute-t-il.

— Si tu veux, répond Gabriel. C'est quoi, cette odeur ?

— Cette odeur ?

— Oui, comme de l'essence…

— Du fioul, jeune innocent. Le gros poêle noir, en bas.

— Ça pue…

— Mais ça tient chaud. Tu préférerais une chambre sans radiateur ni eau chaude ?

— Pitié, non.

Gabriel s'immobilise dans l'escalier.

— Et, dis, tu as vu une salle de bains quelque part ?

Dassieux hausse les épaules, répond :

— Toilettes au rez-de-chaussée et lavage au broc, à la dure, mon petit gars.

Ce n'est pas méchant mais il se moque. Dassieux se moque souvent un peu de Gabriel, celui-ci se dit que c'est sans doute inévitable, que c'est le prix pour travailler avec lui, et pourquoi pas, Dassieux est très bon et Gabriel n'est pas si susceptible. Il s'en fout qu'on lui fasse remarquer qu'il est rasé de près, il s'en fout qu'on lui dise que sa Claudia l'a dans la poche, gobé tout cru, parce que c'est vrai, lui et Claudia s'aiment et ça change beaucoup de choses. Quand on en vient au travail de Gabriel, plus personne ne dit rien parce que lui aussi, tout jeune qu'il est, il est bon. Pour retrouver les gens, les hommes disparus, les femmes enfuies.

C'est pour ça que Dassieux l'a choisi, qu'il lui donne sa chance, qu'il l'a emmené ici, il aurait pu prendre n'importe quel autre type du groupe. Mais là, la bassine, le pot de chambre, Gabriel soupire. Il a grandi à Paris et pour lui le pot de chambre, c'est chez sa grand-mère, à la campagne, la cabane au fond du jardin avec les mouches autour, les étés de silence, la peau du lait. Ils arrivent dans la salle, ça sent l'oignon, et Gabriel se reprend : ici aussi, c'est la campagne.

Un gros poêle noir est installé sous le manteau d'une énorme cheminée. Il reste un foyer, à la droite du poêle, mais il est éteint. C'est trop tard pour le coup de vin d'après le travail, il ne reste dans la salle du café que ceux pour qui boire est une occupation sérieuse. Et eux, les flics parisiens, avec sur le dos tous les pulls qui étaient dans leur valise. On leur sert du pâté, de la soupe, du rôti de porc, des pommes de terre. C'est gras, c'est bon. Ils mangent en silence, au début du moins, prudents de ce qu'ils pourraient laisser échapper.

Salors le cafetier commence à dire à ceux qui boivent qu'ils ont trop bu, puis les met dehors l'un après l'autre, avec la rudesse qu'on réserve aux meilleurs clients. Il fait des allers-retours dans la cuisine, apporte du bois, range ses verres, s'active ; ça cliquette et ça bûche, et Dassieux et Gabriel aventurent quelques mots.

— Radier ? Le régisseur. Tu l'as trouvé comment ?

— Mou, répond Dassieux.

— Lâche ?

— Blasé. Demest contrôle tout. On dirait qu'il sait tout ce qui se passe. Je me demande pourquoi il paye un régisseur, au fond. Et Radier doit se poser la même question.

Gabriel hoche la tête, regarde son verre.

— Et André Lequemer, le type à la brouette ? demande à son tour Dassieux.

Gabriel fait tourner la fin de son vin dans le fond de son verre. On leur a servi un rouge moyen dans des verres à cul plat. Il est arrivé ce matin, fébrile, déterminé – il faut retrouver la petite fille. Mais il trouve ce pays glacial et déjà il pense à Claudia, à leur appartement douillet où elle a mis des tapis, des tentures, où on marche pieds nus. Il sent ses orteils, froids et humides, dans ses chaussures tachées de boue et de neige fondue, ses aisselles collées à sa chemise. C'est la fin de journée, il voudrait un bain, avec de l'eau chaude, avec Claudia. Il se concentre, répond :

— Lequemer, je ne sais pas. Il n'a pas l'air bête, mais il n'a pas l'air malin. Si c'est lui, ce n'est pas lui tout seul.

— Non, puisqu'il n'a pas quitté la cour, acquiesce Dassieux.

— La gamine, là…

— Sylvie Demest ?

— Non, Camille ? Non (Gabriel jette un coup d'œil rapide sur son carnet), Catherine. Elle a l'air d'en avoir vraiment peur.

Dassieux hausse les épaules :

— Ce n'est pas une gamine. Elle a bientôt dix-neuf ans ! C'est presque une adulte.

— Les hommes qui aiment les petites filles ne s'en prennent pas aux femmes, c'est ça que tu dis ?

— Je dis surtout que c'est soit l'envie de corps soit l'envie d'argent, dit Dassieux, en se resservant à boire. Là, c'est l'argent.

Il sort de sa veste la lettre de rançon. Gabriel va dire quelque chose, mais se retient.

— Quoi ? demande Dassieux.

— Tu ne devrais pas la tripoter comme ça. Il faut qu'on l'envoie à Paris. Il y a des empreintes.

Gabriel a essayé de ne pas parler avec trop de reproche dans la voix mais il peine. Il apprécie son collègue et il sait que le vieux est un puits d'expérience. Mais Dassieux est à l'ancienne et n'écoute que lui-même – et Gabriel un peu, parfois. Les formations qu'on leur dispense, les nouvelles procédures, les procédures tout court d'ailleurs, ce n'est pas son fort.

Dassieux pose la lettre sur la table.

— Tu as raison. Des empreintes, il y en a sûrement plein l'enveloppe. Celle du ou des types qui l'ont préparée, celles du type qui l'a postée, celle du facteur qui l'a ramassée, celle des gens qui l'ont triée, et puis celle du facteur qui l'a donnée à Catherine, aussi, et donc celles de Catherine. Du régisseur. Du patron du régisseur. De la femme du patron, de la mère de la gamine, du père de la gamine, de sa tante aussi peut-être. On passe cette enveloppe à la poudre à empreinte, elle en ressort noire et nous on est marron.

Gabriel hausse les épaules. Il a raison, c'est le pire. Il a très souvent raison.

— Mais la lettre, Gabriel, je vais la toucher le moins possible et on va la faire envoyer à Paris.

La femme de Salors arrive dans la salle, un balai à la main. Dassieux remet l'enveloppe dans sa poche, fait signe à la femme, demande une autre bouteille de vin. Gabriel, la langue déjà chargée et les dents râpeuses, sent son estomac se tordre.

Ils montent dans la chambre de Dassieux. Comme dans celle de Gabriel, un coin lavabo, un broc, une bassine, une serviette pliée proprement à côté. Et un radiateur qui ne chauffe pas assez.

— J'ai demandé : il y a une salle de bains au rez-de-chaussée, si tu veux, informe Dassieux. À côté des toilettes. Alors à toi de voir si tu préfères te geler en bas ou te geler dans ta chambre… Bien. Prends une pochette dans mes affaires.

Sur le lit, ouverte, la valise carrée que Dassieux emporte en déplacement.

Gabriel s'approche, une grande enveloppe à la main. Dassieux a fait tomber la lettre hors de l'enveloppe, et il la déplie, se servant des deux verres comme de presse-papiers pour la maintenir ouverte.

— Regarde. C'est propre. Écrit à l'encre.

Dassieux a raison. C'est propre, pas d'empreinte visible. Et correct. Pas de fautes.

— « DEMEST », lit Dassieux, « TOUT TON ARGENT, À QUOI IL TE SERT SI JE LA TUE ? SI TU VEUX REVOIR TA PETITE-FILLE VIVANTE DÉPOSE DEUX MILLIONS DE FRANCS AU CARREFOUR DES SIX ROUTES LE LUNDI 17 À MIDI, EN BILLETS DE 100 F, NON MARQUÉS, DONT LES NUMÉROS NE SE SUIVENT PAS. PAS DE MOLIÈRES, DES PASCALS UNIQUEMENT. VIENS SEUL. L'ENFANT CONTRE L'ARGENT. »

Gabriel soupire. Il l'a déjà lue. Ses tempes le lancent. Il range la demande de rançon dans l'enveloppe réclamée par Dassieux, regarde sa montre ; il voudrait redescendre, parler à Claudia. Il y a un téléphone dans un recoin, pas loin du comptoir du café. Dassieux pose sur la table la liste que Radier leur a remise : celle de tous les employés agricoles, qui gravitent aux alentours de la ferme, montant le matin, descendant le soir. Des travailleurs italiens, logés dans une grosse baraque en briques à bonne distance de la ferme. Et puis des journaliers dépêchés par un certain Demaret, qui ont passé une partie de la semaine dernière et la journée du lundi à débiter du bois sur les terres de Demest. Cela fait plus d'une cinquantaine de personnes. Il va leur falloir plusieurs jours pour les voir tous. Ou bien de l'aide.

Et, si Gabriel en croit son collègue qui est en train d'ouvrir la bouteille, beaucoup de vin.

Vendredi 14 février 1969

Gabriel s'est couché tard. Trop tard pour appeler Claudia. Il a laissé Dassieux s'occuper de la bouteille, n'a accepté qu'un fond de verre par politesse. Mais quand ils ont eu fini de passer en revue leurs entretiens du jour et qu'il est parti se glisser dans un lit humide à force d'être froid, une barre de fer lui tapait dans le crâne.

Il dort mal, rêve de champs noirs de terre et blancs de gel, à perte de vue, et d'une voix aiguë et étouffée qui crie à l'aide sans qu'il parvienne à voir d'où elle vient. Il est réveillé par des bruits de village, des bruits d'humains : des tasses qui tapent contre les tables, des voix dans la rue. Il renonce à descendre dans la salle de bains du rez-de-chaussée qu'il imagine glaciale, se lave à la bassine en pestant – à ce moment précis Claudia, ses bains et ses tapis lui manquent cruellement. Il frotte ses tempes à l'eau et se dit en passant que Dassieux boit beaucoup en ce moment, lui qui quittait souvent leur bar habituel après trois petits demis, quatre les jours fastes. Le contact de l'eau sur son cou, sur son sexe, détourne son esprit du sujet : l'eau du robinet est chaude mais la pièce est à peine tiède et pendant les quelques minutes qui suivent il ne pense plus qu'à finir de se raser et à se sécher, vite, et revêtir des vêtements chauds.

Il ouvre les rideaux, davantage par réflexe que pour faire entrer le jour qui se fait attendre. En face, sur la place, il voit le monument aux morts de 14-18 – hier, il s'est demandé comment un si petit village avait pu perdre autant d'hommes –, l'épicerie-dépôt de pain, les bouteilles de gaz bleues et vertes alignées le long de la façade, la porte qui s'ouvre et se ferme. Les lampadaires sont allumés, la journée a commencé et les silhouettes s'agitent, à pied ou à vélo.

Au rez-de-chaussée, près de la monumentale cheminée du café, Dassieux fume une brune à l'odeur âcre. Il a les yeux un peu bouffis, mais on le remarque à peine. Gabriel se demande s'il fait ça souvent, boire trop, et que lui Gabriel ne l'ait pas encore remarqué, furtivement, il s'en préoccupe. Gabriel, c'est son souci, est gentil. Dassieux ne cesse de lui recommander de faire attention, mais c'est ainsi, Gabriel est gentil. C'est pour cela qu'il a mangé hier soir, en se concentrant sur chaque bouchée, c'est pour cela qu'il a écouté Dassieux avec plus d'attention que jamais : pour ne pas penser à la toute petite fille dont on leur a donné la photo, pour ne pas penser à son corps, tremblant et glacé, à combien il paraîtrait minuscule et exposé s'ils venaient à le retrouver au milieu d'un immense champ de terre noire – ils les ont parcourus ces champs, avec leurs chaussures de Parisiens, et quand il laisse son esprit vagabonder Gabriel a la vision fugitive d'une toute petite bouche aux lèvres blêmes, ouverte et morte, débordante de terre, alors il se concentre et se dit qu'il va poser la question à Dassieux, demander si ça va. Parce qu'il est gentil. Qu'il a de l'empathie. Pour Sylvie, pour Dassieux qui boit beaucoup. Et comme pour tout le reste, c'est ça que Claudia aime chez lui, alors tant pis. Mais il n'a pas le temps de laisser sa question se transformer en inquiétude : quand il le voit, Dassieux le hèle, le bras ferme, l'air amical, puis jette sa cigarette au feu, et s'avance vers leur table d'hier, où les attend une généreuse corbeille de pain.

— Bien dormi ?

— Ça allait. Une fois réchauffé.

— Les édredons en plume, ça, c'est du sérieux. J'ai appelé Paris. Le juge Fiquet a eu le patron : on va collaborer avec la gendarmerie et se baser en partie sur les entretiens préliminaires qu'ils ont déjà effectués. On n'aura jamais le temps de voir tout le monde, sinon.

— Les mêmes gendarmes que Demest a fait dessaisir de l'affaire pour nous la refiler ? Ils vont être contents, tiens.

Dassieux hausse les épaules.

— On doit aller à Anceny.

Gabriel attend, mais rien ne vient.

— Ça ne te dit rien ? insiste Dassieux.

— Je suis supposé connaître ?

— En 14-18, Anceny, on en avait parlé dans les journaux. Avec le front qui avançait et reculait, le village avait changé de nationalité peut-être sept fois dans la même journée. Français, puis allemand, puis français, puis allemand, et ainsi de suite.

— Tu m'excuseras, je suis né en 40, je te rappelle.

— Quelle idée aussi, d'être aussi jeune. Enfin. C'est à moins de dix kilomètres d'ici. Apparemment, Augustin Demest a le bras long, comme on dit, et en plus de convaincre Fiquet de nous dépêcher, son insistance nous vaut une équipe augmentée pour le capitaine en charge de l'affaire, enfin, qui était en charge de, et un quartier général dans les locaux de la mairie d'Anceny.

— Ah bon ?

— Plus proche de Saint-Dury, apparemment. Je n'ai pas cherché à en savoir plus. Le patron m'a dit que Demest semblait avoir son idée sur la manière dont il fallait procéder, apparemment il a l'oreille de gens qui décident de choses. Le juge Fiquet, entre autres.

Gabriel termine son café au lait.

— Les gens qui décident les choses… Tu penses qu'ils vont être contents de nous voir les gendarmes qui se sont fait décider des choses ?

— Si on nous appelle pour faire plaisir aux huiles et pas parce que l'enquête a mal démarré, on peut tomber sur une très bonne équipe. Et puis les gendarmes, ça obéit… Pas comme certains policiers de ma connaissance. Si on leur dit d'aider, ils aident.

Gabriel ne relève pas, se contente d'étaler de la confiture sur son pain, qu'il regarde, puis repose sur l'assiette.

— Espérons qu'on tombera bien, alors.

— Espérons, acquiesce Dassieux.

— Capitaine comment ?

— Aubreuil. Souviens-toi de respecter leurs grades, d'ailleurs.

— Il faut que je me remette à t'appeler commissaire, alors ?

— Comme si tu m'avais déjà appelé commissaire, *inspecteur* Sautet.

— Je vais essayer de joindre Claudia.
— Demande encore du café.

— Elle n'est pas là ? demande Dassieux quand Gabriel revient s'asseoir.
— Non.
— C'est un vrai courant d'air, ta fiancée.
— Elle travaille.

Dassieux a une mimique, une mimique que Gabriel a déjà vue, effectuée avec plus ou moins de talent d'acteur, et qui signifie peu ou prou « vous la nouvelle génération êtes bien mystérieux ». Il a eu la même quand Claudia a accepté la bague de Gabriel, mais insisté pour lui en offrir une en retour.

— Je croyais qu'elle préparait le barreau de chez vous ?
— Elle n'a pas tout à la maison, elle doit passer du temps en bibliothèque. Et puis elle a son poste de vendeuse, et son association d'aide aux travailleurs italiens, aussi. Et elle va souvent…

Dassieux a une moue cette fois involontaire qui fait lever le doigt à Gabriel. « Attention, dit l'index. Je suis gentil, mais attention. Claudia, c'est Claudia. » Dassieux ne voit pas souvent cet index levé, mais pour Claudia, ça arrive ; il ne s'en formalise pas.

— Je n'ai rien dit, se défend le collègue de Gabriel. Vous êtes trop jeunes, de toute façon, je n'y comprends rien.
— Tu as pu avoir Yvette, avant que je descende ?

Dassieux hoche vaguement la tête, enfouit sa moustache dans son bol de café. Après quelques instants, il regarde la tartine de confiture intacte de Gabriel et demande :

— Tu n'as pas faim ?

— Si. Mais je pense à la gamine.

— On ne l'aidera pas mieux le ventre vide, réplique Dassieux comme s'il ne doutait pas un instant.

Mais lui aussi mâche mécaniquement, les yeux dans le vide, et doit pousser chaque bouchée avec du café.

Aubreuil dirige la section de recherche. Il est épaulé par le lieutenant Chaval. Il a la chance de s'être vu déléguer par son collègue de Soissons, le capitaine Fraimaut, le lieutenant Fournier et sa brigade, qui viennent renforcer son équipe. Cette décision vient d'en haut et il espère qu'ils pourront tous travailler efficacement pour résoudre cette affaire au plus vite. La priorité est de tout mettre en œuvre pour retrouver l'enfant et il espère que tous ici ont à cœur ce même objectif. Dans cette optique, la décision a été prise en collaboration avec le parquet de Paris et l'état-major de la gendarmerie nationale d'installer l'équipe dans les locaux de la mairie d'Anceny. On profitera également, à titre exceptionnel et dans la mesure où elle est pleinement consciente du devoir de réserve que cela implique, de l'aide de Simone Mahieux, secrétaire municipale d'Anceny, qui connaît les locaux.

Aubreuil explique cela de manière claire et directe. S'il est mécontent – de la tournure des événements, de son affectation au dossier, d'avoir dû établir le camp dans la mairie d'Anceny, de la manière dont le juge Fiquet mène l'affaire ou de la présence de flics parisiens après une éventuelle réclamation d'Augustin Demest –, cette contrariété reste invisible, perdue quelque part dans sa moustache extrêmement bien taillée. D'ailleurs, il a eu ce petit signe de moustachu que Gabriel a observé hier soir entre son collègue et Salors le cafetier, avec une discrète nuance de reproche, ou d'envie ? Peut-être le capitaine Aubreuil envie-t-il la liberté accordée à Dassieux de laisser sa moustache fleurir d'une légère indiscipline. Ou peut-être pas, pondère Gabriel. Le capitaine ne lui semble ni fleuri ni indiscipliné.

Aubreuil demande à ses hommes de se présenter : Gabriel tente de retenir les noms. Chaval, Lequeux, Charpentier – il renonce vite, cela viendra au fil des échanges. Simone Mahieux, une femme d'une quarantaine d'années au port droit, reste debout à côté d'un petit bureau, l'air concentré.

— Dassieux, si vous voulez nous donner les dernières nouvelles de Paris.

Gabriel cherche le dédain, l'ironie, mais il n'y a que de la moustache.

— Nous avons fait envoyer la lettre à Paris pour analyses ce matin, explique Dassieux. J'ai recopié son contenu. Comme vous le savez sans doute déjà, la lettre a été tamponnée au centre de tri d'Ichy-sur-Loy, je suggère donc que l'on envoie des gens au bureau de poste. Je ne pense pas que la personne qui a posté cette demande de rançon soit allée jusque dans un bureau des PTT, peut-être une boîte aux lettres dans un village des environs ou une de celles d'Ichy-sur-Loy ?

Aubreuil acquiesce.

— Je ne suis pas familier de la ville, reprend Dassieux, mais cela vaut la peine de vérifier si un employé des postes reconnaît un des ouvriers du Domaine, par exemple.

Dans la pièce aux murs recouverts d'un crépi jaune pâle, de larges panneaux de liège sont accrochés. On y a punaisé des documents, une carte détaillée de la région, du village, et de la ferme, hachurée de différentes couleurs, et puis des photos de Sylvie, de sa famille, de certains hommes aussi.

— Je tiens aussi à ajouter, messieurs, fait Dassieux, que je suis reconnaissant à la gendarmerie nationale de nous apporter son aide. Nous arrivons sur ce dossier… Sachez que votre expertise nous est précieuse et que je considère que vous…

Dassieux se perd dans les phrases qui doivent réconcilier tout le monde, il a une absence, une fatigue, même sa moustache doute. Autour d'eux, debout ou assis, les gendarmes écoutent, attentifs, sans hostilité visible. Simone Mahieux, elle, se tient toujours debout à côté de son petit bureau, dans sa jupe sage. Gabriel a été un peu surpris de comprendre qu'elle n'est que secrétaire de mairie en temps normal : elle se tient tellement droite, avec un air tellement sérieux.

— On n'a pas demandé que vous passiez en deuxième ligne, c'est tout ce que Dassieux veut dire, s'aventure Gabriel, après quelques secondes de silence très tiède. Tout ce que vous pourrez donner est précieux. On est deux. On nous a dit que vous étiez bons. Aidez-nous. À retrouver cette gamine. Elle est… (il écarte les mains, sans trop comprendre son geste) elle est grande comme ça. Une gamine grande comme ça… elle devrait être avec ses parents.

Aubreuil acquiesce, qui pourrait dire autre chose ? Il y a une atmosphère nouvelle dans la pièce, ils ont été suffisamment humbles, suffisamment coopératifs, tout cela c'est de la politique, eux sont là pour la petite fille.

Aubreuil propose à Simone d'accrocher aux panneaux de liège la copie de la demande de rançon. Dassieux la sort de sa mallette, la secrétaire épingle – voilà, c'est fait, on a commencé à travailler.

Le capitaine Aubreuil hoche la tête et reprend. Il passe en revue les éléments à leur disposition. Les photos, pour commencer.

— Aucun des employés réguliers de la ferme Demest n'a de casier judiciaire. Trois des saisonniers employés par l'entreprise de bûcheronnage Demaret en revanche, ici François Rozière, Paul Puisart et Jean Eymard, ont fait des peines allant de trois à dix-huit mois : petits vols et violences.

— Violences ?

— Eymard. Bagarre de fin de foire, rien sur des femmes, rien sur des enfants. Rozière a eu des problèmes durant son service et a passé trois mois aux arrêts, Puisart s'est embarqué dans de la contrefaçon de sacs de luxe.

Gabriel se rajuste sur sa chaise. Pour lui, enlever une petite fille et taper sur une femme, ça n'est pas la même chose. Dassieux, à côté de lui, a un petit geste apaisant. On attend la fin du compte rendu d'Aubreuil.

Le capitaine désigne tour à tour les portraits des parents de Sylvie, de ses grands-parents, de sa tante.

— Pour que nous ayons tous bien en tête les membres de la famille. Le fils d'Augustin Demest, Michel, a épousé Clémence Leroy il y a quatre ans. Ils se sont rencontrés à l'université. Lille. Michel Demest faisait un cursus de lettres, elle aussi. Elle est tombée enceinte très vite. Demest père a sorti Michel de ses lettres et l'a envoyé en ingénierie agronome à la Catho de Lille. Clémence a passé ses examens de première année avant d'accoucher, mais a interrompu son cursus. Quand la petite est née, ils sont venus vivre à la ferme, tous les trois. Michel Demest a eu son diplôme de justesse. Il reste ici, il aide son père, qui le forme pour préparer la passation. Clémence Leroy-Demest ne travaille pas. La fille des Demest, maintenant. Martine. Elle a dix-sept ans. Ses parents l'ont eue sur le tard. Elle prépare son baccalauréat en internat à Soissons. Oui ?

— Pour ce que ça vaut. Hier, on a mentionné à Demest père qu'on parlerait à Martine à notre tour. Aux parents de la petite, aussi, Michel Demest et Clémence. Il a eu l'air, comment décrire ça, agacé. Il a dit « déjà fait », précise Dassieux.

— Oui, certains des hommes de l'équipe ont pu leur parler, et… comme nous vous attendions… (il a un geste qui semble dire « mais passons ») chacun ici a eu le temps de retranscrire ses notes prises depuis lundi soir. Nous avons également pris les empreintes de toutes les personnes interrogées – le juge Fiquet a demandé qu'elles soient envoyées à Paris.

Dassieux hoche la tête.

— J'ai moi-même interrogé les membres de la famille Demest et mes procès-verbaux sont à votre disposition.

Le capitaine désigne une des tables, sur laquelle sont disposées, propres, des pages dactylographiées, puis regarde les gendarmes présents : ils sont une bonne vingtaine, tous n'ont pas pu s'asseoir.

— Ceux d'entre vous qui viennent d'être mis sur l'affaire peuvent également les consulter, d'ailleurs je le recommande fortement.

Dassieux se gratte la tempe, en silence, sans rien répondre. Au bout de quelques secondes, Aubreuil ajoute :

— Mais bien entendu, si vous jugez nécessaire de parler de nouveau aux Demest…

— Disons surtout que nous ne sommes pas habitués à ce que les personnes impliquées dans l'affaire décident à notre place à qui nous pouvons parler, ou pas.

— Demest a son caractère, dit un gendarme roux.

Le lieutenant Chaval ? tente de se souvenir Gabriel. Ils sont nombreux et serrés dans la pièce, il va devoir retenir leurs noms.

— Son caractère, c'est son affaire, répond Dassieux.

— Mme Mahieux avait préparé des copies à votre intention, dit Aubreuil, mais si ça ne vous semble pas suffisant, bien sûr, parlez à Demest père. Et à quiconque vous semblera nécessaire. Madame Mahieux, si vous voulez bien distribuer les procès-verbaux disponibles ? Je récapitule. Sylvie a disparu entre 16 et 17 heures. Si on en croit Catherine Caron, la petite bonne à tout faire qui monte chaque jour du village, on peut même restreindre ce laps de temps : entre 16 h 30, heure à laquelle elle est sortie de la cuisine avec l'enfant, et 17 heures, l'heure à laquelle Catherine a signalé la disparition de la fillette aux bûcherons qui étaient avec elle dans la cour.

Gabriel, poli, lève la main.

— On lui a parlé, hier. À la jeune Catherine. Elle a l'air d'avoir très peur de Demest. Ou peut-être qu'elle est juste timide. En tout cas, c'est elle qui a perdu la gamine mais on dirait que c'est elle qui en sait le moins.

— Demest père n'est pas un tendre, je vous le confirme, et tout file droit là-haut. Mais sans vouloir être cruel, même si je ne lui ai pas parlé directement, mes hommes vous confirmeront qu'elle est surtout à la limite du retard mental. Lieutenant Chaval ?

— Du mauvais côté de la limite, confirme le gendarme roux, quelques bons pas derrière, même. Pour en sortir trois mots…

Le capitaine avance lentement le long de ses panneaux de liège. Il se tient très droit.

— Mme Augustin Demest dormait. Elle se repose chaque jour entre 16 et 17 heures. Son mari était dans son bureau du premier étage, avec Gustave Mazié, j'y reviens dans un instant. Clémence Leroy-Demest est remontée dans la chambre qu'elle occupe avec son mari. Elle avait prévu de faire une sieste, prendre un bain et se changer avant le dîner. Elle a pour habitude de confier Sylvie à Mélie Bardan et à Catherine, la bonne à tout faire, en général vers 15 h 30, 15 h 45. Lundi, elle avait une migraine ; elle s'est allongée dès qu'elle est revenue dans sa chambre, et endormie. C'est l'agitation consécutive à la disparition de sa fille qui l'a réveillée, vers 17 h 15. Elle dit avoir noté l'heure du petit réveil qui est sur sa table de nuit. Son mari, Michel Demest, était donc dans le bureau de son père à ce moment. Radier, le régisseur, a passé du temps avec Demest dans son bureau du rez-de-chaussée, puis il a été appelé plus loin dans l'enceinte de la ferme, dans le hangar aux machines. Au moment de la disparition de Sylvie, il était avec les Italiens. Il y a un vieil employé qui était déjà là du temps du père de Mme Augustin Demest : Gustave Mazié. Ses déplacements dans les heures qui précèdent l'enlèvement sont plus confus, il semble aller d'un bout à l'autre de la ferme au gré des besoins. Ceci dit, il avait l'air très affecté par la disparition de la petite. Il pleurait quand on l'a interrogé. Il était avec Demest père et fils dans le bureau du premier, quand Sylvie a disparu. Parmi toutes les personnes qui côtoient Sylvie directement au quotidien, il reste encore Mélie Bardan, qui cuisine, s'occupe de l'intendance, de la préparation et du service des repas ; elle était dans la cuisine quand Clémence Leroy-Demest y a laissé sa fille, et elle y était encore quand Catherine, la fille à tout faire, est venue voir si la petite y était, après donc que Sylvie a disparu.

Aubreuil s'interrompt, jette un coup d'œil au visage de la petite fille, cheveux courts et bouclés sur la photo en noir et blanc accrochée aux yeux de tous, se reprend :

— A été enlevée. Aucune des personnes que je viens de vous citer n'a reconnu avoir quitté la ferme durant l'après-midi de lundi.

— Et la cadette ? demande Dassieux. La tante de la petite ? Martine ?

— Lundi, elle était chez une amie toute la journée, pour étudier. Elle est revenue le soir, vers 18 heures, raccompagnée par l'amie et son frère, alors que l'agitation était déjà à son comble. On l'a expédiée dans sa chambre, elle n'a plus quitté la maison. Son entretien est court : elle ne sait rien.

— Oui, alors effectivement, peut-être que ce n'est pas la peine de l'interroger de nouveau… concède Gabriel.

— C'était mon opinion. Demest est persuadé que l'enlèvement est le fait d'un ou de plusieurs inconnus ; que sa prospérité est connue dans la région et qu'il peut s'agir de gens venus de plus loin. Mais voici le problème que me pose cette théorie. C'est que la petite s'est envolée en quelques minutes, et qu'une fois les bûcherons exclus, on peut partir du principe que seules des personnes habituées du lieu auraient pu se déplacer dans la ferme sans attirer l'attention. Donc, notre priorité a été d'interroger l'équipe des saisonniers ; puis rapidement, de nous assurer des déplacements et alibis des autres ouvriers présents ce jour-là. Jusqu'ici, ça n'a rien donné : tous ceux auxquels nous avons parlé ont vu leur emploi du temps confirmé, certains par Radier, d'autres par des collègues. Lorsqu'on nous a donné ordre d'attendre votre arrivée, notre nouvelle piste était la vengeance, couplée au motif de l'argent. Qu'il s'agirait de quelqu'un qui chercherait réparation, en quelque sorte. Je vais m'expliquer. Regardez ici.

Au bout du doigt du capitaine, la carte du Domaine, hachurée, en vert, bleu, rouge et jaune.

— La carte représente les terres de l'exploitation Demest, anciennement Andreux, et qui appartenait au père de Madame. Cette carte date de 1936, et j'ai besoin de votre attention pendant que je vous explique pourquoi nous n'avons pas tout simplement utilisé le cadastre tel qu'il existe actuellement. En rouge, au centre, ici. Les bâtiments et les terres tels que Madame les connaissait durant son enfance. Demest père a épousé la terre, c'est elle qui a grandi ici. En 39-45, l'exploitation a été réquisitionnée par les Allemands, comme toutes les terres de la région. Quand les Allemands ont été mis dehors, Andreux a récupéré ses terres, sa maison et son gendre. Sa fille avait déjà du bien, comme on dit, au moment de son mariage avec Augustin Demest. Mme Andreux-Demest n'a d'ailleurs jamais travaillé aux champs ; son père était déjà un employeur important pour les environs quand Demest a repris la ferme. Mais quand celui-ci a pris les rênes, il avait de grandes idées. Ici, en jaune, ce qui correspond à sa première vague, si l'on peut dire, d'investissements. Autour, il y avait des pâturages. D'autres fermes, plus modestes. Après 1945, certains hommes ne sont pas rentrés. D'autres sont revenus, très diminués, incapables de reprendre leur travail et ont choisi de vendre. Gustave Mazié nous a expliqué que, dans la région, certaines fermes se sont maintenues à flot entre 1945 et 1946, 1947. Le temps que tous les hommes qui pouvaient ou voulaient rentrer, rentrent. Pas tous en bon état. Certaines fermes ont été vendues après, entre 1947 et 1950. Le patron ne supportait pas que les femmes prennent le relais. Ou les fils n'étaient pas à la hauteur. Ou les femmes qui avaient repris la ferme ne parvenaient pas à obtenir les prêts nécessaires aux investissements qu'imposent le maintien et le développement des cultures. Quoi qu'il en soit, Demest a repris toutes les terres des petits paysans qui battaient de l'aile. Au début, il a même fait des investissements qui n'avaient pas de sens ; des parcelles éloignées, isolées, qui ne jouxtaient pas les siennes. Dans la région, on ne comprenait pas, nous a dit Mazié. C'est pour ça qu'ici, sur cette deuxième couronne, nous avons une alternance en jaune et vert. Le vert, c'est la deuxième vague. Demest a mis du mouton dessus, de la vache. Il a fait un peu de laine, un peu de lait, et puis plus du tout de laine, et beaucoup de lait. Il y a quinze ans, on transformait encore à la ferme, Gustave partait sur les marchés, il y avait du fromage. Et puis Demest a négocié pour écouler toute sa production directement aux usines Lactalis. Bridel était plus grand, mais eux payaient mieux et essayaient de mettre en place des contrats d'exclusivité. Ce qui nous mène ici.

Aubreuil pointe de nouveau vers la carte.

— Cette dernière couronne, la bleue. Demest possède désormais près de cinq cents hectares et il en acquiert davantage chaque année. Quand il a enfin eu fini de consolider sa « deuxième couronne », qu'il a eu assez d'argent, il est passé à la troisième. Il a revendu les vaches, est passé à la betterave, avec cette même méthode de négocier de gros volumes directement avec d'autres patrons d'usines. Il avait apparemment de quoi poser ce qu'il fallait sur la table. De quoi convaincre les derniers réticents dont les enfants ne voulaient plus faire leur vie dans la terre. Et même quand les enfants voulaient… même quand en face on tenait aux champs, Demest père avait l'argent. Et il avait les contrats. Lactalis, c'était le début. Demest s'est fait un réseau. De nouveaux industriels, des conquérants. Des gens qui pouvaient proposer de très bonnes conditions, ou au contraire, de très mauvaises à ceux qui contrariaient les plans de Demest. Observez bien ces couronnes, de la rouge à la bleue : c'est le domaine de Demest qui s'étend, c'est tout ce qu'il a accumulé. L'œuvre de sa vie. Toutes ces petites parcelles, qui sont en jaune, en vert, en bleu, avec les noms dessus. Ce sont les noms de ceux auxquels il les a pris, et je n'emploie pas ce mot par hasard.

Aubreuil parcourt du regard les hommes qui l'écoutent.

— Pour ceux ici qui n'ont jamais travaillé la terre, dompté la terre, ça ne veut pas dire grand-chose. Ce n'est que ça, de la terre. De la boue, dit encore Aubreuil, et il s'empêche, Gabriel le voit, de regarder précisément les deux flics venus de Paris.

— Pour ceux qui connaissent bien la région ou ceux qui ont, comme moi, des racines paysannes, reprend Aubreuil, la terre n'est jamais seulement de la terre. C'est une conquête, un combat, c'est une fierté. On vous la donne, c'est un honneur. On vous l'arrache et c'est une défaite, une dépossession. Un soulagement peut-être… mais aussi une humiliation. Augustin Demest, son Domaine, sa production valent désormais trente-cinq millions de nouveaux francs. Et ces noms, sur les terres qui sont devenues celles de Demest, ce sont les noms des gens qui peuvent lui en vouloir.

Gabriel se passe une main dans les cheveux.

— Ça fait beaucoup.

Rien d'autre ne lui est venu et il sait sa remarque inutile : tous ont la même carte devant les yeux. Beaucoup d'argent, et beaucoup de rancœur, d'envie, larvées, germinales, possibles. Mais tout ce discours, la terre, la terre, la boue; Gabriel a de nouveau cette vision d'un tout petit corps, très blanc, très mort, la bouche ouverte et gonflée d'une masse sombre, granuleuse, les dents de lait minuscules noyées dans une poussière grasse et noire, la terre, la terre, la terre lourde, riche, omnipotente, et la mort.

— Oui, confirme le capitaine. Cela fait beaucoup. Mes hommes et moi allons rendre visite aux « dépossédés », la plupart vivent encore dans la région. Certains d'ailleurs travaillent aux champs chez Demest, nous allons vous donner leurs noms et je suggère que vous alliez voir ce qu'ils ont à dire avant de parler à la famille ?

Gabriel et Dassieux acquiescent.

C'est à cela que Dassieux et Gabriel passent leur vendredi, leurs chaussures de Parisiens s'alourdissant étape après étape du poids du passé, des renoncements, des regards en biais. À naviguer entre les hangars, les resserres à outils et les serres où on s'active à des semis divers. À parcourir et à comprendre, au fur et à mesure que les noms et les entrevues s'égrènent, les couronnes successives de la ferme, ses frontières d'hier et ses rancunes d'aujourd'hui. Ils ont plusieurs noms sur la liste établie par Simone Mahieux : ceux dont le ressentiment serait le plus fort, ceux d'hommes qui ont dû renoncer non seulement à leur terre, mais à leur maison, et sont venus travailler à la ferme et loger au village, montant chaque jour œuvrer à la richesse d'un autre. Mais on leur dit peu. Ce n'est pas que l'on refuse de leur parler. Gabriel et ses joues lisses, ses yeux de garçon gentil, police nationale, oui, mais à l'air inoffensif. Dassieux et son air de ne pas y toucher, sa moustache qui sourit. Ce n'est pas que l'on refuse de leur parler ; c'est qu'on estime qu'il n'y a rien à dire.

— Ou peut-être qu'ils ne peuvent pas, avance Gabriel.

Dassieux mâche. Il ne répond pas. Sa mastication appliquée signifie « explique ».

— On demande, excuse-moi, mais on demande s'ils lui en veulent assez pour pouvoir lui faire du mal. De ce qu'on sait, ces fermes ont été achetées à prix juste. Bas, mais juste. On leur demande s'ils connaissent quelqu'un qui voudrait faire du mal à Demest. Et je crois qu'au fond, oui. Qu'ils voudraient tous lui faire du mal. Ils sont jaloux. Il a trop. Il est trop. Trop riche, trop puissant. Mais c'est ça qui commence à me... on parle de lui, de lui, de son argent, de ses champs, de ses betteraves. Est-ce qu'on n'est pas en train d'oublier le plus important ? Est-ce qu'on n'est pas en train d'oublier Sylvie ?

Dassieux déglutit. L'heure du déjeuner était passée depuis longtemps quand ils sont redescendus chez Salors pour manger. Sa femme n'avait plus rien du déjeuner et pas encore de dîner mais leur a servi un sandwich, énorme, débordant de fromage et de jambon. Il essuie sa moustache et se lève.

— Je vais appeler le juge.

Il revient quelques instants plus tard, s'assied, lourd.

— Il y a bien des empreintes sur la lettre, mais ce sont seulement celles d'Augustin Demest ; de sa femme, et puis de la mère et du père de Sylvie. Sur l'enveloppe, plusieurs, des inconnues, et celles de Demest, celles du régisseur, et celles de la petite qui a récupéré le courrier du facteur, Catherine. Pas d'informations utiles de ce côté-là.

Gabriel pose son sandwich. Son ventre se tordait de faim, mais il est dégoûté soudain, sa vision de Sylvie étouffée de terre revenue coller à ses paupières, cogner à son crâne.

— On retourne à Anceny ?

— C'est ce que demande le juge. On continue de chercher, jusqu'à ce qu'on trouve.

— On part tout de suite ? Ou j'ai cinq minutes ?

— Tu as le temps d'appeler ta Claudia, si c'est la question. Je nous commande des cafés.

— *Je vous transfère au central de Paris*, fait la voix de l'opératrice.

Mais la sonnerie retentit dans le vide, et finalement une autre voix de femme l'informe qu'il n'y a personne chez lui. Quand Dassieux le voit raccrocher, il se penche en arrière sur son siège, dans la salle de restaurant vide, et pointe son index dans une direction vague, vers le haut.

— Préviens l'équipe d'Aubreuil. On remonte au Domaine.

Quand ils se garent dans la cour des Demest, Radier est en discussion avec Gustave Mazié. Ils entendent des mots à propos d'une génisse pleine à surveiller, avancent vers les hommes – alors que Radier met fin à l'échange de manière expéditive, et que le vieux Mazié les quitte, se dirigeant vers l'étable.

— Ils ont inspecté, je suppose. L'étable où la petite était avec les chats ? Avec… Camille ?

— Catherine, Gabriel : Catherine.

Justement, elle passe, cette fille insignifiante dont Gabriel ne parvient pas à mémoriser le nom. Furtive, voûtée, les yeux braqués au sol, un seau de quelque chose lui tirant l'épaule vers le bas.

— Bonjour, lui lance Gabriel, qui se sent un peu, un peu quoi, coupable peut-être, pourtant ce n'est pas non plus dans ses habitudes.

La jeune fille marmonne quelque chose de servile, sans le regarder dans les yeux. Elle le met légèrement mal à l'aise, peut-être : son air borné, et puis ce qui se dégage d'elle, quelque chose de pauvre, de désespéré, une nudité de classe, de gens qui vivent en chaussures sales. C'est ça : cette fille, elle fait sale. Comment, pourquoi, alors qu'elle n'a pas de trous aux coudes, pas de nœuds aux cheveux ; alors que son tablier, prêté par la maison sans doute, a cet aspect amidonné qui fait les réputations respectables. Mais elle est là, avec cet air d'avoir froid, d'être recroquevillée, et ces pupilles vides accrochées à la terre. Gabriel pose son regard ailleurs, avec une indifférence vaguement soulagée.

— Les parents de la petite, réclame Dassieux au régisseur. On voudrait leur parler.

Le régisseur a un coup de menton vers la bâtisse, en rajustant la grosse écharpe glissée dans son veston.

— Et la cadette, aussi. Martine. Martine Demest.

— Mais… les gendarmes lui ont déjà parlé, dit Radier.

— Et alors ? Qu'est-ce que ça peut vous faire ? réplique Dassieux, piqué.

La journée s'allonge, la lumière baisse déjà, sa bonhomie elle aussi se dissout dans la fatigue accumulée. Ils suivent Radier sous la coursive, jusque dans la cuisine où Mélie verse de l'eau dans une théière et lève des yeux craintifs en les voyant entrer. Gabriel lui sourit, rassurant. Dassieux, lui, ne sourit pas : c'est l'entrée des domestiques et cela le vexe. Quand ils sont à l'intérieur, Radier annonce : « Je vais prévenir », tentant visiblement de les laisser sur place. Dassieux souffle fort par les narines et dit :

— Non, on vous accompagne.

Ils le suivent, par le couloir qui relie ceux qui servent et ceux qui sont servis. Radier les laisse dans le hall d'entrée, et Gabriel regretterait presque la cuisine, avec sa tiédeur moite et ses parfums de nourriture. Le hall est carrelé de sombre. Les murs hauts, recouverts d'une tapisserie aux motifs vert et bleu foncés emplissent Gabriel d'une sensation d'obscurité et de solitude, malgré les lampes allumées à mi-hauteur, leur forme de tulipe et leur lumière jaunâtre.

— Ils commencent à me courir sur le râble, lâche Dassieux, alors que leurs pas s'accumulent sur les carreaux en damier crème et gris anthracite. On nous fait entrer par la cuisine, maintenant il faut attendre pour leur parler ? On n'est pas leurs larbins.

Catherine se faufile dans le salon, passe dans le hall, un plateau à la main. La mère de Sylvie n'a pas réclamé de thé mais c'est l'heure où elle en prend parfois et Mélie l'a envoyée à sa place, comme souvent, toujours presque. Si la vieille la voit, elle froncera les sourcils, mais elle ne dira rien. Elle a demandé que Catherine ne serve pas à table, mais un thé, cela ne compte pas pareil, et si cela ne contrarie pas sa belle-fille d'être servie par la bonne à tout faire, tant pis. Surtout, si elle pose la question il y aura une réponse, et si la question est : « Pourquoi Mélie ne monte-t-elle pas le thé elle-même ? », la réponse sera : « Pour ne pas croiser

Monsieur », et la vieille n'a pas du tout envie d'entendre cette réponse. Cela fait quarante ans et combien de Mélie, combien de Catherine, qu'elle esquive cette réponse, avec des froncements de sourcils, des airs dignes et des signes de croix. Alors quand Catherine doit monter jusqu'à la chambre du deuxième étage où dort Clémence, elle garde le pas vif et les yeux baissés, pour éviter et Monsieur et les sourcils de sa femme. Dans le hall, elle dépasse les deux policiers. Ils semblent irrités et ne font pas attention à elle. Le jeune lui a souri sous la coursive, elle a bien vu qu'il voulait avoir l'air gentil, mais cela n'avait rien à voir avec le sourire qu'il a lancé à Mélie en entrant dans la cuisine – Catherine a vu son alliance, pourtant. Le vieux policier l'ignore aussi, d'une manière différente : il est fatigué, cela se voit à la manière dont il se frotte la nuque, dont il reporte le poids de son corps d'un pied à l'autre, d'un pied à l'autre. Ils ont de la boue collée à leurs chaussures, elle va devoir nettoyer. Elle entend la porte du bureau qui s'ouvre et atteint le palier de justesse, à temps pour se glisser dans le couloir qui dessert les chambres avant que Radier et son patron sortent du bureau.

Quand apparaît Demest sur le palier du premier étage, qui les dévisage du haut de la volée de marche, Dassieux fourre les poings dans ses poches et Gabriel sait que son agacement continue de monter.

— Vous avez demandé à parler à mon fils ?

— Votre fils, votre belle-fille, votre cadette.

— Mais ils n'étaient pas dans la cour au moment où Sylvie a été enlevée.

Cette fois Dassieux avance, l'impolitesse de ses poches toujours tendues de poings, et pose le pied sur la première marche. La boue de ses chaussures macule la pierre blanche.

— Ils refusent de nous parler ?

Demest ne répond pas tout de suite, on sent ses méninges qui s'agitent ; il ne peut pas être sans savoir que la question s'accompagne d'autres embarras, qui dépassent de loin la terre sur son escalier : de l'entrave à la justice, de la convocation officielle. Gabriel voit sur le front de Demest des rides de contrariété : peut-être regrette-t-il maintenant d'avoir demandé qu'on fasse venir des policiers de Paris ; peut-être ne s'attendait-il pas à ce qu'ils soient moins obéissants que les gendarmes. Il les regarde de haut, et ça n'a rien à voir avec l'escalier. Demest s'autorise encore quelques secondes de silence, avant d'agiter la main avec brusquerie et d'enjoindre à son régisseur :

— Dans votre bureau, Radier.

Demest fils ouvre la porte et Clémence Leroy-Demest se faufile dans le bureau du rez-de-chaussée.

Dassieux a pénétré dans la pièce il y a quelques minutes d'un pas vif, comme requinqué par la contrariété alors que Gabriel commençait à le trouver fatigué. Il a fait crisser les chaises en les tirant ; Demest père commence à lui sortir par les yeux, cela se voit, lui qui pourtant s'agace difficilement. Gabriel a cru un instant que son collègue allait transformer sa contrariété en froideur et accueillir les parents de Sylvie sans égards, mais quand Clémence passe sous l'ampoule, la lumière crue dévoile les cernes profonds qui creusent ses yeux et Dassieux se lève, salue avec un ton compatissant. Il a bon fond.

Michel Demest s'assied sans un mot. C'est le fils de son père, c'est le nez de son père, les sourcils de son père, la taille de son père, plus grand même, mais la stature est tout autre, ce n'est même pas le poids ou le muscle : c'est la densité d'être. Il n'a pas cette force obstinée, à la limite du brutal, qui tend les gestes de Demest père. Gabriel s'est promis de se faire sa propre opinion, de ne pas tenir compte de ce qu'on lui a dit, que Michel Demest s'était laissé détourner du destin qu'il avait choisi, modeler par son père. Mais même avec la meilleure volonté du monde Gabriel ne voit que cela : le fils d'Augustin Demest est un mou. Michel est malléable, bonne pâte, glaiseux presque, avec ses cheveux bruns, ses yeux marron et ses contours coulants. Pas étonnant que son père, habitué à domestiquer la terre, ait tracé des sillons et coulé son fils à l'intérieur. Michel Demest est tant le fils de son père que Gabriel réalise, étonné, que personne n'a considéré sérieusement que c'est à lui qu'on puisse vouloir faire du mal, que c'est lui qu'on puisse vouloir atteindre en enlevant sa fille. Mais quel genre d'ennemi peut bien se faire un homme comme celui-ci ? se demande Gabriel, avant de réaliser que Michel Demest est né riche, pondu sur un sommet qu'il n'a rien fait pour atteindre, un petit sommet certes, un sommet boueux, mais un sommet cependant. Et que cela seul peut créer la rancune. Mais alors que Demest fils répond à leurs questions, laconique et perdu, hébété – ou bête, peut-être – Gabriel a la conviction que si Sylvie a été enlevée, ce n'est pas parce qu'elle est la fille de Michel Demest, mais bien la petite-fille d'Augustin.

— Et durant vos études ? Pas de rivalités ?

Dassieux aligne les questions, il tente de trouver dans la vie de Michel Demest une aspérité, quelque chose, un motif de hargne, de vengeance, de querelle, mais chaque fois Michel se contente de murmurer « Non » et de s'affaisser encore davantage, fondant sur sa chaise.

— Votre service militaire ?

— Je faisais mes études… mon père avait décidé que je prendrais sa suite…

Exempté, bien sûr ; ni Dassieux ni Gabriel n'affichent la moindre surprise. Gabriel change d'angle sur sa chaise, voit un reflet sur la main de Clémence que serre Demest fils. Il comprend que l'homme a les doigts moites, que ses paumes suent, et il considère Clémence en se demandant ce qu'elle a bien pu lui trouver. Mais peut-être Michel Demest avait-il une autre allure, entouré de livres, dans les cafés de rues pavées, la silhouette tenue par une veste de ville, de jolis souliers aux pieds, quand il était Michel l'étudiant en lettres et pas Demest fils, hériter du petit empereur à betteraves. Dassieux a fait le tour de ses questions, ne se donne même plus la peine de noter les réponses, c'est non, toujours non, Michel n'a de sa vie jamais volontairement rien fait, rien vu, rien aimé, rien combattu au point de se faire des ennemis.

— Et vous ? Madame Demest ?

Il y a un silence. Gabriel tente de nouveau, adoucit la voix :

— Madame Demest ?

Cette fois, Clémence relève la tête. Elle a un mouchoir de cotonnade fripée emmêlé dans les doigts, et ses yeux sont secs mais injectés de sang. Si blonde, son nez rosi par le chagrin, elle a des airs d'animal malade et épuisé.

— Pensez-vous à quelqu'un qui pourrait avoir un autre motif que l'argent pour enlever votre fille ? Que quelqu'un pourrait vous en vouloir, à votre mari, à vous ?

Elle secoue la tête : non.

— Dans la région ?

— On ne sort presque jamais d'ici. Quand on voit du monde, ce sont mes beaux-parents qui reçoivent. Je n'ai pas grandi dans la région.

— Ou ailleurs... Vous êtes originaire de Lille, c'est bien cela ?

— De Lille. Mais moi, je n'ai pas de fortune, rien qui fasse des jaloux. Mes parents sont... étaient instituteurs. Ils m'ont laissé de quoi faire des études, j'avais prévu...

Elle ne précise pas ce qu'elle avait prévu de faire, ou de devenir. Elle ajoute seulement :

— Je travaillais, à côté de la faculté. Et puis, Sylvie.

Elle a un sanglot, quelque chose d'un peu surprenant, rauque, sec, qui s'envole dans la pièce, sans larmes pour l'accompagner.

— Je voulais continuer, j'allais... je voulais finir ma licence avant...

La phrase s'éteint. De nouveau, rien de ce qu'elle allait faire, et le flou qu'elle évoque d'un mouvement de poignet, c'est l'année dernière sans doute, 1968, les événements, la bourrasque, l'occupation des universités. Clémence est partie juste avant que cela bouge pour venir habiter là où on fait de son mieux pour que tout reste en ordre, aligné, comme des rangées de betteraves. Elle n'achève pas sa phrase, porte une main à sa tempe, la masse sans tendresse. Quand elle baisse le bras, Michel lui reprend la main.

Sans y réfléchir vraiment, Gabriel lance :

— Vous pourriez y retourner.

Puis, sentant confusément que cela pourrait vouloir dire « maintenant que vous n'avez plus Sylvie », il s'empresse d'ajouter :

— Quand votre fille sera plus grande…

Mais il sent les gros yeux de Dassieux et la maladresse de sa remarque ; il ne peut pas promettre que Sylvie sera plus grande. Il ne peut rien promettre. Gabriel cherche autre chose à dire, vite, lève les sourcils, supplie du regard Dassieux de le tirer du bourbier. À sa surprise pourtant, Clémence dégage sa main de celle de son époux, croise les bras, puis secoue simplement la tête.

— Mes beaux-parents sont contre.

Cela a des airs de réflexe, de phrase déjà pensée, déjà dite, déjà débattue peut-être. Cela a des airs de normalité dans le chaos. Clémence voudrait reprendre ses études, ses beaux-parents sont contre. Cela n'a rien à voir avec Sylvie sans doute, ce sujet évoque la dispute fréquente, et peut-être retrouver des reproches familiers fait-il du bien à Clémence, parce qu'elle se redresse petit à petit, se recompose légèrement, relève le menton, d'un rien.

— Mon mari va reprendre l'exploitation, je n'ai pas besoin d'un nouveau diplôme pour ça, surtout pas un diplôme de Lettres.

Elle déballe cela avec un ton qui tend vers l'acide et sent la citation – de Demest père ?

— Clémence... Sylvie... souffle Michel Demest, avec un air de réprobation, et de nouveau sa femme baisse le menton, se recroqueville sur la chaise, elle ne pense plus qu'à sa fille et ses yeux bouffis se mettent à briller de larmes.

— Ça n'a rien à voir avec... mes parents pensent juste... avance Michel Demest.

Tout en lui renonce, ses phrases aussi. « À quoi bon ? » demande la courbure de sa nuque ; et Gabriel soupçonne qu'il l'a courbée de même quand Demest père et sa femme l'impératrice ont décidé que c'en était fini des Lettres, fini de la vie à Lille, fini aussi des études de Clémence et de toute velléité de bourrasques : il allait rentrer dans le rang et au Domaine, avec femme et enfant, et tant pis si la femme en question souhaitait autre chose. Dassieux pose encore quelques questions mais Clémence ne relève plus la tête, ne s'énerve plus. Son époux l'en empêche, sans violence aucune, juste avec ces mots d'à quoi bon. Il est inutile de protester, inutile de se laisser aller à la rage. Michel Demest n'est sans doute pas fait lui non plus pour se frotter à la terre noire, qui, rampante et dure, pourrait bien l'avaler tout entier. Mais à quoi bon.

On n'en tire plus rien, de ces deux-là. La nuit est opaque au-dehors et leur désespoir évident : s'ils savaient quoi que ce soit qui pouvait aider à retrouver leur fille, ils l'auraient dit depuis longtemps déjà. À peine les jointures blanches de Clémence sur l'étoffe du mouchoir quand Dassieux tient à demander :

— Vous confiez souvent la petite à cette fille, Catherine ?

Clémence a un sursaut, un éclat dans les yeux : elle en veut à cette fille, elle lui en veut à mort, c'est évident. Mais Michel Demest dit « Ce n'est pas sa faute à elle », ajoute que oui, souvent, que sa femme a des migraines et se repose une petite heure dans l'après-midi, « N'est-ce pas Clémence ? ». Que Catherine n'est pas bien maligne mais gentille avec la petite et qu'ils avaient confiance, que c'est Catherine d'ailleurs qui a donné l'alerte, et Clémence achève de se dégonfler sur son siège, son mari sans le vouloir sans doute a même réussi à la priver de colère. C'est ce qu'il lui faudrait peut-être, pourtant : un peu de rage, de quoi se tenir debout. Mais Clémence se masse les tempes de nouveau et demande si elle peut s'en aller.

— Bien sûr, dit Dassieux.

Gabriel se lève pour leur ouvrir la porte, il n'est même pas 18 h 30 mais dehors il fait nuit noire. Clémence Demest sort la première, son mari juste derrière elle, et elle manque se cogner contre la petite à tout faire, Catherine, voilà ça a fini par rentrer : Catherine. Clémence Demest s'immobilise, et son mari, trop proche pour avoir le temps de comprendre et de s'arrêter, la bouscule en silence puis se déporte légèrement. Il y a un bruit faible, le son d'un hoquet, Clémence est arrêtée, son mari à son côté. Gabriel voit le corps entier de Clémence qui se tend, qui tremble presque, c'est dans la nuque, les épaules. Face à eux, la jeune fille est tétanisée, les yeux braqués au sol, ne bouge pas. Elle devrait pourtant, ce sont les patrons, mais elle est prise dans le regard des parents de Sylvie comme un lapin dans la lueur de phares, voûtée, espérant peut-être un salut dans l'immobilité totale. Cela dure deux secondes et une vie, et puis Michel Demest pose sa main sur l'épaule de sa femme et dit : « Clémence » et elle s'écarte, de tout, de son mari, de sa main, de Catherine. Elle avance, dépasse la porte de la cuisine, quitte la coursive, s'aventure sur la terre glacée de la cour et monte les marches du porche. Derrière elle, Demest fils et ses grands pas mous, il gravit les marches de la belle entrée, la porte se referme, ils sont partis. Sur la coursive, la fille n'a pas bougé, elle doit connaître les dalles par cœur maintenant.

— Tiens, toi, dis Gabriel, va demander à Martine Demest de nous rejoindre dans le bureau du régisseur.

Il a parlé gentiment mais elle sursaute. A-t-elle seulement compris ? Gabriel éprouve le besoin de s'en assurer :

— Tu as bien saisi ? demande-t-il, avec toute la gentillesse qu'il parvient à convoquer dans la nuit froide pour cette fille qui refuse même de le regarder, de lui sourire. Martine Demest ? La fille du patron ? On est dans le bureau de Radier, ici, ce bureau, juste là. Qu'elle nous rejoigne, d'accord ?

Elle hoche la tête, fait demi-tour, et se faufile par la porte de la cuisine avec des mouvements de rongeur. Gabriel se passe une main sur la joue, sent la barbe qui affleure à la surface de sa peau. Il est tard, la journée était longue, il a froid, il veut un café, il veut retrouver Sylvie, il veut partir d'ici. Quand il retourne dans le bureau de Radier, malgré la fraîcheur minérale qui flotte entre les murs de la pièce, il sent l'odeur de Michel Demest et de sa femme, une odeur de transpiration mêlée de savon de qualité, une odeur d'épuisement et de désespoir, l'odeur de Sylvie qui manque.

Dassieux est en train de tisonner les braises dans le poêle ridiculement petit du régisseur.

— Ajoute une bûche, si tu veux, propose Gabriel, en lui tendant un des morceaux de bois qui attendent dans le panier posé contre le mur, à l'entrée de la pièce. Dis donc, ça me fait penser… on n'a toujours pas croisé le maire d'Anceny ? Demaret ?

— Si, chez Salors, tout à l'heure. Il faisait signer un bon de commande pendant que tu étais au téléphone. C'est lui le patron des bûcherons.

— C'est pas maire, son boulot ?

— Arrête de faire ton Parisien, Gabriel. Maire, ce n'est pas un emploi à plein temps partout. Regarde-moi ça, c'est quoi ces bûches, les Allemands rationnent toujours ou quoi ? Pas étonnant qu'on se les pèle.

Gabriel n'a rien à répondre. Les bûches font vingt-cinq centimètres tout au plus, il soupçonne que la taille et la quantité de bûches dépensées par Radier sont l'objet d'une surveillance rigoureuse.

La bûchette a le temps de prendre et Dassieux celui de se plaindre encore un peu avant que Martine Demest pousse la porte. Elle est sortie sans manteau et reste sur le pas de la porte, les mains passées sous ses aisselles pour les tenir au chaud. Elle n'a pas frappé – peut-être qu'elle a trop froid, ou peut-être n'a-t-elle pas l'habitude de visiter cette pièce du Domaine. Ou de demander la permission d'y entrer, pense Gabriel. Dassieux lui fait signe d'ouvrir la porte en grand, mais Martine Demest n'entre pas, reste face à eux, les pieds toujours sur le sol de pierre de la coursive.

Petite fille sage, pense Gabriel, et c'est très exactement ce qu'est Martine Demest, dans sa jupe de lainage très sagement trapèze qui lui arrive très sagement sous le genou, son pull à col très sagement roulé. Elle a des cheveux brun foncé, coiffés avec soin, lustrés au point qu'on les croirait humides, et des yeux noirs qui donnent l'impression inconfortable de n'être que des pupilles, éteintes et impassibles.

— Il est bientôt 19 heures, dit Martine Demest.

— En effet, confirme Dassieux, après un coup d'œil à sa montre.

— Nous allons dîner.

— Ce n'est pas une invitation, je présume, répond Dassieux en retour, sans récolter même un sourire.

— Et mon père dit que vous ne pouvez pas me parler sans lui. Je suis mineure.

Dassieux lève un sourcil.

— Eh bien, pourquoi n'est-il pas descendu avec vous ?

— Parce que nous allons dîner, dit-elle encore, d'un ton qui laisse entendre qu'elle s'adresse à quelqu'un de trop lent.

— Je vais le chercher, alors, propose Dassieux, et en face de lui, Martine Demest décroise les bras et a un mouvement du pied, presque comme si elle allait piétiner.

— Ce n'est pas la peine, j'ai déjà tout dit aux autres gendarmes. Je n'étais pas là, je suis rentrée vers 18 heures, 18 h 15 peut-être. Tout le monde était déjà en train de chercher.

— Et où étiez-vous, jusqu'à 18 heures ?

— Je l'ai déjà dit…

Dassieux se redresse et sa voix se défait de sa bonhomie.

— Oui, mais moi je suis la police, et là mademoiselle, c'est moi qui demande.

Elle hésite une seconde, puis se fait polie, et répond, les bras de nouveau croisés en travers de la poitrine :

— J'étais à Soissons, c'était le début des vacances. J'ai quitté l'internat le samedi soir, et je suis restée chez une amie.

— Pourquoi ?

— Mais... pour travailler...

Elle est toujours debout sur le pas de la porte qui laisse passer un air glacial. Gabriel l'observe, pendant qu'elle répète presque mot pour mot ce qui est déjà dans les procès-verbaux partagés par Aubreuil : la nuit chez une amie, l'exposé, le retour le lundi raccompagnée par l'amie et son frère, arrivée dans la pagaille, Sylvie disparue depuis plusieurs heures.

Il y a un bruit de clenche, et une petite silhouette emmitouflée passe dans la cour : la fille de la cuisine. Elle doit avoir fini sa journée. Elle avance à pas rapides, s'arrête une seconde pour leur jeter un regard, puis repart, vivement. Le contraste avec Martine est saisissant ; avec son port de tête, l'intelligence dans son regard, sa constitution solide, elle qui n'a jamais manqué de rien. Un monde entier entre elles deux.

— Vous vous entendez bien avec votre belle-sœur ? demande encore Dassieux à Mlle Demest.

— Clémence ?

— Vous en avez d'autres ?

Quelque chose passe dans les yeux de Martine, une impertinence.

— ... pas que je sache.

— Vous trouvez ça drôle ? demande Dassieux, encore un peu plus grave, à la limite de la réprimande, et Gabriel sent que ce n'est pas la bonne manière de s'adresser à la fille Demest, qu'elle a quelque chose d'insaisissable.

Il regarde encore les bras fins, plus tordus que croisés, et puis ces cheveux luisants et ces yeux sans fond : Martine Demest a quelque chose de l'anguille. Tirée de force sur la terre ferme elle fait la morte et n'a de mouvements que le strict nécessaire, mais à la première occasion, elle va se tortiller et s'échapper. Retourner se dissimuler dans un trou de vase, elle la fille-anguille de l'Empereur.

La suite donne raison à Gabriel : Martine Demest se met à répondre aux questions de manière courte et précise, ouvrant grand les yeux pour appuyer son ignorance et sa bonne volonté. Décidée à accélérer cet échange qu'elle trouve, et elle ne fait aucun effort pour le dissimuler, inutile. Il y a encore quelques questions, Martine ne dévie pas de ses premières déclarations, elle n'a pas d'ennemis, elle est désolée pour son frère et sa belle-sœur, elle sait que son père a de l'argent.

Quand Dassieux s'adoucit et demande : « Vous êtes attachée à la petite Sylvie ? », il y a un remous dans les yeux noirs de Martine, quelque chose d'authentiquement peiné.

— Oui, répond-elle, et sa voix s'est voilée, un peu.

Et puis elle les regarde, tour à tour, et dit avec un ton sincèrement désireux de convaincre :

— C'est ma nièce. Je l'aime beaucoup. J'espère qu'elle va revenir vite.

Une voix contrariée appelle Martine. Sa mère est sortie sur le perron, s'est résignée à descendre les marches, à rejoindre la coursive et à s'avancer presque jusqu'au bureau du régisseur.

— Martine ! Nous dînons !

Martine hausse les épaules. La reine appelle, alors elle obéit, recule, sans un mot pour ses interlocuteurs, une petite lueur de satisfaction au coin des lèvres peut-être. Aux policiers le régicide, si cela les tente.

— Vous ne l'avez pas interrogée sans mon époux, j'espère, jette Mme Demest à Dassieux.

— Elle est mineure, complète le collègue de Gabriel, comme récitant une comptine déjà connue.

Mme Demest lui lance un regard plein de contrariété, et s'écarte pour laisser Martine quitter le bureau.

— Tu sais que ton père n'aime pas attendre à table, dit-elle, et sans un autre regard pour les policiers, une main sur l'épaule de sa fille, elle repart vers le perron.

Dassieux et Gabriel arpentent la cour, des regards ici ou là, cherchant Radier, qui n'est nulle part.

— On va voir les Italiens ? propose Dassieux.

Gabriel acquiesce. Ils quittent la clarté très relative de la cour pour se diriger vers le champ est, dépassant au passage la maison du régisseur, où aucune lumière n'éclaire les fenêtres. La baraque de brique, isolée plus loin dans le champ, brille elle comme un phare dans la nuit. Devant la porte, ils entendent des voix et de la musique.

— Eh bien, il y en a qui ne se laissent pas abattre, remarque Dassieux, en frappant à la porte

On leur ouvre. Un homme très brun, à la moustache en abat-jour et aux joues noircies d'une barbe naissante.

— Police, avance Dassieux, sortant sa carte.

Mais en face, l'homme sait déjà à qui il a affaire, Gabriel en a la certitude. Il a vu dans ses yeux le même éclat de méfiance briller furtivement – ils l'ont tous. Ceux que

Claudia accompagne dans leurs démarches aussi, et c'est d'ailleurs pour cela qu'elle lui a demandé de ne plus venir la chercher à la fin de sa permanence. Il n'a toujours pas ravalé sa vexation, mais il a dû s'y faire. Elle soutient que la police fait souffrir ces hommes-là, qui ne viennent que travailler. Que certains ont fait la guerre et ont des flics français des souvenirs dont ils ne veulent pas parler. Gabriel n'était pas d'accord, il le sait lui, qu'il y a des gars bien dans la police, puisqu'il en est un. D'accord oui, il y a des plus vieux aussi, avec d'autres opinons et des passés plus troubles, mais c'est loin tout ça. Et surtout, il n'aime pas la manière dont il a vu les hommes qui viennent parler à Claudia parlent à Claudia. La proximité que créée cette langue commune qu'il ne comprend pas, la confiance qu'ils semblent avoir en elle alors qu'ils se défient de lui, instinctivement, intrinsèquement. Il n'a pas osé lui faire part de sa jalousie parce qu'il sait que Claudia n'aime pas cela, qu'elle a vu sa mère, ses tantes, sous les coups de l'amour qui disait si mal son nom, et qu'elle vit ailleurs, avec un Français, traçant sa propre route en dépit des reproches familiaux, pour ne pas vivre cela. Parfois, du plus profond, Gabriel se dit qu'ils ont raison quand même : les Italiens, leurs femmes ils les tiennent et c'est peut-être plus facile. Mais il aime Claudia beaucoup, sans limites et sans coups et il tente de s'accommoder de la jalousie. Se console, se répétant que lui traite bien sa fiancée. Mais qu'on insulte sa profession, il a eu plus de mal.

— Insulter ? *Ma chi parla di insultare*, enfin ? Je te dis juste qu'ils ne sont pas à l'aise avec la police ; attends-moi au métro, si tu tiens tant que cela à venir me chercher à la permanence.

— Les autres de l'association, elles ont honte de leur fiancé aussi, ou ils ont le droit de venir les chercher à la porte ?

— Honte, et puis quoi, *ma che dramma stai facendo per niente !* Je n'ai honte de rien, moi, Gabriel. *Non ho vergogna di niente, mi senti ? Le donne e la vergogna, è una storia che non mi interessa.* Les femmes et la honte, c'est une histoire qui ne m'intéresse pas !

Son ton avait commencé à se tendre, elle avait remplacé *caro mio* par « Gabriel » et l'italien mangeait de plus en plus ses phrases, il était temps de changer de sujet. Mais Gabriel reste offensé qu'on lui interdise d'aller et venir à sa guise, et s'il aime son Italienne, il n'aime pas les Italiens de sa Claudia. Leur regard dur, leurs sourcils qui se froncent quand il s'approche, la manière dont ils se ferment alors qu'un instant plus tôt, ils plaisantaient en s'envoyant des mots ronds et légers.

Quand l'homme leur ouvre la porte, ce soir dans la baraque en briques du champ est, Gabriel ressent la même gêne, le même inconfort devant le visage qui devient mur et les yeux qui s'éteignent.

L'homme s'écarte sans discuter pour les laisser entrer. La pièce du rez-de-chaussée est animée, échauffée d'humain, cela sent le chou, le poireau et le feu de bois. Sur la table, encore quelques bouts de pain. Il reste des verres aussi, du vin ; on ne leur en propose pas, d'ailleurs depuis qu'ils sont entrés, Dassieux et lui, plus personne ne dit rien. Il y a un poêle, des bûches, la table est longue, en bois, flanquée de deux bancs. Il y a un buffet à l'allure solide et peu recherchée, sur le dessus des photos encadrées ou nues, des femmes, des enfants, des pères aux cheveux blancs, des mères coiffées de fichus. Sur la droite, une porte, Gabriel se dit « une salle de bains » avant de se souvenir que la baraque n'a pas d'eau chaude, que les toilettes sont à l'extérieur. Une salle carrelée où on se lave avec de l'eau chauffée sur le poêle, peut-être.

— Messieurs, salue Dassieux.

Il y a de légers hochements de tête. Les hommes qui étaient encore assis se sont levés, incertains.

— Nous venons vous parler de l'enlèvement de Sylvie Demest.

Celui qui leur a ouvert avance dans la pièce, vient se mettre face à eux. « C'est le chef », pense Gabriel. Pourtant, ce n'est pas le plus grand, pas le plus vieux, pas le plus massif.

— Oui ? demande l'homme. Nous avons déjà parlé à la gendarmerie.

— Vous êtes ? demande Dassieux.

— Giovanni Ferraro.

Gabriel sort de sa poche une des listes confiées par Aubreuil.

— Vous êtes là depuis… quatre ans. Non, deux ans.

— J'ai mes papiers.

Le ton n'est pas agressif, mais atone justement, dénué de la moindre intention, et c'est ça que Gabriel n'aime pas : on lui parle comme s'il pouvait s'enflammer à la moindre étincelle, on lui parle comme s'il était un danger, cela l'offense et presque, au fond, cela le rend agressif. Il fait l'effort de le cacher.

— Radier nous a confirmé que vous étiez tous en règle, ce n'est pas ce qui nous amène.

— Quatre ans, donc ? relance Dassieux.

Giovanni hoche la tête, un mouvement sec.

— J'ai commencé dans les mines, dans le Pas-de-Calais. Deux ans. Je suis venu ici après. Encore deux ans.

Son français est assez bon. Il s'avère rapidement qu'il est le seul des ouvriers à le parler. L'accent est présent, assez fort et légèrement différent de celui de Claudia, croit percevoir Gabriel, mais il n'y connaît rien en langues – elle lui répète qu'il pourrait faire un effort mais il répond que son oreille est mauvaise. Gabriel avait pensé peut-être les interroger individuellement, il y a bien un endroit où on pourrait s'isoler, mais Dassieux semble prendre un autre chemin. S'ils ne parlent pas tous français, de toute façon, leurs options sont limitées.

— Quand vous avez su que Sylvie avait disparu, lundi. Vous avez fait quoi ?

— Nous étions tous avec M. Radier quand ça s'est passé. Il faisait déjà nuit quand on est venu le chercher.

— Qui a prévenu ?

— Catherine. Elle était avec la petite. Quand la petite a disparu, Mélie a dit d'aller prévenir la maman, et puis le patron a su et un des ouvriers français est venu nous dire, et Radier est parti. On l'a suivi, pour aider à chercher.

— Vous avez vu quelque chose ? En cherchant ? Par où vous avez cherché ?

— On a cherché tout le côté ouest, en partant du mur qui fait le tour de la ferme, vous avez vu comment c'est. Et on a descendu.

— Jusqu'où ?

— Jusqu'à la petite rivière. On a regardé sur les…

— Les berges ? offre Gabriel.

— Les berges oui, les bords. On n'a rien vu. Mais on avait juste les *torce*.

— Les torches ? Les flambeaux ?

— Les flambeaux. Les torches électriques, elles sont allées aux Français.

Le ton est égal, encore. Une sorte d'« à quoi bon », mais avec l'accent italien cette fois.

— Il y a quelque chose que vous auriez vu cette nuit-là et oublié de dire à nos collègues gendarmes ?

Tous secouent la tête, ils ne parlent peut-être pas le français mais ils le comprennent tous assez pour rester à l'écart des problèmes, se dit Gabriel.

— Je monte jeter un œil au premier, informe-t-il en obliquant vers l'escalier.

Il entend Dassieux qui poursuit ses questions. Et toi, tu es ici depuis combien de temps ? Tu as vu quoi ? Et toi ? Et toi ? Gabriel sait qu'il a déjà les réponses, cela fait partie des informations que Radier leur a communiquées, et elles ont été vérifiées par les gendarmes. Peut-être Dassieux cherche-t-il une réaction, une erreur. Radier a laissé échapper qu'il avait réfléchi à deux fois avant d'embaucher Giovanni. Les hommes d'Aubreuil ont confirmé : ce dernier a partagé des foyers de travailleurs avec quelques figures peu recommandables, à son arrivée en France. Des fauteurs de trouble, des mauvaises têtes, politiquement très à gauche, du genre qui ont des idées de grève et de révolte. Mais jamais il n'a eu de problème en son nom propre, et il semble avoir saisi l'opportunité d'un travail honnête que lui offre la France. Gabriel se demande s'il aurait embauché Giovanni, lui patron. Non, sans doute pas, s'avoue-t-il en atteignant l'étage.

L'étage n'est qu'une seule grande pièce, les lits une place aux montants métalliques alignés le long des murs sont faits et propres, il se demande si quelqu'un de la maison vient nettoyer aussi la baraque. Les couvertures semblent rigides et leur marron foncé contrastant avec les draps blancs donne à la chambre des allures de pensionnat. Il s'attendait à davantage de désordre, mais même ainsi, il n'aimerait pas vivre de cette manière, sans intimité. Seule concession au confort, les petites tables de chevet en bois clair qui accueillent chacune leur lot de portraits.

Gabriel fait un tour, ses chaussures laissant des traces humides sur le sol de planches que l'on n'a pas verni. Les photos se ressemblent toutes, il croit reconnaître certains visages qu'il a croisés dans les cadres du rez-de-chaussée. Les vieilles sont identiques, leurs cheveux dissimulés par des fichus plus ou moins élégants, ici une jeune femme dans un cliché trop posé, qui sourit à moitié à l'objectif dans ses habits du dimanche, une jupe claire encombrée de jupon et de tablier, un châle brodé, un chapeau et des nœuds de tissu dans un entrelacs propre et étudié de cheveux qui doit peser lourd. Claudia est plus vieille, mais elle est plus belle, se dit-il en passant, et il en ressent une petite bouffée de fierté. Au bout de chaque lit, un coffre : Gabriel ouvre, par acquit de conscience, mais Sylvie n'est pas ici. Qui cacherait ainsi la petite fille sur les terres mêmes du Domaine ? Il faudrait être sacrément stupide, ou bien très orgueilleux. Il redescend les escaliers.

— Je suis roué, dit Dassieux. Rentrons.

— À l'hôtel ?

— J'aimerais bien. Mais il faut que nous allions voir Aubreuil. Savoir ce que la journée de ses hommes a donné.

L'habitacle de la 204 est glacé et leur souffle s'élève en vapeur timide. Gabriel pousse le chauffage à fond et sort de la cour.

— Alors, demande Dassieux, les parents ?

— De Sylvie ? Effondrés. On le serait à moins.

— Tu sais, à un moment je me suis dit... que peut-être Michel Demest pouvait être impliqué. Mais après l'avoir vu...

Dassieux enfouit la fin de sa phrase dans son écharpe qu'il rajuste, tassé sur son siège.

— Impliqué ? Dans ? La disparition de sa propre fille ?

— Avec autant d'argent, il pourrait partir. Quitter la terre. Tu le vois labourer ou vider un poulet ?

— J'ai l'impression que le boulot de paysan selon les Demest, ce n'est pas tant ramasser des patates que les sous. Ils exploitent la terre, ils ne la cultivent plus. Alors non, je ne l'imagine pas vider un poulet. Mais je ne l'imagine pas non plus fomenter un plan machiavélique pour récupérer une portion de fortune qui finira de toute façon par lui revenir.

— Mais pas sans rien en retour. Pas sans contrepartie. Pas sans en échange dédier sa vie au Domaine. Là, avec deux millions, il récupérerait sa gamine, et il pourrait partir ensuite, avec sa femme, avec Sylvie. Qui le jugerait de s'éloigner, après avoir vécu une chose pareille ?

— Et les parents joueraient la comédie ? Tous les deux ?

— Ça te semble impossible ?

— Je les crois sincères. Tu l'as vue, elle ? Personne ne peut jouer le chagrin à ce point (il roule à contrecœur sa fenêtre d'un centimètre, pour dissiper la condensation qui se forme sur le pare-brise). Tu as de ces idées, Dassieux…

— Tu les crois sincères… tu le crois surtout trop mou pour tenter quoi que ce soit du genre, et en plus dans le dos de sa femme.

— Oui, ça aussi.

Les cinq cents hectares de la ferme Demest représentent vingt-sept familles, évincées et déplacées au gré des années. Certaines, rares, ont conservé leur maison et vivent désormais entourées de champs qui ne leur appartiennent plus. Ce sont elles que les hommes d'Aubreuil ont vues aujourd'hui. Mais la majorité d'entre elles ont vendu les terres et la maison, et Demest a traité les murs de la même manière qu'il traite les bois : il a arraché, méthodiquement, sans rien laisser perdre. La maison du régisseur Radier, construite à une cinquantaine de mètres de la cour au début du champ est, a été bâtie avec les pierres de fermes débitées. Les familles ont déménagé. Elles ont rejoint le village, ou elles sont parties plus loin. Certains des hommes exilés au village sont venus travailler pour Demest. Ce sont eux que Dassieux et Gabriel ont vus aujourd'hui. Pourtant, même aux gendarmes et à leurs uniformes, on n'a dit presque rien.

— C'est presque comme s'ils avaient peur, commente le lieutenant Fournier.

Personne ne répond rien. Personne n'a rien à répondre. Ils l'ont tous senti. Demest, comme une main, immense, avide, posée sur la vallée.

— Ce qu'on nous a dit, à nous, plusieurs fois ce matin, dit Gabriel, c'est que ça n'a rien à voir. Que ce sont de vieilles histoires, et que ça n'a rien à voir. Est-ce qu'à certaines familles on a forcé la main ? Ce sont de vieilles histoires, ça n'a rien à voir. Sa femme, Marcelline Andreux, par qui il a mis la main sur la propriété : est-ce qu'elle était promise à quelqu'un d'autre ? Ce sont de vieilles histoires, ça n'a rien à voir. Gustave Mazié, le vieux qui leur sert à moitié de soigneur, pour les bêtes et pour les Italiens – c'est comme ça qu'on nous l'a présenté... On nous a dit qu'il avait toujours besoin d'argent, qu'en plus de travailler à la ferme, il soignait qui voulait, contre paiement. « Besoin d'argent ? » on a demandé, et la réponse, c'était : ce sont de vieilles histoires, ça n'a rien à voir.

— Ah, ça moi je sais, dit un gendarme aux cheveux cendre. Sa sœur est morte en couches, il a une nièce pas très jolie qu'il aime beaucoup et qui voudrait ouvrir un commerce.

— Il t'a dit ça ? demande un autre. Qu'il a une nièce moche ?

— Non, bien sûr. Mazié a dit qu'il avait une nièce, qu'elle voulait ouvrir une boutique de chaussures à Soissons et qu'il cherchait à l'aider. C'est un des ouvriers qui m'a dit qu'elle est moche, il l'a vue à un bal à Ichy.

Aubreuil se racle la gorge et les hommes se redressent, on passe à autre chose.

La réunion dure. La nuit se colle aux vitres avec des airs de sangsue. On n'a pas reçu de nouvelles de Paris. La piste de la lettre ne donne rien. Des lettres, des cartes postales, on en expédie cinq millions par an dans l'Hexagone, il y a eu 8,5 milliards de lettres et colis envoyés en France en 1967, intervient discrètement Simone, dont la belle-sœur officie au bureau PTT d'Anceny, et cela continue d'augmenter. Combien de communes dont le courrier passe par le centre de tri d'Ichy-sur-Loy ? Vingt-quatre communes, confirme Simone. Et sans surprise, indique Fournier, au bureau d'Ichy, personne n'a rien vu d'inhabituel ces derniers jours.

On passe de nouveau en revue les déclarations des bûcherons employés par Demaret. Un des sous-officiers d'Aubreuil, le jeune gendarme Lequeux, a eu l'idée de dessiner la cour, telle que chacun des journaliers s'en souvenait. Il a repris les PV de ses collègues et les déclarations des bûcherons. On leur a, à tous, posé la question : « Quand la petite a disparu, vous étiez où, précisément ? » Et chacun a répondu. « Avec l'équipe du bas, on venait d'arriver dans la cour… moi, Eymard et deux nouveaux, on était ici. » Ou : « Dans le camion, avec Ferchaut ; j'ai vu Lequemer avec sa brouette et la fille. » Ou encore : « J'ai été de l'équipe du haut toute la semaine précédente et ce lundi. J'étais là, Rozière fumait ici, je ne voyais plus Mallard mais je pense qu'il était sous le hangar. » Et croquis après croquis, ils ont tous placé la fille, Catherine, à peu près au même endroit. Et Sylvie avec sans doute, un temps du moins, mais personne ne surveillait la fillette. À ce moment précis, ils ne faisaient attention qu'à la fille, et à André Lequemer, l'homme à la brouette. Le jeune gendarme a compilé les différents dessins. Celui qu'il propose à son chef est supposé donner une idée de la scène. La moustache d'Aubreuil acquiesce, et Lequeux vient épingler le plan de la cour sur un des panneaux de liège. La feuille est large, c'est du papier épais et les proportions semblent très réalistes : il s'est appliqué, il a fait les choses bien.

— Il y avait deux équipes, rappelle le jeune homme, debout devant tous les autres et les joues lègerement rougies.

Il pointe différents endroits de son schéma.

— Une à l'abattage, de huit hommes, qui est restée dans la vallée durant la semaine de travail précédente. Trois hommes avec un camion et un treuil, pour monter le bois jusqu'à la cour. Et une équipe de six pour débiter, dans la cour de la ferme. Le domaine de Demest, c'est la grande maison, la maison des ouvriers italiens – ils sont huit à demeure – et celle de Radier le régisseur. Gustave Mazié loge au village, mais Mélie Bardan a une chambre au troisième étage de la maison de maître, sous les combles, et tout ça se chauffe au bois : une chaudière centrale et plusieurs cheminées d'appoint. Demest est économe, mais ça fait du volume. On fait appel à la même entreprise chaque année, celle de Demaret, qui emploie les mêmes gars s'il en est satisfait. Sur les dix-sept hommes chargés de couper et rentrer le bois, six étaient déjà présents l'année dernière, et l'année d'avant à la même période – y compris André Lequemer, d'ailleurs.

Lequeux déglutit, avant de reprendre sa démonstration.

— Donc. Au moment de l'enlèvement de Sylvie, tous étaient dans la cour. L'équipe d'en bas avait terminé et avait reçu pour consigne de monter à la ferme ; Radier allait les payer une fois cette dernière journée bouclée…

Gabriel fronce les sourcils, lève les yeux vers le plan du gendarme qui s'est interrompu, s'approche.

— Vous avez la liste des types du bois ?

— Elle est ici, répond Chaval, le grand lieutenant roux, le bras tendu vers un des panneaux de liège.

— Il y en a un… commence Gabriel. Huit en bas, et trois dans le camion, onze. Plus six au hangar à bois : dix-sept. Le plan, là : Catherine au centre, et autour, dix-huit hommes. Dix-sept sur la liste que nous a donnée Radier…

Il va jusqu'à la liste, revient au dessin, passant devant Lequeux qui attend de comprendre ce qui l'anime. Gabriel compte, recompte :

— Il y a un homme en plus. Sur le dessin. Dans la cour. Il y a un homme en plus. Il y a un homme en trop.

On retourne voir les bûcherons. Il est tard. On les réveille. Ils sont tous chez eux, les dix-sept, la plupart déjà en train de dormir du sommeil du juste, ou du moins de celui du fatigué. Ils reprennent des forces pour la suite de la saison. On les a immobilisés trois jours, en haute saison du bois, et quand on les a quittés aujourd'hui, les gendarmes avaient ordre de transmettre à Demaret : il pouvait les remettre au travail.

Quand on se retrouve de nouveau dans la pièce aux panneaux de liège, il est 2 heures du matin. Les chemises sont fatiguées, les hommes qui les portent aussi.

Seule Simone, qui a ignoré les injonctions du capitaine Aubreuil à rentrer chez elle faire dîner sa famille, est aussi nette et soignée qu'au matin. Le type en plus s'appelle Johnny. Lundi soir, dans la cour, les bûcherons montés de la vallée pensaient qu'il était avec ceux du hangar ; ceux du hangar pensaient qu'il venait avec ceux de la vallée. Ceux du camion s'en souvenaient à peine. Un jeune, pas épais, qui tranchait au milieu des épaules larges – mais il était comme eux, transpirant, en bras de chemise, et il déchargeait le camion, rangeait, travaillait, en silence. Discret, efficace ; plusieurs hommes se souviennent d'avoir pensé qu'il voulait prouver qu'il valait sa paie. Et puis, ils l'ont oublié. Personne ne s'est souvenu de lui dans la panique, quand on a pris les lampes, quand on a allumé les torches. Il n'a pas participé aux recherches ; aucun des bûcherons ne se souvient de l'avoir vu une fois la nuit tombée. La liste est formelle : il n'a pas été payé par Radier. Il a disparu.

Avec elle, forcément.

Avec Sylvie.

Le jeune gendarme Lequeux, qui sait dessiner et avait eu l'idée de crayonner la cour, a tenté un portrait, basé sur les descriptions du bûcheron Eymard, Eymard observateur, Eymard bien concentré pour se souvenir du gars trop mince. Eymard bien content surtout qu'on cesse de lui renifler autour, lui et son passé de prison. Le gendarme dessinateur s'approche pour la seconde fois de la soirée d'un des panneaux de liège et, hésitant, épingle le portrait à côté du plan de la ferme. Le capitaine dit « C'est bien, Lequeux », et il se détend.

Le dessin est au crayon, rien de bien recherché, mais on voit les cheveux, longs jusqu'au haut des joues, le nez busqué et trop grand, un nez d'homme pas fini, de grands yeux noirs, une moustache châtain et l'air gentil. C'est ça qu'ont dit les autres, les forts, les costauds. Qu'il avait l'air gentil. On ne peut se fier à personne.

Dassieux regarde le portrait, frotte son menton, qui renvoie un crissement étouffé.

— Maintenant, on sait qui on cherche.

Samedi 15 février 1969

Le portrait est pris en photo par Simone dont les mains ne tremblent pas, et on va réveiller un M. Sauzet, développeur de la boutique photo d'Ichy-sur-Loy. Pendant que le visage du dénommé Johnny est dupliqué, on dort quelques heures, parce qu'il faut bien.

Au premier étage du café de Salors, Gabriel se coule avec chemise, slip et chaussettes dans les draps qu'il trouve toujours aussi glacés et humides. Le radiateur est à fond mais Gabriel a froid, si froid que ses dents qui claquent l'empêchent de dormir. L'image de la petite fille s'est faufilée avec lui sous l'édredon, il ne parvient pas à la chasser – tout, tout est froid ici, même ses pensées sont glaciales, il tente de se concentrer sur le portrait, le jeune homme, enfin quelque chose, ils vont peut-être la retrouver. Il est recroquevillé, ses pieds sont douloureux de froid, son dos, ses jambes sont couvertes de chair de poule, son sexe minuscule. Il tente d'invoquer l'image de Claudia, de la laisser le laver, le réchauffer ; il pense à sa peau, à ses cheveux. Mais ce sont d'autres images qui reviennent, toujours les mêmes, celles d'une toute petite fille, perdue, immobile, glacée.

Il finit par dormir par bribes, par lambeaux, mal, et quand Dassieux toque à sa porte un peu avant 6 heures, il est toujours frigorifié.

— Je t'attends en bas, fait la voix de Dassieux à travers le bois.

Gabriel lance un « Merci » pâteux et descend du lit. Va ouvrir le rideau de sa petite fenêtre. Le jour hésite, semble sur le point de renoncer. Dans la grand-rue, quelques passants. En face du café, il voit une silhouette familière sortir d'une maison en pierre à un étage. Catherine.

Il se frotte le visage, sent les concrétions au coin de ses yeux, son haleine chargée. Il devrait avoir faim, il a juste froid. Dehors, la fille de la ferme s'est mise en marche, les épaules raides et voûtées, la démarche rapide. Elle part sans doute au Domaine, discrète, pressée ; elle sort de son champ de vision et Gabriel s'éloigne de la fenêtre, va ouvrir le robinet. Son royaume pour de l'eau chaude.

En bas, Dassieux a les yeux bouffis et trempe une épaisse tranche de pain dans du café au lait.

— Je ne te demande pas si tu as bien dormi, fait Gabriel.

— En effet. Comme ça, je ne te demanderai pas non plus, et tout le monde en reste là.

Il faut connaître Dassieux, mais cette réponse n'a rien de méchant. C'est comme ça qu'il parle, souvent. De plus en plus.

— Tu sais, je me disais… commence Gabriel.

— Hon-hon, le coupe son collègue, la bouche pleine, en secouant la tête.

Gabriel hausse les sourcils.

Il regarde autour de lui. Au bar, les cafés de ceux qui vont travailler et les cafés-goutte de ceux qui vont travailler le feu au ventre. Il y a un air de famille, non, un air de région, c'est compliqué à expliquer – mais quand ses yeux se posent sur l'homme au catogan, Gabriel y voit cet air qui manque et comprend que c'est lui qui motive la prudence de Dassieux.

Gabriel observe le nouveau venu. Il a les cheveux aux épaules, retenus par un cordon de cuir, sur le dessus du crâne c'est la débandade mais sur les côtés, les longueurs résistent. L'homme porte une paire de blue-jeans et un pull à col montant en laine grise. Une veste en jean clair est accrochée au dossier de sa chaise et Gabriel pense : « Il doit se peler », lui qui frissonne déjà dans sa grosse veste en cuir. On ne voit de l'homme que son pull, sa tête et le catogan. Il est assis face au poste de télévision mais bouge fréquemment la tête pour regarder qui entre, qui sort, et bientôt il se retourne, comme s'il avait senti que Gabriel le scrutait. Il a un nez pointu, qui va de l'avant, les oreilles discrètes, non vraiment, le type n'est pas du coin. Gabriel se remet à manger sa tartine.

— Claudia m'arrache les yeux si je la réveille à une heure pareille. Mais Yvette est déjà levée, non ? Tu lui as parlé ?

— Hon-hon, fait de nouveau Dassieux, montrant d'un doigt sa bouche pleine – qu'on le laisse manger.

Quand Dassieux lui tend la petite raclette à givre, Gabriel, sans même faire attention, lâche : « Mais c'était déjà moi hier ! »

— Eh oui, la hiérarchie, que veux-tu.

Gabriel racle le pare-brise de la 204 avec application, dans la nuit encore épaisse, comme le bon élève qu'il est. À l'intérieur, Dassieux souffle sur ses doigts pour les réchauffer. Quand Gabriel se glisse sur le siège et referme la portière, le skaï de la banquette est glacial, bien évidemment.

Dassieux grommelle :

— Ce pays, nom de Dieu. Qu'est-ce qu'il fait froid.

— Tu aurais gratté la vitre, tu serais réchauffé, avance Gabriel. Tu ne voulais pas parler à l'intérieur du café ? Le type au catogan ?

— Je te mets mon billet qu'il est journaliste. Ça fait six jours que ça traîne. On nous a fait venir sur place. Je pense que c'est en train de prendre de l'ampleur. Tu as quoi avec toi ?

— Quoi avec moi ?

— Tu as laissé tes notes dans la chambre ?

— Non, rien, j'ai tout dans mon carnet, dit-il, en tapotant la poche poitrine de sa veste.

— J'ai pris tout ce qu'on avait à l'hôtel. On va laisser ça chez Aubreuil. Convergence des expertises, et ce genre de choses. Ça fera plaisir aux patrons.

Il tourne la clé de contact, le moteur toussote. Encore. Et encore.

— Et puis comme ça, Salors pourra passer changer les draps et rajouter des couvertures.

La voiture démarre.

— Les journaux sont entrés dans la partie, annonce le capitaine, en indiquant d'un geste du menton le quotidien national posé sur une table.

Ils sont tous les trois seuls, dans le bureau d'Aubreuil. Les néons sont allumés. Leur lumière blanchâtre et aiguë fait papillonner les yeux de Gabriel.

Dassieux soupire :

— Il me semblait bien.

— Mais encore ?

— On pense qu'un journaliste a pris pension chez Salors.

— Jusqu'ici, la presse locale était restée très sage. Oui, entrez.

Simone fait son apparition, un plateau à la main. Cela sent le café.

— Merci madame Mahieux, vous pouvez nous laisser. Par respect pour la famille, je pense, *L'Union* a suivi l'affaire sans verser dans le sensationnalisme ni solliciter les parents de Sylvie. Mais si les journaux nationaux commencent à couvrir l'enlèvement de manière plus racoleuse, les rédactions locales auront peut-être l'impression qu'elles ont quelque chose à prouver… quoique *L'Union* soit traditionnellement…

Gabriel, lisant, fronce les sourcils, et passe les larges feuilles de papier à l'encre un peu baveuse à son collègue, interrompant de fait le capitaine.

— Comment ça « un autre fils » ? demande Dassieux, ébahi, en parcourant l'article, avant de laisser le journal retomber au bout de ses bras.

Le capitaine reste très calme, mais Gabriel croit voir sa moustache vibrer brièvement de contrariété. Aubreuil confirme :

— Un autre fils. Je l'ai appris comme vous en lisant l'article. Mais j'ai croisé le maire en arrivant ce matin et il se souvenait du bonhomme.

— Personne dans l'équipe n'était au courant ? s'étonne Dassieux. Simone, elle n'est pas du coin ?

— Son mari est d'Anceny, elle-même est de Compiègne. Elle ne connaît pas spécialement les Demest, même si leur réputation dépasse de loin la vallée de Saint-Dury. Elle m'a confié que son époux met un point d'honneur à ne « pas colporter les ragots ». Dommage pour lui, car je pense qu'il n'a pas fini d'en entendre parler. Quoi qu'il en soit, ne faites pas de reproche à Simone, elle est très contrariée d'avoir comme nous appris par hasard l'existence de cet aîné.

— Une femme qui apprend un cancan par le journal, commente Dassieux, d'un ton bienveillant. On comprend qu'elle soit contrariée.

L'aîné en question se prénomme Augustin, comme son père. Il a refusé de reprendre la ferme, enfin, d'être celui qui reprendrait la ferme. Il a aussi refusé les études de commerce qu'on avait prévues pour lui. Et d'effectuer son service militaire. En fait, Augustin Demest fils a tout refusé, et il est parti. Et c'est d'ailleurs comme ça que le second fils Demest, Michel, est devenu Demest fils. L'aîné a été rayé de la carte, plus personne n'en parle. Demest père lui a également coupé les vivres. Ce qui en fait un suspect intéressant.

Aubreuil s'accorde une seconde de pause, puis :

— Si je vous ai demandé de venir avant mes hommes, c'est que j'aimerais que nous nous mettions d'accord pour organiser la suite des opérations.

— Nous vous écoutons, dit Dassieux, les doigts gris d'avoir, à son habitude, soigneusement refermé puis lissé les pliures du journal.

— On a passé plusieurs heures avec Demest, sa femme, son fils… enfin, personne à la ferme n'a évoqué l'existence d'un fils aîné ! s'exclame un des gendarmes, le lieutenant Chaval sans doute – Gabriel commence à les distinguer – avec le même ton d'incrédulité fatiguée qu'il a eu lui-même plus tôt, dans le bureau du capitaine.

— Oui, tempère Aubreuil, toujours modéré ; on a lancé une recherche, mais si on en croit cet article, il serait à Paris.

— Et nous, nous sommes ici, dit Dassieux, sans qu'il soit clair qu'il s'en amuse, s'en émeut ou le regrette. J'ai appelé Paris après avoir lu l'article en question. Nos collègues se rendront sur place dès qu'Augustin Demest fils aura été localisé. A priori, nos ordres à Sautet et moi-même sont de rester ici, à vos côtés.

— La lettre anonyme est adressée à « Demest », réfléchit Gabriel à voix haute. Est-ce que son fils s'adresserait à lui de cette manière ?

— Il ne va pas commencer par « salut papa », fait remarquer le lieutenant Chaval.

Gabriel acquiesce, bonne pâte. Il n'aime pas qu'on lui manque de respect mais il n'y a pas insulte, irritation seulement, et Dassieux affiche un tel détachement face à ce genre de pique, que Gabriel se contente de laisser son collègue déteindre sur lui, et se concentre sur l'essentiel.

— Sans vouloir vous offenser, ajoute Chaval, après quelques secondes de silence, donnant raison à Dassieux et à sa stratégie des plumes de canard.

— Pas d'offense, rassure Gabriel. Ça mine, cette affaire.

— Moi ce qui me mine, c'est qu'aucun des Demest n'a rien dit, confesse le lieutenant Fournier, et plusieurs des gendarmes ont des signes d'assentiment. Personne n'a rien dit. On a passé du temps à la ferme, avec les Demest oui, mais aussi avec leur régisseur, lundi soir on est passés au café avec Charpentier pour discuter avec les clients, des gens d'ici, et puis on a parlé avec les ouvriers, certains à plusieurs reprises… Qu'on apprenne ça par la presse… Si personne ne nous dit rien, comment ils veulent qu'on avance ?

— Les gens parlent, souligne Aubreuil. Simplement, pas à nous. Et c'est un problème.

Il y a un discret concert dans la pièce, d'épaules qui se baissent, d'yeux que l'on frotte, d'arêtes du nez que l'on pince. La fatigue est là et la frustration palpable.

Comprenez bien. Une partie importante de ce village, de cette région, vit grâce à Demest. Par Demest. Il emploie à plein temps une vingtaine d'hommes du village et des environs. Au plus fort des récoltes, il emploie aussi leurs femmes, et leurs enfants s'ils sont en âge. Sur une de ses nouvelles parcelles, il a initié la construction de douze maisons qui seront proposées à des ouvriers à son service.

Des maisons peu luxueuses, mais modernes, avec toilettes, salle de bains et eau chaude. Cela semblera peut-être banal à certains…

Une nouvelle fois, Gabriel sent que le capitaine Aubreuil se retient de les regarder en disant cela. Il s'abstient de répondre, même s'il pourrait le détromper avec véhémence : depuis son arrivée surtout, il est pleinement conscient de la convoitise qu'une salle de bains avec eau chaude peut générer.

— …Mais dans la région, ce genre de commodités s'implante de manière très aléatoire, selon les finances de chaque foyer. Travailler à la ferme, pour des jeunes gens peu formés qui voudraient s'installer, fonder une famille, va devenir très enviable. Demest, enfin sa femme surtout, donne beaucoup à l'église ; la réfection du toit, l'année dernière, est venue avec une petite plaque au nom de Demest. Il finance également un fonds de scolarisation pour les enfants de ses employés, une sorte de prime de rentrée qui permet d'acheter fournitures, habits neufs… Il gère sa ferme en bon père de famille, disons. Je pense que ses employés lui sont acquis. Il peut y avoir eu des désaccords, des conflits, mais pour l'instant, mes équipes et moi-même avons constaté une grande discrétion, et donc une grande loyauté de la part des employés de Demest envers leur patron.

— Le silence, ce n'est pas forcément du respect, souligne Gabriel.

— Est-ce qu'on a les noms d'ex-employés mécontents ? demande Dassieux ?

— Nous avons les registres d'embauche et les historiques de paie du Domaine, c'est tenu au cordeau, répond le lieutenant Fournier. Mais aucune mention « est parti en claquant la porte », ce qui vous surprendra peu.

— Demest, il vous vire, mais vous ne partez pas, explique Chaval. Pour aller où ? Pour faire quoi ? Le travail ici, c'est lui. De toute façon, est-ce qu'on ne perd pas de temps ? On ne devrait pas chercher Johnny ? Mon capitaine ?

Le capitaine s'autorise un petit soupir.

— S'il faut interroger tous ses ex-employés, nous le ferons. Mais il a fallu prioriser, et nous avons sans doute bien fait de ne pas y consacrer trop de ressources, puisque au final c'est, comme le souligne Chaval, ce gamin, ici, qui est notre principal suspect. (Aubreuil pointe du doigt le portrait de Johnny.) Charpentier est passé à Ichy-sur-Loy récupérer les copies du croquis. Notre mystérieux « Johnny ». J'ai reçu toute latitude pour décider de la conduite à tenir. En collaboration avec nos collègues de Paris, bien sûr.

Petit geste de bonne volonté de Dassieux et Gabriel.

— Le juge Fiquet nous suggère très fortement de consacrer nos ressources à « Johnny », qui apparaît, vous en conviendrez, comme un suspect convaincant. Et c'est ce que je suis prêt à faire mais… le commissaire Dassieux et l'inspecteur Sautet pensent qu'abandonner immédiatement toute autre piste serait une erreur, et ils ont fait part de ces réserves au juge.

Dassieux hoche la tête.

— Bien. De notre côté, nous allons nous occuper de faire la tournée des antennes départementales ; peut-être Johnny est-il déjà dans les fichiers de la gendarmerie nationale, ou a-t-il déjà attiré leur attention. Oui, madame Mahieux ?

— Nous pourrions utiliser le bélinographe ? Je sais que la gendarmerie d'Ichy en a un, leur secrétaire me l'a dit. Dans la région, probablement Compiègne et Soissons, sans doute Villers… Cela vous éviterait le déplacement.

Le capitaine a un regard vers la machine flambant neuve installée sur un petit meuble, derrière le bureau de Simone.

— Si vous savez faire fonctionner cet appareil… allez-y. Puis, reprend-il, nous passons aux bars, commerces des communes environnantes pour montrer le portrait et tenter de retrouver la trace de Johnny. En procédant de manière concentrique en partant de Saint-Dury. Fournier, Chaval, je vous laisse organiser vos équipes. Et nos collègues parisiens vont reprendre les entretiens au Domaine. Tenter de comprendre pourquoi nous avons appris l'existence d'Augustin Demest fils par la presse, chercher à savoir si quelqu'un de la famille connaît ce Johnny. Ou parmi le personnel.

Dassieux hoche la tête, de nouveau.

— Tout le monde a lu le journal, j'imagine, ajoute Aubreuil à l'attention de ses hommes, qui finissent de se repasser le quotidien.

— Capitaine… j'ai entendu l'information à la radio hier soir tard, informe Fournier. Je voulais entendre ce qu'avait dit le juge… et après, j'ai entendu ça, le frère aîné.

— Hier soir ? s'étonne Aubreuil.

— Quelle fréquence ? demande Chaval.

— RTL. Le flash de minuit. Un certain Philippe Declerc serait sur place ? répond Fournier.

— Cela dit quelque chose à quelqu'un ici ? demande Aubreuil. Savoir à quoi il ressemble nous serait utile.

Simone, sans cesser de distribuer les clichés tout frais développés par le photographe d'Ichy-sur-Loy tard dans la nuit, secoue elle aussi la tête.

— Non, ce nom ne me dit rien.

— Inconnu au bataillon chez nous, conclut Aubreuil, pressé de passer à la suite, alors contentez-vous de prêter attention à qui traîne dans les environs quand vous montrez la photo ou interrogez des gens.

— Ça, on peut aider, dit Gabriel. Il suffit de demander à nos collègues de Paris, ils sauront sûrement qui est le type. Et eux aussi, ils ont un bélinographe.

— Quoi qu'il en soit, comme nous nous en faisions la remarque avec le commissaire Dassieux et l'inspecteur Sautet, la presse semble s'emballer un peu. Gardez votre sang-froid, continuez de travailler et prenez vos précautions.

— En tout cas, il y a un journaliste tout frais livré à Saint-Dury, informe Dassieux. Ce matin, chez Salors, il y avait un homme inconnu qui petit-déjeunait dans la salle.

— Il avait un micro ?

Dassieux hausse les sourcils, en signe d'ignorance.

— Je ne l'ai pas vu, si c'était le cas, répond Gabriel. Dassieux et moi, on a repéré celui-là mais il y en a peut-être d'autres.

— Son nom ?

— Je ne lui ai pas demandé, fait Dassieux. Mais on peut miser sur Declerc, si vous êtes d'humeur à parier.

— Et si on s'en servait ? lance soudain Gabriel. Si on parlait aux journalistes ? Qu'on transmettait le portrait à la presse écrite ? À Télé-Soir ?

— Oui, j'y ai pensé… dit le capitaine, mais je suis méfiant pour ma part. Si ce Johnny lit la presse, écoute la radio ou que sais-je, et qu'il voit son portrait et se sent en danger, il peut faire du mal à la petite… Cela pourrait être un atout, mais aussi un risque. Le juge Fiquet s'y refuse. Pour l'instant, il souhaite s'adresser à la population de manière régulière, mais sans dévoiler trop de l'enquête et je me range à son avis. Prenons une journée pour voir si nous pouvons retrouver Johnny par d'autres moyens, sans l'alerter inutilement.

Dassieux hoche la tête.

— Bien. Il est déjà 7 h 15. Vous avez vos instructions. Je vous rappelle qu'à partir de maintenant, vous n'échangez sur l'affaire qu'ici, dans cette pièce, ou dans vos véhicules, à moins d'être certains que personne n'est à portée de voix. Quand vous vous arrêtez pour manger, prendre un café, fumer : ne laissez rien filer. Le lieutenant Chaval va rester avec Dassieux et Sautet, pour pallier leur connaissance très récente de la région.

— On leur dit qu'on a une piste ? demande Gabriel. Aux Demest.

— Bien sûr, acquiesce Aubreuil. Cela donnera sans doute un peu de force aux parents. Avant de partir, est-ce que vous n'appelleriez pas à Paris, pour Declerc ?

— Si, bien sûr, acquiesce Dassieux. Gabriel va téléphoner, et Simone, vous voulez bien prendre le message quand ils rappelleront avec l'information ?

Chaval prend le volant et Gabriel se retrouve à l'arrière, au centre de la banquette. Cet observatoire inhabituel lui ramène des souvenirs de trajets familiaux, son père au volant, sa mère à droite, et lui, la tête dépassant à l'avant, la joue appuyée sur le molleton du siège passager, le nez plein des senteurs d'essence, mêlées au parfum maternel, fleuri.

— Content de vous retrouver à faire le guide régional, lieutenant Chaval ? demande Dassieux en allumant une cigarette.

— On monte à la ferme directement? se contente de répondre Chaval, en terminant sa manœuvre et en les engageant sur la départementale.

— On monte à la ferme, confirme Dassieux. On va aller discuter de Demest fils aîné avec le grand patron, et puis voir si un nom lui vient quand on évoque les employés mécontents.

Chaval et Gabriel acquiescent.

En arrivant sur le plateau, ils dépassent une Renault beige, garée sur le bas-côté. Deux hommes font le pied de grue à quelques mètres de la grande grille de l'entrée. Elle est ouverte, pourtant ils restent dehors, debout dans le froid. Une caméra est sortie et posée sur son trépied qui prend la boue, mais elle ne tourne pas. On a dû leur interdire l'entrée.

Qu'est ce que je te disais, dit Dassieux.

— Je n'en ai pas parlé parce qu'il n'y a rien à dire, répond Augustin Demest. Augustin n'est plus mon fils, il est mort pour moi.

— Que s'est-il passé ? demande Chaval.

— Rien qui concerne l'affaire qui vous occupe.

— Permettez-nous d'en juger, rétorque Dassieux, avec un ton beaucoup moins accommodant que ce que Chaval a pu entendre jusqu'ici. Répondez à la question.

L'entretien n'a pas bien démarré. Demest les a reçus dans le bureau de son régisseur – Radier n'est pas en vue. Ou plutôt, Augustin Demest a accepté de les recevoir, tous ses gestes indiquant la faveur, c'est un homme très occupé. Si occupé qu'il n'a semble-t-il pas pensé à demander : « Et ma petite-fille ? »

Dassieux a commencé par évoquer son fils aîné, en passant. C'était une parenthèse, pour lancer le sujet de la conversation à venir, avant d'annoncer la lueur, l'espoir, le peut-être : ils ont une piste. Le portrait de Johnny. Mais au nom de son aîné, Demest s'est braqué. Et Dassieux, cernes profonds et nuit courte, en a fini avec les ronds de jambe. On en est là.

— Répondez à la question, intime de nouveau Dassieux.

Demest reste silencieux sur son siège. Gabriel l'observe. Il a quelque chose de glacé, à l'image de ce pays, à l'image des creux qui sillonnent sa vallée, sombres et muets, à l'image de la terre morne. Demest est semblable à ses champs : froid, dur à la tâche, gelé, animé par des projets plus grands, par des mouvements profonds. Il jauge les hommes qui lui font face. Si son visage exprime quelque chose, c'est une contrariété d'orgueil ; il n'aime pas le ton sur lequel on lui parle.

— C'est moi qui ai demandé à vous faire venir ici, répond-t-il finalement en regardant Dassieux, mais en ignorant Gabriel et Chaval.

— Et qu'est-ce que ça change ?

Dans le bureau, le poêle est éteint et il fait froid, un froid rancunier qui saisit et déçoit : à l'abri du vent et de l'extérieur, ils pensaient avoir chaud mais il n'en est rien, la pièce est plus glacée qu'hier encore et les mots de Dassieux s'accompagnent d'un petit nuage de vapeur.

— Je n'ai rien à me reprocher. Je n'ai rien à dire sur mon fils aîné. Vous n'êtes pas là pour fouiller dans des affaires qui ne vous regardent pas.

— Votre fils aîné, il est parti ? Ou vous l'avez mis à la porte ?

Demest ne répond pas.

Dans la lumière blanche qui tombe de la petite fenêtre, qui creuse ses traits et expose les veines saillantes de ses mains, Gabriel lui trouve soudain des airs d'araignée, grasse et avide, attentive. Demest a croisé les doigts, les pouces tournant l'un autour de l'autre, et Gabriel ne parvient plus à s'en défaire, ne voit plus que ça : une araignée énorme qui dévide son fil, tisse sa toile, ramène jusqu'à elle des proies emmaillotées et impuissantes.

— Vous lui avez coupé les vivres ? relance Dassieux. Il a besoin d'argent ?

Demest ne dit rien mais quelque chose bouge dans ses yeux, il commence à voir où on veut en venir. « Pas très rapide », se dit Gabriel, avant de se rappeler qu'il ne doit pas sous-estimer l'homme assis de l'autre côté du bureau. Demest est peut-être lent à la détente, peinant à comprendre ce qu'il refuse d'envisager. Mais autour du Domaine, à perte de vue, le petit empire rappelle à Gabriel que Demest peut aussi être rusé, redoutable.

Demest s'appuie un peu contre le dos du fauteuil. Il a un signe de la tête, un signe de bonne volonté : l'Empereur va parler, l'Empereur parle.

— Mon premier-né ne s'est pas montré à la hauteur. Ses livres, sa poésie, ses auteurs… j'ai laissé filé. Je l'ai laissé faire les études qu'il voulait. Mais à un moment, il faut rendre.

Il dit cela, sans paraître mesurer la violence tranquille de ce « Il faut rendre ». « Il faut rendre », dit l'Empereur qui, lui, ne donne rien. Il faut rendre car tout se prête, tout se paye, rien n'est offert.

— Rendre quoi ?

— Rendre…

Demest a une seconde d'hésitation, on dirait qu'il tente de trouver un langage commun, des mots qui permettraient aux étrangers de comprendre, eux qui n'ont pas la terre dans le sang et ne règnent que sur leurs propres vies, sans racines.

— Rendre à l'exploitation, à la famille. Il a voulu étudier ses… (il fait un mouvement de la main, empreint de mépris, ne se donne pas la peine de préciser), et ça allait bien, mais une fois que c'est fini, il faut travailler. Et il m'annonce qu'il veut devenir traducteur, voyager, poursuivre ses études peut-être. Je n'allais pas l'entretenir plus longtemps, ça non.

Gabriel pense à ses propres parents, son père revenu diminué du STO, sa mère vendeuse, aux sacrifices qu'ont dû leur coûter ses propres études, ses propres choix, à la fierté qu'il voit dans leurs yeux quand il retourne les voir pour déjeuner ; eux ont bataillé pour que leur fils puisse suivre une autre voie, faire autre chose. Quand Demest exige la reddition, à lui, au Domaine, à la terre. Une vie entière de betteraves, voilà le sacrifice qu'il attend de ses fils.

— Vous vous êtes séparés en mauvais termes, alors, avance Dassieux.

— Il a fait ses choix. J'ai dit que s'il partait, il partait. Il est parti.

— Et il pourrait avoir besoin d'argent ?

— Je l'ignore. Il a renoncé à toute prétention sur le domaine.

On attend, mais Demest n'ajoute rien. Sur ce que cela a pu faire à sa famille, que l'aîné soit désavoué. Pas un mot sur sa mère, son frère, sa sœur. Le sujet est clos.

Il y a un coup à la porte, Demest aboie « Quoi ! », et la poignée tourne. C'est la petite bonne de la cuisine, qui porte un plateau. L'Empereur lui fait signe d'entrer. Elle avance, la tête baissée, les tasses dans leurs soucoupes tremblotent, émettant un bruit aigu. Le plateau posé, elle attend, mais quoi ? Un signe de congé peut-être, mais Demest reste immobile, scrute les tasses, et puis la bonne. Il y a une question muette, un frémissement d'impatience, et la fille comprend ce qu'on attend d'elle : une explication. Il y a quatre tasses sur le plateau.

— C'est Mélie, comme il y avait… les messieurs…

Sa voix est faible et un peu geignarde, l'Empereur lui intime enfin, d'un mouvement de menton, de débarrasser le plancher, et elle se faufile, vite, jusqu'à la porte restée ouverte, souris craintive et primaire. Demest verse du café dans une des tasses et repose la cafetière. Il ne leur en offrira pas.

Dassieux bouge sur son siège, comme s'il faisait passer le poids de l'insulte d'une fesse à l'autre, pour soupeser en attendant de décider ce qu'il va en faire. Il finit semble-t-il par renoncer au sujet du fils, et fait mine de passer à autre chose :

— Bon. On va le retrouver et l'interroger, de toute façon.

L'Empereur avale une gorgée. Dans le bureau aux murs de pierre, on l'entend déglutir.

— On a peut-être une piste encourageante, dit Dassieux.

Demest boit, il doit être tout naturel pour lui de penser qu'on va lui servir l'information sur un plateau, puisque c'est ainsi qu'on lui apporte son café, puisqu'on est chez lui, puisqu'il est le maître. Mais Dassieux continue :

— Mais nous réfléchissons aussi à…

Demest avale sa gorgée et interrompt :

— Quelle piste ? Encourageante, qu'est-ce que ça veut dire ?

Dassieux croise les jambes.

— Il sent bon, ce café.

Gabriel reste silencieux, cela ne ressemble pas à Dassieux, cette petite cruauté, face à un homme dont la petite-fille manque, mais il comprend, au fond. Lui aussi, il commence à en avoir soupé du mépris ostensible du maître de la boue auquel il a fallu tout ce temps pour s'inquiéter de Sylvie. Demest toussote, il a avalé de travers. Il pose sa tasse et sert les trois hommes, sans trembler ni rien dire, mais les jointures sont blanches sur l'anse en porcelaine.

Dassieux remercie pour le café et explique. L'ouvrier en trop, payé par personne, introuvable depuis. Le portrait, la photo dupliquée, emportée par les équipes du capitaine

Aubreuil, qui est en train d'être montrée alentour, en ce moment même. Leur volonté, cependant, de ne pas lâcher sans préavis leurs pistes antérieures, car on ne sait jamais.

— Alors nous cherchons qui d'autre aurait pu vouloir s'en prendre à la petite, non seulement pour l'argent, mais pour vous atteindre, vous.

— Je l'ai déjà dit, je suis connu dans la région. Et j'ai réussi. Le bien, ça fait des jaloux.

— Non, quelque chose de personnel.

Demest interrompt le trajet de la tasse.

— Quelqu'un qui aurait travaillé pour vous, ajoute Dassieux. Une vengeance.

— Une vengeance ? Contre moi ?

La voix est dénuée de scandale ou même de surprise ; de l'incompréhension seulement, pure et sincère – contre lui ? Contre ? Lui ? Rien ne va contre lui, ici. On file droit, chaque sillon obéit.

— Votre fils et votre belle-fille ont répondu à nos questions hier – comme vous le savez. Ils n'avaient aucune idée de qui pourrait leur en vouloir, à eux. Par ailleurs, c'est à vous que la lettre de rançon est adressée. Et, eh bien, nous savons que vous êtes un des plus importants employeurs des environs.

— Mais c'est stupide, si j'emploie ! Qui m'en voudrait de le faire travailler ?

— Quelqu'un qui se serait senti lésé ?

— Lésé de quoi ? J'emploie, je paye ! Ceux qui ne sont pas contents, ils vont ailleurs !

— Justement, monsieur Demest, si vous employez la moitié du village, ce n'est pas si simple d'aller ailleurs…

— Je ne garde pas les fainéants, mais je suis un bon patron. Ma femme donne aux œuvres, je fais des avances !

Demest s'énerve vite. Gabriel repense à la fille qui est venue déposer le café, à ses épaules crispées, à son balbutiement. Aux mots que Demest n'a même pas prononcés, attendant qu'on devine ses questions, ses ordres, comme on exige d'un chien qu'il comprenne. Au doigt et à l'œil. Sans doute cette fille-là ne pense pas, elle, que Demest est un bon patron.

— Quelqu'un qui aurait été congédié à l'issue d'un conflit… avance encore Dassieux.

— Quand on vire ici, c'est parce les gens travaillent mal !

Le vernis commence à craqueler, la vulgarité à poindre, la violence à tendre le gilet.

— Quelqu'un qui travaille mal et qui vous en voudrait, alors.

— Mais enfin ! Enfin non !

Et Dassieux n'en tire rien de plus. Demest ne voit pas qui, ne voit pas comment surtout, car, et cela est vite clair, il ne peut envisager qu'un employé ose s'en prendre à lui, à sa famille. Il s'est détourné de la colère qui a failli déborder, s'est mis à réfléchir vraiment, pourtant, ses petits yeux marron levés au plafond pour convoquer d'autres idées, des romanichels, peut-être ? Dassieux soupire :

— Une vengeance, une vengeance qui permet d'empocher deux millions au passage, c'est toujours bon à prendre. Et plus crédible qu'une bande de romanichels.

— Et aucune bande de passage dans la région au moment de l'enlèvement de Sylvie, ajoute Chaval pour faire bonne mesure, on a vérifié.

Gabriel ne parvient pas à comprendre si Demest se croit vraiment bon, généreux, ou s'il ne peut appréhender l'idée que son autorité soit remise en question, ébranlée. Et quand on tente de creuser, l'Empereur n'a rien à dire : sa mémoire est blanche des hommes qu'il emploie, une masse terreuse et corvéable, sans visages ni humanité ; au bout du compte, il se lève pour décréter l'entretien fini, enjoint à aller trouver son régisseur, qui aura, lui, le rôle des employés passés et présents, et peut-être quelque chose à leur dire.

— Dernière chose : cette tête-là, elle vous dit quelque chose ?

Demest se penche, observe le visage de Johnny. Il prend quelques secondes, puis repousse la photo, secoue la tête. Le message est limpide : Augustin Demest n'a rien à ajouter et plus de temps à perdre.

Ils sortent du bureau, Dassieux la photo toujours à la main. Sous l'auvent, la fille au plateau est occupée à charrier des seaux qui semblent très lourds. Quand elle les voit, elle s'écarte de leur chemin, quittant l'abri de la coursive, et continuer d'avancer à petits pas pressés sur la terre de la cour, durcie par le froid, chargée de ses seaux. Le régisseur n'est pas en vue. Ce samedi, l'activité de la ferme est diminuée. Le temps que Gabriel, Dassieux et Chaval aient fait quelques mètres dans la cour, Demest père a verrouillé le bureau et rejoint l'entrée aux marches en pierres : il est rentré.

Après avoir tourné sur lui-même et faute de pouvoir localiser un ouvrier qui pourrait l'aider, Chaval passe une tête par la porte de la cuisine, où la dénommée Mélie leur indique que Radier est rentré chez lui se changer en vitesse. Une histoire de glissade. Une histoire de boue.

— La maison derrière ? demande Gabriel à Chaval, qui hoche la tête.

— La petite en pierre, répond le lieutenant : à mi-chemin, avant celle des Italiens.

Gabriel se mordille la joue, cela le met mal à l'aise peut-être, à cause de Claudia ; « les Italiens ». Quand lui le dit, il n'y a pas de mal ; dans la bouche de quelqu'un d'autre, cela sonne vague et teinté de dédain.

— Les Italiens, vous les avez vus je suppose ? demande Dassieux, refermant la porte de la cuisine sur Mélie qui s'active.

— Pas en personne, répond Chaval. J'étais avec les bûcherons le premier soir. Les rapports ont été tapés par Simone Mahieux.

— Dans un rapport, il n'y a pas toujours tout.

Ils doivent faire le tour de la maison, continuer. Il y a des bâtiments, des hangars, le Domaine a des airs de château fort, pense Gabriel, en s'éloignant du donjon où le pouvoir des Demest est protégé. Ils quittent l'abri très relatif de la cour et s'avancent face au vent, vers le champ est.

— C'est Charpentier et Lequeux qui ont parlé aux Italiens. Surtout pour que ça soit fait, parce qu'ils sont huit seulement et que cet après-midi-là Radier a juré ne pas les avoir lâchés d'une semelle. Ils dépierraient un des nouveaux champs du bas.

— Il n'y a pas de machine qui fait ça ? demande Gabriel, distraitement, en fermant sa veste – le vent lui glace le ventre.

— On ne fait jamais passer de machine sans avoir d'abord creusé à la main, dans le coin. Ça s'est tellement battu par ici, dès qu'on bine, on risquerait de tomber sur un obus.

— De la guerre ? s'étonne Gabriel – il n'avait pas en tête que la région ait été particulièrement agitée en 1945.

— Pas celle à laquelle vous pensez, précise Chaval. La Grande Guerre, 14-18. On est à quelques kilomètres du Chemin des Dames. Vous marchez en ce moment même sur un sol qui abrite probablement un bon paquet de balles et quelques centaines de corps.

Gabriel regarde ses pieds, frissonne. Le froid, se dit-il.

— Pour en revenir aux Italiens, j'ai lu les PV de mes hommes, Charpentier et Lequeux. Ils sont appliqués, Charpentier et Lequeux, quand ils tapent leurs PV, et Simone encore plus depuis qu'elle est là pour aider. S'ils l'ont entendu, c'est dans le PV. Vous, vous en avez pensé quoi ?

— On leur a rendu visite, pour se faire une idée. Plutôt craintifs. Sauf un, Giovanni quelque chose… c'est un peu leur meneur, non ?

— Charpentier l'a mentionné.

— À les entendre, ils n'ont pas ménagé leurs efforts quand il a fallu chercher la fillette, dit Dassieux. Je pense qu'ils avaient peur que la disparition se retourne contre eux.

— Ils n'ont pas tort, acquiesce Chaval. Ce n'est pas pour rien qu'ils ont été questionnés la nuit même, efforts ou pas efforts. Ils sont mal payés. Sans femmes. On leur porte leur cantine, mais ça n'est pas les mêmes menus que les patrons, ça non. Le genre de vie qui s'accommoderait bien de deux millions de nouveaux francs.

— Ils vous ont dit tout ça, à vous ?

Chaval hausse les épaules, peut-être, mais il est déjà si crispé par le froid que cela se remarque à peine.

— Non, Mélie Bardan, de la cuisine. Quoi qu'il en soit, ils ne parlent pas tous bien français, Giovanni a aidé, mais mes collègues n'en ont rien tiré d'utile, et, eh bien, ils étaient avec Radier pour au moins une bonne heure avant que la gamine ne soit prise.

Plus loin sur le promontoire qu'occupe la belle ferme en pierres crème, à bonne distance même, la grande baraque en briques où logent les ouvriers italiens. De jour, elle paraît encore plus éloignée de la maison principale. Perdue entre ceux qui possèdent et ceux qu'on loue, une autre maison, plus petite, dont ils voient sortir Radier vêtu d'une veste trop légère pour la saison. L'homme s'immobilise sur le pas de sa porte, puis entreprend d'avancer vers eux. Sur le plateau, ils sont tous les quatre à découvert, et le vent froid leur donne un air de parenté, le menton baissé et les épaules hautes. Radier a dû essayer de compenser la légèreté de la veste en ajoutant des pulls, et sa silhouette pourtant mince est pataude – Gabriel se dit qu'eux aussi, depuis leur arrivée, doivent donner la même impression.

Ils se retrouvent à mi-chemin entre la ferme et la petite maison de Radier. Autour d'eux, les champs sont noirs et gris – Gabriel pense « couleur terre gelée ». La vallée décharnée n'est qu'un immense courant d'air.

— Vous travaillez le samedi, Radier ?

— S'il faut travailler et qu'on est samedi. Ici, on a le dimanche.

Radier presse les doigts d'une main avec ceux de l'autre, l'une puis l'autre, ses doigts sont d'une teinte sombre et indéfinissable, entre l'écarlate du sang fouetté par le froid et le brun d'une peau qui connaît la terre.

— Vous la faites durer, la semaine de quarante heures, commente Dassieux.

— Quarante heures ? renifle Radier. Aux PTT, peut-être. Ou à Paris.

Dassieux ignore la pique, se gratte le nez, le ton concerné :

— Plus sérieusement. Il n'y a pas eu une loi sur les cinquante-quatre heures maximales l'année dernière ?

Radier hausse les épaules, comme pour souligner que tous ces chambardements ne sont pas arrivés jusqu'à eux, qu'on n'a pas de temps à perdre avec ça.

— Ici, on travaille tant qu'il y a du travail.

— On vient vous poser des questions sur les employés qui auraient pu en vouloir à votre patron, annonce Chaval.

— C'est lui qui nous envoie, même, dit Dassieux, et s'il voulait mettre de la moquerie dans ses mots, le vent les a emportés trop vite pour qu'on puisse la sentir.

Radier ne demande pas « Lequel, de patron ? Le père ou le fils ? », tant il est désormais clair que Demest fils compte pour rien. Il n'affiche pas l'incompréhension butée de son employeur. Il se contente de sortir un gros trousseau de clés de sa poche et de dire :

— C'est dans le bureau de la cour.

— On vous suit.

Désormais quatre, ils font le chemin dans l'autre sens, bouches serrées contre le vent, jusqu'au bureau qu'ils ont quitté un moment plus tôt. Radier déverrouille la porte. Le plateau est toujours là, et Radier qui pourtant a les manières taiseuses de son patron ne peut retenir un : « Vous avez pris le café ? » étonné.

— Il a fallu négocier, répond Dassieux. Dites, avant toute chose : Demest nous a raconté que son aîné avait renoncé à toute prétention financière sur la ferme. C'est vrai ?

— Il a laissé une lettre, quand il est parti. On l'a apportée au notaire.

On entre dans le bureau.

— Et ce fils aîné, cet Augustin deuxième du nom, vous en pensez quoi ?

— Pas grand-chose, dit Radier en refermant la porte derrière Chaval, le dernier à pénétrer dans la pièce. Enfant, il était à l'internat, il venait aux vacances seulement, même pas le dimanche. Quand il était là, il restait dans sa chambre. Et puis quand il est parti à Paris pour ses études, il ne revenait plus qu'en été. Il ne s'est jamais intéressé aux affaires, à la ferme.

— Ça faisait des disputes ? demande Gabriel.

Radier hausse les épaules, reste sur son quant-à-soi.

— Des disputes qui font de la rancune ? ajoute Gabriel.

— Augustin était… je l'ai peu côtoyé, je vous dis. Mais il était secret. Il était… (Radier hésite) doux.

Radier n'ajoute rien. Gabriel se demande si ici, « doux » ne veut pas dire « faible ». Ou « inutile », peut-être. Pas les épaules pour porter la ferme, en tout cas.

— Vous pensez qu'il pourrait être derrière tout ça ?

— Je ne sais pas. Mais il a renoncé à la ferme, alors…

— C'est un non ? insiste Gabriel.

Dassieux s'approche de lui, les mains dans les poches de son manteau, touche son bras du coude. Dans leur langage commun, ça signifie « du calme », ou « arrête ». Gabriel obéit, fourre à son tour les mains dans ses poches, fait mine de s'intéresser à la vue qu'offre l'unique petite fenêtre, haute. Le bureau doit être une ancienne étable. Il ne voit que le ciel, d'un gris pâle et uniforme. À côté de lui, Dassieux bouge un peu, d'un pied sur l'autre, puis, d'une voix bonhomme :

— Alors Radier, vous allez pouvoir nous aider ?

— Bien sûr. Si Monsieur veut que je vous transmette des documents.

— Par exemple. Commencez donc par nous sortir cette liste, encourage Dassieux.

— La liste des employés congédiés ? s'enquiert le régisseur pour confirmation, en manipulant de nouveau le trousseau.

Il identifie la clé d'une armoire massive en bois brun qui trône contre le mur, derrière son bureau, à côté de l'impressionnant coffre-fort d'acier vert et brillant.

— Pour commencer, confirme Dassieux. Mais nous voulons vérifier qu'il n'y a pas quelque part un ancien employé mécontent du Domaine sur le point de toucher deux millions d'arriérés de salaire.

La porte de l'armoire grince, Radier pose un classeur sur le bureau, remarquant juste :

— Il y a tout, toute la liste, mais on vous l'a déjà donnée.

Chaval acquiesce :

— Oui, mais ce n'est pas exactement ça dont on a besoin, Radier.

— C'est de vos archives personnelles, là, indique Dassieux en toquant son crâne de l'index, juste au-dessus de la tempe.

— Demest père nous a soutenu qu'il n'y avait pas de mécontents. Nulle part dans ses employés passés ou présents. Nous, on n'y croit pas, dit Gabriel. Alors? Expliquez-nous, Radier.

Le régisseur interrompt son geste.

— Comment ça, vous expliquer?

— Expliquez-nous comment ça se passe vraiment, ici.

Radier est toujours debout, sec, la toile de sa veste d'été tendue aux aisselles par les pulls de laine lui donne l'allure d'un cadet attendant de récupérer de son aîné des vêtements qu'il ne sera pas le premier à porter.

— Qu'est-ce que ça peut changer, pour la petite?

C'est à la fois un renoncement et une question, et Dassieux ne s'y trompe pas. Il s'avance et se penche, pose les mains bien à plat sur le bureau.

— Tout, Radier. Ça peut tout changer.

Radier frotte son menton, puis leur montre les chaises qu'ils ont quittées un peu plus tôt.

— Asseyez-vous, si vous voulez.

Il contourne le bureau, s'assied sur un petit tabouret face au poêle et entreprend de faire partir un feu. Gabriel ouvre la bouche, va relancer, mais Dassieux lui fait leur petit signe : attends.

Alors on attend, que le feu parte. Pour un feu, ça va vite. Pour un silence, ça fait long. Mais finalement,

Radier referme la porte du poêle qui émet maintenant une chaleur appréciable dans le bureau glacial, et se met à parler.

— Il y a quelques gars qui sont partis en colère. Mais aucun qu'on aurait privé de son solde.

— En colère, pourquoi ?

— Il y en a eu deux, ces trois dernières années. Tous les deux parce qu'ils se sont syndiqués et ont voulu convaincre les autres.

— Un patron qui n'aime pas les syndicalistes, jusqu'ici, pas de surprise, commente Chaval.

Mais lui aussi perçoit semble-t-il la volonté de Dassieux de laisser parler le régisseur, et dès qu'il a fini sa phrase, le lieutenant se passe la main sur la bouche, comme pour la clore, et après quelques secondes, Radier reprend :

— On a fait les choses comme il fallait, ils ne sont pas partis sans rien, ils ont été payés justement. Ils ne peuvent rien nous reprocher.

— À part de les avoir licenciés pour des raisons qui n'avaient rien à voir avec leur travail ou avec des impératifs économiques… des raisons illégales, pour tout dire, réplique Dassieux, sans animosité.

— Cet endroit, c'est une grosse machine à faire tourner. On ne peut pas se permettre d'avoir des gars qui prennent sur leur pause pour, pour, créer des problèmes.

— Leurs noms, alors ?

Radier n'a pas besoin de consulter son registre pour répondre :

— Bleuse, il y a deux ans, en 1967. Pruvot en 1966.

— Ce sont les seuls ?

Radier a un petit ton d'impatience :

— Mais il n'y a pas une cohorte de mécontents qui attend dans l'ombre de prendre sa revanche. On donne du travail, on donne des salaires, et plus même.

— Plus, c'est-à-dire ?

— Madame, déjà. Avec l'église… Elle et ses amies organisent des dons de vêtements, parfois c'est au village, parfois c'est ailleurs, mais elles donnent. Et puis il y a la kermesse de l'école, chaque année. Elle met en jeu un beau lot, il y a la tombola, ça fait des fonds en plus pour l'école… Et l'école, d'ailleurs. Elle organise un don de livres, chaque année, pour les enfants méritants.

— Bien, Madame donne. Et Monsieur ?

— Monsieur ne… il n'y a rien sous le manteau, rien de pas déclaré, si c'est ce que vous voulez dire.

— Radier, ce n'est pas le sujet, on recherche qui aurait pu enlever une petite fille de quatre ans, dit Chaval, qui ravale quelques mots supplémentaires et repasse immédiatement sa main sur sa bouche.

— Bien sûr, fait Radier d'un ton d'excuse, bien sûr. Ceux qui travaillent ici, depuis longtemps, on les connaît. Presque tous les hommes du village ont été employés au Domaine, à un moment ou à un autre. Et il y a… C'est davantage une… bon, mettez par exemple : un gars dont un des gamins tombe malade au moment du binage. Sa femme devait aller aux champs, on embauche à plein à ce moment-là. La famille, elle comptait sur un deuxième revenu. Mais l'enfant, il faut le veiller, il faut le garder, la femme ne vient pas. Ça arrive que Monsieur donne son aval pour une avance, quand l'homme travaille bien, quand il y a de la confiance. On ajuste après, on s'arrange. Sur l'année au final, ça ne change rien. Mais ça tire de l'embarras.

— C'est vous qui suivez ? Qui donnez l'argent ?

— Jamais sans son accord.

— Vous avez les noms ?

— Bien sûr. On garde une trace. Il y a une petite reconnaissance de dette, qu'on fait signer, et la paie tombe en avance.

— Si c'est une dette, ce n'est pas une avance, pointe Dassieux.

Radier lève un peu la main.

— C'est pareil. Quoi qu'il en soit, c'est dans les livres, c'est tracé.

— Qu'est-ce qu'il faut faire, pour mériter une de ces « avances », alors ?

— Mais rien de spécial, c'est une relation de confiance, comme je vous dis. Et ils sont reconnaissants. Alors, penser qu'un d'entre eux pourrait s'en prendre à la petite…

— Deux millions, c'est mieux qu'une reconnaissance de dette, vous en conviendrez, remarque encore Dassieux.

— Mais vous n'avez pas de patron, vous ? s'agace franchement cette fois Radier.

— Plusieurs, confirme Dassieux.

— Eh bien, c'est le patron, voilà. Ici, ça fonctionne comme il veut, et il veut que ça fonctionne comme ça, et les gens sont bien contents de pouvoir avoir une semaine d'avance quand il y a besoin. On peinerait à trouver des bras, si travailler ici était si mauvais.

— Est-ce qu'il ne comprend pas ce qu'il décrit ? s'étonne Gabriel, en refermant sur lui la portière de la R4, glissant sur la banquette arrière, pour se retrouver de nouveau la tête entre les deux sièges avant.

— Les avances, vous voulez dire ? demande Chaval, qui allume les phares.

La neige s'est mise à tomber, drue. Quand il manœuvre pour sortir de la cour, la lumière jaune éclaire furtivement la jeune fille de cuisine, qui quitte le bureau de Radier avec le plateau à la main.

— C'est généreux, reprend le gendarme, passant la seconde.

— Généreux ? Il tient tout le monde à la gorge ! Ce n'est plus un patron, c'est un usurier. S'il vire quelqu'un, qu'il décide de cesser de louer, d'un jour à l'autre, la famille entière peut se retrouver à la rue. Et les Italiens, c'est pire : ils peuvent perdre leur permis de travail, leurs papiers. Il se croit juste ? Mais c'est des pratiques d'un autre âge, on croirait qu'il vit entouré de serfs. C'est dégueulasse.

— C'est habile, tempère Dassieux. Entre ceux qu'il emploie et ceux qui lui sont redevables, la vallée tout entière dépend de lui. Une bonne manière de s'assurer que ses employés filent doux.

— Enfin, quoi qu'il en soit, avance Chaval sur un ton conciliant, ça fait d'autant moins de suspects.

— Ou d'autant plus, souligne Gabriel.

— Chaval, vous y connaissez quelque chose, à la betterave ?

— Je sais que ça pousse bien par ici.

— Bon, allons manger un bout. Ça calmera Gabriel.

À l'arrière, le Gabriel en question se cale le dos et croise les bras, dépité.

— Vous voulez rentrer à Anceny ? propose Chaval. Simone organise les provisions, il restera sans doute de quoi faire un casse-croûte.

Quand ils entrent dans la pièce commune, la secrétaire est en train de remballer les reliefs du repas avec des mouvements pressés et efficaces. Chaval demande s'il reste quelques tartines ; elle s'interrompt et laisse la place, repart s'activer devant sa machine à écrire.

— Merci, dit Gabriel, qui récolte en échange un petit signe de tête et un sourire rapide.

Le bruit des touches de la Selectric reprend. Pendant quelques instants, les trois hommes mâchonnent leur pâté-cornichons, bercés par le bruit à la fois sec et souple des touches de la machine à écrire et les gestes de Simone, qui s'interrompt à peine quand elle doit tourner les pages d'un carnet pour saisir les notes de la page suivante.

Gabriel mâche, marchant lentement dans la pièce, pour tenter de réchauffer ses pieds, en lisant le nom des communes au fur et à mesure de ses passages devant les cartes épinglées au liège. Vauxrezis, Vauxbuin, Vauxaillon, Vaudesson, Mercin-et-Vaux. Saint-Pierre-Aigle, Rochemont. Nanteuil-la-Fosse, n'en jetez plus. Laversine, Noyant-et-Aconin, Puiseux, Ployart-et-Vaurseine : du creux, de la pierre et de la flotte. Taillefontaine, Mortefontaine – à force, on croirait à une plaisanterie. Ah non, tiens : Berzy-le-Sec. Ceux-là, ils étaient tellement fiers de ne pas avoir les pieds dans l'eau qu'ils ont carrément pris soin de le préciser dans le nom du bled. Ou peut-être qu'ils mentent, pour attirer les crédules. Et puis du pont, pour traverser tout ça : Longpont, Pont-Arcy, Tugny-et-Pont ; et ici ? Pierrefonds – Gabriel s'imagine une pluie si forte qu'elle fait se dissoudre la pierre. Un type de la classe de Claudia, à la fac de droit, qu'il n'aime pas – il le trouve un peu trop amical – affirme qu'avec toutes les voitures, tous les gaz d'échappement, l'atmosphère va se réchauffer, que la sécheresse finira par s'installer partout. Vivement qu'elle arrive ici, pense Gabriel.

— Messieurs ? fait Dassieux, levant la demi-bouteille de rouge qui trône encore sur la table.

Gabriel décline, d'un signe de tête, du pâté plein la bouche. Chaval, lui, jette un regard alentour.

— Il n'y en a plus, informe Simone, qui n'a pourtant pas interrompu sa dactylographie, et pas même tourné la tête vers eux. Des bières.

Chaval répond juste : « Alors tant pis. »

— Par contre, Paris a appelé, dit-elle. Pour Philippe Declerc. J'ai posé le message sur la table.

La feuille était posée bien en vue, mais Simone n'a mis aucune intonation spécifique dans sa remarque. Le téléphone sonne, elle décroche. Après une seconde, elle lève le combiné en direction de Dassieux et Gabriel.

— C'est pour vous.

Gabriel, les mains libres de rouge, vient saisir le combiné en bakélite. Dassieux, plus calme, le rejoint à pas mesurés, et saisit l'écouteur.

— *… localisé l'aîné de votre Demest, là. Il est domicilié à Gennevilliers.*

— Vous savez s'il est chez lui ?

— *Il a le téléphone, mais ça ne répond pas. Coutin est parti voir sur place. Tu veux me dire ce qu'on cherche ?*

— La gamine, peut-être. Mais Dassieux et moi, on n'y croit pas trop. À moins qu'il ait envoyé un complice, il n'aurait jamais pu remettre les pieds chez les Demest sans qu'on le reconnaisse. Apparemment, il s'est déshérité lui-même, quand il est parti. Il a écrit une lettre disant qu'il renonçait à toute prétention à la ferme et à l'héritage.

— *Donc s'il vit dans un palace avec une baignoire en or…*

— Voilà, prévenez-nous. Mais bon, vous voyez, quoi. Les voisins aussi, est-ce qu'il a quitté son appartement récemment, est-ce qu'il aurait pu être par ici au moment où la petite a disparu, est-ce qu'il a changé sa routine depuis le jour du rapt, est-ce qu'il y a quelque chose d'inhabituel.

— *Noté.*

— Demande qu'ils vérifient son casier, au cas où, enjoint Dassieux.

— *J'ai entendu. Ce sera fait. Tu as récupéré l'info sur ton journaliste ? Ton Declerc ?*

— On rentre à l'instant.

— *Pigiste, indépendant, fouineur, méfie-toi. Il a fait pas mal de papiers au moment de l'enlèvement du gamin Peugeot. Apparemment c'est son truc, les enfants disparus et les familles malheureuses.*

— Merci. Je vais lire ça. Je te rappelle si besoin et j'attends des nouvelles de Coutin.

Il y a des bruits de moteur dans la cour. Un des binômes fait son entrée dans la pièce, des gouttes de pluie dégoulinant du képi.

— Madame Mahieux, il reste du café ?

— Dans la thermos, répond celle-ci, en raccrochant le combiné que Gabriel lui a rendu, après une torsion du poignet pour que le cordon tire-bouchonné ne s'emmêle pas sur lui-même.

Puis elle reprend sa dactylo, sur le même rythme et sans dérangement visible, malgré les hommes qui rentrent au compte-gouttes, s'ébrouent, font des bruits de tasse, grommellent, s'interpellent et ébauchent, à chaque nouvelle arrivée, les mêmes bilans fatigués : rien. Ils ont parcouru Saint-Dury, le village des Demest, la photo à la main, puis Ressons-le-Long, Jaulzy, Montigny-Lengrain, Laversine, Cutry, et même plus loin, Hautefontaine, Chelles, Retheuil, Saint-Gervais-et-Saint-Protais, Saconin-et-Breuil, Courmelles, Vauxbuin. Sans succès. Gabriel ne lâche pas des yeux la carte de la région, tentant de se repérer. À Vauxbuin, annonce Fournier, une femme pense avoir peut-être vu passer le jeune homme du portrait, plusieurs fois, sur un vélomoteur dont elle ne connaît pas la marque, ni la plaque. À moins qu'il ne se soit agi d'une mobylette ? Elle habite dans une descente, même les vélos vont vite quand ils passent devant chez elle, et elle n'est pas sortie pour scruter le conducteur.

Le bruit de la machine s'interrompt, et l'odeur chimique du duplicateur à alcool vient se mêler aux odeurs de restes de pâté, de fumée de cigarette et de manteau mouillé.

— Quelqu'un ici s'y connaît en betterave ? demande à tout hasard Dassieux, et il ne récolte en échange que des haussements d'épaules perplexes – peut-être croient-ils à une plaisanterie de citadin.

— La sucrière, je suppose ? Pas la rouge ? lance Simone, sans interrompre son mouvement, la main ferme sur la poignée de la Ronéo.

Dassieux acquiesce.

— C'est sur deux ans. Le semis, au printemps, et puis on attend. Il faut que la plante se développe. Durant la deuxième année, il y a la floraison. Ensuite, les fleurs meurent et c'est la racine qui se développe. C'est avec elle qu'on fait le sucre. C'est elle qu'on récolte.

— Ça se fait à la machine, tout ça ?

— Labourer un nouveau champ, jamais. À cause des…

— Des obus, je sais, dit Gabriel.

— Voilà. Un champ qu'on cultive depuis un certain temps, c'est moins risqué, mais on fait attention tout de même. Parfois, des choses remontent. Le semis, ça peut être automatisé, mais c'est plus économique à la main – pour peu qu'on ait des bras disponibles. Parce qu'on dose mieux la quantité de graines. Ensuite, il faut démarier.

Simone saisit de petits paquets de feuilles ronéotypées et en lisse les bords en les tapotant contre le plateau de son bureau ; c'est impeccable.

— Démarier, cela signifie passer dans les champs et supprimer les petits plants en trop – on garde une betterave tous les quinze centimètres environ. Aucune machine ne fait ça, pas encore du moins. C'est un travail que Demest confie aux femmes, principalement.

Elle saisit une agrafeuse et joint ses feuilles, dont l'odeur aiguë commence à se dissiper.

— On sème en mars-avril. Il faut que ça prenne, mais en général, à la mi-mai au plus tard, tout est démarié. Le binage, c'est quelques semaines plus tard. Ailleurs dans la région, on fait venir des Belges parfois, des Italiens surtout. Ceux de chez Demest s'y attellent. Mais à Saint-Dury, quand il y a trop à faire, les femmes et les enfants montent au Domaine. Et plus Demest s'agrandit, plus il y a trop à faire.

K-kling, Simone agrafe, méthodiquement.

— Il n'y a pas école ? s'étonne Gabriel.

K-kling.

— Je vous dis ce que je sais. Et fin septembre, début octobre, au moment de la récolte, les femmes remontent, pour effeuiller les tubercules.

Elle quitte son bureau, ses papiers assemblés en de petits recueils impeccables, et s'approche de la table du centre, jonchées de miettes. Elle a un regard un peu découragé peut-être pour les reliefs de déjeuner, qui pousse Gabriel à se lever pour pousser les restes dans une corbeille et épousseter le bois à la main. Simone lève à peine les sourcils, étonnée mais satisfaite de l'initiative.

— Toutes les notes que vous m'avez laissées hier sont ici, ainsi que les éléments partagés à l'oral durant vos divers points. Messieurs, si vous voulez me confier les vôtres.

Dassieux lève les mains en signe d'excuse.

— Je ne note rien, c'est Gabriel qui s'en charge.

Gabriel, lui, passe sans y penser la main sur sa veste, à l'endroit où le carnet fait une petite rigidité, rechignant à se séparer de son calepin.

— Ah, j'ai toujours mon carnet avec moi…

— Je peux transcrire maintenant et vous le rendre de suite, répond Simone en tendant la main.

Gabriel ne voit plus trop bien comment décliner – ce n'est pas une question de confiance d'ailleurs, mais simplement d'habitude. Il ouvre son carnet à la page de jeudi, jour de leur arrivée, et dit juste, comme gêné :

— Mon écriture…

— Ne vous en faites pas.

Simone s'empare du carnet, et retourne à son bureau.

Les gendarmes s'essuient les mains, comme pour respecter la propreté du papier à l'encre violette, qui en les frottant l'une contre l'autre, qui les passant sur son pantalon, et se saisissent des comptes rendus. Il est 16 heures passées et tout est calme dans la pièce, les hommes absorbés dans les retranscriptions, lorsque le capitaine Aubreuil, dégoulinant lui aussi de neige fondue, rentre à son tour.

— Nous avons déposé la photo dans toutes les gendarmeries d'ici à Soissons, Compiègne et La Ferté. Les collègues des autres casernes vont eux aussi faire le tour des commerces, des bars et des chantiers, c'est vu avec l'état-major qui est en communication avec le juge Fiquet. Charpentier et Lequeux sont en route pour Amiens et pour Reims, Mignot est à Lille. Tous les gendarmes du nord de la France auront son visage ce soir. Si aucun de vous n'a tenté de me joindre par radio, je suppose que vous avez fait chou blanc.

Un silence dépité lui répond.

— Madame Mahieux, vous avez pu envoyer le portrait avec la machine ?

— Le bélinographe ? Sans aucun problème. J'ai refait du café, annonce Simone, qui s'approche pour lui tendre un exemplaire des notes fraîchement distribuées. Inspecteur Sautet ? Votre carnet.

Gabriel remet le calepin dans sa poche.

— Bien. Si « Johnny » est toujours introuvable, peut-être Chaval et nos visiteurs ont-ils des informations utiles à nous donner, suggère Aubreuil, qui a ôté son képi mouillé.

— La récolte est bien maigre, répond Dassieux. Ou, selon l'angle où l'on se place, disons qu'on a de quoi ratisser plus large encore. Quoique le lieutenant Chaval, ici présent, ne soit pas d'accord avec nous.

On expose. Les ramifications de l'empire de Demest. La dépendance de ses ouvriers. Même les bonnes œuvres de sa femme. Quand Dassieux en arrive là, le capitaine hoche la tête.

— Et encore, vous n'avez pris en compte que les ouvriers qui logent à la ferme. Eux bien sûr sont totalement dépendants de leur employeur. Mais au fil des années, Demest a acquis une bonne partie des maisons du village. Il est aussi le propriétaire et bailleur d'une très large majorité de ses habitants.

— Eh bien, nous en sommes là, souligne Dassieux. Une vallée entier qui dépend du bon vouloir d'un patron. Le lieutenant Chaval pense que cela achète de la loyauté. L'inspecteur Sautet pense que cela attise la hargne.

Le capitaine se passe la main sur la moustache.

— Pour ma part, j'ai tendance à me ranger du côté du lieutenant Chaval. Demest fait vivre tout le village. Mais savoir si c'est du respect ou de la crainte, quoi qu'il en soit, je n'ai pas senti de volonté de révolte durant les premiers entretiens que j'ai menés moi-même. Il est 18 heures. Je vous encourage à emporter les notes mises au propre par Simone, et à les lire ; il y aura un de ces comptes rendus écrits chaque soir, et nous aurons tous accès aux mêmes informations. Cela ne vous dispensera pas de taper vous-même vos procès-verbaux dès que vous disposerez d'un peu plus de temps, mais dans l'intervalle, Simone nous permet ainsi de partager plus aisément les informations et réflexions des uns et des autres. L'un de vous verra peut-être quelque chose qui a échappé à ses collègues.

Aubreuil se tourne vers Dassieux et Gabriel.

— Vous avez eu des nouvelles de vos collègues de Paris ? Pour Augustin Demest fils ?

— Ils ont trouvé son adresse, répond Gabriel, et sont partis voir sur place. Ils n'ont pas encore rappelé. On a reçu des informations sur Philippe Declerc, en revanche.

Gabriel se penche pour saisir le message pris par Simone. Sans surprise, il est impeccablement dactylographié.

— Je vous le lis ?

On écoute Gabriel. Le journaliste est domicilié à Lille, n'est salarié d'aucun quotidien. Il a quarante-cinq ans, a commencé par la rubrique politique de *L'Express*, s'est rendu en Algérie dès les débuts de la guerre d'indépendance où il a côtoyé Camus. Mais il a dû quitter le pays à la suite de menaces. Il avait signé quelques papiers qui ont fait du bruit, mais il s'est mis à dos l'OAS et pour finir, le FLN aussi. Il a été plus ou moins expulsé d'Alger, apparemment partir n'était pas son choix mais il lui restait peu d'alliés sur place. Il s'est mis à la radio, depuis.

— Doué pour se faire des amis, donc, commente Dassieux.

— Les troubles étaient une période peu propice aux amitiés, dit Aubreuil.

Gabriel note le choix du terme, ne relève pas. Il a suffisamment débattu avec Dassieux, a fini par se dire que c'était générationnel, lui a échappé de peu à la traversée jusqu'à Alger, qu'on lui disait ville blanche sans que cela lui donne davantage envie d'aller s'y battre, et il ne regrette rien. Il reprend :

— Eh bien, ça dépend. Parce qu'il est passé aux faits de société, y compris ceux qui font la une des nationaux, et il semblerait que si, il sache se faire des amis. Qu'il parvient à se mettre suffisamment de gens dans la poche pour obtenir des déclarations exclusives, tisser des liens avec les familles, les voisins, les commençants. Au moment du rapt du petit-fils Peugeot, il est visiblement parvenu à faire parler des gens qui restent d'habitude assez discrets : les employés du golf où l'enfant avait été enlevé, son ancienne nourrice, sa gouvernante…

Gabriel repose la feuille, demande :

— Il va sans doute essayer de parler aux Demest et à leurs employés, si ça n'est pas déjà fait. On les prévient ? On les dissuade de répondre ?

— Alors là, déjà nous il faut qu'on y passe des jours pour en tirer quelque chose, il ne manquerait plus qu'ils aillent tout déballer à… (le gendarme qui a pris la parole sur un ton un peu vif croise le regard de son capitaine, se recompose) enfin. Capitaine ?

Aubreuil réfléchit.

— Cette histoire de fils aîné, il a bien dû l'entendre quelque part. Vous dites qu'il est peut-être logé avec vous, chez Salors ?

Dassieux hoche la tête.

— Alors essayez de voir s'il est possible de travailler en bonne intelligence. On ne peut malheureusement pas museler la presse, mais surtout, s'il est bon pour obtenir des informations qui nous échappent, essayons de collaborer. On peut peut-être lui faire entendre que pendant ce temps, il y a une petite fille que l'on tente de retrouver.

Aubreuil passe la main sur sa moustache.

— Et je dois monter chez les Demest. La recommandation est de verser l'argent, bien sûr. Pour l'enlèvement Peugeot, ça a marché, on a retrouvé le petit indemne. Mais c'est aussi l'opportunité d'appréhender le coupable. Si tout se passe bien. Il faut arranger les détails. Autant en profiter pour les prévenir que les journalistes commencent à s'intéresser de près à l'affaire, s'ils n'étaient pas encore au courant. Qu'il est préférable que la famille s'abstienne de lire les journaux, d'écouter la radio, et surtout de parler à la presse. Sautet, vous voulez relancer vos collègues ? Peut-être ont-ils eu le temps de revenir de leur visite à Augustin Demest fils.

Gabriel hoche la tête.

— Je les rappelle.

— De mon bureau, si vous souhaitez du calme, indique Aubreuil.

La salle devenue salle commune s'agite, mollement : les hommes sont las et ont le souffle lourd de café et de tabac. Gabriel referme la porte et, comme plus tôt, Dassieux prend l'écouteur. À l'autre bout, on cherche son collègue du matin.

— Coutin ? C'est Sautet. Alors ?

— *On vient de rentrer, je ne t'ai pas loupé de beaucoup quand tu as appelé tout à l'heure.*

— Alors ?

— *Il n'est pas chez lui. Mais dis, j'écoutais RTL tout à l'heure, c'est le fils disparu dont on parlait à la radio ? Bref, il est absent en ce moment*

— Depuis quand ?

— *Depuis avant l'enlèvement de ta gamine, une semaine au moins, ont dit les voisins. Il est parti seul, avec un sac de voyage. On a sonné chez les voisins. À sa voisine de palier, il a dit qu'il partait en Espagne pour une semaine, et il a laissé les clés, pour le chat. En théorie, il revient demain.*

— Vous êtes entrés ?

— *Elle a proposé de nous ouvrir, on a fait le tour, à part le chat, personne, et aucune trace d'enfant. Pas de jouets ni de poupée, frigo vide.*

— C'est comment chez lui ?

— *Je décorerais pas mon intérieur comme ça, mais il n'a pas l'air de mourir de faim, pas non plus de nager dans le luxe, enfin je suppose que c'est ce que tu veux savoir.*

— Tu me rappelles demain, quand tu as pu lui parler ? Ici, et tu peux laisser un message si je ne suis pas là, ou à l'hôtel, mais alors laisse juste ton nom.

— Je monte au Domaine discuter de la remise avec les Demest. Voulez-vous m'accompagner ? propose Aubreuil.

Dassieux hoche la tête. Gabriel ne proteste pas. Il a assez vu de Demest pour toute une vie déjà, mais il ne proteste pas. Il pense à Sylvie.

— Capitaine ? demande Chaval.

— Si vous voulez, Chaval, si vous voulez. Girard, vous restez ici cette nuit. Si quelqu'un appelle pour le portrait. Non, Simone, je ne veux rien entendre, ce soir vous rentrez chez vous. Messieurs ? Prenons deux voitures. Je vous suis.

Aubreuil sort de sa voiture, se coiffe de son képi, et grimpe les marches en pierre du perron. Cette fois, on les fait attendre au salon, et après un moment, c'est Mélie qui apporte un plateau sur lequel tintent des verres. Demest descend les escaliers, seul, et les rejoint au salon. Aubreuil et ses hommes sont restés debout. Le capitaine demande :

— Les parents de la petite ?

En face de lui, Demest paraît presque surpris.

— Si vous estimez nécessaire qu'ils soient là.

— Oui. Ça l'est, répond Aubreuil, d'une voix égale.

— Ma belle-fille ne descendra sans doute pas. Elle est très affectée bien sûr. Mélie.

Laissant son plateau sur une desserte, Mélie quitte le salon. On s'assied et on patiente en silence, et puis les parents de Sylvie font leur entrée. Ils sont pareils à la veille : épuisés.

Clémence a les yeux caves et les joues blêmes. Les visiteurs se lèvent de nouveau et Aubreuil se découvre.

— Nous venons discuter de la rançon.

Elle le regarde mais ne répond rien, son époux non plus.

— J'ai contacté la banque, intervient Demest père. Les dispositions sont prises pour réunir la somme.

— C'était justement notre recommandation, souligne Aubreuil.

— Je sais, répond Augustin Demest, pendant que son fils Michel reste silencieux. J'ai pris conseil. Il y a eu plusieurs cas dans lesquels l'argent a été remis, et l'enfant retrouvé indemne.

— Bien. Nous continuons de tout faire pour retrouver votre fille avant le jour de la remise de rançon, informe Aubreuil, et comme vous le savez nous avons au moins une piste sérieuse…

— Non, dit la mère de Sylvie. Je ne savais pas.

— Nous en avons informé votre beau-père ce matin, indique Aubreuil.

Michel Demest ouvre de grands yeux et lance à son père :

— Mais enfin…

— Je ne voulais pas que vous ayez de faux espoirs.

Sa belle-fille croise les bras et n'ajoute rien.

— Il y a une possibilité que nous estimons forte pour que Sylvie vous soit rendue saine et sauve. Nous allons procéder à un repérage autour du carrefour des Six-Routes mentionné dans la lettre. Je ne sais pas si vous connaissez l'endroit…

— C'est en forêt de Retz, on y chasse parfois, Michel et moi, répond Demest.

— Le jour venu, nous serons sur place, indique Aubreuil.

Cette fois, Clémence se redresse.

— Mais il a dit de venir seul.

— Oui, en effet, répond le capitaine, mais nous espérons pouvoir l'appréhender après la transaction, s'il est venu sans la fillette…

— Sylvie, le reprend Clémence.

— S'il est venu sans Sylvie, le suivre pour localiser l'endroit où elle a été retenue. S'il la rend en échange de l'argent, pouvoir l'arrêter.

— Mais il a dit de venir seul ! répète Clémence Leroy-Demest.

Cette fois elle s'agite sur son siège, se tourne vers son mari, son beau-père, puis de nouveau vers le capitaine.

— Si vous le suivez, s'il vous voit, peut-être qu'il ira ailleurs, peut-être qu'on ne la retrouvera jamais !

— Clémence… dit Demest père, pour inciter au calme.

— C'est vous ?! C'est vous qui avez demandé ça ? Qu'on vous ramène votre argent ?

Michel fait un geste de côté vers sa femme, pour l'entourer de son bras peut-être, ou lui prendre la main seulement, mais Clémence n'y prête pas garde.

— Vous avez hésité à payer, c'est ça ?! C'est votre petite-fille, mais vous hésitez !

— Je n'ai pas hésité, répond Demest, pincé, mais après une fraction de seconde de trop, un instant minuscule qui fait revenir le rose aux joues de Clémence. Elle se lève d'un coup.

— Tout pour la famille hein ?! Tant que ça ne coûte pas trop cher ?

Gabriel aurait pensé que l'Empereur allait être sec, coupant, mais il répond sur un ton faussement patient, faussement rassurant :

— Clémence, c'est ridicule, bien sûr que je vais payer !

Et Gabriel sait qu'il ment. Tous désormais le savent. Qu'il a pensé à ne pas. Qu'il a compté, qu'il a fait le calcul. Sa belle-fille le regarde de toute sa hauteur, elle n'est pas grande pourtant, Clémence Leroy-Demest, elle n'est pas grande mais tout de même, l'Empereur se tasse un peu, un tout petit peu, ou est-ce seulement le mépris dont l'enveloppe le regard de Clémence qui l'amoindrit soudain, et il faudrait qu'il se taise, c'est la seule chose à faire. Mais les hommes comme lui ne savent pas rester silencieux, alors il tente d'expliquer :

— Mais deux millions, c'est beaucoup d'argent, et je ne vais pas laisser un criminel… Clémence !

Elle est partie, déjà, et les hommes qui restent font silence, Demest très droit, la mine défiante, son fils Michel abattu sur le canapé.

— C'est beaucoup d'argent, répète Demest, d'un ton plus ferme.

Aubreuil pose ses mains sur ses cuisses et conclut d'un « Bien » qui n'appelle pas de réponse.

Catherine s'est presque habituée aux deux policiers. Ils montent à n'importe quelle heure, deux fois aujourd'hui. Ce matin, elle leur a apporté du café dans le bureau de Radier – elle a prévenu Mélie : « Monsieur n'a pas demandé de café », et Mélie a soupiré, elle n'aime pas quand on geint. Mais il ne s'agit pas de geindre : comme toujours Mélie va l'envoyer à sa place et Catherine n'a pas envie que ça lui tombe dessus si Monsieur n'est pas content. Elle comprend, au fond : si elle pouvait éviter de l'approcher, elle le ferait aussi, probablement. Cet après-midi, c'est lui qui a sonné et puis, ils étaient nombreux, les mains se baladent moins devant témoins, chez les riches en tout cas. Elle a entendu le grand gendarme roux s'adresser à son chef quand ils sont descendus de la voiture : il lui a donné du « capitaine », ça fait sérieux. Ils n'ont pas mis n'importe qui sur le cas, mais cela ne lui apprend rien : depuis le début c'est ce qui se susurre, ici en haut et en bas, à Saint-Dury. Ce matin, les policiers avaient tout un fouillis de dossiers et de portraits sous le bras, ce soir ils sont revenus sans rien à la main mais avec un capitaine. Elle ouvre la porte du couloir à Mélie, la laisse sortir de la cuisine avec le plateau. Elle entend l'ordre de Monsieur, Mélie qui part dans les étages chercher les parents de Sylvie. Catherine saisit le balai : elle n'a pas intérêt à ce qu'on la surprenne à traîner les bras ballants et elle entreprend de s'activer, concentrée, la brosse n'émettant que de petits bruits de frottement quand elle la passe sur les dalles.

— Lieutenant, je vous laisse ramener Dassieux et Sautet jusqu'à la mairie d'Anceny, qu'ils récupèrent leur voiture ?

— Oui, mon capitaine, répond Chaval.

— Demain, je vous ferai voir l'endroit où Demest doit remettre l'argent, ajoute Aubreuil à l'attention de Dassieux et Gabriel.

Dans la cour, sous la lumière jaune du perron de pierre, Madame est en train d'enrouler sa cadette dans une écharpe et dans les recommandations. Appeler dès qu'elle arrive chez les Ponthieu. Quand elles retourneront à l'internat demain matin, ne pas quitter Jeanne. Essayer de se concentrer sur les examens blancs qui arrivent. Martine veut-elle rester ? Elle, Madame, préférerait que Martine reste. La jeune fille proteste, rassure.

— Oh, la ligne des parents de Jeanne-Marie a des problèmes, précise-t-elle. Mais je t'appelle demain soir, quand ils nous déposent à l'internat.

Debout à côté de la voiture, Radier attend patiemment. Gabriel observe la scène sans rien dire. Il cherche une cigarette, puis son briquet, il respire l'air humide. Il fait un peu moins froid ce soir, le vent a peut-être changé – mais c'est pire au fond, cette nuit qu'il peut presque mâcher, qui lui coule dans la gorge – il a de nouveau cette image d'un petit corps en robe bleue, la bouche débordant de terre, qu'il repousse de toutes ses forces, se concentrant sur le goût du tabac, tentant de se purifier à grandes bouffées de fumée.

Pour finir, Mme Demest plante un baiser pointu sur la joue de Martine, lance à Radier : « Ne traînez pas », comme si c'était elle qui l'attendait. Le régisseur met le contact et Martine referme la porte de la DS20 Pallas.

« Ça doit être pas mal à conduire, ça », pense Gabriel. Au début, il s'en voulait de formuler encore des pensées triviales, des observations de tous les jours : Mélie est jolie, le riz au lait est bon, ses bottes basses sont couvertes de boue, merde. Et puis il s'est rendu compte que c'était tant mieux, que cela faisait comme des respirations, entre deux visions de petite fille morte.

Quand la voiture quitte la cour, Madame se retourne et, alors qu'il n'a pas fait mine de parler, dit à Gabriel :

— Elle va chez les Ponthieu. Des gens très bien. Martine est à l'internat Saint-Rémy avec leur cadette. Jeanne-Marie. Les cours reprennent demain.

Puis, de nouveau, en resserrant son gilet autour d'elle :

— Martine prépare son baccalauréat, elle a besoin de se concentrer.

Et enfin, d'un ton agacé :

— C'est vu avec votre collègue.

Gabriel se retient de répondre : « Mais j'ai rien demandé. »

Il est surpris, en fait : c'est la première fois qu'elle lui offre spontanément une information, ou, réalise-t-il, qu'elle lui adresse la parole la première. Depuis le début, les grands-parents Demest s'adressent à eux comme à des employés qui ne donnent pas entière satisfaction ; ils font preuve de davantage de déférence envers Aubreuil, mais à peine. Gabriel surtout semble les contrarier. Il s'est dit qu'il était trop jeune, qu'il ne faisait pas assez flic, qu'ils sont d'une autre génération, qu'il n'est pas là pour leur plaire de toute façon. Puis il a cessé d'y penser. Mais il vient de comprendre : il est « les gens ». Que vont penser « les gens », de voir que Martine reprend la classe après les vacances de février, comme si de rien n'était ; que vont penser « les gens » de voir qu'on la laisse partir pour aller passer la nuit dans une autre famille, même s'il s'agit d'une famille « très bien » ; au milieu du chaos Mme Augustin Demest continue de penser à ce que les gens pensent.

Gabriel cherche quoi répondre, finalement, il opte pour un « Bien » poli, à la Aubreuil. La femme lui tourne le dos et monte à pas rapides les marches du perron. Elle referme la porte derrière elle avec un claquement sourd.

— Gabriel !

Dassieux est à dix mètres, en train de monter dans la voiture.

— Le lieutenant Chaval nous attend, Gabriel.

Chaval conduit un peu vite.

— Pressé de rentrer ? demande Dassieux.

— Je ne sais pas vous, mais moi depuis le début, je passe la journée à penser à mes gamins. Le capitaine a dit que je pouvais avoir la soirée, je veux juste arriver à la maison et les avoir avec moi.

Chaval laisse passer une seconde, réalisant peut-être la tendresse qui transpire de ses mots, malgré la conduite sportive et la grosse voix. En définitive il ajoute, d'un ton un peu bagarreur :

— Et au diable ceux qui pensent que c'est un réflexe de bonne femme.

— Loin de moi cette idée, fait Dassieux.

— Vous avez des enfants ? demande Chaval.

Dassieux ne répond pas, alors pour combler le silence qu'il n'avait pas anticipé, Gabriel lance :

— Pas encore.

— Et vous, Dassieux ? insiste Chaval, en rétrogradant pour arriver au carrefour.

— Un fils. Ah mais, c'est Radier, là-bas, non ?

Chaval se penche. Sur la départementale, sans éclairage, on distingue mal, mais la forme du toit, la couleur peut-être, et puis des voitures, entre ici et Saint-Dury, il n'y en a pas des dizaines. Le véhicule roule à un rythme raisonnable, disparaît dans un tournant puis émerge, oui, c'est bien elle.

— Mais où ils vont ? marmonne Chaval.

— C'est-à-dire ? veut savoir Gabriel.

— Martine va chez les Ponthieu, c'est bien ça ? C'est l'amie chez qui elle était quand Sylvie a été enlevée. C'est à Soissons, dans un très beau quartier. Ponthieu possède les Assurances du Soissonnais, ça ne vous dit rien, je suppose… Soissons, c'est à droite. Là, ils vont je ne sais où.

— Alors suivons-les, tranche Dassieux.

Chaval repasse la première et braque à gauche.

— Peut-être qu'ils font juste un détour.

Chaval prend de la vitesse et bientôt, les phares arrière jaunes de la DS surgissent au détour d'un virage. Chaval ralentit un peu.

— Ils ne vont pas à Soissons. Le capitaine doit encore être en voiture…

Il se penche, attrape sa radio.

— Chaval pour Aubreuil, Chaval pour Aubreuil.

Silence. Sur la nationale, le trafic est peu dense. Des gouttes de neige fondue cognent contre le pare-brise, deux, dix, cent.

— Chaval pour Aubreuil, Chaval pour Aubreuil.

— *Aubreuil, allez-y Chaval.*

— Mon capitaine, Martine, la dernière des enfants Demest, ne suit pas l'itinéraire annoncé. Elle est en voiture avec Radier, elle roule vers Paris. On la suit, chef?

— *Oui, suivez-la. Besoin de renforts?*

— Je ne sais pas, chef.

— *Tenez-moi au courant, Chaval. On a des collègues le long de la RN2 qui peuvent répondre si besoin.*

— Bien reçu, mon capitaine.

Quand la voiture quitte la nationale, Gabriel est penché entre les deux sièges avant, les poings serrés sur les dossiers. Vingt minutes qu'ils se perdent en conjectures. Radier et Martine Demest? La jeune tante de Sylvie ne semble pas particulièrement proche du régisseur, mais qu'est-ce qu'ils en savent, bordel de Dieu, dans cette famille où tout le monde fait les choses par-derrière. Radier s'en prendrait à Martine? s'est inquiété Gabriel. Ils les suivent à distance et la nuit est profonde, mais pour l'instant, la seule fois où Chaval a réduit un peu l'écart et où les phares jaunes des voitures venant de face ont éclairé l'habitacle de la DS20 Pallas des Demest, le crâne de Martine était à sa place, dépassant du siège avant. Elle le tenait droit, pas de signe d'urgence ou d'évanouissement. Dassieux, lui, pencherait pour une complicité : après tout, ils font tous les deux partie des patrons, plus ou moins; qui parmi les employés aurait osé parler si on les avait vus faire quelque chose de suspect? Et dans le même temps, régisseur aigri et dernier enfant, né fille, sans perspective d'héritage, ceux-là peut-être pourraient s'imaginer faire de grandes choses avec deux millions. Peut-être complotent-ils, mais complot de quoi, a insisté Gabriel ? Tu les vois vraiment s'arrangeant pour enlever la gamine ? Et puis il a fini par se taire, de plus en plus inquiet pour la jeune fille. Chaval, lui, n'a pas d'hypothèse, il conduit, concentré, informant régulièrement son supérieur de l'avancée – ils sont presque à Crépy.

Pour finir, la DS20 conduite par Radier s'enfonce dans la ville à vive allure.

— Y a de la belle baraque, commente Gabriel, alors que la voiture cahote dans le centre-ville.

Chaval ne commente pas, concentré. Il ne veut pas s'approcher trop de Radier, mais craint de le perdre.

— Et merde ! s'exclame-t-il, renonçant à la retenue, en débouchant sur une place vide et silencieuse, entourée de maisons coquettes – de la belle baraque, comme dit Gabriel.

— On l'a perdu, fait Gabriel, un peu stupidement.

— Sans blague ! rétorque le lieutenant alors qu'il enclenche la marche arrière.

La DS n'est nulle part, il recule, encore, encore.

— Là ! s'écrie Gabriel.

Cette fois Chaval ne se soucie plus de discrétion. Il effectue un demi-tour qui manque les envoyer dans un mur de pierre, passe en pleins phares et parcourt les quelques mètres qui les séparent de la DS à l'arrêt. Celle-ci est garée devant un haut portail, et Radier, debout sur les pavés luisants, regarde la voiture foncer vers lui avec les yeux écarquillés. Chaval pile, descend du véhicule, Radier recule quand il reconnaît le gendarme et les deux policiers.

— Mais qu'est-ce que vous faites là ?
— C'est pas toi qui poses les questions, répond Dassieux.
— Où est Martine ? demande Gabriel.
Radier, un peu hébété, montre du doigt la lourde porte en bois du portail.
— C'est chez qui, ici ? On est où ?
— C'est elle, dit Radier, c'est elle qui m'a demandé…
Il bafouille, ce n'est pas clair. Chaval balaie du regard l'homme, le porche, la rue, puis finalement il prend Radier par le bras et le pousse jusqu'à la porte.
— Sonne.
Le tintement leur parvient étouffé, comme si l'intérieur de l'habitation était immense, et il faut un moment avant qu'une femme vienne ouvrir et écarquille les yeux en voyant les quatre hommes – elle s'accroche au regard de Radier, qu'elle reconnaît visiblement.
— Police, annonce Dassieux.
La femme hésite, et puis dit juste :
— Monsieur et Madame sont sortis.
— Martine Demest ?
— Elle est là, elle est avec Mademoiselle…
La femme est hésitante, mais pour l'instant, elle n'affiche aucune intention de les laisser entrer.
— Et vous, vous êtes qui ? demande Gabriel.
— Je suis Paulette, Paulette Arnaud, je travaille ici. Ils sont sortis… répète-t-elle.
— Bon, nous, on veut voir Martine Demest, informe Chaval.
La femme hésite encore, mais c'est la police : elle s'écarte.

La maison est bourgeoise, très bourgeoise, ancienne. L'entrée est carrelée, un escalier massif emmène vers les étages, mais à leur surprise, la femme oblique et part vers la cuisine. Ils la suivent, Chaval tenant toujours par la manche Radier qui ne résiste pas. Dans la cuisine, la femme ouvre une porte.

— Ils sont en bas.

— Alors allons en bas, dit Dassieux.

Il a pris son ton gentil, et elle semble se rasséréner un peu.

Elle les précède, descend, une large cave, une autre : quand elle pousse la deuxième porte du fond, Gabriel pense une seconde aux bars dissimulés de Paris que Dassieux et lui visitent parfois. Paulette s'efface aussitôt, s'aplatit contre la porte désormais ouverte, avec des airs de papier peint qui préférerait être ailleurs.

Dans de lourdes volutes de fumée, Martine finit d'ôter manteau et écharpe, elle parle fort et aigu ; Gabriel ne l'a encore jamais vue aussi vive, aussi animée. La pièce sent la cigarette, la pierre, et il y fait chaud – il a l'impression d'avoir chaud pour la première fois depuis qu'il a quitté Paris. Il y a une demi-douzaine de jeunes gens dans la cave, les joues roses et les yeux brillants. Gabriel voit Martine, Martine voit Gabriel, autour d'elle toute la troupe voit que Martine voit Gabriel et regarde Gabriel, et à sa suite Dassieux, Chaval, Radier. L'un des jeunes gens, qui était étrangement enroulé dans un velours rouge, tente de se défaire de sa draperie et s'emmêle. Une autre saisit une bouteille de bière entamée et la dissimule dans son dos, avec une discrétion toute relative.

Une jeune femme, jupe très sage mais chemisier un bouton trop ouvert pour être complètement respectable, s'avance vers les hommes, les mains ouvertes.

— Oui ? Bonsoir ?

Gabriel rirait presque, devant cette pantomime de grande dame accueillant ses invités. Il sourit, d'ailleurs ; son ventre lui souffle que rien de grave ne se déroule ici et la force du soulagement ressenti l'étonne lui-même.

La jeune femme a l'âge de Martine, pas plus, mais on croirait qu'elle a été élevée dans l'attente de ce moment précis, pour accueillir les manants avec style, presque comme si elle avait planifié leur venue. Les manières et la terre collent pareil, pense Gabriel. Il s'est imaginé des choses, tant de choses dans la voiture, devant le porche, en descendant les marches, et il est soulagé que Martine soit là, les yeux brillants de rage certes, mais entière et intacte. Il n'a plus de place dans ses nuits pour de nouvelles visions de fille morte.

— Police, indique Dassieux.

Le type perdu dans son rideau de velours renonce à s'en défaire proprement, finit par le laisser couler autour de lui, et par sortir des remparts de plis moirés, un pied après l'autre, dans un mouvement que Gabriel trouve très féminin – Claudia se défait de certaines de ses jupes avec les mêmes gestes.

— Nous ne faisons rien de mal, se défend la jeune maîtresse de maison, ajoutant d'un ton très mondain : une simple petite réunion entre amis.

— Et vous-même, vous êtes ? demande Dassieux, badin, comme pour imiter l'attitude détendue de la jeune fille.

— Vous entrez donc chez les gens sans savoir qui ils sont ? rit-elle. Vous êtes ici chez mes parents, M. et Mme Demarchant. Ils sont absents pour la soirée, et de notre côté, nous nous réunissons pour une petite soirée – rien d'exceptionnel, en fait, nous répétons une pièce.

— Fort bien, répond Dassieux avec grâce. Puis-je avoir vos noms ?

L'un après l'autre, les jeunes gens se présentent. La troisième jeune fille annonce « Jeanne-Marie Ponthieu ». Le jeune homme qui s'est débarrassé de sa toge et a retrouvé toute sa morgue est son frère, Jean-Paul.

Martine, elle, a croisé les bras et regarde la scène avec les joues de plus en plus rouges – et la chaleur qui règne dans la pièce n'y est pour rien.

— Ah ! Ponthieu, observe Dassieux. C'est donc chez vous que Martine ici présente devait en théorie passer la soirée.

— Mais c'est le cas, réplique Jeanne-Marie. Elle passe la soirée avec nous.

— Pas seulement avec, chez, pointe Gabriel, que quelque chose énerve soudain, sans qu'il comprenne bien quoi au début.

— Je nous reconduis, informe Jean-Paul Ponthieu.

Ça y est. Gabriel voit bien maintenant. Ces gamins lui parlent comme Demest leur parle. De haut. Et – c'est peut-être ce qui le contrarie – Dassieux s'ajuste, s'accommode, converse.

Gabriel regarde le gamin, Jean-Paul. Il a une tête étrange, indubitablement jeune, mais avec des airs de vieille personne, des oreilles trop allongées, des yeux tombants.

— Je peux vous parler ? lâche finalement Martine d'une voix contenue, et là encore, Dassieux se dispose à l'obéissance, amorce un mouvement en arrière, complaisant.

Les hommes refluent, Chaval la main toujours fermement serrée autour du bras de Radier.

Dans la première cave, plus fraîche, Martine décroise les bras, se fait un peu plus voûtée. Enfin, elle semble prendre conscience qu'elle s'adresse à la police. Elle se défait de son air hautain. En partie.

Dassieux s'appuie contre une des étagères à vin qui habillent les murs.

— Bien. Alors, mademoiselle Demest. D'ici à Soissons... ça fait un beau détour.

Radier baisse le nez.

— On a trouvé M. Radier devant la porte... vous voulez nous expliquer ?

Martine les regarde, ses yeux passant rapidement de l'un à l'autre, puis soudain elle se tord les doigts, anxieuse. Maintenant qu'elle a échappé au regard de ses amis, elle est tout autre.

— S'il vous plaît... ne dites rien à mes parents ? Ma mère surtout, elle s'inquiète tellement, la pauvre...

En face, les hommes restent silencieux. Martine est une grande jeune femme, avec un nez décidé, mais devant cette assemblée elle se fait petite fille, suppliante.

— Vraiment je, je... vous savez elle n'est plus jeune et je, je ne veux surtout pas la secouer. (Elle fronce le nez, ses yeux s'embuent :) Surtout maintenant, avec Sylvie...

— Oui, dit gentiment Dassieux, surtout maintenant, avec Sylvie. Vous réalisez ce que ça laisse penser, mademoiselle ? Vous voir partir dans la nuit, en secret, avec le régisseur de votre père ? M. Radier ici présent… un homme fait… en mentant à votre famille…

La voix de Dassieux se fait grave et inquiète.

— On a cru qu'il vous enlevait.

Radier lève la tête, regarde la gamine. Martine reste silencieuse, serrant ses bras autour d'elle, comme si elle avait peur de parler.

— Et vous, Radier, vous faites souvent des cachotteries à votre patron, comme ça ? Avec sa fille ?

Radier, lui, n'a pas la supplique élégante. Quand il comprend le sous-entendu de Dassieux, il panique. Cela prend quelques secondes, mais il panique, ça se voit dans ses yeux, un désarroi sincère.

— Non ! Non mais… pas du tout ! Mademoiselle… Martine… Dites-leur !

Martine se met à pleurer, baisse la tête encore davantage.

— Elle est, elle a, je l'ai vue grandir ! Jamais je ne… jamais je ne lui ferais de mal, Martine, il faut leur dire ! Dis-leur !

Devant eux, les cheveux de Martine seulement, un casque de chevelure brune qui sent encore l'enfant, une frange qui camoufle le visage, et des larmes qui gouttent du menton au sol, où elles explosent en minuscules soleils noirs sur la terre battue.

— Mademoiselle Martine, dites-leur. Si je perds ma place…

Un silence, de nouveau, un silence spécial, observe Gabriel. Le silence qui tombe sur une pièce quand un homme doit implorer une gamine.

Martine est secouée d'un hoquet, relève la tête, s'essuie les joues.

— Non, bien sûr, non. C'est ma faute. Écoutez... il n'a fait que m'obéir. En fait je, j'ai insisté, lourdement... ce moment avec mes amis, c'est mon moment de liberté. Vous ne comprenez pas... À la ferme, à l'internat... même chez Jeanne-Marie. Je n'ai pas un moment où je ne suis pas... je veux juste faire du théâtre, voir des amis. Rien de plus ! Rien de plus... Juste... Ma nièce a disparu. Vous comprenez ? Moi aussi, je suis triste, je m'inquiète, mais justement, justement...

Martine regarde enfin Radier droit dans les yeux, et ajoute :

— C'était la première fois que je demandais ça. Je ne le ferai plus.

Et puis elle cherche les yeux de Gabriel, Chaval, Dassieux, intensément, poursuit d'une voix sourde :

— Ne dites rien à mes parents. Je vous... (elle se mord la joue et il y a quelque chose dans son regard, quelque chose que Gabriel ne comprend pas, mais ça y est, c'est déjà évanoui)... Je vous en supplie.

— Très bien, mademoiselle, décide Dassieux après un court instant. Cela va rester entre nous pour le moment. Vos parents ne seront pas mis au courant. Ce sont les Ponthieu qui vous accueillent ce soir, n'est-ce pas ? (Hochements de tête.) Partez maintenant. Nous allons vous accompagner. Car je ne pense pas que vous vous rendiez vraiment compte. On s'en est pris à votre nièce. Mais ça aurait pu être vous. Ça pourrait toujours être vous. Vous comprenez ?

Elle remercie, polie. S'essuie les joues.

On fait le trajet en sens inverse. Martine et les Ponthieu, dans leur Peugeot 404 Super Luxe blanche. Chaval au volant de la DS des Demest, Radier à côté de lui. Et puis Gabriel, dans la Peugeot banalisée de Chaval, ravi de pouvoir de nouveau conduire, et Dassieux silencieux à la place du passager.

Sur la nationale, alors qu'ils traversent Villers-Cotterêts, Dassieux parle enfin.

— Tu y crois, toi ?

— Y croire ? demande Gabriel. À quoi ?

— Tu y crois, donc.

— Croire à quoi, exactement, Dassieux. Dis-moi.

— Son numéro de petite fille contrite.

— Eh bien oui, figure-toi. J'y crois.

— Raconte-moi ce que tu t'es dit, pendant qu'on les suivait. Dis-moi ce que tu as pensé.

— Bien. Quand on les suivait, j'ai pensé… j'ai eu peur pour elle. Quand on l'a récupérée à la cave, j'ai été soulagé. Et ensuite, j'ai vu… une gamine. Une gamine qui a fait des petites cachotteries, des petits gnagnagnas, pour avoir un peu de liberté, un tout petit peu.

— Ah.

Gabriel se redresse sur son siège, repasse en feux de croisement, débraye.

— « Ah », oui « Ah ». Tu demandes, je réponds, Dassieux. Pas toi ? Qu'est-ce que tu as pensé ?

Ils entament la descente vers Soissons, et Gabriel passe en troisième pour utiliser le frein moteur. Dassieux ôte ses lunettes et se frotte les yeux, sans délicatesse.

— Non, rien. Je me fais vieux.

Gabriel ne dévie pas, rien dans la trajectoire du véhicule ni dans sa conduite ne traduit son trouble, mais il est surpris. C'est la première fois que Dassieux dit cela, qu'il se fait vieux, ou du moins c'est la première fois qu'il le formule de cette manière – quelque chose de sincère, de brut, dénué d'ironie.

Les Ponthieu habitent une maison luxueuse, plus voyante que celle des Demarchant – ou peut-être est-ce l'absence de mur d'enceinte, le portail de fer forgé, la hauteur visible de tous, les larges fenêtres tendues de rideaux fleuris qui donnent cette impression tapageuse – et puis Gabriel comprend qu'il n'y a pas de tapage, seulement ce contraste avec ce qu'il côtoie depuis plusieurs jours : des secrets, des non-dits, de hauts murs. Mais quand Martine et les jeunes Ponthieu s'engagent dans l'allée pour garer la voiture et que Jean-Paul revient fermer le portail, Gabriel se dit que si, ici aussi tout se fait derrière des grilles. Et de manière brouillonne, il pense qu'être riche, c'est avoir le luxe de décider devant qui on doit avoir honte. De l'autre côté de l'avenue, une voiture attend, fait un appel de phares. On voit mal, mais Gabriel reconnaît un des gendarmes de l'équipe d'Aubreuil.

Jeanne-Marie et Martine descendent de la voiture et montent les marches du perron pour attendre Jean-Paul, qui rentre la voiture dans un garage plus loin dans l'allée. Sous la lumière blanche du perron, le visage de Martine prend des traits plus crus, plus adultes. Quand le fils Ponthieu les rejoint et ouvre la porte, Martine se tourne un instant vers la rue, vers la voiture où se trouvent Gabriel et Dassieux. La lumière creuse ses cernes et les plis de sa bouche, et un instant Gabriel est cloué à son siège par la force du mépris qui transpire de Martine, par la violence de son dégoût, la moue de dédain qui déforme son visage, plus rien de la jeune personne suppliante et presque humble ; elle leur a joué la comédie – cela dure une seconde, moins sans doute, et puis elle s'engouffre à l'intérieur, et la porte se referme, c'est fini, Gabriel n'est pas sûr d'avoir vu, Gabriel n'est pas sûr, Gabriel n'a pas vu.

Le lieutenant Chaval laisse son collègue en faction sur l'avenue, vient leur parler à la vitre.

— Roche reste ici ce soir. Juste pour être sûrs. Je vous propose de parler à Radier dès maintenant. On peut aller à la gendarmerie de Soissons, il suffit que je prévienne.

— Ou un bar ? suggère Dassieux. Il sera peut-être plus bavard ?

— Si vous voulez, concède Chaval. On doit pouvoir trouver un endroit ouvert vers la cathédrale. Vous me suivez ?

Dans le café qu'ils ont trouvé, des jeunes gens jouent au flipper, le juke-box brame *Le Pénitencier*, et une tablée de garçons mieux coiffés que les autres descend consciencieusement verre après verre.

— Tu connais quelqu'un ici ? demande Gabriel à Radier, quand ils entrent. Réfléchis.

— Non.

— Hum, dit le lieutenant Chaval, observant les visages. Trouvons une table tranquille.

— Vu le niveau sonore, je doute qu'on nous entende, fait remarquer Dassieux.

Ils s'asseyent. Comme pour confirmer les propos de Dassieux, un des garçons trop bien coiffés s'approche du juke-box, presse deux boutons, et les notes de synthé d'une chanson des Beatles résonnent dans le bar.

— Si c'est celle à laquelle je pense, ils en ont pour cinq bonnes minutes à brailler, commente Gabriel en s'asseyant – il préfère les Stones.

— Bon, Radier. Une petite goutte pour te remettre de ces émotions ?

Dassieux demande du vin, Radier une Suze, Chaval et Gabriel s'en tiennent à la bière.

— Maintenant, ce qui serait bien, ce serait que tu nous expliques un peu ce qui se passe, dit Dassieux.

— Ce qui se passe ?

Radier a les yeux rouges et il émane de lui une odeur inhabituelle de transpiration. Gabriel le scrute. Il a l'air épuisé.

— Ce qui se passe dans cette maison, Radier, précise Dassieux. Dans cette famille. Depuis qu'on est arrivés, personne ne nous parle franchement. J'ai l'impression que vous êtes pleins de secrets. Mais le problème, Radier, c'est qu'on ne peut pas être plein de secrets quand une petite fille a été enlevée, tu comprends ? Une toute petite fille. Elle t'arrive où, Sylvie ? Au genou ?

— Je sais ! répond-il, fort, exaspéré.

Chaval tape du plat de la main sur la table.

— Oh !

Autour d'eux, on se retourne, un peu, à peine. Il est presque 21 h 30. Les garçons bien coiffés se lèvent, passent leur gabardine et quittent le café. Ceux qui restent ont les mains plus larges et des chemises qui valent moins cher, ils boivent plus vite et parlent plus fort. La tablée de Gabriel les indiffère.

— C'est eux, dit Radier. (Il passe la main sur son visage.) Cette famille.

Depuis le début, Radier dit « nous », « Monsieur et moi », « l'exploitation », « le Domaine », « ici à la ferme ». Jamais il n'a parlé en son nom. Jamais non plus il n'a parlé des Demest avec ce mot : « eux ». Pourtant Gabriel et Dassieux l'ont entendu plusieurs fois, de nombreuses fois. Pour toute la vallée, les Demest, c'est « eux ».

Dassieux ne dit rien. Il attend. Alors, Gabriel et Chaval font de même. Cela dure, un instant. Et puis Radier courbe les épaules, et se met à parler comme on se purge.

— Je n'ai rien à voir avec ça. Rien. Sylvie, c'est, c'est… vous ne vous rendez pas compte. Là-haut, c'est la seule qui sourit à tout le monde, c'est la seule à être…

Il cherche un mot qu'il ne trouve pas, reprend :

— Cette gamine, tous les soirs je prie pour qu'elle aille bien, je prie pour qu'elle soit saine et sauve, pour qu'elle revienne. Il va donner l'argent, c'est sûr qu'il va donner l'argent, mais vous savez ce qui est terrible, il a hésité. Je sais qu'il a hésité. Pourtant, s'il est capable d'aimer, cet homme-là, s'il est capable d'aimer quelqu'un, c'est elle, la petite-fille, c'est Sylvie. Il a été, avec ses gosses, il a été, si vous saviez. Quand je suis arrivé, l'aîné était déjà parti, déjà rayé, on n'en parle pas, on ne prononce pas son nom. Parce qu'il pense qu'Augustin l'a trahi, l'a déçu, a désobéi. L'a volé, presque : il lui donne son nom et le fils s'en va en emportant le nom sans rien donner à la ferme, malgré ce qu'avait décidé son père. Il n'y a pas pire pour cet homme-là que de lui désobéir, et même Martine, et pourtant peut-être que c'est elle qui a eu le droit au plus de…

Radier secoue la tête, boit. On fait signe pour une deuxième tournée.

— La tendresse, ce n'est pas le mot. Il n'y a pas de tendresse. Quand elle a grandi, il a changé de regard sur elle, je ne saurais pas expliquer.

— Comme on regarde une femme ? interrompt Gabriel, qui tente de dissimuler l'horreur dans sa voix.

— Non ! Non, rien de tel. Mais elle est devenue… le type qui va épouser Martine, ça ne pourra pas être n'importe qui, vous comprenez ? Il va lui prendre son nom, il faudra quelque chose en échange.

Radier se passe de nouveau une main sur le visage.

— Demest s'est mis à réfléchir à ce qu'il pourrait obtenir, ce que ça pourrait être, à ce qu'il pourrait avoir en échange. Avoir, avoir c'est tout ce qui lui importe. On fait parce qu'il doit avoir. C'est pour ça que je, qu'elle… quand je suis arrivé, elle n'avait même pas dix ans. Une sauterelle, des pattes comme ça, elle courait partout, elle était même amie avec quelques gamines du village. Futée, alors, un peu mauvaise, mais pas vraiment ; tant qu'on la laissait faire ce qu'elle voulait, c'était juste… une petite vraiment drôle, casse-cou, les genoux pleins de croûtes. Mauvaise… non, c'était juste qu'elle voulait faire comme elle voulait, aller où elle voulait, et elle se débrouillait bien pour ça. Et puis il a pris conscience qu'elle grandissait. Il a voulu la faire rentrer dans le rang. La préparer. Qu'elle obéisse. Qu'elle fasse ce qu'on attendait d'elle, le moment venu. Au début, elle ne s'est pas laissé faire, ça a bien gueulé dans le bureau du haut, tiens. C'est peut-être la seule qui n'ait pas peur de lui, la seule qui a le courage de lui tenir tête, dans toute cette famille. Mais lui, il a. Il a la terre, les voitures, l'argent, l'autorité, tout ça c'est à lui, elle n'avait pas le choix, elle a cédé, et elle a changé. Ces regards en dessous qu'elle a… c'est lui qui a fait ça. Elle n'était pas comme ça. Je la vois, elle se démène, elle essaye de trouver une solution, mais il va falloir qu'elle ait une idée bien maligne pour arriver à se débrouiller, sinon elle va se retrouver mariée à on ne sait qui et sans son mot à dire. Moi je crois que son père est trop fort, elle n'arrivera pas à faire ce qu'elle veut. Mais elle me dit que si, qu'elle sait comment elle va s'arranger. C'est encore une petite fille, quelque part, elle imagine des plans de gamine mais on sait bien ce qui va lui tomber sur le nez, et elle devra filer droit. Alors en attendant, tant qu'elle a encore un peu de liberté, quand elle me demande de la laisser chez des amis, que je sais qu'elle ne craint rien, moi je… voilà, moi je l'aide.

— Je croyais que c'était la première fois ? demande Dassieux, doucement.

— … oui, oui bien sûr, je voulais dire, quand elle m'a demandé, aujourd'hui, ment Radier. Désolé. Je ne bois pas d'alcools forts, d'habitude.

En face, personne n'est dupe. Ça n'empêche pas Dassieux, toujours gentil, de lever la main pour demander une troisième goutte.

— D'accord. Demest père, il hésitait tu dis ? Pour la rançon ? Tu penses qu'il peut savoir de qui il s'agit ?

— Non. Non, il ne sait pas, et je le vois, il cogite, ça ne donne rien, ça le rend furieux. Parce qu'il n'en revient pas qu'on puisse oser s'en prendre à lui. La vérité, c'est qu'il y a tellement de gens qui pourraient lui en vouloir, tous ces gens qu'il épuise, qu'il méprise. Rien qu'au village… rien qu'à la ferme, doux Jésus. Vous ne savez pas ce que c'est que de travailler pour cet homme-là.

Non, ils ne savent pas.

— Il est partout, il surveille tout, il dirige tout. Ça doit filer, ça doit servir, et quand ça ne sert plus… Vous savez qu'il faisait du lait ?

En face, les trois hommes ont une moue perplexe : on n'est pas là pour parler fromage. Mais on fait le geste de continuer, on le laisse vider son crachoir.

— Il a gardé quelques vaches, mais au fur et à mesure qu'il passait à la betterave, il les vendait, toutes, jusqu'à un dernier lot – il n'arrivait pas à en avoir le prix qu'il voulait. Vous savez ce qu'il a fait ? Une nuit, il les a emmenées dans le hangar du champ nord, et il a mis le feu.

Gabriel hausse les sourcils.

— Il n'y a pas de hangar dans le champ nord.

— Non. Plus maintenant.

— Il a tué ses vaches ? C'est ça que tu nous dis ? demande Chaval.

— Elles ont gueulé, si vous aviez entendu comme elles gueulaient, des heures. J'ai des haut-le-cœur, rien que d'y penser.

— Mais pourquoi ? tente de comprendre Gabriel.

— Pour l'assurance. Parce qu'elles valaient plus cher mortes. Il en a touché un joli paquet, je peux vous le dire, et ça faisait d'autant plus dans sa poche, pour acheter d'autres terres, embaucher d'autres gars.

Gabriel ne sait que faire de cet aveu. Dassieux et Chaval restent pareillement silencieux. Radier, lui, fait tourer sa Suze dans le fond de son verre.

— Il n'y a plus eu de vaches, après ça, sauf les quelques-unes qu'on garde pour le lait, dans l'étable, maintenant qu'il s'est mis en tête de chasser à courre… Je ne peux plus m'approcher.

— Des chevaux ? demande Dassieux.

— Des vaches. Ces hurlements, je ne peux pas vous décrire. Rien que d'en voir, ça me reprend, comme si j'allais rendre. L'argent. Il voulait l'argent. Il n'a pas de limite quand il s'agit d'argent. Et il y tient à Sylvie, mais celui qui a fait ça, je ne sais pas s'il réalise à quel point ça doit lui faire du mal de devoir donner son argent.

— C'était quand ?

À tout hasard, Gabriel note, un peu perplexe « Demest – Fraude à l'assurance – 62 – champ nord » ; il peine à se représenter la scène. Il a vu des voitures incendiées pour l'assurance, cela ne lui a fait ni chaud ni froid, il tente de se souvenir des vaches de l'étable des Demest. Ce qui l'a frappé surtout, c'est leur taille, citadin, il oublie à quel point c'est énorme, la quantité de viande, de peau, de muscle, la dimension du museau, les yeux globuleux, qui l'ont dévisagé avec méfiance. Quand il s'est agenouillé dans la paille le premier jour, pour caresser la chatte que la bonne leur montrait, l'une des vaches a bougé et il a senti le sol vibrer. Il était à hauteur de sabots, et de l'autre côté de la barrière il voyait ces mamelles gonflées, rosées, veloutées et veineuses, les pis humides, il était presque gêné mais n'en a rien laissé voir.

— C'est cruel, commente Chaval, et Gabriel est presque reconnaissant qu'on lui explique ce qu'il doit en penser.

Oui, c'est cruel, cruel d'indifférence et d'avarice, et cela finit de peindre le portrait d'Augustin Demest, gagner à tout prix, tuer plutôt que perdre.

Radier hoche la tête, puis poursuit :

— Des fois je me demande à quoi je sers. Il a un régisseur parce qu'il doit, parce qu'il faut. Avoir quelqu'un comme moi. Quand on est important, quand on n'a plus les pieds dans le fumier. Il devrait se concentrer sur autre chose, ses déjeuners de patrons, ses chasses à courre, ses accords, ses histoires de politique. Mais il n'arrive pas à lâcher la terre. Elle, c'est le contraire.

— Sa femme ? Mme Augustin Demest ?

— Gustave la connaît bien. Elle n'aurait rien aimé tant que de partir, en ville, déménager dans une belle maison, avec une allée en graviers, ne plus jamais avoir à marcher dans la boue. Il n'y a rien qu'elle déteste plus que d'avoir les pieds crottés, mais lui, la terre, c'est dans son sang. Ils sont mal assortis.

Radier boit une rasade. Il se tait.

— À ton avis, quelqu'un de la famille pourrait être impliqué ?

— Je n'en sais rien.

— Un des enfants pourrait vouloir son héritage en avance ? Quoiqu'il suffirait de patienter un peu…

— Vous plaisantez ? Il nous enterrera tous.

Il boit de nouveau.

— Enfin, moi en tout cas, ça c'est sûr.

— Donc ? insiste Dassieux.

— Il ne se laisserait pas avoir comme ça. Croyez-moi. Il a passé sa vie à construire tout ça. Il ne laissera personne lui voler. S'en prendre au Domaine. Il fera tout pour le défendre.

— Mais pas pour sa petite-fille ?

Radier regarde très fixement son verre, et puis il secoue la tête, pour dire non peut-être, ou bien qu'il ne sait pas.

— L'aîné, tu l'as connu ? Tu le connais ?

— Je vous ai déjà dit ce matin…

— Alors tu nous redis.

— Non. Il était déjà parti quand je suis arrivé.

— On en parle, à la ferme ?

— Jamais.

— Pas même sa mère ?

— Si vous pensez qu'elle daigne m'adresser la parole, vous vous mettez le doigt dans l'œil, et profond. Je n'aurais même pas le droit de rentrer dans la maison, si ça ne tenait qu'à elle. Je suis bon à obéir et à faire le chauffeur quand ça l'arrange.

— Personne n'en parle de l'aîné, vraiment ? Pas même le fils Demest ? Michel ? Il ne parle jamais de son frère ?

— Pour dire quoi ?

— C'est nous, les questions.

— Non : c'est la réponse. Je ne l'ai jamais entendu parler de quoi que ce soit d'autre que de travail depuis qu'il est revenu vivre là. Mais il ne dit pas grand-chose, de toute façon. Il suit son père. Il écoute. Il apprend.

— Sa femme, Clémence ?

— Eh bien, Clémence ? répond Radier.

— Comment elle trouve sa place, là-dedans ?

— Elle trouve, qu'est-ce que vous voulez que je vous dise. Je ne suis pas son confident.

— Elle est contente d'être à la ferme ?

— … Non. Je ne crois pas. Elle est de la ville. Au début, ça lui plaisait, elle venait assister à la traite, elle nous parlait. Et puis je crois qu'il a mis le holà.

— Demest père ?

— Oui. Ou peut-être que c'est son fils qui a dit à sa femme d'arrêter, mais ça venait de lui de toute manière. Histoire de lui faire comprendre que ça ne se fait pas pour la belle-fille du patron, de jouer à la fermière. De parler au personnel, de se mêler aux ouvriers. Alors elle passe ses journées à l'intérieur. Elle ne sort presque plus. Elle reste avec la petite…

Radier fixe son verre.

— Elle restait.

— Michel Demest, il est content ?

— Content de quoi ?

— De suivre son père, d'écouter, d'apprendre. D'être l'héritier.

— Comment je suis supposé savoir ça moi, enfin ?

— Mais tu vis chez eux, bordel de Dieu ! répond Dassieux excédé.

— Chez eux. Pas avec eux. Je n'en sais rien. Je ne sais rien.

Il y a un silence. Dassieux semble avoir fini. Il boit une gorgée.

— Dernière chose, demande Chaval. Le journaliste. C'est toi qui lui as parlé ?

— Quel journaliste ?

— Philippe Declerc. Celui qui a révélé l'existence du fils aîné de Demest.

— Non…

— C'est bien. Continue comme ça.

Cette fois, c'est Radier qui lève le bras pour demander un replein. Mais Dassieux fait « Tut tut tut » et secoue la tête.

— Tu as assez bu, Radier. On te ramène chez les Demest.

C'est Gabriel qui conduit la DS20 Pallas des Demest jusqu'à la ferme, Radier relégué sur le siège passager. La suspension est incroyable et Gabriel a l'impression de piloter un avion. Et puis il prend plaisir à retrouver sa place d'homme – il n'est pas orgueilleux, mais quand même, la journée passée comme un gamin la tête entre les deux sièges avant, ça l'a un peu titillé. C'est Chaval qui conduit la voiture de la gendarmerie, Dassieux à ses côtés, et Gabriel se contente de les suivre, appréciant le confort de la conduite. Le trajet lui semble plus court – mais il sait où il va et l'angoisse de comprendre où on emmène Martine Demest ne l'agrippe plus à la gorge. Cela ne règle rien de rien mais il se sent plus léger pourtant. Il sait que ça va passer. Que d'un instant à l'autre la vision de la fillette va revenir le hanter, et il fait de son mieux pour la tenir à distance, encore un instant, un instant le plus long possible, tentant d'entraîner son imagination sur d'autres pentes. À côté de lui, Radier a de temps à autre un petit renvoi d'air, mais reste en éveil. Ce corps qui ne dégrippe jamais, Gabriel a vu ça, beaucoup, depuis son arrivée. Il y a toujours une tension, toujours du dur. Il n'y a pas de douceur pour les hommes d'ici.

— Michel Demest, lance-t-il dans l'habitacle empli de pénombre.

À côté de lui, le corps se tend encore plus, et Gabriel a la conviction immédiate que Radier n'est pas ivre, qu'il n'a pas lâché tout ce qu'il a à lâcher. Qu'il a eu peur, qu'il a peur, mais qu'il lui reste une part de loyauté envers son patron – ou qu'il le craint davantage que la police.

— Michel Demest, dit encore Gabriel.

— Eh bien, quoi, répond Radier, qui se rajuste sur son siège, avec des mouvements d'élève qu'on interroge, et qui ne sait sa leçon qu'à moitié.

— Allons, tu le côtoies, Michel Demest. Quand on t'a demandé s'il aimait ça, la ferme… tu sais que Madame qui ne te parle pas déteste la boue et lui que tu vois chaque jour, tu n'en as aucune idée ?

— C'est des affaires de famille.

— Radier, on dirait vraiment qu'il y a un problème par ici, c'est cette chierie de vent qui vous rend sourds ? C'est la police qui te pose la question. Dis-moi ce que tu sais.

Encore quelques secondes de silence. Une voiture passe en face, le visage de Radier s'éclaire de jaune un instant.

— Il n'avait pas prévu ça. Et ce n'est pas un secret. Ça devait être Augustin. C'est comme ça que ça devait être. Michel, il a pensé qu'il allait se la couler douce. Faire ses études de littérature ou je ne sais quoi, devenir je ne sais qui. Vivre en ville je ne sais où. Mais Augustin est parti et c'est à lui que va revenir la ferme. Il n'a pas le choix.

— Il sera à la hauteur ?

Radier reste tendu.

— Je n'en sais foutre rien. J'espère, nom de Dieu.

— C'est pas chez toi.

— Mais moi aussi je travaille pour ce domaine ! C'est pas ma terre mais si elle nous donne autant de bien, c'est aussi grâce à moi. On a le droit d'être fier de son travail, oui ?!

— Peut-être que si Michel partait tu pourrais faire à ton envie. Peut-être que Demest te ferait davantage confiance.

— Oh, il me fait confiance. Autant qu'un homme comme lui peut faire confiance à un homme comme moi. Mais Michel, il ne pourra jamais partir. Et moi, ça ne sera jamais ma terre.

— Tu saurais mieux t'y prendre pourtant, quand Demest père ne sera plus là. Pour le Domaine.

— C'est à Martine qu'il faudrait donner tout ça. Si on la laissait faire, celle-là… vous verriez. Vous verriez.

— Je verrais quoi ?

— Tout le monde verrait. Cette gamine, elle en a.

— Et pourquoi pas alors ?

Radier hausse les épaules, presque condescendant, comme si Gabriel peinait à comprendre quelque chose de très simple, une loi fondamentale de l'univers, une règle comprise par le reste du monde tout entier.

— C'est une fille, vous croyez quoi ?

Les phares de la berline caressent de leur lumière chaude le dernier tournant de la route qui monte à la ferme, puis les murs de pierre, l'immense portail ouvert, un bout de hangar. Les journalistes et leur Renault beige ne sont plus là.

— Dors bien, Radier. Je pense qu'on aura encore des choses à se dire, toi et moi.

— Alors ? Qu'est-ce que vous vous êtes raconté de beau ? demande Dassieux, quand Gabriel s'installe sur la banquette arrière.

Il regrette immédiatement sa place derrière le volant de la DS. Il l'a garée en souplesse dans la cour des Demest et il est reparti à pas vifs vers la voiture de Chaval qui l'attendait devant les portes du Domaine.

— Il garde des choses pour lui. Je l'ai senti sincère. Mais il n'a pas tout dit.

— Sur la famille ?

— Si, j'en sais davantage. Il prend Michel Demest pour un faible, il est convaincu qu'il n'a rien à voir avec l'enlèvement. Mais que ça soit de l'attachement à la terre ou à Demest père, je sais qu'il n'a pas tout lâché. J'ai l'impression qu'il protège Martine, aussi.

— Martine ? Parce qu'elle aurait quelque chose à voir avec tout ça ? s'étonne Chaval.

— Non, juste parce qu'elle n'a pas la vie facile, je suppose.

Cette fois, Gabriel se cale contre le dossier de la banquette, reprend :

— Mais plus le temps passe, plus j'ai l'impression qu'il faudrait des mois pour dépiauter tous les secrets de cet endroit.

— Je vous ramène à Anceny ? fait Chaval. Récupérer votre voiture ?

— Demain matin, c'est vous qui nous menez repérer les lieux de la remise ?

— Je crois bien.

— Alors laissez-nous à l'hôtel de Saint-Dury en passant, et rentrez chez vous. En cas d'urgence, Aubreuil a laissé quelqu'un à la mairie, non ?

Chaval acquiesce :

— Girard, je crois. Je vous dépose.

Il est plus de 22 heures. Ils s'attendaient à trouver le café calme et désert, mais il y a encore du monde. Gabriel croit repérer un des journalistes qui faisaient le pied de grue devant l'entrée des Demest aujourd'hui.

— Vous servez encore à dîner ? demande Dassieux à Salors, qui hoche la tête.

Ils retrouvent leur table, et Gabriel a une pensée furtive pour la rapidité avec laquelle on se crée des habitudes. Autour d'eux, des hommes seulement, qui boivent et discutent. Télé-Soir est terminé depuis longtemps et la télévision est éteinte. Le poste de TSF est éteint lui aussi, Gabriel se dit qu'il devrait demander à l'allumer, écouter les informations, mais il renonce, avec un fond de dépit. S'il entend un autre scoop sur RTL alors qu'il a l'impression d'avoir passé la journée à peiner à contre-courant, il ne sait pas comment il réagira. Il sera bien temps d'écouter ça demain, s'il s'était passé quelque chose, Aubreuil les aurait contactés. La femme de Salors vient poser devant eux verres et couverts, annonce du gratin et du fromage.

— Du vin ? demande-t-elle. Ah, monsieur Sautet.

— Oui ?

Elle sort de la poche de son tablier un papier plié en deux.

— Une dame a téléphoné pour vous, cet après-midi. Elle a laissé le numéro où la rappeler.

Sur le papier, le numéro où Claudia peut être jointe jusqu'à 18 heures. Elle a dû rentrer chez eux depuis.

— Merci. Le téléphone… ?

— Allez-y, répond la femme.

Dassieux lui aussi a un geste de la tête.

— Vas-y, appelle-la, ta Claudia.

— Ah enfin ! dit Gabriel quand Claudia décroche, et elle rit.

Il est rarement hors de Paris pour le travail, et même si leurs horaires à tous les deux sont chaotiques, il est inhabituel qu'ils ne se parlent pas du tout de la journée. Le rire clair qui arrive dans l'oreille de Gabriel réveille ce manque perpétuel qu'il a de Claudia, de la voix de Claudia, de la peau de Claudia, de l'odeur de Claudia. Son ventre se tord, et il lâche dans le combiné :

— Comment vas-tu ?

— *Très bien ! Et toi ?*

Il n'ose pas lui dire qu'elle lui manque, il a peur qu'on l'entende, alors il tourne autour des mots, dit seulement :

— Je ne dirais pas non à un bon bain chaud et à une soirée tranquille.

Elle ne s'y trompe pas.

— Caro mio, *tu me manques aussi. Comment ça se passe ?*

Gabriel regarde autour de lui, il y a du monde, des qui font durer depuis un brin trop longtemps le verre de l'après-travail, des qui ont clairement décidé de rentrer chez eux à genoux. Pas de trace de Declerc, et le téléphone est à l'écart, dans le couloir qui mène à la cuisine et à l'escalier qui accède à l'étage. Mais même comme cela, Gabriel ne peut pas raconter. Il ne peut pas parler de l'enquête – ce qu'il n'a jamais droit de faire mais fait quand même parfois, la nuit, quand il est blotti au creux de Claudia, la joue sur ses seins, et qu'elle passe les doigts dans ses cheveux, comme pour extraire de sa tête toute la laideur qui l'encombre. Alors il dit juste : « Ça va », sur un ton qui signifie que ça ne va pas.

— *Tu ne peux pas parler, c'est ça ? Tu es entouré d'espions ?*

Et toujours ce rire dans sa voix à elle, toujours ce creux dans son ventre à lui.

— Voilà.

— *Alors je vais te poser des questions auxquelles tu peux répondre comme un espion. Dassieux est gentil avec toi ?*

— Oui.

— *Tu manges ?*

— Oui.

— *Tu dors ?*

— Pas tellement.

— *Des cauchemars ?*

Il n'y a plus de rire dans la voix de Claudia.

— Oui.

— Caro mio… *je comprends. Je serai à la maison demain pour réviser. Si tu peux trouver un coin plus calme pour m'appeler ?*

— À la maison ? Toute la journée ? Pas de permanence ? Pas de réunion ? Pas de recours en préfecture pour je ne sais qui, pas de cours d'alphabétisation pour les femmes de je ne sais où ?

— Cretino ! *Tu sais ce qu'elles te disent, les femmes de je ne sais où ?*

— Je ne parlais pas de toi…

— *Si, aussi. Écoute, on se disputera à ton retour, je dois finir un dossier pour un des travailleurs de la permanence, ce soir. Mais dès demain je serai ici à attendre ton appel, comme une bonne petite femme traditionnelle.*

— Une fois n'est pas coutume…

Dans la salle derrière lui, on ouvre la porte du café et un courant d'air glacé vient cueillir Gabriel à la gorge.

— Nom de nom, qu'est-ce qu'il fait froid ici.

— *Mon pauvre. Alors j'en profiterai pour te tricoter une écharpe.*

— Tu sais tricoter ?

Sa surprise est sincère. Claudia a peu de temps disponible et aucun à perdre dans des disputes inutiles ; elle a donc pris soin de l'informer très tôt qu'il devrait s'adresser ailleurs pour ses travaux de tricot. Claudia cuisine car elle doit manger, coud si besoin, mais son adhésion à l'éducation traditionnelle s'est arrêtée vers cinq ans avec les aiguilles à tricoter : elle a préféré l'opposition. À sa mère d'abord, qui la voulait sage et obéissante pour le jour où la guerre finirait et où son père pourrait revenir. À ses tantes, ses cousines, cousins et grands-mères ensuite, inquiets et outrés qu'elle semble préférer les livres aux devoirs qu'imposait son rôle de fille. Et pour finir à la culture de son pays tout entier, qui semblait déterminé à lui faire comprendre que son projet de devenir avocate était absurde et qu'elle a quitté sans regret apparent. Claudia étudie, travaille et aime, c'est tout ce pour quoi elle dégage du temps et Gabriel s'en accommode pour l'instant – ce n'est pas exactement comme si elle lui en laissait le choix. Alors, du tricot ? Claudia ? Serait-ce un revirement inattendu ?

— *Non. Ça sera une écharpe expérimentale…*

Il a un petit rire, qu'il ravale, vite. Rire lui semble sacrilège, d'ailleurs il se sent coupable de prendre le téléphone pour parler à Claudia. Il promet de faire de son mieux pour appeler le lendemain. Il ne peut rien dire des petits mots tendres qu'il lui offre d'habitude quand ils ne sont que tous les deux. Alors il lui souhaite juste une bonne soirée, pendant que Claudia lance sur la ligne des bruits de baisers.

Il raccroche et pendant une seconde il se trouve tout réchauffé de cette conversation, des « o » ensoleillés de Claudia, de ses « r » qui évoquent un bonbon au miel que l'on fait rouler sur la langue. Et puis il se retourne vers la salle, voit les vestes de laine rapées, les écharpes nouées, les têtes penchées sur les verres, le gros poêle à l'odeur d'essence qui peine à tiédir la pièce et il est de nouveau glacé, épuisé, si las.

Quand il se rassied à table, Dassieux a déjà commencé à manger, et après une minute Salors vient poser devant lui une assiette remplie d'un gratin fumant.

— Il fait des journées encore plus longues que les nôtres, dit Dassieux entre deux bouchées.

Gabriel, la bouche pleine, lève des sourcils en forme de question. Salors ?

— Le journaliste. À la même table que ce matin. Il est rentré pendant que tu téléphonais.

Les journalistes télévision qui campaient à la porte de Demest finissent leur dîner et montent à l'étage. L'homme au catogan reçoit la même assiette, dîne seul avec sa bière. Cette fois, Gabriel la voit, posée sur la chaise : la lourde mallette des reporters radio. Dans la salle qui se vide peu à peu alors qu'on passe les 23 heures, le journaliste fume un moment. Le seul hôtel de Saint-Dury, nécessairement, lui aussi logerait ici. Dassieux et Gabriel ont nettoyé depuis longtemps leur assiette à coups de pain, terminé leur portion de crème caramel, et ils s'autorisent un moment tiède, patiemment.

— On va lui parler ? demande Gabriel.

— On peut lui offrir un verre, confirme Dassieux. Il n'y a pas de mal à ça.

— C'est ce qu'Aubreuil disait, « en bonne intelligence ».

— Voilà. Va donc lui proposer de boire un coup en bonne intelligence.

L'homme pose sa cuillère et se retourne avant que Gabriel atteigne sa table.

— Philippe Declerc ?

On dirait qu'il hésite, mais la tête fait oui, oui c'est bien lui.

Petits mouvements de menton, Gabriel les présente, Sautet, Dassieux, lui propose de les rejoindre. Declerc se lève, le suit, s'assied face à Dassieux, et Gabriel, ne sachant pas s'il est opportun de lui faire face à deux façon interrogatoire – ça ne serait pas en bonne intelligence – et réticent à prendre place à ses côtés, finit par tirer une chaise et s'asseoir de travers, le ventre presque collé à un angle de la table. Dassieux, lui, ne semble pas embarrassé ; il a déjà fait signe à

Salors, qui vient prendre les assiettes et la commande d'une nouvelle bouteille de vin.

— Un demi, pour moi, corrige Declerc.

Salors s'éloigne.

— Alors, pose Dassieux sur la table.

— Alors, répond Declerc, du tac au tac.

Il a l'œil bleu et affûté sous ses gros sourcils, ne semble pas nerveux, sort lentement une blague à tabac et commence à bourrer une petite pipe. Quand les boissons arrivent et que la pipe crache de premières volutes de fumée au parfum âcre et sucré, il n'a toujours rien dit.

— Nous sommes de Paris, lance finalement Dassieux après une gorgée. Pour Sylvie Demest.

En face, du calme et de petits bruits de succion. Declerc est tout ouïe mais toujours aussi muet.

— Vous avez de la famille dans la région ? fait encore Dassieux.

Cette fois, trop intrigué pour ne pas répondre, Declerc hausse les sourcils, se fend d'un « Non, pourquoi ? ».

— Oh, comme ça. Je me disais que vous étiez peut-être là par hasard.

Declerc a un petit sourire, lui aussi sans doute est en train de se dire que la conversation démarre en bonne intelligence, mais qu'il est inutile de chercher à insulter la sienne.

— Oui, exactement. Je suis passé, j'ai vu de la lumière…

La phrase s'éteint, la pipe aussi.

— Et vous vous êtes dit : « Tiens, et pendant que je suis dans la région, si j'en profitais pour trouver de petites informations sur la famille Demest. »

— Voilà.
— Et son fils aîné.
— Par exemple.
Dassieux se ressert, laisse passer quelques secondes, puis :
— Et vous l'avez découvert comment, ce fils aîné dont personne ne parle ?
— Personne, personne… ça dépend où on écoute.
Gabriel tapote sa cigarette sur le coin du cendrier pour en faire tomber la cendre, sans rien dire, cache son étonnement. Pas plus Declerc que les journalistes à caméra ne lui semblaient avoir tissé de liens avec les clients du café. Mais lui et Dassieux n'y sont pas tout le temps, loin de là, peut-être n'ont-ils pas vu.
— Et vous écoutiez où ?
— Si vous me demandez mes sources, je m'en vais tout de suite et ma bière sera perdue.
Dassieux se redresse lentement, pianote sur la table du bout des doigts. Il pondère. Il soupèse. C'est toujours en bonne intelligence mais c'est désormais posé, là, entre les verres : pas de collaboration.
— Vous pensez qu'il est peut-être impliqué ? Le fils aîné ? tente-t-il encore.
Declerc vide la pipe. Il va partir, pense Gabriel, ce n'était pas la bonne façon de faire. En face, le journaliste prend le temps de curer le tabac noirci – il fait durer, peut-être qu'on peut rattraper le coup, trouver quelque chose. Gabriel hésite, va parler, mais Declerc répond finalement :
— Non.
Ce n'est pas une alliance, pas vraiment, mais ce n'est pas la guerre.

— Vous auriez quelque chose que vous auriez envie de partager avec nous, Declerc ?

— Contre quoi ?

— Tut-tut-tut, fait Dassieux, désapprobateur.

— Pas sûr que vous ayez quelque chose à échanger, de toute façon.

— Ne croyez pas ça.

— Mais si. Je crois tout à fait ça. Ou bien vous alliez me proposer une déclaration officielle ? J'ai mon matériel juste ici, ajoute-t-il en sortant déjà son micro, un appareil au corps carré, en deux nuances de gris, dont Gabriel qui se pique de technologie n'identifie pas la marque. La mallette reste ouverte et il distingue un enregistreur à bande – un Nagra sans doute. Dassieux décline :

— Comme vous vous en doutez, la communication autour de cette affaire ne dépend pas de nous.

— Comme vous vous en doutez, faire parler vos collègues gendarmes n'est pas chose aisée.

— Donc ?

— Donc je vais ailleurs.

— Où ?

— Dans ma chambre dormir, pour commencer.

La pipe est rangée. Le verre est abandonné. L'homme est debout.

— Declerc, est-ce qu'on peut compter sur vous pour nous prévenir si vous découvrez quelque chose qui permettrait de retrouver Sylvie ? De lui sauver la vie ? lance Gabriel.

— Vous savez ménager vos effets… vous devriez faire de la radio.

Declerc repousse sa chaise contre la table, les pieds raclent, le bruit est superflu et pénible.

Gabriel sent les poils de sa nuque qui se hérissent, comme une envie de secouer – quelque chose, quelqu'un, et pourquoi pas un journaliste. De bousculer, de presser, d'agiter jusqu'à ce que quelque chose sorte, quelque chose d'utile et de vivant, quelque chose de sincère. Mais à côté de lui, Dassieux a le geste, celui qui dit « du calme », alors Gabriel se calme, obéissant, bon garçon, ou peut-être qu'il ne lui coûte rien finalement de laisser la fatigue qu'il peine à tenir à distance planter ses dents dans son cou, l'entraîner vers le sol. Il a comme une envie de s'allonger, la hargne est épuisante et il ne veut que dormir.

— Declerc, insiste Dassieux. Si jamais quelque chose survient qui puisse nous aider. Pour la gamine.

— Oui. Si jamais. Alors oui.

— Nous n'en demandions pas plus, fait Dassieux, les paumes levées en signe de trêve.

Quand Declerc a disparu en haut des marches, Gabriel hésite : est-ce qu'il a encore la force de la dispute, la force de demander à Dassieux pourquoi, pourquoi la politesse, l'apparence de l'humilité. Ce type-là n'est pas flic et la liberté de la presse, d'accord, mais c'est Sylvie qui compte. Bordel.

— Je sais, Gabriel, je sais. Je te connais. Sous tes airs de gentil des fois tu aimes bien secouer, hein ? Mais le type a dû être expulsé d'Algérie, pour sa propre sécurité ou pour arrêter de mettre le feu aux poudres, selon ce que tu préfères croire. Il ne voulait pas partir, alors qu'il était menacé de mort de tous les côtés. Il voulait rester, quand d'autres auraient tout donné pour rentrer chez eux.

Gabriel sait qu'il ne doit pas réagir, pas parler du fils Dassieux, le fils unique qui lui n'est jamais revenu, qu'il n'y aura pas de réponse, pas de confidence. On n'en parle jamais.

— Quoi qu'il en soit, ce ne sont pas deux flics qui se pèlent dans leurs impers de Parisiens qui vont l'impressionner. Et puis, les mouches, le vinaigre, et toutes ces sortes de choses. Comme ça, peut-être qu'il nous communiquera des informations.

— Tu y crois ?

— Moi, à cette heure-ci, je ne crois plus à grand-chose.

— Déjà que d'habitude…

— Déjà que d'habitude.

Il est presque minuit. Salors pousse les derniers buveurs vers la sortie et ferme la porte.

Sa femme revient prendre les verres qui restaient sur la table.

— Vous fermez tard.

— C'est plus tôt, d'habitude. Mais là, on loge des clients qui terminent leur journée… eh bien, aux mêmes horaires que vous. Et puis, les gens ont besoin de parler.

« Pas à nous, en tout cas », pense Gabriel qui a fait l'impasse sur la colère mais n'est pas tout à fait prêt à renoncer à l'amertume.

— Vous avez bien un petit digestif ? demande Dassieux.

— Qu'est-ce que vous voudriez ? Une genièvre ?

— Va pour le genièvre, approuve Dassieux, en se levant pour la suivre jusqu'au comptoir.

Gabriel suit aussi, davantage pour le geste que par envie. Il a bu deux verres de vin, ça lui suffit. Il sait que

Claudia détesterait savoir cela, mais au fond il aimerait avoir le coude aussi leste que ses collègues, ça le poserait – il n'aime pas tant être le plus jeune des tablées et il trouve que sa faible appétence pour l'alcool lui donne l'air précieux.

Dans la salle, Salors s'active, dans des bruits de chaises qu'on tire et qu'on pousse.

— Les Italiens qui travaillent au Domaine, ils ne descendent jamais boire un coup ? demande-t-il à la femme de Salors.

— Parfois.

— Et Radier ?

— Parfois, aussi. Ce n'est pas fréquent.

— Il travaille trop pour ça ?

Elle hausse les épaules.

— Les parents de la petite, vous les connaissez ? relance Gabriel.

— Lui, il venait un peu, quand il était plus jeune. Mais maintenant qu'il fait le patron…

— Et l'aîné ?

— Pas vraiment. Il n'avait pas beaucoup de camarades au village, je l'ai très peu vu.

Gabriel se retient de demander pourquoi elle n'a pas mentionné l'existence d'Augustin fils. Elle aussi savait. Mais il la sent qui se dégèle, au fur et à mesure que les jours passent et qu'il complimente les plats qu'elle leur sert, alors il se dit qu'il va prendre ce qu'on lui donne et garder sa rancune pour lui.

— Et elle ? Clémence ? Sa femme, la mère de la petite ? tente-t-il encore.

— Elle est venue une fois, descendue du haut, avec la gamine dans le landau, répond Mme Salors, posant deux petits verres ronds à pied court sur le comptoir.

— Une seule fois ?

Salors revient, passe derrière le comptoir, une caisse dans les mains.

— Faut croire qu'on n'était pas assez bien pour elle ici-bas.

— Ne dis pas ça, le reprend sa femme, interrompant son geste, le goulot en l'air.

— Et Demest père, vous le voyez, parfois ?

La femme de Salors renifle, et Gabriel pourrait presque sourire. Il y a tout le mépris du monde dans ce reniflement rapide, et il se demande comment les femmes font pour cracher ainsi leur dédain sans une goutte de salive.

Dassieux, lui, ne sourit pas, mais il a entendu la sentence, et lisse sa moustache, pensif. Et puis il se lève, d'un coup, et lance au cafetier, amical :

— Attendez pour le genièvre. Salors, ça fait trois nuits qu'on est là. Est-ce que vous me montreriez votre cave, un peu ?

De l'autre côté du comptoir, le cafetier hésite, et puis il a un signe d'assentiment, invite le flic à le suivre d'un mouvement d'épaule. Mme Salors sert un seul petit verre, rebouche sa bouteille, et la voilà seule avec Gabriel.

— Vous ne l'aimez pas trop bien, Demest, hein ?

— Ça n'est pas une histoire de l'aimer. C'est qu'il est dur, voilà.

Gabriel ne dit rien, parce qu'il dirait alors : « Vous êtes tous durs, dans ce village. Durs à la tâche, durs au sourire, il y a une petite fille qui a disparu mais même quand tout va bien, ça ne rigole pas beaucoup par ici, hein ? »

— Dur et juste ?

— Juste dur.

Quand elle termine ses phrases, elle fait entendre le point, et le silence qui suit. Gabriel attend, une petite seconde, deux peut-être et quand il est certain qu'elle ne dira plus rien, il reprend :

— Avec qui ?

— Avec personne, avec tout le monde, il est dur, c'est tout, c'est ce qu'il est.

— On nous a dit que c'était un bon patron, qu'il aidait ceux qui demandaient, qu'il faisait des avances.

— Il fait des avances, ça oui.

— Et les avances, c'est pas bien ?

— C'est comme ça.

— Il emploie du monde dans le village.

— Il emploie, c'est vrai.

— Vous, avec le café, vous n'avez jamais travaillé pour lui, je suppose ?

— Je ne suis pas d'ici. Le café était aux parents de mon mari. Après la guerre, il est revenu, moi avec, et on a repris.

— Ah oui ? Et vous êtes d'où ?

— Du Pouliguen.

— Ah ! Vous aussi alors, vous êtes venue ici pour être avec votre mari. Un peu comme Clémence Demest ?

Mme Salors s'appuie du coude sur le comptoir, décidée semble-t-il à la confidence.

— Ne croyez pas ce qu'on vous dit. Elle est très gentille. Quand elle est venue ce jour-là avec la petite… Des fois les bébés sont chiffonnés, mais celle-ci, à quelques mois, déjà elle faisait des sourires. Sa mère m'a parlé correctement, elle a posé des questions sur le village, sur l'école, elle était amicale. Elle est restée une demi-heure peut-être, j'ai eu l'impression qu'elle voulait savoir si elle pourrait trouver à s'employer, pas à faire la bonne bien sûr, mais pour les enfants, ou peut-être, je ne sais plus trop comment, elle me parlait de bibliothèque. Elle a dit aussi qu'elle allait passer le permis de conduire. Et puis son mari est venu la chercher, et quand il croyait que je n'entendais pas, vous savez ce qu'il a dit ?

Gabriel secoue la tête.

— Que ça ne se faisait pas. De venir au café, comme ça. Qu'ils n'étaient plus à Lille. Il a dit « notre réputation », et il ne parlait pas de lui et elle, il parlait des Demest. Et Clémence, elle n'a plus jamais remis un pied ici. Elle passe en voiture parfois, jamais seule, le permis, je crois que ça aussi on lui a dit que ça ne se faisait pas. Et pâle en plus, des joues creuses. La seule joie qu'elle a, on croirait bien, c'est sa fille. (Elle baisse les épaules, comme si la disparition de la petite lui revenait d'un coup sur la nuque et ajoute :) C'est terrible.

— Et Le Pouliguen, c'est comment ? Je n'y suis jamais allé, demande Gabriel, qui veut la garder détendue et bavarde.

— C'est beau, dit simplement Mme Salors. Il y a la mer.

— Ça doit être très différent.

Elle a une mimique entendue ; visiblement, oui, passer des embruns à la betterave, c'est un voyage.

— Vous êtes arrivée quand ?

— En 1947.

— Augustin Demest était déjà là ?

— La fille Andreux et lui étaient déjà mariés et les deux fils étaient déjà nés. Andreux n'a pas tardé à lui laisser les rênes, et Demest n'a pas perdu de temps. Il y a vite eu des tractations, il essayait de racheter le plus de terres possible, il employait une bonne partie des hommes ici, et quand l'argent du plan Marshall est arrivé, alors là…

— Il a bâti tout ça très vite, alors.

— En cinq ans, il avait presque toute la vallée. Et la moitié du village. Et moi, je tombais des nues.

— Comment ça ?

— Chez nous, c'est différent. Des grosses exploitations, comme celle-ci, il n'y en a pas. Et des gros patrons… bien sûr il y a les chantiers, à Saint-Nazaire, mon père a travaillé là-bas. Mais même avant les grèves de 1957, les ouvriers ne se laissaient pas faire. Ici… Vous ne buvez pas votre genièvre ?

Gabriel s'excuse, demande si on l'accompagne, et Mme Salors dit « Allez », avant de se servir un très raisonnable verre de blanc. Gabriel lève le verre et l'approche de sa bouche. Une odeur de vert assaille ses narines, il sent une légère grimace plier sa bouche, mais boit, pour honorer le geste. La boisson est forte, sans la moindre douceur, et lui donne l'impression d'avaler l'odeur d'un sous-bois humide, à flanc de montagne – il ne trouve pas ça bon et retient Dassieux qui en ce moment même est sans doute en train de goûter les meilleures bouteilles disponibles à la cave, ce vieux roublard.

— Les ouvriers, alors ? encourage-t-il.

— Comment je peux vous décrire ça ? J'ai eu l'impression d'arriver un siècle plus tôt. D'avoir remonté le temps. Vraiment... D'être transportée à l'époque du servage. Des paysans, corvéables à merci, à la botte, et puis en haut dans son petit château, le seigneur qui donne et qui reprend. Mais je ne devrais pas vous dire ça, ajoute-t-elle brusquement.

— Vous ne travaillez pas pour lui, pourtant.

— C'est ça qu'il faut comprendre, pour comprendre cet endroit, dit-elle, mais vite cette fois, d'un ton de conclusion, comme si elle lui en voulait, comme si elle s'en voulait. On travaille tous pour lui ; l'épicerie, elle vit grâce aux salaires versés par Demest ; ce café, il vit grâce aux salaires versés par Demest.

Elle a pris un torchon pour essuyer des verres avec des gestes brusques, et Gabriel craint qu'elle ne se taise. Il tente une relance :

— Ça ne vous manque pas ? Le Pouliguen ? La mer ?

— Bien sûr. Mais j'ai suivi mon mari, et voilà.

— Pas facile, de se faire une place à Saint-Dury, hein ? dit encore Gabriel, en essayant de ne pas surjouer la connivence.

— Moi, mon mari est d'ici, alors ça va. Mais dame non, ils ne sont pas faciles avec les nouveaux. Et avec ceux qui ne parlent pas français ? C'est encore pire. Les Italiens, moi, ce sont des clients comme les autres. Ils veulent un coup à boire, ils sont polis, on les sert. Mais s'ils ne descendent presque jamais, ça n'est pas pour rien. Ils le faisaient parfois, mais ça se passait mal. Et quand Giovanni est arrivé, il a vu ça et il a dit quelque chose. Je ne parle pas italien, mais ça ressemblait quand même beaucoup à « Si on ne veut pas de nous ici, on ne vient plus, tant pis ». C'est un peu leur chef. Depuis, ils se sont faits très rares. Vraiment, certains dimanches, seulement. De toute façon, vu comment Demest les fait cravacher, je ne vois pas comment ils trouveraient l'énergie. Ils travaillent dur. Ils vont à l'église, pas Giovanni du moins, mais les autres. La femme de Demest, elle y descend, vous pensez qu'elle les déposerait, qu'ils ne ruinent pas leurs chaussures du dimanche ? Ils marchent.

— Ce n'est pas si loin.

— Non, mais c'est le geste, et alors moi je n'y vais pas, à la messe, mon père bouffait du curé, il se retournerait dans sa tombe… mais à l'intérieur il paraît qu'ils sont tout au fond, sur les côtés, les Italiens, et elle bien devant comme il faut, et pas un regard. Ah elle est belle, la sœur en Christ. Ça, ne comptez pas sur moi pour la plaindre.

— La plaindre ? Pourquoi ?

— Pour rien. De toute façon, pour ça, il faudrait qu'elle vienne, et alors d'ici à ce qu'elle mette un pied au café…

— Plus jamais de Demest au café, alors. Lui non plus, jamais ? Augustin, le père ?

— Non, mais… on a déjà eu à loger des qui le connaissaient bien.

Elle dit cela, puis semble se fermer.

— C'est-à-dire ?

Elle répond, mais cette fois son ton est un peu sec, un peu expéditif.

— Des femmes, d'un peu plus loin, quand elles venaient chercher de quoi les tirer d'embarras.

— Vous voulez dire…

— Je ne veux rien dire du tout.

Elle donne un dernier coup de torchon, définitif, et s'en va, chargée d'assiettes sur lesquelles les verres en équilibre tintent discrètement, au rythme des pas décidés.

Gabriel ouvre de grands yeux. Des femmes de qui, des femmes de quoi ? Qui, Demest père, avec ses airs sérieux d'aspirant, d'aspirant quoi d'ailleurs ? À quoi aspire un type comme Demest, quand il n'aspire pas à dire aux flics quoi faire ?

Mais Salors et Dassieux remontent de la cave, et derrière le comptoir, la femme accroche son tablier, termine sa journée, souhaite la bonne nuit et sort par une porte de non-recevoir.

— Député, lui dit Dassieux une fois montés à l'étage, une bouteille de vin à la main. Depuis le début, on attrape des murmures, que Demest a des amis, qu'il a des ambitions, mais rien de précis. Or si on en croit Salors, Demest se verrait bien député. Si on en croit Salors, de fait, Demest se verrait bien quoi que ce soit d'important. Saint-Dury a été communiste dès la fin de la guerre, pendant quatre mandatures. Mais plus Demest étendait son domaine, plus ça donnait des affrontements sans fin, parce que, qui est-ce qui paye le plus d'impôts locaux par ici, crois-tu ?

— Demest ?

— Bravo. Et Demest, on est d'accord qu'il n'est pas très coco, dans l'esprit. Mais il avait son mot à dire, et pas qu'un peu. Ce qui a surpris tout le monde, c'est quand il ne s'est pas présenté aux dernières élections. À la place, il a soutenu Demaret, et s'il soutenait Demaret, Demaret allait gagner. L'ancien maire a déménagé, de dégoût.

— Encore un suspect pour nous ?

— Il est mort depuis. L'ancien instituteur de Saint-Dury, résistant de la première heure mais de deuxième jeunesse seulement, arrêté trois fois par les Allemands et bien abîmé. Demest est premier adjoint, c'est plus ou moins lui qui décide de tout. Je trouvais ça tordu… mais Saint-Dury n'est pas assez important pour lui, ça ne fait pas assez sérieux s'il veut ensuite grimper dans les hautes sphères. Il doit avoir une stratégie…

Gabriel se masse les tempes.

— Effectivement, c'est tordu.

— C'est Salors qui m'a laissé entendre ça, mais c'est terrible, ces régions de pluie, ça te donne des escargots. Ils sortent une antenne, te lâchent une bombe, et puis après « enfin c'est ce qui se dit, j'en sais pas plus, c'est pas mes affaires », et ils remballent tout, bien planqués dans leur coquille. Des murs.

— Tu n'avais qu'à rester au comptoir et t'enfiler ton genièvre, tacle Gabriel. Mais moi aussi, j'ai eu de la chance. Parce que attends, des bombes, sa femme m'en a largué une belle. Demest aurait des enfants illégitimes. Enfin, est-ce qu'il y a eu des enfants, je ne sais pas, mais il aurait, aurait eu, des maîtresses.

— Demest père ? (Dassieux réfléchit une seconde puis hoche la tête :) De toute façon, les hommes, ça va voir ailleurs, patron ou pas patron.

Dassieux verse du vin, Gabriel tend la main, pour interrompre le flot.

Il ne veut plus boire, il ne veut plus entendre que les hommes ça va voir ailleurs, il ne veut plus rien, plus de désillusion ni de fatalisme teinté d'ironie, plus de Dassieux en fait, ni de personne, seulement Claudia, et si Claudia n'est pas là, seulement dormir.

— Il m'a promis que c'était du bon, rassure Dassieux, comme si c'était le problème.

— Si Demest a reconnu des enfants, ça va être simple à vérifier à l'état civil, dit Gabriel. Je n'en peux plus, Dassieux, je vais me coucher.

Il laisse son verre plein, et regagne sa chambre.

Dimanche 16 février 1969

En bas, dans la salle du café, il y a de nouveaux arrivants. Cette fois Gabriel, qui commence à avoir en tête une bonne partie des habitués, repère les visages inhabituels dès qu'il descend de sa chambre. Derrière Dassieux, la télévision est allumée.

Il s'installe, face à son collègue qui, les yeux bouffis, a le nez plongé dans son bol de café.

— Bien dormi ? lance Gabriel.

Il connaît la réponse mais se sent coupable de son agacement d'hier et la question est comme une main tendue.

Derrière Dassieux qui grommelle, quelques plans de la ferme Demest, filmés d'un peu loin – les journalistes ne sont pas parvenus à entrer.

— C'est une édition spéciale ?

— Tout ce qu'il y a de spéciale. Toute la France attend le retour de Sylvie Demest, maintenant.

Gabriel balaie la salle du regard.

— Il n'est pas là, Declerc ?

Dassieux dit juste :

— Pas vu. Mais il y a une livraison fraîche.

— Oui. Les deux au comptoir ? Je ne vois pas ceux avec la Renault beige…

Dassieux dit quelque chose que Gabriel n'entend pas, trop surpris par le visage de Johnny qui s'étale sur l'écran.

— Dassieux, tu as vu ça ?

— J'ai vu. C'est dans le journal, aussi.

Gabriel se saisit du papier replié grossièrement par Dassieux, l'ouvre.

— En une ? De *France-Dimanche* ?

— Absolument. Entre les préparatifs de l'anniversaire somptueux de Grace Kelly et la dernière tenue éblouissante de Bardot. Et c'était au journal de RTL quand je suis descendu tout à l'heure. Notre suspect, Johnny, sa description détaillée, à croire que Declerc avait le portrait sous les yeux. Et depuis hier soir, apparemment.

Gabriel serre les dents. Il lui faut du café. Mais derrière le comptoir, Salors a les yeux rivés sur l'écran et ne voit pas son signe.

— Aubreuil va être furieux, dit Gabriel, se levant pour aller quérir son bol – enfin Salors le voit, a une mimique d'excuse, signale qu'il arrive.

— Je l'ai appelé en descendant. Je le cite : « C'est fait, c'est fait. » Il espère qu'au moins, la diffusion du portrait permettra de localiser Johnny. Mais je pense qu'il n'a plus trop d'espoir de retrouver le type avant demain. Il est en train de rassembler ses hommes et d'organiser la remise de rançon.

Salors pose un bol de café au lait sur la table, et immédiatement reporte le regard vers le poste de télévision.

— Bois ton café, dit Dassieux. Chaval sera là à 8 heures.

Gabriel termine l'article. Il n'est pas signé et, à part le portrait, n'annoce rien d'inédit, mais tout de même. Declerc a-t-il pu vendre le portrait à d'autres rédactions ? Tout cela leur échappe.

Les clients matinaux sont mieux habillés que la veille, on est en dimanche. Pas de femme dans le café, en dehors de Mme Salors qui s'active. Les conversations sont éparses, les regards vissés à l'écran, sur l'édition spéciale. De temps à autre des « ah ben ça », et des « quand même! ». Quand un « pour une fois qu'on parle de nous » fuse de quelque part à sa gauche, Gabriel comprend que ce n'est pas tant la tête du type qui les fascine, que le fait que ce soit ici, chez eux ; un instant, de manière furtive, on aperçoit le café de Salors, là où ils se trouvent à l'instant. Une clameur incrédule parcourt le café et même Mme Salors s'interrompt pour regarder. Demaret apparaît à l'écran, il semble mal à l'aise et répète juste que le village est sous le choc et que tout le monde ici espère bien sûr une issue heureuse après une semaine d'angoisse. Il y a des murmures dans la salle et Gabriel surprend des regards en coin. On garde ses commentaires pour soi. C'est le maire, tout de même. Et surtout, c'est Sylvie Demest. Un des deux hommes au comptoir, un des nouveaux, observe lui aussi, avec soin, davantage les spectateurs que la télévision, et Gabriel pense « Oui, journaliste ».

Chaval soupire :

— Voilà. Ça ressemble à ça.

Dassieux et Gabriel restent silencieux quelques instants, tournant lentement sur eux-mêmes, observant les alentours.

— Bon Dieu, conclut Dassieux.

Gabriel fourre les mains au fond de ses poches, pour qu'on ne voie pas ses poings vibrer d'appréhension, de découragement. Tout le temps où ils arrivaient, il regardait la hêtraie, le terrain presque plat, les gros troncs gris zinc, les branches nues qui se balançaient dans le vent, et se disait : « On va le voir venir à des kilomètres. » Mais le paysage a changé. Pour atteindre le point de rendez-vous, il a fallu quitter la départementale pour une route forestière, puis descendre de voiture et faire la fin du chemin en marchant. À cet endroit, la forêt est différente : entre les hêtres, serrés, il y a des buissons de houx, des recoins et des dénivelés qui surchargent la perspective et surprennent le pied – ce qui a valu à Dassieux deux quasi-chutes et plusieurs jurons. Tout est recouvert d'un épais tapis de feuilles mortes où la neige s'accroche en flaques éparses, qui devrait signaler les mouvements mais semble au contraire étouffer les sons – et quand une pluie glaciale se met à tomber, en rideaux violents, le bruit des milliers de gouttes sur la surface rousse du sol est assourdissant.

Gabriel en serait presque à maudire le redoux inattendu de ce matin et à espérer que le froid s'accentue – la neige au moins tombe en silence.

— Le capitaine Aubreuil envisageait de demander un hélicoptère, dit Chaval. Mais on va l'entendre à des lieues à la ronde. Il a été question de le faire stationner sur un des champs du plateau et de l'appeler au dernier moment, mais il va se voir de loin. Et il suffit que le bruit se répande qu'un hélico est ici pour que toute la vallée soit au courant, et de là, le bruit peut courir jusqu'à Soissons pour ce qu'on en sait. Le capitaine y pense quand même. Pour suivre le type. S'il remet la fillette en échange, alors on n'aura plus à craindre qu'il s'en prenne à elle.

— Bon Dieu, fait de nouveau Dassieux, après quelques pas, plus excédé que furieux.

— Hein ? demande Chaval, à cause de la pluie.

— Je dis : « Bon Dieu », répète Dassieux, plus fort.

— Comme vous dites. Et puis, c'est pas fini. Il y a ça.

Il montre quelque chose du doigt, mais Gabriel ne comprend pas de quoi il parle. Il plisse les yeux. Tout est en nuances de brun, de blanc, de roux, de gris et de vert foncé, mélangés par la pluie.

Chaval avance de quelques pas, pointe à nouveau.

— Qu'est-ce que c'est que ça ? demande Gabriel. Un tunnel ?

Il a rejoint Chaval et enfin compris ce que le gendarme lui désignait. Une entrée, brune sur brun, à moitié cachée par un buisson.

— Il y a des anciennes carrières de pierre, partout dans le coin. Si on continue un peu à pied et qu'on descend au prochain village, je pourrais vous montrer l'entrée principale de celle-ci : c'est un trou dans la colline qui fait bien dix mètres sur cinq. Mais ensuite, ça se divise en boyaux, et puis ça se subdivise… et le problème, c'est ça : des entrées, il y en a d'autres, et pas toutes faciles à repérer. Les soldats se cachaient dans les carrières déjà lors de la Grande Guerre, ce genre de boyaux s'étend sur des kilomètres. Le capitaine se renseigne, il y a des archives, des tracés officiels. Mais après, il y a aussi ce qu'on en a fait. Mazié, le vieux de chez Demest, qui a grandi dans un village juste à côté d'ici, Puiseux-en-Retz… Il nous a dit que, gamin, il jouait à se perdre à l'intérieur. Un de ses camarades avait même réussi à creuser une petite galerie, avec une nouvelle sortie. Si tous les mômes du coin s'amusent à ça depuis deux cents ans… On pense qu'il y a au moins une dizaine de boyaux qui ne sont sur aucun plan et émergent dans la forêt, çà et là.

— Bien vu, Dassieux, commente Gabriel. C'est la merde.

La pluie se calme. Il regarde le bas de son pantalon, trempé. Ses chaussures ont presque disparu sous une croûte de terre noire. S'il ne fait pas attention, ce pays va l'ensevelir.

— Combien de chances pour que quelqu'un qui ne serait pas du coin sache tout ça ?

Chaval hausse les épaules.

— Mon estimation personnelle ? Très peu. Très peu de chances.

— Donc, en plus si Mazié vous a fait une remarque sur les carrières, c'est que le lieu de la remise est connu, remarque Dassieux.

— Ça s'est un peu fait contre notre gré… ça nous a échappé, n'en reparlez pas au capitaine, il n'était pas content.

— Vous avez cherché la petite ici, je suppose.

— Dès que la lettre est arrivée. On a demandé à Mazié ; on savait qu'il était né à Puiseux. Il nous a accompagnés. On espérait faire ça discrètement. Mais la nouvelle n'a pas mis longtemps à faire le tour du village. Et le temps qu'on appelle du renfort pour quadriller le lieu, elle avait largement dépassé et Puiseux juste à côté, et là-bas Saint-Dury.

Résultat, en une heure, il y avait foule, des deux villages et d'autres sur le chemin. Des gens bien intentionnés qui voulaient donner un coup de main. C'était avant qu'on nous envoie du renfort, Fournier et ses hommes pour aider. J'étais là. Le capitaine a préféré en tirer avantage, quitte à ce qu'il y ait du monde sur place… Les volontaires nous ont aidés à repérer certaines entrées. Mais comme je vous le disais… il y en a peut-être d'autres que l'on n'a pas pu voir. Et s'il y a d'autres entrées, alors il y a d'autres sorties.

— Elle pourrait être ici ? Sylvie ? demande Gabriel.

— Je ne le pense pas, le capitaine non plus. On a pas mal exploré… mais même si Mazié était avec nous, il n'est plus tout jeune ; il a beau connaître le coin, cet accès-là, par exemple, qui a été creusé bien après sa propre enfance, il ne le connaissait pas. On ne saura jamais. Si ça se trouve, elle était là, et puis elle a été déplacée avant qu'on arrive.

Chaval veut allumer une cigarette, mais celle qu'il sort du paquet est trop humide. Il observe le papier une seconde et, avec fatalisme, range la Gauloise dans une des poches de sa veste.

— Ou peut-être bien pendant, au moment où on cherchait. Ce n'est pas impossible.

— Les archives de l'exploitant originel de la carrière ? Vous avez essayé par là ?

— On a extrait de la pierre ici pendant cent cinquante ans… et avant ça, certains pensent que l'exploitation des carrières calcaires dans le coin a commencé encore bien avant, au XIIe siècle peut-être. La dernière entreprise à avoir exploité la carrière a fermé en 1955, mais toutes ses archives étaient parties en fumée en 1940, dans l'incendie de la préfecture de l'Aisne, de toute façon. Simone a contacté la société historique de Soissons, pour voir s'ils auraient quelque chose. Pour l'instant, rien, mais ils cherchent de leur côté. (Chaval ajuste son képi.) On leur a dit que c'était pour des raisons de sécurité, qu'on voulait fermer les... enfin bref, ils ont bien compris que c'était en rapport avec la gamine, à cette heure-ci tout le monde sait qu'il y a quelque chose avec la carrière du Retz, tout se sait dans ce pays.

Gabriel jette un nouveau coup d'œil dans le tunnel, à taille d'enfant, presque. Il avance encore, se penche jusqu'à pouvoir apercevoir le début du tunnel, renifle l'air très froid, minéral, immobile, qui stagne dans le boyau. Autant la forêt bruisse et goutte, autant le goulot n'exhale que le silence. Le silence, et une odeur de tombe.

— Enfin, voilà, conclut Chaval.

— Voilà, répète Dassieux. Voilà... Il faudrait combien d'hommes pour surveiller correctement le périmètre ?

— Le capitaine pense...

— Non, vous, Chaval, qu'en pensez-vous ?

— J'en pense qu'il nous faudrait plus d'effectifs qu'on en a. J'en pense que c'est ma troisième année d'affectation dans la région, et que je ne connaîtrai jamais ces bois aussi bien que le premier gamin venu s'il est né dans le coin. J'en pense qu'il faudrait faire appel à des volontaires si on voulait vraiment assurer le coin demain, mais le capitaine ne veut pas en entendre parler, et je le comprends aussi. J'en pense qu'on nous demande l'impossible, puis qu'on nous envoie... si je peux m'exprimer librement, deux gars de Paris, et ne le prenez pas pour vous, mais...

— Mais vous auriez fait meilleur usage d'une brigade en plus, hein ? dit Dassieux, compatissant.

Le lieutenant hoche la tête, pensif, regarde ses mains qui émergent rougies par le froid d'une manche de chemise blanche impeccable, fait jouer ses doigts pour les dégourdir. Il observe la teinte pâle et jaunâtre qui s'invite sur les jointures quand ses poings se ferment. Dassieux est très immobile et Gabriel prend soin de l'imiter.

— J'en pense… hésite Chaval. J'en pense qu'à ce stade on s'agite comme des poulets sans tête et que notre seule chance, c'est que la gamine soit rendue demain.

Chaval regarde sa montre, puis, dans un geste que Gabriel a souvent vu à Aubreuil, tire sur les pans de sa veste bleu nuit, comme on tire sur un fil pour remonter un pantin mécanique et se redresse.

— J'en pense qu'il est l'heure de rentrer.

— Vous avez un message de Paris, annonce Simone lorsqu'ils arrivent dans leur salle de la mairie d'Anceny.

— C'est Coutin ? demande Dassieux. On le prend dans votre bureau, capitaine ?

Aubreuil hoche la tête. Il est avec son équipe, dans la salle commune devenue quartier général, il porte son képi réglementaire, se tient toujours aussi droit, et sa moustache est toujours aussi impeccable. Mais quelque chose dans l'angle du cou, dans la main qui étire la poche du pantalon bleu – pas un de ses hommes n'est en civil, même en ce dimanche de pluie –, fait se dire à Gabriel « il n'y croit plus ».

Gabriel referme la porte du bureau du capitaine, se concentre sur le cadran du téléphone, il ne veut pas davantage penser à ce qu'Aubreuil a abandonné d'espoir, s'il croit encore qu'on peut récupérer l'enfant, ou s'il est en train de renoncer à tout, à la fillette et au ravisseur avec elle. Il ne veut pas penser que l'échange téléphonique qu'il s'apprête à avoir ne sert plus à rien. Comme des poulets sans tête. Il ne veut plus penser à tout ça, juste à faire, à agir, à essayer.

— Coutin ? Sautet. Alors, Augustin junior ? Tu l'as vu ?

Dans la salle commune, on travaille. Le portrait de Johnny a valu quelques appels aux gendarmeries locales, qui ont transmis au 12 à Anceny. Mais depuis ce matin, aucun des signalements n'a résisté à quelques questions simples : les « Johnny » qu'on voulait leur donner sont trop vieux, trop blonds, trop grands ou trop gros.

— Mais enfin, quitte à ce que le portrait nous ait échappé, cela donnera peut-être quelque chose, dit Aubreuil, pendant qu'à midi, on fait une pause dans la pièce lourde de fumée de cigarettes. Messieurs, Augustin Demest fils ? Est-il toujours sur la liste de nos suspects ?

Gabriel résume : l'aîné des Demest est bien domicilié en région parisienne. Il vit entouré de livres dans un deux-pièces d'Aubervilliers, où on glisserait avec difficulté une enveloppe, encore moins une petite fille, parmi les piles de poches et de beaux livres achetés d'occasion et empilés avec enthousiasme. Il travaille comme correcteur pour une maison d'édition au catalogue obscur, a un alibi en béton pour le jour de l'enlèvement de Sylvie, qu'il n'a jamais vue. Et pour les jours suivants, car si on peinait à le trouver et à le joindre, c'est qu'il était en déplacement professionnel. Il est revenu d'Espagne ce matin tôt, passeport tamponné, ticket de parcmètre faisant foi – il avait laissé sa Citroën aux bons soins d'Orly. Les policiers de Paris l'ont trouvé avant les journaux : il rentrait à peine, n'avait pas allumé la radio, ignorait tout de la situation. A appris du même coup et l'existence de sa nièce et son enlèvement. S'en est montré très affecté. N'a pas d'enfant. N'a pas besoin d'argent. Vit bien, et loin. N'a pas la moindre intention de remettre un jour les pieds au Domaine, dût-on en échange le couvrir d'or. A marmonné quelque chose sur le fait d'écrire à son frère et à sa belle-sœur une lettre, pour dire, mais dire quoi, il marmonnait toujours quand on l'a laissé repartir du commissariat après deux heures d'un entretien infructueux.

— *Et je pense qu'il en est*, avait ajouté Coutin à l'intention de Gabriel.

— De la jaquette ?

— *Bah, pas du XV de France, ça c'est certain.*

— Un rapport avec l'enlèvement ?

— *Non. Mais un rapport avec le fait qu'il soit parti sans se retourner et que son père ne veuille plus en entendre parler, ça, sûrement.*

— Jamais arrêté pour ça ?

— *Non, c'est juste mon sentiment. Un précieux. On l'a passé au tamis pour comprendre pourquoi il avait coupé les ponts, il s'en est tenu à son envie de faire un métier d'intello plutôt que de passer sa vie les pieds dans la boue, ça bon, on peut comprendre. Il dit aussi qu'il a laissé à son père une lettre renonçant à tous droits sur un éventuel héritage.*

— Ça confirme ce que Demest père nous a dit.

— *Ouais. Il ne veut vraiment plus entendre parler d'eux, hein ?*

Gabriel transmet l'information puis passe la parole à Simone, qui vient distribuer la revue de leurs notes de la veille, soigneusement dactylographiées. Elle a des gestes sûrs et volontaires, la même énergie que ces jours passés, et Gabriel s'accroche à ça, à cette femme unique dans leur assemblée d'hommes ; si elle ne se laisse pas abattre c'est qu'il faut continuer. Sinon elle le sentirait, sûrement, peut-être, l'intuition féminine, c'est quelque chose, non ? Il faut que ce soit quelque chose, pense Gabriel, faisant de son mieux pour s'en convaincre alors qu'il allume une nouvelle cigarette, qu'il trouve mauvaise mais n'éteint pas pour autant. Il se lève pour faire quelques pas, espérant que le mouvement va générer quelque chose, une idée, une inspiration, mais rien, alors il se tourne vers Dassieux et Aubreuil et demande :

— Bon. On fait quoi ? On creuse cette histoire d'enfants illégitimes ?

Chaval se gratte le menton.

— Depuis le début, on cherche des motifs de vengeance. Le problème, c'est qu'on trouve, on ne trouve que ça. Mais une fille-mère qui élèverait un des bâtards de Demest, est-ce qu'elle n'aurait pas mieux à faire que d'aller enlever une gamine ?

— Je ne peux pas croire qu'une femme fasse ça, qu'une mère puisse priver une autre mère de son enfant, balaie Aubreuil.

Dans la pièce, chacun s'interrompt une seconde, pour marquer son approbation. Ce n'est pas un crime de femme.

Gabriel hésite. Du coin de l'œil, il voit Simone qui fait la moue.

— Vous n'êtes pas de cet avis ?

C'est la première fois qu'il voit Simone embarrassée depuis leur arrivée. Est-ce parce qu'elle est soudain au centre de l'attention ? Ils la sollicitent rarement, elle n'est que secrétaire et Gabriel est peut-être le premier à s'enquérir de son avis. Le silence est tombé sur la pièce.

— Madame Mahieux ? encourage Aubreuil.

— Eh bien, d'abord, il y a l'argent… une mère, surtout seule, il lui faut de l'argent pour s'occuper d'un enfant. Alors… pourquoi pas ? Deux millions, ça met une famille à l'abri.

— Mais vous imaginez une mère faire ça ? insiste le capitaine sur un ton choqué qui tranche avec sa réserve habituelle.

— Je dis simplement qu'une mère aussi, une mère surtout, pourrait être poussée par le besoin.

— Mais elle ne demanderait pas autant, elle ne mettrait pas la vie d'une enfant en danger… dit Lequeux, le jeune gendarme, et il y a du désarroi dans sa voix.

— Ce qui est sûr, c'est que si c'est une femme, au moins, on n'aura pas à s'inquiéter que ce satyre s'en prenne à la petite tant qu'il l'a, dit Simone, qui peut-être se veut rassurante.

Mais sa réponse alourdit encore les épaules basses alentour, et plusieurs cigarettes sont allumées en même temps dans la pièce avec des gestes nerveux.

— C'est pour l'argent, dit de nouveau le jeune gendarme, comme s'il pouvait en être sûr, comme si c'était quelque chose d'acquis, un pacte que le ravisseur aurait consenti à signer.

Simone le regarde, dit juste :

— Les hommes, c'est capable de tout, ce n'est pas moi qui vous l'apprends.

— Certains hommes! dit Chaval, et des « oui » d'assentiment s'élèvent.

— Je répondais à la question, dit simplement Simone. Excusez-moi, ajoute-t-elle, en se détournant pour décrocher le téléphone qui sonne sur son bureau.

Studieux, assis sur une chaise, Gabriel prend un moment pour parcourir les notes distribuées par Simone. Non loin de lui, Charpentier revenu d'Amiens, Lequeux de Reims, Mignot de Lille, rattrapent eux aussi leur retard. Rien de si neuf. Des familles délogées, des rancœurs, une hargne mal dissimulée pour Demest, ou au contraire soigneusement cachée chez ceux et celles qu'il emploie. En repensant à ce que lui a dit Mme Salors la veille, Gabriel lit différemment ces témoignages des générosités impériales. La femme du cafetier a raison : ce n'est pas juste un patron un peu roublard, s'assurant de la dépendance de ses employés. C'est un seigneur qui règne sans partage, avec des largesses qui entravent, et quand Gabriel revient à cette allusion à des enfants cachés il ne peut s'empêcher de penser à ces mots, « droit de cuissage », à la plaisanterie qu'il avait faite un jour à Claudia à ce sujet, avouant à quel point, petit garçon découvrant dans un illustré les pratiques du Moyen Âge, il avait trouvé cela épatant, cette idée de régner, d'avoir droit aux plus belles filles. Et du regard outré qu'il avait récolté en retour, Claudia ayant brusquement cessé de rire.

Les notes sont claires et synthétiques – que Simone parvienne à déchiffrer et restituer ainsi tant d'écritures différentes l'impressionne. Fourrant la main dans sa poche, à la recherche de son briquet, il trouve dans un pli du coton le message pris en note par Mme Salors, et pense : « Elle aussi, a une belle écriture, alors que nous, on écrit comme des cochons. » Allumant une nouvelle cigarette, il observe l'écriture, penchée, un peu la même que celle de sa mère. Il revoit les listes établies par le régisseur du Domaine. Il l'a vu écrire quand Radier rédigeait mardi une liste de tous les ouvriers présents à la ferme le jour de l'enlèvement de Sylvie, ses gros doigts autour du stylo, les boucles habiles que traçait la plume. Tout à l'heure, Gabriel a jeté sans y penser le message de Coutin transmis par Simone. Son écriture à elle est très différente ; comment ? Il connaît ce mot.

— La lettre de rançon. Elle est en script, dit-il à voix haute, comme pour lui-même.

— Mais encore ?

Charpentier, assis le plus proche de lui, a levé la tête.

— Radier, Salors, sa femme… est-ce qu'ils n'écrivent pas tous en cursive ? C'est ce qu'ils ont dû apprendre à l'école, vous savez, les lettres liées ? Moi, petit, j'ai souffert sur mes lignes à la plume ; et j'ai vingt ans de moins. Je m'y connais mal, mais est-ce qu'on leur a même appris à écrire en script ? Simone, lance-t-il, vous, vous écrivez en script ? C'est courant ? Je ne me rends pas compte.

— Oh, les habitudes de la sténographie, répond cette dernière. Mais non, c'est plutôt rare, je dirais, pour quelqu'un qui n'aurait pas le même genre de profession.

Charpentier hausse les épaules.

— C'est mon cas aussi. En cursive. Histoire de génération, peut-être ? Lequeux, c'est toi le plus jeune.

— En cursive, et… ce n'était pas facile. Avec les plumes, en plus…

Simone réfléchit.

— En cursive, c'est le cas de la plupart des adultes du coin, je suppose. Tous ceux ici qui n'ont jamais quitté la région sont passés par les mêmes classes, les mêmes instituteurs.

— Quelle est votre idée, Sautet ? demande le capitaine, qui a suivi l'échange.

— Ce matin, dans la forêt, Chaval disait que le lieu de la remise avait sans doute été choisi par quelqu'un du coin. Qui a grandi ici. Alors… Ces instituteurs qui apprennent à écrire à tout ce petit monde… Est-ce que ça ne vaudrait pas le coup de leur montrer la lettre ? De voir s'ils pourraient identifier l'écriture sur la demande de rançon ? C'est personnel, une écriture. Et rien que cette écriture scripte, c'est un signe distinctif.

— Oui ? l'encourage Dassieux.

— On a une photo de la demande de rançon quelque part ? Ou juste la copie du message que tu avais faite à la main ?

— Excusez-moi : je l'ai, dit Simone. Je l'ai demandée quand Paris nous a transmis les résultats des empreintes, et je l'ai récupérée au cas où… par bélinographe, ajoute-t-elle, comme si elle s'excusait auprès d'Aubreuil, dont tout le monde a compris qu'il était réfractaire à la machine. Elle doit être…

Elle s'approche des grands panneaux de liège et soulève une carte :

— Ici, confirme-t-elle.

— Nous, à Soissons, ils apprennent en cursive, aussi, informe Fournier. À Saint-Waast ? Pour certains à Saint-Crépin… en cursive, aussi ?

Dans la pièce, les hommes de Fournier acquiescent.

— Charpentier, peut-être ?

Charpentier dit : « Oui. Ma femme… », comme si cela devait tout expliquer, puis réalise que ce n'est pas la question et confirme : « À l'Enfant Jésus aussi, en cursive et à la plume, là-bas ils n'ont même pas encore droit au Bic. »

— Apparemment, ce n'est pas courant dans la région ? demande encore Gabriel ?

— Mon neveu apprend en script, dit Lequeux, un peu timidement.

— Oui ? encourage Gabriel.

— Ma belle-sœur dit que ça ne fait pas sérieux.

— Il est où, votre neveu, Lequeux ? demande Dassieux.

— À Cœury, pas très loin…

Le nom évoque quelque chose d'organique, de dépiauté.

— On peut aller voir, suggère Dassieux.

— Vous pouvez, confirme le capitaine. Mais je garde le lieutenant Chaval, aujourd'hui. Il nous faut établir un plan pour la remise de rançon de demain.

— Simone, vous avez une carte, je suppose, fait Dassieux en se tournant vers la secrétaire.

L'instituteur est de taille moyenne, il se tient très droit. Il a les oreilles larges et le nez affirmé que Gabriel remarque sur la plupart des têtes depuis qu'il est arrivé dans la région. Il leur a ouvert la porte du logement de fonction, et quand ils se présentent, Gabriel et Dassieux voient un petit garçon brun, les yeux noisette et les oreilles héréditaires, passer une tête curieuse de ce qui doit être la cuisine.

Dans l'appartement, cela sent le poulet rôti et les pommes sautées ; il y a des bruits de tablée. Après tout, on est dimanche. Quand ils exposent l'objet de leur visite, l'instituteur secoue la tête vivement, fait signe d'attendre, et disparaît une seconde, pour revenir avec un trousseau de clés.

— Suivez-moi.

Il les mène, par un escalier intérieur, jusqu'à la cour de l'école, s'excusant : son fils est là, il ne veut pas que le tiot entende ça. Il ouvre la porte d'une des salles de classe, et quand Gabriel y pénètre à sa suite, des effluves de craie et de dictionnaire lui montent au nez.

— On pense que vous sauriez peut-être reconnaître cette écriture.

L'homme tend la main pour prendre la photo de la lettre de rançon et, quand il comprend ce qu'il a entre les doigts, a un petit tremblement.

— C'est pour la petite, c'est ça ? La petite Demest ? Cette histoire, quelle histoire, cette histoire…

— Oui. Nous comptons sur votre discrétion. Cette lettre n'a pas été diffusée. Mais on nous a dit qu'il était rare que les gens de la région écrivent en script, et que vous étiez le seul instituteur à l'enseigner. Alors…

En face, l'homme s'éclaircit la gorge, raffermit ses épaules.

— Non, pas le seul, tout de même, mais c'est vrai que nous sommes rares. L'écriture scripte est recommandée à partir du CP et elle facilite l'acquisition. Je préfère une classe qui sait écrire en script plutôt qu'une qui souffre en cursive.

L'instituteur a repris un peu du poil de la bête. Il doit être un habitué de cette tirade et retrouver ses appuis dans les mots connus. Il prend une respiration et porte la lettre à ses yeux. L'examen est concentré, attentif. Finalement, il tend la photo à Dassieux et secoue la tête.

— Non. Rien qui me saute aux yeux et me rappellerait un de mes élèves.

— Bien. Merci quand même.

— Je regrette de ne pas pouvoir vous être utile. Sincèrement. J'ai hâte qu'il paye la rançon.

Dassieux lève le sourcil, ne répond rien, mais l'homme a vu la mimique.

— Que… mais que ça soit réglé. Que M. Demest… Que la petite soit rendue. Que les parents puissent retrouver leur fille.

C'est le réflexe de quelqu'un qui refuse, du plus profond de lui, d'envisager que la petite puisse être morte. On a proposé une transaction, de l'argent contre un enfant, il faut donner l'argent, et l'enfant sera rendue, c'est ainsi, c'est simple, il faut donner l'argent, et tout ira mieux. Gabriel regarde de nouveau l'homme en face de lui, qui insiste, qui implore presque qu'on lui dise : « Oui. Oui, tout ira bien. »

— S'il paye, insiste encore l'instituteur, il n'y a pas de raison que…

Gabriel ne répond rien, il se contente d'un signe de tête, ça lui évite de mentir. Gabriel n'aime pas vraiment mentir.

— Un coup d'épée dans l'eau, au final. Je ne sais pas à quoi je m'attendais, dit Gabriel.

— Au moins, Aubreuil ne nous a pas eus dans les pattes pendant ce temps. J'ai vu un restaurant à l'aller. On s'arrêtera prendre un sandwich.

— Il est presque 16 heures… au pire, à Anceny, il doit rester de quoi casser la croûte, c'était le cas hier.

Ils ont quitté Cœury et s'approchent d'Anceny. Gabriel s'interdit de penser trop loin, se concentre sur la route. Il sent le découragement qui s'insinue contre sa peau, sous sa chemise. Un instant, il envisage de bifurquer et de retourner à l'hôtel. Juste se coucher et dormir. Longtemps. Lui, il n'a pas faim. Il a l'impression d'être gavé. D'humidité, de lassitude.

Il dit, pour dire quelque chose :

— Je le trouve accueillant. Aubreuil. Enfin, dans la mesure du possible. Au moins, on travaille bien avec ses gars.

— C'est vrai. Mais je crois qu'il est davantage concentré sur ses cartes d'état-major maintenant. Que c'est la journée de demain qui mobilise toute son attention.

— Il t'a dit où il nous voulait ?

— Pas dans ses pattes, a priori. De toute façon, on…

— Attends, tu entends ça ?

Gabriel ralentit.

— Les sirènes.

— S'ils déboulent d'un virage ils vont nous foutre dedans. Mets-toi sur le bas-côté.

Gabriel s'avance, sent la roue avant droite craquer une couche dure puis s'enfoncer dans le sol. L'arrière ne tarde pas à suivre.

— Merde, on va s'embourber.

Un cortège de R4 grises émergent du prochain tournant, et les dépassent à vive allure, suivi d'une estafette bleu nuit à travers les vitres desquelles ils reconnaissent la forme des képis. Presque toute l'équipe d'Aubreuil doit être là. Derrière l'estafette, une dernière voiture de gendarmerie ferme la marche. Quand elle les dépasse à son tour, la Renault freine, débraye, recule vers eux. Ils voient Chaval qui mouline pour descendre sa vitre.

— On a trouvé Johnny ! Il est à Chauny !

— Chauny ?

— Après Noyon ! Vers… (Chaval renonce :) Suivez-moi !

Gabriel passe la première, sent la voiture qui peine à hisser sa moitié embourbée sur le bitume, mais la 204 s'en sort.

Pendant que Chaval attend, pot d'échappement fumant, vingt mètres plus loin, Gabriel manœuvre un demi-tour un peu laborieux, remet les roues arrière dans le mélange de neige sale et de gadoue qui borde la route, s'en sort de nouveau. Sitôt qu'il a réussi à s'aligner derrière Chaval, le véhicule du gendarme repart, vite, sirène hurlante sur la départementale.

Quand ils rejoignent la nationale, Gabriel souffle un peu, mais reste crispé, pied au plancher. Les petites routes sinueuses et humides du coin découragent la vitesse, mais le temps presse et même calés sur l'estafette qui peine à dépasser les 90, les gendarmes leur ont fait traverser, très vite, certains creux où le bitume luisant de gel lui a fait craindre le pire. Gabriel s'est vu à plusieurs reprises encastré dans un mur, retourné dans un ravin, mais pas question de se laisser distancer : il a dû renoncer à la prudence pour ne pas perdre le cortège. Il est content de retrouver la nationale, avec ses lignes droites, même si la tension ne le quitte pas et qu'il se crispe quand le cortège traverse, sans ralentir, les villages successifs. Et puis la luminosité baisse encore, et il se met à neiger.

Merde.

— Trois fois dans la journée, Gabriel, te voilà bien vulgaire, dit Dassieux, mais le ton n'est pas aussi détaché qu'à son habitude.

Devant eux, Chaval signale à droite, devant un panneau qui indique Chauny. Les sirènes se taisent. En tête du cortège, le gyrophare orange de l'alouette continue de tourner et les R4 qui précèdent la 204 de Gabriel maintiennent l'allure, bien au-delà des 80 autorisés en ville. On va trop vite, pense Gabriel, heureusement les flocons et le vent violent qui les malmène en bourrasques erratiques ont vidé les rues et ils ne surprennent aucun piéton sur la chaussée. Quand le cortège s'arrête enfin devant l'enseigne d'un garagiste, Gabriel parvient de peu à s'arrêter sans taper la R4 de Chaval. Il passe au point mort et s'aperçoit que ses bras tremblent.

Dassieux et Gabriel s'extirpent de la voiture. Au-dessus du garage, une série de fenêtres éclairées, parées de rideaux de dentelles que Gabriel voit bouger. Ses yeux accrochent un vernis à ongles, une montre fine – une main de femme.

Chaval lui aussi est sorti de son véhicule, devant le garage l'estafette éclaire la rue d'une lumière intermittente, toute la rue clignote d'orange. Chaval claque sa portière et laisse la voiture là, à la suite des autres, bloquant la chaussée.

— On les suit, Gabriel, fais comme eux.

Le rideau de fer du garagiste est baissé, mais plus loin sur la façade en pierres, un porche est ouvert : un large passage cocher mène à une cour intérieure. Aubreuil attend un peu, fait signe à ses hommes. Mignot et Lequeux se détachent, continuent dans la rue, disparaissent dans la rue adjacente. Le capitaine ouvre son holster, sort son Mac50, vient se coller à la pierre froide du mur ; ses hommes l'imitent et Gabriel dégage à son tour l'arme qui était logée dans son étui. Il échange un regard avec Dassieux – son collègue tient son arme de service à deux mains, le canon pointé vers le sol. Quand ils sont tous alignés en rang d'oignons le long du mur de pierres et de la tôle peinte en jaune orné d'un GARAGE SELLIER RÉPARATIONS MÉCANIQUES, Aubreuil fait un signe de tête et s'engouffre dans le passage, à pas vifs, ses hommes à la suite.

Dans la cour pavée, à gauche, un escalier. Sur le petit perron, un homme les attend, debout.

— Il loge au fond, dans la deuxième arrière-cour, après la réserve, je vous montre…

— Restez ici, ordonne Aubreuil, et les gendarmes s'avancent dans la direction indiquée, armes à la main.

La neige qui tombe rend les pavés cotonneux et le jour déclinant brouille les contours. Des flocons tombent sur Gabriel, entre le col de son blouson et celui de sa chemise, il frissonne. À la suite des gendarmes, Dassieux et lui traversent la cour, contournent un hangar. Plusieurs voitures sont garées là, ils dépassent des barils, des pièces de fer tordues. Dans une deuxième cour plus petite, un arbre solitaire et décharné, et une maison minuscule, aux allures de dessin d'enfant : une porte, une fenêtre.

Charpentier tourne la poignée, la porte s'ouvre. Aubreuil pénètre à l'intérieur, Charpentier à sa suite appelant :

— Jean-Pierre ?

C'est un temps suspendu. Dans la courette, les hommes se taisent, se taisent comme ils ne se sont jamais tus peut-être, Gabriel n'entend qu'à moitié ce silence assourdissant tant le bruit de son cœur envahi son corps entier, fait vibrer sa tête, son ventre, noue dans sa gorge quelque chose d'une angoisse pure. Ses bras ne sont que tension, l'arme dans ses mains pèse lourd et il sent que le canon commence à trembler – il tente d'affermir sa prise, ses mains sont gelées et son front brûlant. Il y a un cri d'homme, mais il ne comprend pas l'ordre et garde la porte de la maisonnette en ligne de mire, il doit se passer quelque chose, il faut qu'il se passe quelque chose.

Une silhouette apparaît dans l'encadrement de la porte. Dans la maisonnette, la lumière s'allume, et l'illusion se dissipe : c'est Aubreuil qui se tient debout là, rengainant son pistolet. Il dit :

— Il n'y a personne.

Les armes s'abaissent.

Le découragement qui a plané depuis le matin fond sur leur nuque et les happe, la neige leur tombe sur les épaules, s'insinue dans les chemises pour se transformer en gouttes froides, sous les képis les yeux se font fuyants, Gabriel sent le vent qui lui bat le front, les joues.

— Fouillez la cour, ordonne Aubreuil, trouvez quelque chose, où il a pu aller, s'il est seul.

D'un signe, il invite Dassieux et Gabriel à le rejoindre dans la maisonnette.

— Il s'appelle Jean-Pierre. Jean-Pierre Louvet. « Johnny »... leur dit-il alors qu'ils entrent dans l'habitation.

Ils pénètrent dans la cuisine. Une ampoule à incandescence pend du plafond et éclaire sans grande conviction un évier en émail et des placards en formica jaune. C'est spartiate, impeccable, terriblement vide. Une deuxième pièce seulement, avec un lit une place aux draps à peine dérangés. L'armoire est ouverte, il y a des vêtements, peu, pauvres, et deux cintres vides.

— Tu vois une valise, quelque part ? demande Dassieux.

Gabriel se hausse sur la pointe des pieds, pour vérifier le dessus de l'armoire en bois.

— Non.

— Il y a des vêtements dans la poubelle, signale Charpentier, qui se baisse puis se relève, un bleu de travail à la main.

Il montre le vêtement, qui se déplie dans la lumière jaunâtre tel un pantin crasseux ; la combinaison est raide de cambouis et sent la graisse et le travail.

Gabriel s'avance, laisse tomber un regard dans la haute corbeille de plastique marron foncé dont Charpentier vient d'extraire le bleu.

— Dassieux, appelle-t-il, les yeux braqués sur la poubelle.

Au fond, une robe bleue de petite fille.

C'est après, quand il est parvenu à retrouver un peu d'acuité, quand son cœur s'est calmé de la vitesse, de l'attente, de la déception puis encore de la découverte, que Gabriel est retourné auprès du lit et a reconnu la forme que dessinaient les draps dérangés : celle d'une enfant. Et puis Charpentier a ouvert le placard au-dessus de l'évier et a découvert la boîte de Blédine entamée. Et Gabriel a pensé « On ne nourrit pas une enfant morte », puis il a revu l'instituteur, le petit homme qui se tenait si droit comme pour tenir avec lui cette idée fixe : on va payer et tout ira bien, on payera et la petite fille reviendra. Et Gabriel s'est reproché cela, ce marchandage imaginaire, ce soulagement presque, qu'il a ressenti devant le paquet de bouillie. Alors qu'il n'y a plus personne ici, plus personne à qui crier : « Dis que tu en as pris soin, dis qu'elle va bien », plus personne pour répondre oui et rendre l'enfant.

C'est ça qu'il se dit, pendant que les hommes d'Aubreuil continuent de passer les cours au peigne fin à la lumière de leurs lampes, les pieds trempés, et qu'Aubreuil les emmène avec Chaval parler au patron du garage.

Dans l'appartement du premier, cela sent l'essence, sans que Gabriel puisse distinguer si cette odeur monte du garage au-dessous ou si, comme chez Salors, c'est toute la maison qu'on chauffe au fioul. La femme aux ongles vernis a proposé à boire, Aubreuil a décliné.

— Asseyez-vous plutôt. Vous avez une photo récente de Johnny… Jean-Pierre ?

— C'est-à-dire, on ne se prend pas vraiment en photo avec les apprentis…

Son mari secoue la tête.

— Non, pas comme ça, mais je l'ai sur un cliché en bas, à l'atelier. On avait réparé une américaine, une Corvette, juste après qu'il est arrivé. On en était fiers, mon beau-fils a pris une photo. Mais Jean-Pierre est dans l'ombre…

Il reste immobile.

— Comme vous l'imaginez, insiste Aubreuil d'un ton pressant, nous avons tout de même besoin de voir cette photographie.

Sellier se secoue, s'excuse, se lève, sort du salon.

Sa fille, celle qui a appelé la gendarmerie quand elle a reconnu Johnny dans le journal et a rappliqué chez ses parents, tend un dossier qu'elle gardait serré contre son ventre.

— C'est son contrat d'apprentissage, quand on fait les papiers on a besoin d'une photo d'identité.

Aubreuil, Dassieux et Gabriel se penchent sur le cliché, et Gabriel prend le temps de dévisager l'homme qui fixe l'objectif. L'homme ; enfin, le garçon plutôt. Il a l'air si jeune, les cheveux bien peignés, la lèvre supérieure à peine ombrée.

— Elle date d'il y a presque deux ans, maintenant, mais c'est ressemblant, promet la fille Sellier, qui, dès que ses mains ont été libres de la petite chemise de papier, s'est mise à tripoter le médaillon qu'elle porte au cou.

— Oui, mais son menton a forci, et il se rase maintenant, ou plutôt il ne se rase plus, il a une moustache, et il a les cheveux plus longs... ajoute sa mère. Son menton a forci, aussi, un peu...

— Il n'est pas tout à fait pareil et c'est... c'est tellement incroyable vous comprenez ? C'est pour ça que je ne me suis pas dit tout de suite... que je n'ai pas pensé... explique la fille Sellier.

Le garagiste revient, pose une photo sur la table. On se penche, on observe ; oui, il y a bien un petit gars, les mains dans les poches, le bas du corps caché par une Chevrolet, une ombre divisant son visage en deux et le remodelant avec des reliefs étranges. Il sourit, timidement. Il a les épaules étroites, le nez trop grand. Aubreuil retourne la photo : octobre 1967.

— Bon, fait le capitaine, dites-nous ce que vous savez.

Mais ils ne savent rien et ils tombent des nues. Pendant une nuit au moins, la petite fille en robe bleue que tout le pays recherche a dormi chez eux, et ils tombent des nues.

— Il a la maison du fond, dans la deuxième cour. Il est soigneux, dit le patron.

— Très soigneux, acquiesce sa femme. Le vendredi soir, il m'apporte son linge, je lui rends propre le lundi, chez lui c'est toujours en ordre.

— Il mange avec vous ?

— Le midi, on déjeune à l'atelier, il est avec moi et mon beau-fils, on est trois, ma fille fait la comptabilité, dit Sellier. Le soir il dîne chez lui.

— La semaine dernière, il s'est comporté comme d'habitude ?

— Mais oui… ou enfin, maintenant que j'y pense, il a fait peut-être davantage de sauts chez lui… répond le garagiste.

— Ça ne vous a pas surpris ?

— Mais non… Il faut dire aussi que mardi, il s'est coupé, il est allé chez lui se nettoyer et mettre de la teinture d'iode… Les autres jours, il a pris quelques minutes pour aller refaire le pansement, plusieurs fois par jour, sinon forcément, ça se salit, vous pensez. Mais quelques minutes à chaque fois, pas plus.

— Il sort ? Quelles fréquentations ? Une fiancée ?

Le patron secoue la tête : le gamin n'a aucune mauvaise fréquentation connue, pas vraiment de fréquentations d'ailleurs, va au cinéma Casino rue de la Fère, le samedi soir, mais pas chaque semaine. Part souvent le dimanche pour prendre l'air, sur son Solex, rentre seul, rarement tard.

— Ce matin, il est parti ?

— Tôt. On a entendu la bécane qui démarrait dans la rue devant, dit Sellier.

— Ça fait un bruit… ajoute madame.

Le reste du temps, le gamin travaille dur, on en est content. Son seul défaut peut-être, c'est qu'il règle le transistor de l'atelier pour attraper du rock américain, et Sellier n'aime pas trop ça, n'y comprend rien. D'ailleurs ces derniers temps, Jean-Pierre laisse la radio allumée tout le temps chez lui, ça crachouille en permanence, un petit côté chat qui geint, et puis ça coûte, madame n'est pas d'accord. Sellier dit que c'est son seul défaut, qu'on lui passe. Jean-Pierre vient de Couvron-et-Aumencourt, on lui donne un lundi par mois pour qu'il puisse prendre deux jours et rentrer chez sa mère l'aider un peu, elle vit seule. Il dit oui au coup de rouge le midi, mais par politesse plutôt, le verre reste souvent plein. Il ne boit pas le soir.

— Comment vous savez ça ? demande Aubreuil.

— Il y aurait des bouteilles dans ses poubelles, affirme la femme.

Il est clair qu'elle garde sa maisonnée à l'œil et doit tomber d'autant plus haut.

— Il y était, chez sa mère, lundi dernier ?

— Oui.

— Il faut l'appeler, qu'on vérifie, dit le capitaine.

— Je peux m'en charger, propose Gabriel.

— Elle n'a pas le téléphone, prévient la fille Sellier. Mais sa voisine, si. C'est de là qu'elle appelle quand des fois il y a une urgence. C'est aussi dans son dossier, ici.

— Le poste de téléphone est en bas, je vous accompagne, propose Sellier.

Gabriel le suit jusqu'au garage, par un escalier intérieur où l'odeur de cambouis et d'essence le prend au nez.

— Voilà, ici, dit Sellier en ouvrant la porte d'accès au garage dans un geste que Gabriel trouve trop lent.

— Comment une gamine a pu dormir chez vous sans que vous le sachiez ?

C'est sorti sans qu'il puisse le retenir et Gabriel essaye de contrôler son ton, d'y modérer l'incrédulité et la colère, oui, la colère. Il est en colère contre le type en face de lui, contre ses « Ah bah mais comment c'est possible » qui reviennent comme une comptine tant il peine à y croire. Les mains de Sellier sont épaisses et calleuses, et même si c'est dimanche, il reste du cambouis incrustée sous les ongles ras, dans une coupure moitié séchée, tout énerve Gabriel maintenant, il sait que c'est la fatigue, alors il reformule :

— Je veux dire, elle est petite, ça fait du bruit les enfants.

Et Sellier, tout en allumant les lumières dans l'atelier désert, dit :

— Ah bah comment c'est possible, moi, je ne sais pas, l'atelier… il y a du boucan, les moteurs, les machines… Dans la deuxième cour, on met le bois, mais Jean-Pierre est serviable, cette semaine, il nous a apporté les bûches.

Et il s'interrompt, conscient de ce qu'il vient de dire, avant de reprendre :

— Du coup, cette semaine, on n'a pas eu besoin d'y aller…

Gabriel décroche le téléphone.

— Il n'est pas allé chez sa mère lundi. Il lui a écrit il y a quinze jours, pour dire qu'il y avait trop de travail, que le patron avait décidé qu'il ne pourrait pas s'absenter ce jour-là, annonce Gabriel de retour au salon.

— Je n'ai jamais dit ça, se défend Sellier.

— Sa « bécane », c'est quoi ? demande Aubreuil.

— Un S3800. Un Solex.

— Pas de plaque, donc, dit Gabriel, se passant une main sur le front.

Il se lève pour se dégourdir les jambes, jette un coup d'œil par la fenêtre. Au-delà des rideaux de dentelle, la rue est calme, les flocons virevoltent dans le halo jaunâtre du lampadaire d'en face. La Renault beige des journalistes est là. Son capot est vierge de neige, il doit être encore chaud, elle vient d'arriver.

— Non, mais peut-être qu'avec la marque, la couleur... avance Sellier ?

— Tous les S3800 sont noirs, indique Sellier.

— Il est parti vers où ? demande Aubreuil.

— La rue est en sens unique...

— Il a un signe distinctif, son solex noir ?

— Oui, il a des autocollants... répond sa femme.

— Non, il a tout enlevé récemment, il a dit qu'il l'avait acheté comme ça et qu'il était temps qu'il le nettoie... rappelle sa fille.

— C'était quand, récemment ? insiste le capitaine.

La jeune femme réfléchit.

— Forcément avant la mi-janvier, parce que je me souviens que pour faire ça, il s'était installé à côté du petit sapin qu'on met dans l'atelier, pour la Noël. Un petit, juste pour dire, vous voyez ?

— Il rentre à quelle heure, en général, le dimanche ?

— Maman ? demande la fille Sellier à sa mère, avant d'expliquer : je ne suis pas là d'habitude le dimanche, on déjeune chez mes beaux-parents et on rentre chez nous.

— 20 heures, habituellement, 20 h 30 au plus tard.

Aubreuil regarde sa montre. Il est 19 heures.

— Réfléchissez encore : pas de point de chute, pas d'amis proches dans le coin ?

— Vraiment, les seules fois où il découche, c'est pour aller chez sa mère.

— L'adresse de sa mère alors, là, c'est la bonne ? demande Aubreuil.

La fille Sellier hoche la tête.

— Bien, reprend Aubreuil, je vais envoyer quelqu'un. Et au cinéma, aussi. Et on va vous laisser des hommes. Lieutenant Chaval, vous allez me chercher Augier et Bernard.

Aubreuil se lève, se dirige déjà vers l'entrée. Gabriel s'extrait à son tour du fauteuil qu'on lui avait proposé, en demandant :

— Et… elle aurait besoin de deux millions de francs, la mère de Jean-Pierre ?

— Ah bah, dame, on aurait tous besoin de deux millions ! dit très naturellement Sellier.

— Arrête, Richard, enfin, le réprimande sa femme. Oui, oui, elle peine un peu. Elle l'a élevé seule. Mais ce n'est pas sa faute. Et c'est un bon garçon, ajoute-t-elle.

— C'est vrai que c'est un bon gars, approuve le garagiste.

On les laisse là, assis sur le canapé, le père qui fume puis s'essuie la bouche, fume puis s'essuie la bouche, la fille tripotant son médaillon, la mère les mains vernies accrochées aux bras du fauteuil, comme pour trouver une prise dans un terrain glissant.

Dans l'entrée, le capitaine a déjà terminé de se concerter avec ses lieutenants.

— Augier va rester avec vous, lance-t-il aux Sellier.

— On n'a rien vu venir, entend une dernière fois Gabriel alors qu'ils descendent dans la cour.

En bas, un des hommes d'Aubreuil annonce :

— La presse est là. Ils posent des questions.

— Eh bien, qu'ils en posent, écarte Aubreuil. Nous, nous avons des choses à faire. Restez concentrés.

Chargés de cette consigne de silence, on quadrille le quartier. Dans les rues déjà endormies en ce dimanche soir d'hiver, on ne croise pas grand-monde. Au bout de la rue, on sonne chez les habitants du carrefour, pour demander où est parti le solex, mais personne n'a fait attention. Seule une femme, insomniaque, soutient qu'elle a vu passer un solex, mais très silencieux celui-ci, bien après l'heure du dîner presque tous les soirs de la semaine qui vient de s'écouler. On note, au cas où. On va jusqu'au cinéma, on montre la photo au guichet, rien. On va chercher l'ouvreuse, qui avec sa petite lampe aveugle les spectateurs de la séance en cours, un visage après l'autre, Gabriel et Dassieux collés à ses talons. Rien. Au cas où, on laisse un homme à la sortie.

À 22 heures, on retourne chez Sellier. La Renault beige n'est plus là. Jean-Pierre n'est pas rentré, son heure est passée depuis longtemps, pourtant.

— Il ne rentrera pas, dit Chaval à voix haute.

Personne ne répond.

— Pas de sac ou de valise en vue. Des cintres vides. Plus d'affaires de toilette. Pas de papiers d'identité, ni d'argent, insiste le lieutenant.

— J'ai demandé à sa mère s'il portait un bijou, quelque chose de distinctif, acquiesce Gabriel. Elle m'a dit que oui, une gourmette, qu'il y tient et ne la met pas au travail. Mais on n'a pas trouvé de gourmette chez lui. Donc on peut partir de l'idée qu'il a quitté son domicile, avec tout ce qu'il a de précieux. À part peut-être son transistor, un Optalix.

— Vous voulez laisser des hommes ici ? demande Dassieux à Aubreuil.

Le capitaine allume une cigarette, pour se donner le temps de la réflexion.

— Dès demain matin tôt, je vais commencer à placer des hommes à certains endroits, autour du lieu de la remise de rançon. Le rendez-vous est à midi, mais il faut qu'ils soient sur place avant. J'ai envoyé Chabrot chez la mère de Jean-Pierre. Dupuis est à la sortie du cinéma. Augier et Bernard vont rester ici, au cas où.

Gabriel comprend. Aubreuil n'a pas assez d'hommes. Ils ont tissé un filet ces derniers jours, mais les mailles sont trop lâches, on ne peut pas mettre un gendarme derrière chaque arbre, et Jean-Pierre est parti. Il n'est pas au cinéma avec une fillette de quatre ans – Gabriel se répète très fort qu'elle est avec lui. Ailleurs.

— On peut rester, nous, si vous voulez, propose Dassieux. S'il n'est toujours pas rentré demain matin…

— Très bien, oui. Très bien. Si je veux vous appeler, je passerai par le numéro des Sellier.

Gabriel regarde la rue déserte. La neige s'est arrêtée mais une brume épaisse la remplace, et le froid qu'ils ont tenu à l'écart en se démenant pour aller jusqu'au cinéma, revenir, frapper aux portes, l'attend au tournant. Il referme sa veste jusqu'au menton.

— Ça va aller, dans la voiture, Dassieux ? ne peut-il s'empêcher de demander.

— Ce qui va m'aller surtout, c'est que je vais attendre à l'intérieur, là où c'est chauffé.

Dassieux a son ton un peu ironique, comme s'il l'avait bien eu, c'est lui qui propose mais c'est Gabriel qui va veiller.

— Sois tranquille, Gabriel. Je ne vais pas t'abandonner seul face aux froids polaires. Il y a une couverture dans le coffre, dit Dassieux. Tiens, si tu veux te réchauffer, offre-t-il en sortant une flasque de sa poche.

C'est la première fois que Gabriel la voit, il ne sait pas quoi répondre, il n'a pas envie de boire.

— Non ? Comme tu veux. On changera de place dans quelques heures. Je viendrai te chercher.

Lundi 17 février 1969

Gabriel est réveillé en sursaut par un bruit de portière.

— Alors, inspecteur de police judiciaire Sautet, on ne maintient pas une surveillance continue et vigilante ?

Gabriel se frotte les yeux et s'autorise un juron. Il a le menton râpeux et la bouche pâteuse. Il s'est endormi la tête rejetée en arrière et son cou le lance.

— On est en 1969, ils peuvent pas mettre des appuie-tête dans ces bagnoles ?

— Te voilà de charmante humeur. Tiens, dit Dassieux, en lui fourrant une tasse dans les mains.

L'odeur du café lui tourne à moitié le cœur, mais Gabriel se redresse sur son siège et se concentre sur le liquide chaud, entre ses mains.

— Merde, j'ai dormi au moins une heure, lâche-t-il en regardant l'horloge du tableau de bord.

— Ne t'inquiète pas. Mme Sellier m'a installé sur une chaise, au premier. Avec le réflecteur du carrefour, je voyais la rue de la fenêtre. Et avec cette neige, les traces de pas… Je t'ai vu piquer du nez, elle m'avait laissé une thermos, je me suis dit que j'allais descendre partager.

— Il ne va pas revenir, de toute façon, si ?

— Non. Ça m'étonnerait. Et nous on reste là comme deux corneilles sur leur fil, à guetter je ne sais quoi, pour se dire qu'on fait quelque chose.

— Eh ben, c'est encourageant… Dis, elle ne rigole pas avec le café, Mme Sellier.

— Je lui ai dit de le faire fort.

Gabriel boit une nouvelle gorgée puis grimace.

— Elle sait suivre les consignes.

— Monte au premier Gabriel, fourre-toi dans un fauteuil. Il est 2 heures. On va rester là par conscience professionnelle, et pour être hors des pattes d'Aubreuil. Vers 6 heures, ça va commencer à s'agiter. Le lundi, c'est Jean-Pierre qui est supposé ouvrir. S'il n'est toujours pas là à 7, on s'en va.

Gabriel se déplie. Il sent son haleine lourde, trop chargée de tabac et de café fort. Avant de refermer la portière, il se penche et demande :

— On est d'accord, Dassieux, elle est encore vivante ?

— Va dormir.

À 6 heures, Mme Sellier fait son entrée dans le salon-salle à manger. En voyant sa tête, Gabriel se dit qu'elle a dû dormir encore moins que lui. Elle a une cafetière pleine à la main, et rien que d'en sentir l'odeur, le foie de Gabriel a un petit pincement. La femme du garagiste s'avance et pose le broc sur la table, pousse le napperon, ouvre le buffet, s'agite, avec de petits mots angoissés. Sa belle mise d'hier a disparu, et pas seulement parce que le dimanche est fini.

Elle allume la radio, tourne la molette pour chercher RTL. Une voix que Gabriel reconnaît annonce que Johnny s'appelle Jean-Pierre Louvet, qu'il n'est pas rentré hier au garage Sellier de Chauny où il travaille, Mme Sellier porte la main à sa bouche. Son nom, à la radio, associé à celui d'un ravisseur d'enfant. La voix continue, Jean-Pierre ne se trouve pas non plus chez sa mère. C'est Declerc qui parle, qui explique, on entend la voix de la mère de Johnny, c'est un bon garçon, s'il a fait ça c'est qu'on l'y a poussé sans doute, quelqu'un de mauvais, Jean-Pierre est un fils dévoué, qui travaille dur, une influence, elle le dit. On passe aux dernières déclarations du juge Fiquet, on les a déjà entendues hier soir, lui parle sans émotion et dit que l'enquête suit son cours, que les recherches se poursuivent, qu'un suspect sérieux a été identifié et que les forces de police et de gendarmerie sont mobilisées. Declerc reprend la parole, souligne que le juge parle mais ne dit rien, que ce manque de communication vis-à-vis du public est surprenant et dissimule peut-être un désarroi face à une affaire qui piétine; aujourd'hui doit avoir lieu la remise de rançon et vu l'incapacité des forces de l'ordre à rattraper Jean-Pierre Louvet, il ne reste plus qu'à espérer que le ravisseur… L'heure de l'échange était confidentielle, c'est la seule chose sans doute qui l'était encore. Gabriel sent une bouffé de colère qui lui monte au plexus. C'est dangereux, ce que fait Declerc est dangereux – il serre les dents puis demande :

— Vous pouvez couper ? demande Gabriel.

Mme Sellier éteint le poste TSF.

— Oui, désolée. J'ai du pain, et pour votre collègue, aussi. C'est à midi, alors ? La remise de rançon. À midi.

J'espère que tout va bien se passer. J'espère qu'il va la rendre. Jean-Pierre. Peut-être qu'on va voir qu'il a un complice. C'est possible. Quelqu'un avec une mauvaise influence. C'est possible.

Elle pépie, un peu, Mme Sellier, comme une tourterelle qui roucoule sans interruption, peut-être est-ce l'angoisse, hier cela n'a pas choqué Gabriel. Elle finit par croiser les bras sur son tablier et dire :

— Mon Dieu, je n'ai pas fermé l'œil de la nuit. Moi qui d'habitude dors à poings fermés dès 22 heures.

C'est presque une fiction, presque artificiel, comme une phrase empruntée à un roman, cela fait partie des mots que Gabriel ne dit pas, lui il dit « j'ai pas fermé l'œil », pas « Mon Dieu, je n'ai pas fermé l'œil de la nuit », puis il parvient à se souvenir que tout pour elle est inhabituel, qu'elle est bouleversée. Il se corrige : pour lui aussi, c'est inhabituel, « rapt d'enfant », « kidnapping », c'est la première fois qu'il doit chercher une toute petite. Mais il ne le dit pas. Il ne peut pas dire à la femme : « Moi j'ai dormi parce que je suis épuisé, mais j'y pense aussi, à cette gamine, j'y pense tout le temps, je la vois morte », il est policier alors c'est lui qui doit chasser les voleurs et attraper les méchants, même s'il n'avait pas prévu ça, il n'avait pas prévu que les enfants disparaissaient aussi, avec leurs corps minuscules et leurs robes bleues. Il n'a rien à dire pour rassurer, alors il ne dit rien, il s'ébroue juste, remercie pour le déjeuner, dit qu'il va chercher son collègue. Le temps qu'ils mangent leurs tartines sans quitter la rue des yeux, il est 7 heures passées, Jean-Pierre n'est pas revenu.

Dassieux téléphone au juge qui s'agace de leur planque inutile et leur intime d'assister Aubreuil au mieux durant la remise de rançon – alors qu'il les a envoyés ici pour y être aidé par les gendarmes. Le renversement de situation n'échappe pas à Gabriel. Le goût du café trop fort revient de temps à autre à l'arrière de sa gorge, il déglutit alors avec la sensation d'avaler de l'acide.

— On passe à l'hôtel se changer ? demande Gabriel quand Dassieux remonte de son coup de téléphone à Aubreuil.

— On peut. Il nous a donné rendez-vous au Domaine. Ils vont accompagner Demest chercher l'argent à la banque. Aubreuil, le lieutenant Fournier, une brigade, des fois que le but de tout ça, ce soit de cueillir Demest à la sortie du Crédit Agricole avec deux millions dans les poches.

Gabriel consulte sa montre.

— C'est déjà ouvert, la banque ?

— C'est M. Demest qui vient chercher une rançon de deux millions. Bien sûr que la banque va lui ouvrir. Ils ont dû faire venir des fonds ces derniers jours, par transporteur spécial.

Quand Gabriel redescend, Dassieux est déjà en bas.

— Alors ?

— Alors tu as loupé le flash RTL de 8 heures et notre ami Declerc semble en savoir plus que la gendarmerie nationale sur Jean-Pierre Louvet. Qui est passionné de mécanique, surtout celle des belles voitures américaines, ce qui n'est pas un hasard puisqu'il est par ailleurs fasciné par les États-Unis, ce qui n'est pas un hasard puisque son père est américain.

— Ce qui n'est pas un hasard puisque… ? demande Gabriel en allumant une cigarette.

— Puisqu'il était stationné à la base aérienne de Laon-Couvron en 45. Qu'il est resté dans la région, petite désertion au passage, et que quand il a été question de faire de Laon-Couvron une base de l'US Air Force, il a commencé à faire des pieds et des mains pour pouvoir être réintégré et affecté sur place. En 50, il est retourné dans l'État de Washington pour effectuer un certain nombre de démarches et voir sa famille. Laquelle ne l'a plus laissé repartir. Chantage à l'héritage et tout le toutim.

— C'est pour ça que Johnny aurait besoin d'argent ? Pour partir retrouver son père ?

— Ne te fatigue pas, Declerc nous a fait gagner du temps : l'homme est mort dans un accident de voiture en 1954.

— Comment est-ce qu'il a eu le temps de trouver tout ça à temps pour l'édition du matin ?

— J'allais te dire : « en nous suivant », mais j'ai l'impression qu'il a plutôt un temps d'avance. Ce qui m'interpelle c'est sa manière d'ajouter une nouvelle information à chaque fois, un vrai feuilleton. À moins qu'il soit retourné voir la mère de Jean-Pierre ?

Gabriel bâille, passe les mains sur ses yeux. Puis propose, sur un ton blasé :

— On l'arrête ?

— Declerc ? Pourquoi donc ?

— Rétention d'information ?

— Il est allé parler à la mère de Johnny. Enfin, de Jean-Pierre. Ça n'est pas illégal. Et il finira peut-être par nous être utile. Sortons. Si Gabriel Sautet en est à vouloir arrêter un journaliste sans raison valable, c'est qu'il a besoin d'air frais.

Dans la cour des Demest, ils hésitent un instant – le bureau de Radier est vide – et finissent par toquer à la porte de la cuisine. Chaval et ses hommes s'y trouvent, dans une ambiance de tripot : nerveux, tous les hommes fument, et l'air ambiant est saturé d'attente et d'odeur de tabac. La cuisine est grande pourtant, immense presque, mais ils parviennent à la remplir, avec leur nombre, leur fébrilité, leurs uniformes, leurs cigarettes. Chabrot est déjà revenu de chez la mère de Jean-Pierre : elle n'a pas revu son fils depuis plusieurs semaines. Chabrot a, comme eux, veillé toute la nuit, garé au-dehors, guettant le retour du fils prodigue – sans succès. Interroger les voisins n'a rien donné. Il raconte : une femme seule, un petit trois-pièces loué et des voisins très froids. Les Louvet n'ont pas une très bonne réputation, et impossible d'obtenir des raisons claires à cela. La seule que Chabrot a pu identifier : elle élève son fils seule, et c'est peut-être ça le problème. Le père était américain, basé à Laon-Couvron. Il est rentré en Amérique en 1950, juste avant la naissance de Jean-Pierre. Il avait l'intention de revenir et d'épouser la mère, de reconnaître l'enfant sans doute, mais quelque chose s'est produit, et il n'est jamais revenu.

Gabriel n'ose pas dire au gendarme que tout cela est déjà dans les journaux radio et qu'il a fait le déplacement pour rien. Autour de Chabrot, on allume de nouvelles cigarettes et on laisse tomber sur la table de bois poli de nouvelles hypothèses : deux millions, pour embaucher des détectives qui résoudront le mystère de l'abandon ? Pour partir lui-même retrouver son père ? Dassieux met les pieds dans le plat et informe que le père est mort. Chabrot garde en apparence son calme, mais allume une nouvelle cigarette dont il tire une bouffée hargneuse, les joues creusées.

— RTL, hein ? Elle m'a dit qu'elle avait parlé à un journaliste un peu avant que j'arrive. Elle était très secouée, elle m'a dit « Decour », mais ça doit être Declerc. Ça signifie qu'il a eu le nom de « Johnny » et qu'il a filé directement là-bas.

Chabrot se frotte les yeux, se gratte le menton. On entend les poils qui crissent sous ses ongles.

— Une nuit blanche pour au final retrouver les infos en allumant la radio. À ce prix-là j'aurais mieux fait de rentrer dormir. Je ne suis même pas repassé à Ichy me changer.

Personne ne répond rien et Chabrot s'absorbe dans la contemplation de son bol. Mélie fait chauffer de l'eau, propose de rallonger de café frais les fonds qui tiédissent dans les bols.

C'est quand elle toque sans faire exprès avec le manche de son balai sur le rebord de la cuisinière que Gabriel remarque la bonne à tout faire. Elle dit quelque chose très bas, des excuses sans doute, et Mélie lance : « Ne reste pas dans mes pattes, va débarrasser le petit déjeuner. » Le balai est posé dans un recoin et la fille s'éclipse, pour revenir quelques minutes plus tard chargée d'un grand plateau encombré des reliefs d'un repas. Gabriel s'est avancé pour trouver un verre d'eau, il n'en peut plus du café et a la gorge sèche. Il entend Mélie observer : « Elle n'a encore rien pris ? » et Catherine, qui pousse le contenu froid des assiettes dans un seau, secoue la tête. Mélie soupire ; la fille, elle, entreprend de faire la vaisselle.

Les hommes de Chaval s'impatientent, il va être 10 heures, certains d'entre eux sont arrivés il y a plusieurs heures déjà, peut-être qu'il s'est passé quelque chose à la banque ? On suggère de contacter le lieutenant Fournier par radio, pour savoir, Chaval dit non, qu'on les laisse faire, ils appelleront si besoin. Chacun expose son hypothèse, on coupe un peu la parole, il n'y a pas encore eu de compte rendu dactylographié aujourd'hui, alors on procède comme on fait en temps ordinaire : en racontant. La même histoire en définitive : chacun à une place différente, ils ont pénétré dans la cour du garage hier, vu la petite maison au fond de la deuxième cour. Gabriel trouve les hommes bavards, mais il comprend leur frustration, après une semaine à piétiner. Des bruits de voiture leur parviennent de la cour, enfin : ce sont Aubreuil, Fournier et leur escorte qui ramènent Demest et ses millions.

Les gendarmes posent leurs bols et sortent dans la cour, certains lancent des remerciements rapides à Mélie, d'autres sont tout entiers à leurs jambes soudain tendues, à leurs pieds soudain mobiles, à leur station debout, enfin.

Dans la cour, Demest se tient immobile, raidi dans une obéissance qui lui est inhabituelle. C'est Aubreuil qui organise, décide des équipages, aboyant des ordres brefs, rappelant que certains de ses hommes sont déjà dans le froid en forêt de Retz, et que dès que les parents de la petite arrivent, il ne faudra pas traîner.

— Les voilà, confirme Dassieux, alors que Clémence Leroy-Demest apparaît sur le seuil de la maison, plus pâle que jamais, le manteau de lainage beige boutonné jusqu'au cou, les mains nues et crispées sur une paire de gants en cuir.

Tout le monde se tait soudain, et Aubreuil, après une seconde immobile, ôte son képi.

— Nous sommes prêts à partir, madame, l'informe-t-il, et Clémence, sans un mot, descend les marches, interroge du regard, puis s'engouffre dans la R4 grise la plus proche, qu'un gendarme vient d'ouvrir pour elle.

— Allons-y, lance Aubreuil.

Augustin Demest dit : « Bien, puisque nous en sommes là », et ouvre la porte arrière de sa DS Pallas.

« Bien, puisque nous en sommes là », comme s'ils avaient failli à une tâche, ce qui est vrai après tout, mais une tâche que Demest lui-même leur aurait confiée, quelque chose de simple que seule une stupidité crasse les aurait empêchés d'accomplir – comme nettoyer une auge ou jeter des épluchures aux cochons. Demest les regarde tous, l'œil sombre, avec la même hostilité froide qu'il a eue pour la fille qui apportait le café dans le bureau de Radier, un instant Gabriel a l'impression d'être elle, condamnée à la boue et aux détritus, il déteste cela, cette sensation qu'on le piétine

– puis il se convainc que Demest est seulement anxieux, est seulement triste, inquiet, impatient. Humain.

— Tu veux que je conduise, Gabriel ?

— Non, Dassieux, c'est bon.

Ils attendent longtemps. Ils attendent très longtemps.

La lettre disait à Demest de venir seul. Aubreuil a placé des hommes dès le lever du jour, à distance prudente. Le parti pris est de laisser l'échange se faire, puis de suivre le ravisseur. La priorité, c'est la fillette ; on surveille, mais on n'intervient pas.

On dépose Augustin Demest au plus proche, là où Chaval a arrêté la voiture la veille quand il avait ordre de montrer le carrefour des Six-Routes à Dassieux et à Gabriel. Gabriel, Chaval, Dassieux et Aubreuil l'accompagnent, il porte une gibecière à l'épaule, qui le tire vers le bas, même si Gabriel était surpris que deux millions prennent si peu de place, pèsent aussi peu lourd – il n'a pas eu l'occasion de soupeser, mais Lequeux a fait le calcul : 4 000 billets de 500 francs, à environ 1 gramme le Pascal, ça fait moins de 5 kilos, ça rentre dans une besace. Demest a aux pieds de grosses bottes de caoutchouc, elles ne vont pas avec son beau chapeau, mais il a avancé sans hésiter dans les feuilles et l'humus, on peinait même un peu à sa suite. Puis l'Empereur s'est assis sur une grosse pierre plate, d'un gris souris parsemé de quelques moutons de mousse verte, et les a congédiés. Et Gabriel a entrevu dans un sursaut brûlant toute la haine que ce petit homme pouvait inspirer. Il n'a rien dit. Il était 10 h 30, les quatre hommes ont tourné les talons et sont retournés aux voitures, Aubreuil ouvrant la marche, toujours aussi droit.

Les points d'accès les plus probables, ceux où les routes forestières coulent directement sur les départementales, sont gardés. Des barrages routiers sont prêts à être déployés, il suffira de donner le signal. « Un type à pied, ça va lui faire une belle jambe, six barrages plantés au milieu de nulle part », a lâché Gabriel en glissant sur les feuilles mortes, et Dassieux a répondu un « Arrête » qui signifie « Tiens bon ».

— C'est fait, a annoncé Dassieux aux parents de Sylvie.

Et ils se sont mis à attendre.

À 11 h 30 du matin, la radio d'Aubreuil a craché une nouvelle litanie de confirmations : tout le monde était en place. Dans le ventre de Gabriel, un nœud glacé s'est formé, avant de venir lui geler le poitrail tout entier.

Clémence et Michel Demest, à l'arrière de la voiture, restent assis tout ce temps, sans bouger, sans se parler, sans se toucher. Lui, très rouge, les joues empourprées dans un début de ressemblance avec son père, comme si Augustin Demest s'incrustait progressivement dans la peau de son fils, par contagion, par mue. Elle, très pâle, le cou nu émergeant de son manteau de laine beige, sa peau de blonde presque translucide. Elle semble étrangère à l'homme assis à côté d'elle, à cette forêt, à cette vie, plus rien ne palpite en Clémence Leroy-Demest, qui regarde fixement un point lointain, par-delà le siège avant.

À midi, un silence lourd tombe sur la route. Ponctuel et régulier, le nœud de Gabriel a continué son chemin et grimpé dans sa gorge.

Midi une.

Les radios restent toutes muettes et jamais le temps n'a été aussi long.

Midi deux.

Gabriel sort de la voiture et aspire une goulée d'air, avec une mimique de noyé.

Midi trois.

Gabriel voudrait déglutir, ravaler, mais n'y parvient pas.

Midi cinq.

À l'intérieur de la voiture, la mère de Sylvie bouge enfin, lentement, et tourne la tête vers l'extérieur. Gabriel croise son regard ; c'est un gouffre infini.

Aubreuil porte la radio à sa bouche. Dassieux allume une cigarette. Gabriel avale sa salive. Les mouvements reprennent, rattrapent le temps qui s'étirait.

— Point sur la situation, appelle le capitaine dans le boîtier en bakélite.

Il y a des retours, des voix répondent tour à tour : RAS. Aubreuil ordonne l'attente.

L'atmosphère change. On attend toujours. Mais c'est une attente différente. Quelque chose s'éloigne.

Après un moment, Clémence Leroy-Demest sort de la voiture.

— Madame… commence Aubreuil.

— Je dois pisser, répond-elle, tranchante, et Gabriel se souvient qu'elle a l'âge de Claudia, qu'elle existe.

Qu'elle est autre chose que la belle-fille d'un Demest, l'épouse d'un Demest, la mère d'une Demest, elle, la femme à qui on n'a même pas adressé la lettre de rançon de sa propre fille. Elle existe et elle a besoin de pisser.

Clémence s'accroupit à quelques mètres d'eux, et ils se détournent, pudiquement.

À 13 heures, Aubreuil ouvre la portière et demande aux parents de Sylvie s'ils veulent partir. Michel Demest regarde sa femme.

— Non, répond Clémence.

À 15 heures, Demest père émerge des reliefs qui dissimulent la laie aux regards. Il fait des signes. Gabriel, Dassieux et Aubreuil viennent à sa rencontre.

— Ils ne viendront plus, tranche Augustin Demest.

À ses pieds, la besace. Il l'a pris avec lui. Son argent.

Aubreuil est d'avis d'attendre encore. Demest le regarde, secoue la tête.

— Elle est déjà morte. Vous ne comprenez pas ça ?

Dans la voiture, Clémence gémit puis se met à pleurer, presque calmement, la tête rejetée en arrière.

Gabriel observe Demest, soupèse l'homme du regard. Il y avait peut être un peu d'émotion dans sa voix, un peu de larmes dans ses yeux, mais Demest s'est déjà courbé pour refermer ses mains sur la bandoulière de la besace, et quand il se redresse, il est tel que Gabriel le connaît. Froid et fermé.

Le retour au Domaine se fait sous une neige fine et rapide, presque tranchante. Le capitaine Aubreuil a repris le volant dans la voiture de Demest père. Chaval, Dassieux et Gabriel les suivent dans une deuxième voiture. Derrière eux, les R4, l'estafette, son gyrophare éteint. Le même cortège que celui qui les a menés à Chauny la veille, mais silencieux, lent et défait.

Chaval conduit sans un mot, et les seuls bruits qui résonnent dans l'habitacle sont les grincements un peu rauques de la boîte de vitesses quand le gendarme change de régime. Pour la première fois, Chaval conduit mal, en conflit avec la mécanique, avec la neige qui l'agace, avec tout. Gabriel, assis à l'arrière, voit la rage dans ses épaules, ses coups de poignet brusques sont presque des jurons. Gabriel voit aussi l'affaissement des épaules de Dassieux, les plis dans son cou, il sait que Dassieux n'est plus jeune, mais soudain Gabriel comprend qu'il est vieux, exsangue, dans cette voiture tout lui semble fragile, éphémère et terriblement mortel ; une fatigue terrible l'écrase sur sa banquette. La nuit s'apprête à prendre ses quartiers, aidée par le ciel opaque qui crache ses flocons, obstiné. C'est février pourtant, on devrait sentir quelque chose, le rallongement des jours, le retour de la lumière, mais les flocons s'accrochent au pare-brise, et Gabriel se sent englué d'hiver, dans ces vallées glaciales.

Chaval allume les phares. De temps à autre, à cause d'un virage ou d'une inclinaison de la route, ceux-ci illuminent le véhicule qui les précède, le faisceau de lumière jaune accroche la silhouette de Demest, son col, ses cheveux, et

Gabriel se demande ce que pense le petit empereur contrarié. Les gendarmes qui ont quitté leurs positions dans les bois suivent, quatre par véhicule, et quand ils parviennent en haut du plateau et que les phares lèchent les portes du Domaine, les journalistes s'agitent dans les vestiges de jour et braquent la caméra sur les voitures. La Renault beige est là, mais ils sont plus nombreux que les jours précédents, il y a des photographes. La radio de Chaval crépite.

— Faites-moi dégager tout ça, intime la voix d'Aubreuil.

Derrière la voiture où se trouve Gabriel, la file de véhicules s'immobilise, les gendarmes en sortent et dans son rétroviseur Gabriel les voit s'avancer vers les hommes aux aguets. Même sans les entendre, Gabriel sait ce qu'ils disent. On s'en va. C'est fini.

La cour de la ferme est vide quand les deux voitures y entrent pour se garer, seule une des ampoules extérieures est allumée. Radier émerge de son bureau sous la coursive. On éteint les phares et on coupe le contact. Il y a quelques secondes immobiles durant lesquelles personne ne bouge. Enfin les portières s'ouvrent et les parents de Sylvie sortent, la mère d'abord, avec une fermeté dans les gestes, et puis le père, plus lent, plus hésitant. Au lieu d'avancer jusqu'au grand perron, Clémence se dirige vers la porte de la cuisine, qu'elle laisse ouverte derrière elle. Son mari, le pas traînant, l'y rejoint, et tous les hommes, comme au ralenti, émergent des voitures et s'avancent vers la cuisine. Sauf Demest qui, debout à côté du coffre de l'auto, appelle Radier sur un ton qui ne supporte pas l'attente.

Gabriel a suivi Clémence Demest, sans trop savoir pourquoi. Dans la cuisine, celle-ci ôte son manteau et lance à

Mélie : « Tu peux y aller. » Mélie reste interdite, quelques secondes, dit : « Attendez, je vais… », mais Clémence lui tourne le dos et va à l'évier faire couler de l'eau. Mélie hésite, puis retire lentement son tablier, l'accroche à l'arrière de la porte qui mène au salon, et s'éclipse.

Les hommes qui montaient la garde dans les bois et ont éloigné les journalistes entrent à leur tour, au compte-gouttes. Ils sont nombreux – tous les renforts alloués à Aubreuil pour retrouver la fillette qui manque toujours. Où est-il, le capitaine ? Dehors sans doute, avec Demest et son argent – non, le voilà qui lui aussi rejoint la cuisine en silence, son képi à la main. Diminuée de cette extension rigide qui ne le quitte presque jamais, sa silhouette semble soudain fragile, défaite.

Clémence s'active, ravive le feu dans la cuisinière, met de l'eau à chauffer sur un des brûleurs à gaz. Elle ouvre le gros réfrigérateur, soulève les torchons, regarde ce que Mélie a préparé pour le déjeuner, puis soigneusement rangé en attendant leur retour. Les gendarmes sont entrés, restent debout, silencieux, le long des murs, ne sachant pas trop quoi faire, Demest fils lui aussi est là, à regarder ses pieds, vaincu. Finalement Clémence jette : « Asseyez-vous », et tous les hommes qui le peuvent s'asseyent, obéissants et incertains, sur les longs bancs de bois sombre.

La porte d'office s'ouvre et Mme Augustin Demest entre, les yeux rouges, un mouchoir à la main. Tous ceux qui s'étaient assis se lèvent. « Elle sait déjà », pense Gabriel, et quand la vieille cherche quelque chose dans les yeux de sa belle-fille, Gabriel se dit qu'il s'est peut-être trompé, que peut-être elle ne sait pas et qu'il va falloir lui dire, mais

Clémence, au milieu de coups de moulin à café énergiques, secoue la tête, un signe bref de dénégation, et la vieille n'a pas l'air surprise.

Aubreuil s'éclaircit la gorge et dit :

— Le ravisseur ne s'est pas présenté au rendez-vous.

La vieille ne répond rien. Elle se fraye un chemin entre les hommes qui emplissent la pièce de leur corps et de leur silence et rejoint sa belle-fille entre l'évier, le poêle et le frigo, là où Clémence se meut, à pas rapides, attrapant ici et versant là. Elle prend un large torchon blanc aux bords brodés de rouge, et le noue autour de sa taille. Quand elle ouvre la huche à pain, les hommes se rasseyent, comme dans un ballet lent aux mouvements répétitifs et maladroits. Le travail des femmes est le seul bruit perceptible, des bruits de cuisine, de repas, des bruits de vie, incongrus dans la nuit qui a avalé Sylvie pour ne plus jamais la rendre. Elles ont chacune leur manière de s'affairer ; la vieille conserve son rang de maîtresse de maison, c'est elle qui fait la vinaigrette, choisit une boîte de pâté dans le garde-manger ; Clémence touille le bourguignon et essuie les endives.

Il y a des notes de buffet d'enterrement dans la mélodie qu'elles produisent ; elles coupent, tournent, remuent sans un mot, sans un échange. Clémence a pris la place de la subalterne et Madame celle de la chef de cuisine, les femmes aussi ont leur hiérarchie, note en passant Gabriel, dans la gangue de coton qui lui empêtre les idées.

La porte s'ouvre et Augustin Demest entre, Radier à sa suite. Tout le monde tourne la tête vers lui, Clémence aussi, interrompue dans son touillage de bourguignon, sa spatule à la main.

Demest porte la main à son chapeau, regardant alentour, finalement le laisse en place. C'est peut-être l'endroit de sa ferme qu'il connaît le moins, c'est en tout cas ce que laissent penser ses mouvements, pour la première fois hésitants, et puis il regarde ses pieds, ses bottes boueuses, et il a presque un grognement d'excuses – presque. Gabriel détourne le regard. Il n'a plus envie de voir cet homme. Sa brusquerie, sa lourdeur, ses bottes de caoutchouc.

— L'argent est dans le coffre de Radier, annonce Demest. On le redescendra à la banque demain.

Gabriel regarde Clémence, son visage pâle aux yeux cernés, et voit sa bouche se tordre, dans un masque de haine et de dégoût. Elle lève le bras, jette avec un élan disproportionné sa spatule de bois dans le bac en émail qui se macule d'une traînée cramoisie.

— Alors parfait! Tant que l'argent est en sécurité!

Son geste était trop fort, trop ample, pour finalement rien de détruit, rien de cassé, et Clémence regarde la cuillère de bois dans l'évier, bras ballants.

Gabriel observe la jeune femme devant lui, sa frustration, sa rage, palpables. Un instant Gabriel pense qu'elle va rugir, briser quelque chose, il a même, une fraction de seconde, jaillissant dans son cerveau, cette image de Clémence saisissant un des longs couteaux accrochés à la crédence, pour faire, mais faire quoi, il n'a même pas le temps d'avoir peur, même pas le temps de laisser l'image se former tout à fait que Clémence s'en va, à grandes enjambées d'homme, laissant tous les Demest derrière elle, ouvrant à la volée la porte d'office, ne laissant que le bruit de ses pas.

Le fils Demest reste immobile, d'ailleurs dans la cuisine personne ne bouge ni ne parle, seule Madame s'essuie lentement les mains sur l'avant du torchon qui protège sa jupe, de haut en bas, sur son ventre, le visage impassible. Elle regarde son fils silencieux, ce grand homme mou, peut-être se demande-t-elle comment un homme si grand et si mou a pu sortir de ce ventre, peut-être pas, en tout cas c'est ce que Gabriel se demande, lui, quand un cri retentit des étages.

C'est Chaval qui réagit le premier, passant en un éclair d'assis à debout, de debout à en route, d'en route à en courant, et on entend ses pas qui résonnent, comme l'ont fait quelques instants plus tôt ceux de Clémence. Puis Gabriel n'entend plus rien, au milieu du brouhaha, des pieds de bois qui raclent le sol, et sans réfléchir il se lève de conserve, pourtant il n'a plus aucun espoir de retrouver la gamine, plus rien de feu ni d'attente dans son ventre, seulement le froid et le manque de Claudia, d'un lieu chaud où on se dit des mots d'amours, loin d'ici où on se hait en silence, il se lève aussi et part, le long du couloir qui mène à la salle à manger, dans les escaliers où ses pieds font crisser une terre sableuse, et puis en haut, avalant une deuxième volée de marche à la moquette ruinée par les foulées des hommes qui le précèdent, il suit Aubreuil qui suit Chaval qui a suivi le cri, jusqu'à la chambre de Sylvie.

Quand Gabriel entre dans la chambre de la petite, il n'y a plus de cri, rien que les respirations fortes et les odeurs fatiguées des hommes, rien que le bruit des sanglots de Clémence et de ses baisers mouillés, et puis la petite, toute petite voix endormie de Sylvie, malmenée par l'étreinte de sa mère, qui dit : « Maman tu m'as fait peur, pourquoi tu cries ? Tu es fâchée ? Dis, tu es fâchée maman ? »

Michel Demest est arrivé derrière Gabriel, il a le souffle court lui aussi et s'arrête dans l'encadrement de la porte, lâche un « nom de Dieu ! » et se fige là, incrédule. Derrière lui, sa mère, qui vient, voit, fait « Oh » et se signe, et puis son père, Demest l'Empereur, qui ne dit rien et reste les bras ballants.

Aubreuil fait un pas vers le petit lit où Clémence est encore à dévorer sa fille de baisers, à lui serrer les bras, les jambes, à la sentir. Quand il pose le pied sur la descente de lit Clémence paraît s'apercevoir de la présence des hommes, elle serre sa fille d'un bras et de l'autre tend un doigt tremblant, elle rugit « NON ! », quelque chose qui vient du plus profond, « NON ! » et le capitaine de gendarmerie, avec ses galons et ses chaussures de capitaine, vraiment se fige, reste un pied presque en l'air, et puis il recule, sous l'œil brillant de hargne de Clémence, il recule et dit : « Laissons-les un moment. »

Les hommes reculent, maladroits, déplacés dans la chambre d'enfant, sans que Clémence les lâche des yeux. « Je dois prévenir le juge », ajoute Aubreuil, et on dirait presque un général vaincu, acculé à la retraite.

On appelle le médecin. Il arrive trente minutes plus tard. Sylvie est dans la cuisine, assise sur les genoux de sa mère, à manger du pain qui déborde de chocolat.

Elle en est barbouillée jusqu'au nez, Clémence ne fait même pas mine de l'essuyer, d'ailleurs personne n'a pu toucher l'enfant. Clémence refuse qu'on lui parle, qu'on l'interroge. Elle a demandé à sa fille si elle allait bien, si elle avait mal, si elle avait faim. Sylvie a répondu « oui », « non, pourquoi ? » et « oui ». Alors Clémence l'a calée dans ses bras et elle est descendue à la cuisine, d'une main elle a cherché le chocolat, celui que Sylvie préfère et qu'on garde pour les occasions spéciales, et elle la laisse manger, la main ferme autour du ventre de sa fille. Quand on fait mine de s'approcher de la fillette ou de vouloir s'adresser à elle, Clémence vous regarde avec dans les yeux quelque chose de tellement furieux, quelque chose de tellement sauvage, que tous les hommes se tiennent à distance respectable, et se contentent de boire le café que Madame a fait passer.

Michel Demest a pu s'approcher, embrasser le crâne de sa fille, mais Clémence ne l'a pas lâchée pour autant. Madame a eu le droit de s'agenouiller devant Sylvie et de lui toucher la joue, les jambes, en disant « Ma petite-fille, ma petite-fille », les yeux coulants de larmes, mais c'est tout, Clémence l'a, Clémence la tient, il n'est pas dit qu'un jour elle la laisse partir. Et la petite pépie, tranquille et joyeuse, elle parle des petits chats de l'étable, de temps en temps elle laisse échapper quelque chose, comme ce « Et maman c'est fini le voyage ? La prochaine fois je partirai avec vous ? » qui laisse comprendre à demi mot ce qu'on lui a raconté. Clémence alors ne contredit pas, rassure seulement, oui le voyage est fini, Sylvie lui a beaucoup manqué, oui la prochaine fois elle viendra aussi, d'ailleurs maintenant maman sera toujours, toujours avec elle.

L'arrivée du médecin surprend Sylvie. Elle sait qui il est, mais il lui a toujours fait un peu peur, avec sa grosse barbe très blanche, explique Michel Demest aux hommes agglutinés dans la pièce. Clémence consent à la lâcher et le docteur assied la fillette sur la table, c'est interdit d'habitude explique encore Michel sans qu'on sache bien à qui il s'adresse, alors Sylvie regarde sa grand-mère avec une légère appréhension, mais l'épouse de Demest père ne fait rien que sourire, sourire et approuver, alors la petite fille porte les mains à son visage maculé de chocolat, pour pouffer dans ses paumes.

Le médecin lui fait tourner la tête, lui tâte le cou, demande : « Elle était habillée comme ça ? », et quand Clémence secoue la tête de gauche à droite, il entreprend de défaire le gilet de laine brune, de soulever la blouse de la fillette. Sous la lumière de la cuisine, son corps pâle aux épaules étroites et au ventre rond semble encore plus vulnérable, mais il est intact, pas un bleu, pas une égratignure. Gabriel sent entre ses épaules quelque chose se dénouer, fondre, se déliter. Et l'image qui l'obsède depuis des jours, celle de ce corps minuscule et fragile désarticulé comme une carcasse gonflée de terre, glacée de solitude, disparaît enfin.

Le médecin semble satisfait de son inspection. Il hoche la tête, réfléchit et demande à la petite fille :

— Tu as dormi où ? Dans une maison ?

Elle agite les pieds, ses jambes minuscules pendouillent du bord de la table dans le vide.

— Bah ! Oui, dans un lit ! Et j'avais un nouveau doudou, et il s'appelle Pitou mais il est dans ma chambre parce que maman est venue et après on est allées ici dans la cuisine et Pitou il est en haut dans ma chambre.

— D'accord. Et où était-ce ? Où étais-tu cachée comme ça ?

Sylvie rit de nouveau.

— Mais ! J'étais pas cachée !

— Ah bon ? Mais alors, tu étais où ?

— D'abord j'étais dans la cabane, et après j'étais chez l'ami de Cathy. Parce que maman et papa ils étaient en voyage…

— L'ami de Cathy ? Comment s'appelle-t-il ? Il était gentil ? demande le docteur, qui s'est remis à soulever les bras minuscules, à palper les os.

La gamine hoche la tête, ravie.

— Il s'appelle Johnny. Oui, c'était bien. J'ai mangé des pommes frites.

Le médecin dit : « Des frites, hein ? », en soulevant des mèches de cheveux, en vérifiant les oreilles.

— Cathy ? demande Aubreuil, qui n'y tient plus et transgresse l'accord tacite passé entre les hommes et la rancœur de Clémence. C'est qui, Cathy ?

La gamine lève les yeux, mord dans son pain et avec un air d'évidence, comme elle s'adresserait à quelqu'un d'un peu épais, répond la bouche pleine :

— Bah, Catherine.

— Nom de Dieu, souffle Aubreuil.

— Qui ? demande Charpentier.

On parcourt la maison, sans demander la permission de Madame qui ne semble plus s'en préoccuper, ni prêter garde aux tapis ou à la propreté des sols. Catherine n'est nulle part dans les communs, on va jusqu'à la baraque des Italiens qui poussent des exclamations étonnées et ne cachent personne ; on s'arrête sous le hangar, c'est brouillon, les hommes courent en tous sens, et Gabriel se dit que lundi dernier presque à la même heure, on cherchait une autre fille, plus petite, sans doute dans la même cacophonie, et sans plus de résultats. Sous les combles, dans sa chambre, on dérange Mélie, qui sursaute quand sa porte s'ouvre à la volée.

— Catherine, la fille qui travaille avec vous, elle est où ?

— Je ne sais pas, elle est partie… je l'ai croisée quand Madame m'a dit de vous laisser, elle revenait des cochons, elle était déjà habillée, je lui ai dit de rentrer chez elle, ce n'était pas tout à fait l'heure mais… mais… il restait le déjeuner pour ce soir et…

On descend au village, toutes sirènes hurlantes. On pénètre chez les Caron.

Catherine n'est pas là. Elle est partie à l'heure habituelle ce matin. Elle n'est jamais rentrée chez elle. Sa mère, qui doit s'asseoir pour se remettre, après que les gendarmes ont fait irruption chez elle, n'a rien de plus à dire. Marie Caron semble perdue et désemparée, son soulagement que Sylvie ait été retrouvée vivante immédiatement remplacé par l'angoisse de savoir sa propre fille disparue. On fouille chez elle, elle reste assise à la table du rez-de-chaussée, à répéter « Mais comment ça ? Comment ça ? ».

Elle pensait sa fille restée au Domaine plus longtemps, circonstances exceptionnelles, peut-être qu'on avait besoin d'elle là-haut, non elle ne s'est pas inquiétée.

On la houspille jusqu'au premier étage, on lui intime de pointer du doigt la chambre de sa fille, puis on entre et on ouvre sans ménagement l'armoire, on déballe les contenus de la commode sur le lit, on étale des effets sur la petite table, on somme Marie Caron de signaler le manquant, l'inhabituel. Mais elle n'a rien à signaler, ballottée dans sa propre maison par ces hommes en uniforme qui parlent sec.

Gabriel la croit. Il la croit vraiment surprise, vraiment prise de court, vraiment hébétée, il la croit. On la redescend à la cuisine, et pendant que Chaval termine d'inspecter la petite cour à l'arrière de la maison, on change d'approche. Aubreuil se met à lui parler gentiment. Il commence à retracer la journée de Catherine, puis sa soirée de la veille, avec l'intention visible de reconstituer l'emploi du temps de la gamine depuis le jour où elle a perdu Sylvie – « perdu », le mot sonne tellement faux depuis qu'on sait qu'elle l'a ramenée, depuis que tout ce temps, c'était elle qui l'avait prise.

On sert à Marie Caron une goutte de gnôle, de la flasque de Dassieux. La mère dit « Oh, non, merci », mais un des gendarmes a trouvé un verre quelque part, le pose entre ses mains, et Dassieux verse et dit « Allez ». La mère de Catherine lui lance un regard craintif, Gabriel voit ses yeux qui vont d'un homme à l'autre, ne manquant jamais de s'arrêter aux holsters de cuir : elle est terrifiée. Elle obéit et boit, toussote, se frotte le front, on la voit qui fait de son mieux pour se recomposer. Elle est assise, les joues rosissantes à cause de l'alcool, assise parmi des hommes debout, qui la scrutent, la surplombent, vestes rigides au bleu nuit dur, ceintures sévères, armes à la taille. Dassieux seul s'est assis pour lui faire face. Il secoue la flasque, avec une question inutile, et la mère de Catherine décline. Le vieux remet sa petite gourde plate dans la poche de son manteau. Il regarde autour de lui, tous ces hommes fatigués, agressifs, pleins de questions, et a un geste d'apaisement, va parler. Gabriel le voit : Dassieux réfléchit à comment parler.

Et Augustin Demest fait son entrée.

Il porte toujours ses grosses bottes mais, contrairement à sa cuisine où il est entré quelque temps plus tôt, cette fois il n'a pas un regard pour le sol de la pièce et n'a pas frappé, il a pénétré là comme s'il était chez lui, comme si cette maison aussi lui appartenait, elle et tout ce qu'elle renferme, et la rangée de gendarmes qui l'accueille ne l'arrête pas une seconde. Il s'avance vers Marie Caron et dit :

— Et alors ? Elle est où, ta fille ?

Gabriel reste interdit, et il y a comme ça quelques secondes où les hommes sont bien trop surpris pour réagir, et puis finalement Aubreuil lâche :

— Allez, ça suffit.

Le capitaine a un geste, un geste à la Demest, un geste à la « débarrassez-moi ça », un geste qui commande et qui va être obéi, et Gabriel ressent un plaisir sincère à voir Demest dégagé par le lieutenant Chaval, à le voir congédié, peut-être ont-ils tous, depuis le début, très envie d'assister à cette scène ou une autre, n'importe laquelle, qui rappellerait à Demest qu'il n'est qu'un petit empereur régnant sur un grand carré de boue.

— Elle est où ?! dit encore Demest, furieux, alors qu'on le pousse dehors. Elle est où ? C'est elle qui a l'argent, hein ? C'est ça ? C'est elle qui a mon argent !

On s'immobilise, Aubreuil lâche :

— L'argent ?

Au-dessus de l'épaule de Chaval, Demest, rouge, crache rageusement :

— Mon argent ! Tout l'argent !

— Oh bon sang, lâche Aubreuil. On a forcé le coffre ?

— Non ! On l'a ouvert !

Aubreuil tourne la tête à gauche, à droite, décide :

— Bien. Charpentier, Mignot, vous remontez là-haut et vous faites le tour. Lieutenant Fournier, je vous laisse le soin de désigner un homme pour rester à Anceny ce soir, au cas où. Les autres… (il hésite, puis conclut, ferme :) vous rentrez à la caserne.

— Quoi ?! s'étouffe Demest. Mais il faut le retrouver !

— Qui ? Vous m'embrouillez, Demest.

— Mais l'argent !

Le capitaine l'ignore, s'adresse à ses hommes :

— On devait retrouver Sylvie, elle est revenue, le juge considère l'affaire close. J'ignore les suites qu'il va souhaiter lui donner, mais nous reprenons les roulements habituels. Exécution.

Gabriel hésite, mais comme Dassieux reste assis, lui non plus ne bouge pas. La pièce autour d'eux se vide d'un coup de tous ses gendarmes, seul leur capitaine reste, on entend au-dehors des bruits d'agitation, la voix de Radier, des portières qui claquent.

Marie Caron lève les yeux, cherche à qui parler, finalement c'est Dassieux, le seul à sa hauteur, qui lui inspire peut-être le moins de crainte, et elle lui demande :

— Quel argent ?

Chaval revient, ferme la porte. Aubreuil, lui, « accuse le coup », se dit Gabriel sur l'instant, car c'est littéralement ce que fait le corps d'Aubreuil : il se creuse, comme frappé par un crochet inattendu, et reste là, légèrement amolli, ballant. Le capitaine regarde les phares de la voiture de Demest qui flottent devant la vitre, à travers le rideau de cotonnade, et finalement s'éloignent.

— Bien.

Renonçant pour de bon à sa posture rigide, il demande à la mère de Catherine :

— On peut s'asseoir ?

Elle acquiesce. Le capitaine ôte son képi, s'installe sur une des chaises.

— Bien, dit-il encore.

Ils ne sont plus que cinq, assis, au rez-de-chaussée de Marie Caron. Le départ des autres gendarmes laisse davantage d'espace pour s'asseoir, se mouvoir, réfléchir. La mère de Catherine paraît se rasséréner un peu.

— Bien. (« Peut-être qu'il est cassé. Il ne va plus dire que *bien*, maintenant », pense Gabriel, mais le capitaine Aubreuil se reprend.) Alors, toute la semaine, rien de spécial.

En face de lui, la mère de Catherine acquiesce.

— Hier, dimanche ?

— Elle est revenue comme d'habitude. Le dimanche, elle quitte à 13 h 30, après avoir débarrassé le déjeuner. Elle redescend, et elle est là vers 14 heures. Hier, c'était plus tard, parce qu'il a neigé et qu'elle s'est mise à l'abri sous le hangar avant de partir de là-haut.

— Elle y va à pied ?

— Il y a mon vélo. Au retour, ça descend, elle pourrait être là en dix minutes. Elle le prend parfois quand il fait beau. Mais au moment des récoltes, la route est couverte de terre, et en hiver, avec la neige… elle dit que c'est plus sûr de marcher.

— Hier soir, elle était comment ?

— Mais… pareille, pareille que d'habitude. S'il vous plaît, est-ce que c'est sûr qu'elle, est-ce que la petite Sylvie a pu se tromper ? Est-ce qu'elle a vraiment dit que tout ce temps elle était avec *ma* Catherine ?

— Avec elle et son « ami ». C'est lui qui l'a prise.

La mère de Catherine porte la main à sa bouche.

— Son ami ?

— Vous le connaissez ?

Gabriel a toujours dans sa poche la photo d'identité de Jean-Pierre Louvet.

« Non », fait la tête de Marie Caron, de gauche à droite.

— C'est le… c'est le portrait-robot ? C'est Johnny ?

Jean Pierre Louvet. Lui-même, confirme Dassieux

— Avec Catherine ? Mon Dieu… est-ce que… il ne lui a pas fait de mal ? À Catherine ? À la petite ? À Sylvie ?

Aubreuil allume une cigarette, souffle la fumée, explique. Il est calme, posé, il est toujours très Aubreuil, au fond, pense Gabriel.

— Lui et Sylvie ont joué à se cacher, dans une « cabane », on ne sait pas encore où exactement, et puis Catherine serait venue les retrouver. Mais pour Sylvie, c'était un jeu. Catherine est venue les voir, quand ils étaient « cachés », le lundi soir donc. Elle a parlé à la petite, l'a rassurée, lui a dit que ses parents étaient en voyage, pour pas longtemps, et qu'elle allait pouvoir aller dans un endroit où elle mangerait ce qu'elle voudrait et pourrait avoir plein de nouveaux jouets. Sylvie dit qu'elle a beaucoup dormi, qu'elle était fatiguée. Il n'est pas impossible qu'elle ait été droguée, elle nous a dit qu'elle avait pris un sirop pour ne pas tomber malade. Peut-être du Melleril, on en a retrouvé un emballage chez Louvet. Vous connaissez ?

Marie Caron hoche la tête.

— Où était-elle dans la nuit de dimanche à lundi, nous l'ignorons. L'ami l'a ramenée à la « cabane » très tôt ce matin. Elle était contente d'aller sur la « moto », elle n'a pas eu froid, pas eu faim.

— Mais Catherine… non… non. Pourquoi… non.

— Elle est restée dans « la cabane » un certain temps. Avec l'« ami », Jean-Pierre, toujours. Et puis à un moment, Catherine est venue, Sylvie s'est endormie. Et elle s'est réveillée dans sa chambre, quand sa mère a crié.

Marie Caron jette des regards perdus, dit à voix basse :

— Elle l'aurait ramenée au Domaine ? Catherine ? Comment ? Elle n'a pas pu… C'est lui qui l'a forcée ?

— Vous ne l'avez vraiment jamais vu ? Jamais croisé ? demande encore Aubreuil, posant l'index sur la petite photo d'identité laissée sur la table.

— Non. Non.

— Et aujourd'hui, vous avez vu votre fille le matin.

— Mais… oui… comme d'habitude…

— Elle ne vous a rien dit de spécial. Elle n'avait pas l'air… (Aubreuil cherche.) inquiète ? Nerveuse ?

« Non », toujours, fait la tête de Marie Caron.

Elle lance un regard à la grande horloge qui égrène tranquillement ses tics et ses tacs, sans tenir compte des remous du monde, et s'agite soudain pour annoncer 20 heures.

— Mais elle devrait être rentrée… elle devrait.

Gabriel se sent s'enfoncer dans sa chaise. Il est dos au poêle, et ses pieds s'engourdissent. Aubreuil parle calmement, Marie Caron a la voix douce, on fume lentement, l'urgence a déserté les lieux. Deux millions, c'est beaucoup d'argent, mais ce n'est pas une petite fille, et Gabriel a sommeil.

Il y a un coup à la porte. Aubreuil répond d'entrer. Chabrot et Charpentier qui sont redescendus du Domaine.

— Mon capitaine. Aucune trace d'effraction sur le coffre du bureau de Radier.

Demest était retourné dans le bureau de son régisseur pour vérifier que l'argent était toujours là. Il n'y était plus. Le coffre n'a pas été forcé.

Gabriel se demande si Augustin Demest avait vraiment besoin de faire cela, d'aller s'assurer que l'argent était toujours au même endroit, dans l'énorme coffre vert et luisant – âpre au gain, « grippe-sous », pense-t-il, c'est un terme qui ne lui est pas venu depuis longtemps.

— De quoi avait-on besoin pour ouvrir le coffre ? demande Aubreuil.

— Des clés du bureau et de la combinaison.

— Elle pouvait faire tout ça ?

Fournier hausse les épaules.

— Il faut croire.

— Les clés du bureau de Radier ?

— Il y a un jeu dans le bureau de Demest, au premier étage. Il est caché la plupart du temps, mais Catherine fait le ménage de la maison, ce bureau compris, et elle y porte du café quand le patron demande. Enfin, pour être plus exact, il y a une clé cachée dans un pot, pour ouvrir un tiroir où Demest met les clés du bureau de Radier.

— Ça fait pas mal de clés.

— Si on sait ce qu'on cherche, c'est l'affaire d'une minute.

— Mais ensuite, pour aller jusqu'au coffre ?

— On était tous dans la cuisine. Il neige, personne ne traîne dehors. Les ouvriers sont occupés, c'est la fin de journée, certains rentrent chez eux, sont pressés… et pourquoi feraient-ils attention à quelqu'un de la maison ? Il y a dix, quinze mètres de la cuisine au bureau. Ça se fait…

— Mais il faut du cran, commente Dassieux.

Ou de l'inconscience. Ou l'assurance que personne ne la verra vraiment, pense Gabriel. Comprenant que c'est ce qu'il s'est passé. Ce que tout le monde a fait, ce qu'il a fait. Ne pas la voir. Catherine invisible.

— Quelqu'un lui aurait donné la combinaison du coffre de Radier ? Radier lui-même ?

— Il jure que non, explique Fournier. Mais il dit aussi qu'elle a pu la voir, qu'elle peut la connaître depuis longtemps. Qu'elle va et vient partout, nettoie son bureau, porte leur cantine aux Italiens… Elle est partout, sans que personne ne fasse vraiment attention à elle…

Charpentier ôte son képi, se passe une main dans les cheveux.

— Et nous non plus d'ailleurs. Bon Dieu. On l'a eue sous le nez toute la semaine, cette gamine.

Il ne paraît même pas en colère, juste sonné. Marie Caron reste silencieuse sur son siège. Elle aussi semble perdue.

Aubreuil éteint sa cigarette.

— Madame Caron, vous avez une photo de Catherine ?

En face de lui, la femme pointe du doigt vers une étagère.

— Lieutenant Chaval, prenez-la, au cas où. Madame, si Catherine vous fait signe, allez chez Salors et téléphonez-nous à la mairie d'Anceny. Le 12 à Anceny, vous vous souviendrez ? Sortons, enjoint-il aux hommes.

Une fois dehors, il y a un silence. Le trottoir est étroit, ils sont six à s'agglutiner dessus, Aubreuil semble mâchonner quelque chose – sa joue peut-être, ou sa vexation. Pour ne pas se cogner contre ses collègues, Chaval finit par descendre sur la chaussée, se frotte les mains pour les réchauffer. Les bourrasques de neige sèche parsèment les manches et les képis de flocons blancs. Aubreuil se tourne vers ses hommes :

— Charpentier, vous allez déjà vous installer pour surveiller chez les Caron cette nuit, au cas où Catherine repasse chez sa mère. Je vous enverrai un collègue sous peu pour que vous puissiez être à deux. Chabrot, rentrez à Ichy.

— Mon capitaine…

— Vous sortez d'une nuit blanche ; rentrez dormir. Messieurs, dit-il en se tournant vers Dassieux et Gabriel, mettons-nous à l'abri, intime le capitaine.

On s'éloigne un peu des fenêtres de Marie Caron, pendant que Charpentier s'installe de l'autre côté de la rue, derrière le volant d'une des R4 de la gendarmerie qui encombrent encore la rue. La neige tombe toujours. La place du village est déserte, Aubreuil opte pour la protection relative qu'offre l'église, à quelques mètres de là. On entre, elle est déserte. Il y fait froid mais on a au moins laissé le vent à la porte. Ils tapent des pieds par terre, Gabriel sort son paquet de cigarettes.

— Tut tut tut. Tout de même, Gabriel, fait Dassieux, lançant un regard vers l'autel nu, surplombé par un petit vitrail, au fond de l'église.

Gabriel range son paquet.

— Jusqu'où ont-ils pu aller, à votre avis ? demande Dassieux.

— Cacher l'argent pour venir le récupérer plus tard me semble risqué… avance Chaval. Mais s'ils veulent fuir…

— Mais ils ont caché la petite à deux pas, si on en croit Sylvie. Même si on ne sait pas où sont ces « à deux pas » précisément. Catherine peut aussi être là, avec l'argent, oppose Dassieux.

— Même si elle se cache. Cet argent, il pèse, il prend de la place. Et puis elle n'a pas quitté la région avec seulement les habits qu'elle porte, elle doit avoir un sac au moins, sans compter la rançon, alors… ne serait-ce que pour sortir de la ferme. Il a bien fallu que Jean-Pierre vienne l'aider. Sauf qu'il n'a pas pu venir, c'est impossible, on l'aurait repéré.

Il joue avec le briquet, dans la poche de sa veste. Il se sent de plus en plus nerveux.

— Même question pour l'enfant, acquiesce Aubreuil. Comment a-t-elle pu la ramener ? Si elle était passée par les plateaux avec l'enfant, quelqu'un l'aurait vue ; le terrain est à découvert, sur des lieues à la ronde. Qu'elle aille partout dans la ferme et jusqu'aux Italiens, passons, mais on l'aurait remarquée si elle avait débarqué d'un des champs, ça aurait éveillé les soupçons. Non, elle est passée par la grande porte. Mais comment ? Avec les journalistes…

— Les journalistes de la télévision que vous avez fait dégager quand on est revenus avec les Demest, le coupe Gabriel, à la limite de l'irrespect. Ils l'ont forcément vue passer.

Le capitaine hoche la tête.

— Vous disiez qu'ils logeaient chez Salors ? Allons voir.

Ils traversent de nouveau la place du village, direction le café-hôtel.

— Madame Salors. Ils sont rentrés, les journalistes de la télé ?

Elle hoche la tête, surprise. Un nouveau rebondissement ? La gendarmerie vient chercher ses clients ?

— Quelles chambres ? demande encore le capitaine.

— Opposée à celles de ces messieurs, répond-elle, regardant Dassieux et Gabriel … à gauche sur le palier.

On monte, quatre bruits de pas dans l'escalier. On frappe à la première porte, on attend, rien ; c'est la seconde qui s'ouvre.

— Qu'est-ce qui se passe ?

L'homme est jeune, brun, les cheveux bouclés, porte des lunettes aux verres épais.

— Gendarmerie nationale.

L'homme les regarde, les deux flics et les deux uniformes, les yeux légèrement moqueurs.

— Oui, j'avais deviné.

— On a des questions.

— Quel genre de questions ?

Aubreuil tape des pieds, sans qu'on sache si c'est pour en faire tomber les flocons qui s'y accrochent encore, ou pour marquer son impatience.

— Nous n'allons pas en discuter dans le couloir.

L'air contrarié, le journaliste ouvre la porte.

Le lit a été repoussé contre le mur, et la pièce convertie en bureau de fortune. Assis à la table, un autre homme, en gros pull de laine, griffonne on ne sait quoi. En voyant entrer la cohorte, il se lève.

— Je vais aller droit au but, lance Aubreuil. Vous avez fait le pied de grue toute la journée aux portes du Domaine Demest. Qu'avez-vous filmé ? Avez-vous les images avec vous ?

Les deux journalistes, qui se sont resserrés pour faire front, semblent surpris par la question.

— Mais non... elles sont déjà parties en voiture.

— À Lille ? Il y a bien une antenne régionale ORTF à Lille ? demande Aubreuil.

— Non, à Paris... Pour le Télé-Soir de demain.

— Rien ici ?

— Qu'est-ce que vous cherchez, au juste ? dit l'homme à lunettes, en croisant les bras.

Aubreuil élude, se fait autoritaire :

— Elle est où, cette voiture ?

— Mais enfin, comment vous croyez que ça fonctionne ? répond le type à lunettes. Il faut développer le film, déjà, et puis on a promis les prises de vues pour demain, elles sont dans le programme, et le programme a déjà été validé par le ministre. Dites-nous ce que vous voulez, à la fin !

— Qui avez-vous vu sortir et entrer chez les Demest ?

Le type hésite, croise les bras sur le torse.

— On y retourne demain ?

C'est une négociation, comprend Gabriel. Au ton que prend Aubreuil pour répondre, Gabriel comprend aussi que le capitaine Aubreuil s'en fout, de négocier. La petite est en vie, Demest l'exaspère, si les journalistes veulent retourner faire le pied de grue devant une porte qu'on ne les laissera jamais franchir, libre à eux.

— Retournez-y ce soir, si cela vous chante, répond Aubreuil. Mais j'ai besoin de savoir si vous avez vu entrer ou sortir une fille. À pied. Aujourd'hui.

— Aucune, à part Cosette, dit l'homme qui était assis à la table.

— Qui ?

— C'est un surnom qu'on lui a donné. Catherine Caron, précise son collègue. La petite à tout faire qui regarde ses pieds. Elle est passée comme d'habitude, matin et soir, avec ses quarante pulls et son gros manteau.

Gabriel fronce les sourcils. Il se souvient d'avoir vu Catherine partir de chez elle un matin, quand était-ce ? Il a détourné le regard immédiatement, mais il ne se rappelle pas avoir remarqué une silhouette « grosse », engoncée peut-être.

— Sauf aujourd'hui ; elle a fait plusieurs allers-retours. Elle est sortie de la ferme après que vous êtes partis pour la remise de rançon, c'était l'heure du déjeuner, nous on mangeait dans la voiture. Et elle est revenue plus tard. Pas trop longtemps après : on n'avait pas fini nos sandwichs.

— Elle portait quelque chose ?

— Comment ça, quelque chose ?

— Elle aurait pu avoir l'enfant avec elle ?

Les deux journalistes ouvrent de grands yeux, il y a un silence et finalement celui à lunettes dit :

— Merde alors, oui. Son grand manteau, là, il était ouvert, et dessous des couches et des couches d'écharpes… Elle aurait pu porter la gamine contre son ventre.

Gabriel s'adosse au mur. Il se sent tellement stupide. Est-ce que l'idée que les deux journalistes ont loupé l'exclusivité de leur vie, occupés à bâfrer leur sandwich, le console ? Rapidement, à peine.

— Et ensuite ?

— Ensuite, rien, jusqu'à ce que vous disiez à vos hommes de nous faire déguerpir, dit-il avec un regard peu amène vers Chaval.

Celui-ci ne semble pas s'en émouvoir.

— Mais allons ! presse Aubreuil, dans une impatience que Gabriel lui voit pour la première fois. Ensuite ?

— Ensuite, il est 16 heures passées, vous nous dites de partir, on remballe, on descend ici, on appelle le bureau pour les tenir au courant, Paul part à Paris avec les films. Moi je vais à l'épicerie acheter des cigarettes, et quand je sors je vois Cosette qui traverse la rue, pareil, toutes ses couches et ses cannes toutes maigres qui sortent du manteau comme un héron.

— Il était quelle heure ?

— Mais je n'en sais rien… Faudrait demander à l'épicerie… Il faisait déjà presque nuit en tout cas. Disons… 17 heures ? 17 h 15 ? 30 ?

Dans la pièce, geste d'un bel ensemble, chaque homme regarde sa montre. Il est presque 21 heures.

— Elle allait où ? Dans quelle direction ? Chez elle ? Elle en sortait ?

— Mais je ne sais pas où elle habite, moi, cette fille !

Aubreuil fait trois grands pas vers la fenêtre, pointe le doigt vers la grand-rue qui s'écoule de part et d'autre de la place, désigne la maison des Caron, à trente mètres d'eux.

— Là ! Elle habite là ! Sous votre nez !

Le journaliste se vexe, on le sent, et on sent aussi qu'il aurait bien des choses à répondre – il n'est pas le seul à avoir eu Catherine « sous le nez » depuis des jours : les chambres de Gabriel et de Dassieux sont au bout du couloir.

— Je ne sais pas. Elle traversait juste la place. Je ne l'ai pas vue aller vers cette maison, je ne pourrais pas jurer qu'elle en venait non plus.

Aubreuil regarde de nouveaux sa montre.

— Je dois téléphoner.

Aubreuil a insisté pour retourner à Anceny.

— Pour se donner le temps de la réflexion, je suppose, a tempéré Dassieux quand Gabriel, qui démarrait la voiture, a ragé que c'était une perte de temps.

— Réfléchir à quoi ? Jean-Pierre l'attend probablement quelque part avec son Solex, pour récupérer l'argent ! Et, et s'enfuir, ou, ou…

— Tu penses que Jean-Pierre est encore dans les parages ?

— Mais tu l'as vue ! Elle est épaisse comme un moineau, alors chargée comme une mule, sur des routes glissantes, à pied…

— Elle passe ses journées à charrier des seaux qui pèsent le double de la besace.

— Mais elle va avoir besoin d'aide pour s'enfuir, et puis tu n'écoutes pas, s'il veut lui faire du mal ? Se débarrasser d'elle ?

Dassieux allume une cigarette.

— On verra ce qu'en pensent Aubreuil et ses hommes.

— Comment tu peux être aussi calme ?

— Pourquoi es-tu aussi énervé ?

D'une main, Gabriel farfouille dans sa poche, extrait une cigarette qu'il sort un peu tordue, l'allume. Pourquoi est-il aussi énervé ? Parce qu'il a quelqu'un à poursuivre. Un type qui fait du mal aux fillettes, aux filles naïves ; parce qu'il y a un type sur lequel il peut mettre un visage et après lequel il peut courir. Il s'est ratatiné à force d'immobilité et de manœuvres immobiles, il a l'impression d'avoir passé les derniers jours à marcher en rond dans l'obscurité ; Gabriel veut courir, et courir après des types méchants, ça il sait faire, il est bon, c'est pour ça qu'il est là. Et Dassieux, et Aubreuil, avec leurs moustaches et leur « prenons le temps de la réflexion », ils l'empêchent, ils le ralentissent, ils le clouent au sol.

— Gare-toi derrière eux, indique Dassieux. Et cesse de serrer les mâchoires comme ça, tu vas te casser une molaire.

Gabriel pile et tire le frein à main avec un geste brusque.

— Tu es dentiste, toi, maintenant ?

— Non, Gabriel, je suis vieux, et les vieux savent à quel point les dents, c'est précieux.

Aubreuil avance dans les couloirs de la mairie d'Anceny, frottant ses mains l'une contre l'autre.

— Il est possible qu'elle se soit de nouveau cachée non loin en attendant que la voie soit libre. Dans ce cas, Lequeux pourra intervenir. Chaval, qui voulez-vous lui envoyer en renfort ?

Derrière lui, Gabriel, qui a l'impression de piétiner alors qu'ils vont à vive allure, lance sans attendre la réponse :

— Jean-Pierre a pu venir la récupérer. En Solex. Qu'est-ce qu'on atteint facilement d'ici, en Solex ?

— Ichy-sur-Loy, Villers-Cotterêts, la Ferté-Milon... Mais aussi des dizaines de villages où personne ne traîne dans les rues un lundi soir d'hiver à 21 h 30, répond Chaval. On peut rappeler Hutin, capitaine, pour monter la garde cette nuit, devant chez les Caron.

— Et entre ces villes... on se déplace facilement ? On peut se cacher ? S'enfuir ? insiste Gabriel.

— Entre ces villes, il y a des granges, des étables, des bois, confirme Chaval.

— Des gares ? insiste encore Gabriel.

Aubreuil ouvre la porte de leur salle commune, Girard qui était assis à un bureau se lève, au garde-à-vous.

— Repos, Girard. Oui, inspecteur Sautet. Des gares. Rethondes, Versigny, Blérencourt, Folembray, Coucy-le-Château... Et de ces gares, en moins de deux heures, gare du Nord à Paris, ou bien gare de l'Est ; ou dans l'autre sens, Laon, Lille et la frontière belge…

— Johnny ne prendrait pas le train, à mon avis. Trop dangereux… avance Dassieux, avec précaution.

— Dangereux pourquoi ? réplique Gabriel. Il a pu changer d'apparence, comparé au portrait-robot que tout le monde a en tête : se raser le crâne, se laisser pousser la barbe.

— En tout cas, s'ils sont partis avant 18 heures, dit Chaval en se grattant le menton, ils ont pu se déplacer dans la région. Le bruit que la petite a été rendue doit déjà avoir fait le tour, les gens se disent que c'est fini, ils relâchent leur attention, ils ferment les volets et ils vont dîner.

— Ce n'est pas que le bruit, mon lieutenant, se permet Girard. C'était au flash info de 20 heures, sur RTL. Le rendez-vous manqué de la forêt de Retz, mais la petite retrouvée indemne. On a entendu le juge Fiquet, aussi. Il disait que c'était un dénouement heureux au soulagement de tous.

— Et nous des incapables, je suppose, dit Dassieux.

Girard hésite, que répondre, le compte rendu de Declerc n'a pas dû être tendre. Mais Gabriel s'en préoccupera plus tard.

— Mais c'est pour ça qu'il nous faut un avis de recherche ! Si plus personne ne fait attention à lui ! Il nous faut un signalement, et du monde aux gares, sur les routes !

— Sautet, tempère Dassieux, pour un avis de recherche il nous faut un mandat. Pour avoir un mandat il faut parler au juge. C'est pour cela que nous sommes là, je suppose ?

Aubreuil hoche la tête.

— Il nous faut appeler le juge Fiquet.

Le capitaine regarde Dassieux, une question muette sur les bords de la moustache, mais Dassieux décline. Le capitaine part s'enfermer dans son bureau.

Les hommes s'affaissent ; qui sur une chaise, qui les fesses au bord de la table ; Dassieux s'appuie contre le mur. Gabriel est le seul encore debout, tendu, qui fait les cent pas.

— Je ne voulais pas dire cela devant sa mère, mais je pense vraiment que Catherine est en mauvaise posture, dit-il – ressassant ce qu'il a déjà avancé plus tôt. Elle a récupéré l'argent sans doute, et maintenant, elle va chercher à rejoindre Jean-Pierre, si ça n'est déjà fait. Mais s'il a sa rançon, elle ne lui sert plus à rien.

— Peut-être qu'il l'aime, avance Girard, puis il regarde sa veste et entreprend d'en épousseter les manches.

— La bonniche et l'apprenti… soupèse Dassieux. C'est le genre d'histoire qui devrait te plaire, pourtant, Gabriel.

Gabriel allume une nouvelle cigarette, il se sent fébrile, confusément il se dit qu'en partant maintenant, on peut les rattraper. De manière un peu absurde il imagine Johnny et Catherine à deux sur un Solex, sur l'autoroute A1, dans les phares de sa voiture. Il les talonne, les force à s'arrêter, Catherine pleure, elle comprend le danger auquel elle vient d'échapper, Jean-Pierre tente de le frapper mais il le met K-O d'un crochet, les renforts arrivent, autour d'eux les voitures ralentissent pour observer la scène et quelques femmes, de leur siège passager, l'applaudissent, elles n'ont plus peur et c'est grâce à lui, Gabriel, et puis Dassieux lui dit « Allez, rentre chez toi, tu l'as bien mérité », et alors que minuit sonne il arrive chez lui, il y fait chaud et Claudia est nue, elle l'attend, roucoule « *Caro mio* » en ouvrant les bras, et c'est fini, cette putain de journée sera finie, cette putain de semaine sera finie, il n'a pas été à la hauteur et il est en colère. Il écrase sa cigarette qu'il a fumée en quelques bouffées avides, se tourne vers son collègue.

— Combien de chances qu'on puisse les rattraper si on traîne encore, Dassieux ? Hein ?

— Tout d'abord, Gabriel, la petite ayant été retrouvée, il est possible que l'affaire s'arrête là.

Son ton est calme et posé et cela énerve Gabriel davantage encore.

— Mais je pense surtout que cela va dépendre du foin que fait Demest pour récupérer son argent. Il y avait une rançon à payer pour récupérer la fillette, la rançon a été payée, on a récupéré la fillette.

— Donc on est bloqués là, et tu me dis « Ça dépend » ? dit Gabriel, trop fort, autour d'eux les gendarmes sont soudain très occupés à regarder leurs lacets, comme des spectateurs embarrassés d'assister à une querelle de couple.

— Oui, conclut Dassieux, les yeux ailleurs. Ça va dépendre. Assieds-toi, Gabriel.

Aubreuil sort enfin de son bureau ; il ne porte plus son képi.

— Un mandat d'arrêt est en cours, annonce-t-il. Il va être diffusé au niveau national. Le juge Fiquet va dès à présent se mettre en lien avec les rédactions des nationaux, de *L'Union* et de *La Voix du Nord*, pour s'assurer que les images que nous avons de Jean-Pierre Louvet et de Catherine Caron apparaissent dans les journaux du matin. Pour l'instant, notre hypothèse est que si Catherine est avec lui, c'est contre son gré, et qu'elle est en danger. Les journaux radiophoniques vont également relayer cet appel. Finalement, la fuite du portrait de Louvet aura été utile : même les gens qui n'achèteront pas les journaux du matin auront avec un peu de chance déjà son visage en tête. Mais ensuite, on arrête. Pas de barrages autoroutiers, pas de moyens supplémentaires.

— Demest ne sera pas content, remarque Dassieux.

— Demest devrait apprendre à demander des faveurs plutôt que d'exiger des services. Il a des amis puissants, mais la gendarmerie nationale n'est pas à son service et je pense qu'il a poussé un petit peu trop ce soir, appelé tel et tel pour réclamer son argent, et le juge Fiquet ne semblait pas ravi. Il m'a demandé de transmettre la photographie de Catherine Caron à l'état-major de gendarmerie. Je vais donc le faire. Via le bélinographe, ajoute-t-il, le ton empreint d'une note de découragement bien palpable, cette fois. Si j'arrive à faire fonctionner cette machine…

— Et les nôtres, d'instructions ? demande Gabriel.

— Il semble qu'une coordination soit en cours entre nos services et les vôtres.

— Bien. Alors nous allons appeler Paris, annonce Dassieux. Voir ce qu'ils en pensent. Et nous faire rabrouer par De Royon, je suppose… Notre état-major à nous, précise-t-il à l'attention des gendarmes, qui hochent la tête avec des airs compatissants.

Paris répond d'attendre. Gabriel piétine presque, mais Dassieux hausse les épaules. Quand ils sortent du bureau qu'Aubreuil a mis à leur disposition pour joindre le quai des Orfèvres, Simone, comme si elle avait par magie senti à distance le désarroi du capitaine, est arrivée et vient d'allumer le bélinographe.

— Alors ? demande Aubreuil. Vos ordres ?

— Attendre. Rappeler demain matin. Rester sur place. Je pense, cela dit, que nous passons nos dernières heures dans cette accueillante bourgade.

Aubreuil, après ses moments d'énervement plus tôt dans la soirée, a retrouvé le contrôle et ne relève pas l'ironie. Il se contente de leur tendre la main.

— Si nous n'avons pas l'occasion de nous revoir…

Ils dînent. Philippe Declerc n'est nulle part en vue.

— Il a déjeuné ici ce matin, puis il est reparti en vadrouille et je ne l'ai plus revu, confirme Mme Salors. Mais il est supposé rester encore au moins une nuit.

Les journalistes de télévision à la Renault beige manquent également à l'appel. « Ils sont ressortis, avec leur caméra, et puis ils sont revenus et ils ont dîné… » La salle du café est presque vide, il est 22 heures passées, et Gabriel, cette fois, accepte qu'on le resserve de vin. Il se sent d'humeur à boire. Il en veut encore un peu à Dassieux de l'avoir retenu, d'avoir tiré sur les rênes. Quand Dassieux le voit tendre son verre une quatrième fois, il sourit, avec l'air de quelqu'un qui veut faire la paix.

— Allons, Gabriel. Toi le modèle de tempérance, tu ne vas pas sombrer dans la boisson. Ne sois pas en colère.

Gabriel regarde son collègue, sa moustache qui, il s'en rend compte soudain, a cessé d'être grise pour devenir blanche – quand cela s'est-il produit ? Se sent-il en colère ? Plus maintenant, au fond. « Vidé » serait sans doute un meilleur terme. Indifférent, presque. Peut-être est-ce le vin. Le rouge ne lui râpe plus la gorge. Il n'a même plus froid.

Il repose le verre vide, sort une cigarette.

— Mais non, Dassieux. Je ne suis pas en colère.

— Quel soulagement tout de même, leur glisse Mme Salors qui vient leur apporter le dessert.

Elle est au courant bien sûr, et sa bonne humeur se sent, les mots coulent avec entrain.

— C'était même à Télé-Soir. Ils montraient les murs de la ferme, on n'a pas dû les laisser entrer, mais on a vu le juge qui faisait une déclaration, il disait que la petite était indemne ?

— Indemne, madame Salors.

Elle sourit, s'éloigne.

— Tu accepterais de rester ? Si c'est possible, demande Gabriel, quand Mme Salors s'est éloignée, avec leurs assiettes vides dans les mains.

— Je ne sais pas. Pour faire quoi ?

— Pour trouver.

— Trouver quoi ?

— Où ils sont partis. Pour retrouver Catherine.

Dassieux hausse les épaules, puis s'étire.

— Tu ne veux pas, je ne sais pas, comprendre ? insiste Gabriel.

— À première vue, ce n'est pas très compliqué. Il voulait de l'argent, elle a pris la gamine, il a eu de l'argent. Pour autant…

— Mais comment ? Comment cette fille que personne ne regarde, que tout le monde nous a décrite comme une quasi attardée, a pu escamoter comme ça la petite ? Et tu sais ce qui me mine, Dassieux, c'est que c'est une semaine. Une semaine à monter chaque jour au Domaine, à voir la mère de la petite se bouffer de larmes. Cette fille, soit elle est cruelle, soit elle est stupide. Et sans compter nous, l'équipe d'Aubreuil, sans compter toutes les questions… pareil, il faut être sacrément retorse, ou complètement imbécile. Si elle est retorse… (Il secoue la tête.) Non. Je n'arrive pas à y croire. Donc elle est stupide, et elle est en danger. Si elle a été manipulée, alors c'est une simplette avec beaucoup d'argent face à un type sans scrupule.

— Tu ne m'as pas laissé finir, Gabriel. Mais tu me sembles avoir beaucoup de compassion pour une fille qui a fait subir ça à des parents. Tu as déjà oublié sa mère ? L'enfer qu'elle a vécu ?

— Mais je te dis que c'est une victime, cette fille. Elle, elle…

Il cherche à convoquer l'image de Catherine, mais s'aperçoit qu'il ne parvient même plus, déjà, à se souvenir précisément de ses traits : il n'a en mémoire qu'un petit museau, des épaules basses.

La porte du café s'ouvre et Declerc entre, les épaules parsemées de neige. Il s'ébroue en enlevant sa casquette et son écharpe, en se défaisant de sa veste en blue-jean trop légère. Quand il les voit, tous les deux assis, Dassieux lui adresse un petit signe de tête auquel Declerc répond à l'identique.

— Allez, venez vous asseoir, invite Dassieux en désignant la chaise à côté de Gabriel.

— Je vais dîner dans ma chambre, décline le journaliste, si je peux avoir un sandwich et une bière ?

Derrière le comptoir, Salors prévient :

— Il ne reste plus que du jambon.

— Ça ira.

— Vous êtes sûr que vous ne voulez pas vous joindre à nous ? Le temps qu'on vous fasse vos tartines… insiste Dassieux.

L'homme tire la chaise qu'on lui propose. Les flocons tombés sur ses épaules ont fondu et le tissu est trempé. Cela ne semble pas l'incommoder. Il pose sa mallette sur la table.

— Alors un demi, en attendant, réclame Declerc.

Puis il s'assied.

— Bonne journée ?

Gabriel se frotte les yeux. Declerc a de la chance. Il y a quelques heures, Gabriel l'aurait pris au col pour lui dire le fond de sa pensée – qu'on ne révèle pas l'heure d'une remise de rançon, que la forêt aurait pu être remplie de curieux, de justiciers amateurs, qu'il aurait pu se passer quelque chose, une confusion, un drame. Mais l'adrénaline l'a quitté, chassée par le vin rouge et le flegme de Dassieux, et la fatigue vient de lui tomber dessus. Il n'a pas envie de passer de nouveau une heure à les regarder se tourner autour, comme deux vieux bestiaux circonspects. Le journaliste l'irrite toujours, mais si Dassieux veut lui faire des politesses et laisser Declerc s'en sortir à bon compte, à lui de voir.

— Toutes choses considérées, pas si mauvaise. Et la vôtre ? répond Dassieux.

— Plutôt bonne, oui, confirme le journaliste.

— Vous partez bientôt ?

— Peut-être.

— La fillette est rentrée chez elle.

— Elle est rentrée, oui. Pas toute seule, apparemment. On l'a raccompagnée.

— Allez. Vous pouvez bien dire ce qu'il y a dans votre prochain reportage…

— Il faudra l'écouter.

Gabriel sent qu'il s'endort sur sa chaise. Il se redresse, allume une cigarette pour éloigner l'épuisement qui guette, lâche :

— Par curiosité, comment on passe de journaliste politique aux faits divers ? Je me demande.

Le ton n'est pas innocent, lui aussi peut vexer.

— Faits divers nationaux, s'il vous plaît, corrige Declerc, le doigt levé.

— Si vous voulez, concède Gabriel.

Declerc a, comme Dassieux, cette manière de parler qui insinue ; il y a de l'allusion derrière chaque lettre, de l'intention derrière chaque mot. Gabriel n'a pas l'énergie, il va les laisser tous les deux, ils sont faits pour s'entendre.

Declerc descend une gorgée du demi de bière que Mme Salors vient de poser sur la table.

— Eh bien, alors, au risque de nous embarquer dans un débat philosophique à cette heure tardive, j'opposerais qu'il s'agit toujours de politique.

— Les chiens écrasés ?

— Ne soyez pas de mauvaise foi. Une petite fille très riche enlevée par des domestiques, pas moins, cela ne vous évoque que les chiens écrasés ?

Gabriel croise les bras, il sait que cela le fait paraitre trop jeune, trop boudeur, qu'il donne l'impression de perdre la joute. Mais à cette heure tardive comme dit Declerc, la joute, il s'en fout.

— Des domestiques ?

— Oh, vous ne saviez pas ? C'est Catherine Caron qui a fait le coup. Je vous dis ça, c'est une exclusivité, ne le répétez à personne.

— Très drôle, s'agace Gabriel. L'autre n'est pas domestique.

— Allons, on n'est pas dans l'aristocratie locale. Apprenti garagiste, fils d'une fille-mère abandonnée par un G.I. dont la famille refusait d'accepter qu'il ait pu s'amouracher d'une Française – quant à ce qu'ils acceptent l'enfant bâtard, inutile d'en parler.

Gabriel lâche. Les épaules, le cou, la perspective d'avoir raison.

— Si vous voulez. C'est ça que vous direz demain ? « Johnny » est une victime ? La misère excuse le crime ?

— Je n'ai pas encore décidé. Si vous voulez me donner une déclaration officielle, d'ailleurs, ne vous gênez pas, j'ai mon Nagra avec moi.

Il pose la main sur la mallette, l'ouvre déjà, Gabriel distingue un boîtier métallique et le cordon gris-beige du micro.

— Contre quoi ? répond Gabriel.

— Ah !

Le journaliste lui fait un clin d'œil appréciateur, en reconnaissant ses propres mots de la veille. D'avant-hier ? Gabriel a l'impression que le temps s'est distendu depuis leur arrivée, avec des journées trop courtes et interminables. Quand il repense aux derniers jours, il les revoit tous s'agiter sans succès, courir en tous sens, boussoles sans aiguilles, d'impasse en impasse. Peut-être Dassieux et lui auraient-ils mieux fait de ne jamais mettre les pieds ici, après tout, cela n'a rien changé. Le bon sens englué de déni de l'instituteur lui revient, il faut donner l'argent et la petite sera rendue – et c'est ce qui s'est passé, l'argent a été donné et la petite a été rendue. Dassieux l'a redit. Et Gabriel comprend : c'est fini. Il tire une bouffée de cigarette, la fumée lui brûle la gorge.

— Je ne fais pas d'échange en ce sens, décline le journaliste. Désolé, messieurs de la police.

Mme Salors pose sur le comptoir un plateau – sandwich, soupe, dessert, un autre demi.

— Je vous le monte ?

— Je m'en occupe, merci. Messieurs.

Et il s'éloigne.

— Tu as raison, dit Gabriel en écrasant sa cigarette à moitié fumée. Rentrons.

— Je n'ai pas dit que ça ne m'intéressait pas de comprendre. Quand je te répète que tu dois laisser les gens finir leurs phrases…

— Tu n'as pas envie de rentrer ? lance Gabriel dans un dialogue qui, sans qu'il comprenne bien comment, vient de s'inverser, lui poussant pour retourner à Paris, Dassieux insistant pour rester. Retrouver Yvette ?

Dassieux se saisit de la bouteille de vin et, avec soin, la vide jusqu'à la dernière goutte dans son verre.

— Yvette est partie, Gabriel.

— Partie où ?

— Partie. C'est tout.

— Mais tu, mais elle…

— Je n'ai pas envie d'en parler.

C'est donc ça, alors, Dassieux et sa mansuétude apparente pour une gamine un peu sale, Dassieux et ses ironies décuplées, Dassieux et sa flasque neuve. Depuis que Sylvie est réapparue, intacte, depuis qu'ils ont reçu l'ordre d'attendre, l'urgence a quitté petit à petit le ventre de Gabriel, et le manque de Claudia a fini de se faufiler jusqu'à la place vide. C'est fini. C'est fini. Sans l'enfant enlevée, ce n'est plus un enlèvement. Juste une arnaque, un type qui a pris de l'argent, Gabriel ne se passionne pas pour les arnaques, ce n'est pas son travail et la Criminelle n'a plus rien à faire dans l'histoire. Il regarde Dassieux qui a détourné les yeux, il pense à son collègue seul, de retour dans un appartement vide, et cela lui fait monter une envie terrible de Claudia. Il savait qu'elle allait arriver, cette vague, mais il ne pensait pas que ça serait comme ça, soudain, impérieux, et surtout il ne savait pas qu'il serait forcé de l'ignorer.

— Je suis fatigué, Dassieux. Alors comme tu veux.

Puis il se lève :

— Je vais téléphoner.

— *Bien sûr, il a raison*, fait Claudia dans le combiné.

— Mais ça ne sert à rien, soupire Gabriel. C'est ça que j'essaye de t'expliquer. C'est terminé. Il n'est plus là.

— *Mais il n'est pas tout seul! Tu dis que c'est trop tard, qu'ils auraient dû te laisser partir à sa poursuite, mais par où aurais-tu commencé? Il faut rester sur place, reconstituer ce qui s'est passé. Allons, tu sais faire ça.*

— Mais on n'aura qu'un jour, ou deux, si ça se trouve d'ailleurs, De Royon dira non. Le juge va fermer le dossier.

— *Je n'espère pas...*

— Tu n'as pas envie de me voir?

— *Petit malin. Et cette fille? Si tu penses qu'il a pu lui arriver quelque chose?*

Gabriel soupire, voudrait s'abstenir, et puis finalement glisse dans le combiné le fond de sa pensée :

— Je ne sais pas... peut-être qu'elle l'a cherché.

— *Gabriel! Comment ça, elle l'a cherché? Qu'est-ce que tu racontes?!*

— Claudia, c'est elle qui a enlevé la petite...

— *Tu me dis que Johnny pourrait lui faire du mal, et ensuite tu me dis que tu t'en fous? Que tu ne vas même pas essayer?*

La note de déception dans la voix de Claudia est perceptible, et il ne supporte pas de la décevoir.

— *Qu'est-ce qu'elle a, cette fille pour que tu sois comme ça?* insiste la voix au téléphone.

— Rien. Elle n'a rien.

Gabriel se frotte les yeux, soupire, et ajoute :

— Enfin, si; maintenant, elle a deux millions.

Mardi 18 février 1969

Il est 8 heures, mais l'heure de pointe est passée au café et Dassieux et Gabriel reprennent déjà leurs habitudes de Parisiens – aux yeux du couple Salors du moins, pour qui se lever après 7 heures tient de la vie de pacha. Dassieux a eu Paris. L'affaire Demest est, en ce qui les concerne, officiellement close.

— Mais on ne nous attend pas au Quai avant ce soir, Gabriel. Alors, si tu veux rester encore un peu… personnellement, j'ai tout mon temps.

Gabriel s'est levé la tête lourde – le vin est sans doute lui aussi à blâmer. Il ne parvient plus à savoir s'il veut absolument retrouver Johnny, ou bien prouver que Catherine est innocente, la protéger. Ou peut-être juste les laisser derrière lui, tous autant qu'ils sont, avec leurs ongles sales et leurs maisons froides, et rentrer, rentrer le plus vite possible, se dissoudre dans Claudia. Il hésite.

— C'est tout ? C'est comme ça ? Mais l'appel à témoins…

— Géré par l'état-major de la gendarmerie nationale. Tu sais qu'un fichier des personnes recherchées est dans les tuyaux, pour cette année, ou l'année prochaine au plus tard. Jean-Pierre et Catherine y figureront sans doute. Dans toutes ces innovations, tu vas voir qu'ils vont bien arriver à te faire quelque chose d'utile.

— C'est vrai que ça pourrait nous faciliter la vie…

Il s'est débarbouillé, mais il lui reste des poussières au coin des yeux. Il s'en débarrasse d'un revers de main.

— Sans doute, confirme Dassieux. Tu me diras ça.

— Comment ça ?

— Je crois que je vais arrêter, Gabriel.

L'annonce a pour effet, au moins, d'aider Gabriel à ouvrir grand les yeux.

— Maintenant ? Comme ça ?

Gabriel a l'esprit embué, il demande du café.

— Mais je ne comprends pas… c'est cette affaire ? La gamine va bien…

— Oui. Elle va bien. Mais contrairement à toi Gabriel, je ne suis plus dans la fleur de l'âge, et je crois que ça suffit. Que j'ai eu mon compte.

— Je comprendrais si… s'il s'était passé quelque chose de terrible. Mais elle va bien ! insiste-t-il.

— Vous exigez que je justifie ma décision en détail, inspecteur Sautet ?

— Mais non, mais… je ne comprends pas.

— Si tu veux vraiment une raison, alors ce n'est pas Sylvie. C'est tout, autour d'elle. Les gens qui ont gardé des secrets quand on les suppliait de nous dire, quand on leur répétait que cela pouvait signifier la différence entre la vie de la petite, ou sa mort. C'est… les gens comme Demest. Leur petit pouvoir. Ce qu'ils en font.

Il secoue la tête, s'interrompt :

— Mais si tu veux passer une dernière journée avec moi, à essayer de comprendre comment les choses se sont déroulées cette semaine... Ma foi. Je crois que ça me ferait plaisir.

Gabriel finit son café. Quel jour sommes-nous ? Mardi. Mardi, Claudia a cours. Et rien ne peut empêcher Claudia d'aller en cours. Pas même Gabriel.

— Alors, si ça te ferait plaisir.

— Qui sait, peut-être même que je pourrai convaincre nos autorités supérieures de te garder sur l'affaire.

— Elle est terminée, tu me l'as répété.

— Vous avez le journal de ce matin, Salors ? demande Dassieux par-dessus l'épaule de Gabriel.

— Il est pris pour l'instant, répond le cafetier, en désignant d'un signe d'épaule un des lève-tard qui boit son café, le journal à la main.

Gabriel se retourne, regarde le quotidien dans les mains de l'homme au comptoir.

— Presque fini, dit l'homme en levant le journal, dont la une annonce « SYLVIE DEMEST RETROUVÉE SAINE ET SAUVE – LE MILLION ENVOLÉ, "JOHNNY" TOUJOURS EN FUITE – La domestique était de mèche ». Les portraits de Jean-Pierre Louvet et de Catherine s'étalent sur la même page.

— Oh, je crois qu'on a l'essentiel, répond Dassieux. Tu vois bien, Gabriel. Tant qu'ils ne sont pas attrapés, tant que la presse s'y intéresse, rien n'est terminé. Alors ? Qu'est-ce que tu décides ?

Gabriel se sent de nouveau en éveil, impatient. Que ce soit à la perspective de rentrer, à celle de trouver, il n'en sait rien, il s'en fout – se débarrasser de cette sensation d'engluement est inespéré.

— Si l'enquête est encore en cours, qu'est-ce qu'on attend ?

« Veux-tu que j'aille ouvrir ? » entendent-ils à travers la porte quand ils sonnent chez Marie Caron.

Il y a ensuite un silence, et enfin des pas.

La mère de Catherine leur ouvre la porte à demi, mais ne les regarde pas vraiment ; elle est trop occupée à observer, derrière eux, les gens qui passent dans la rue en lui jetant des coups d'œil en biais. Elle a les joues rouges, elle qui était hier pâle comme la mort, et quelques mèches de cheveux folles s'échappent de son chignon sage.

— On peut entrer ? demande Dassieux.

Il n'a pas besoin, bien sûr, il pourrait tout aussi bien pousser la porte, mais cette marque de politesse paraît décider la femme.

Chez Marie Caron, rien ne semble avoir changé depuis la veille, à part la dame aux cheveux courts, grisonnants et coquettement permanentés, qui est assise à la table ce matin. Quand ils entrent la mère de Catherine les laisse debout quelques secondes, comme distraite, puis revient à elle et dit :

— Euh ! Je vous présente…

Sa voix faiblit.

— Mme Martin, dit la femme en se levant, avec énergie. Je vais vous laisser, Marie. Il est bientôt la demie.

La femme se lève, prestement, et range sa chaise.

— Messieurs.

— Vous veniez… ? s'enquiert Dassieux sur un ton innocent.

— Je venais simplement prendre des nouvelles de Marie. Mais je dois vraiment vous quitter. Je suis l'institutrice. De maternelle. La classe commence bientôt.

Marie Caron regarde à droite et à gauche, et quand elle voit Mme Martin ranger sa chaise, elle se tourne de nouveau vers les policiers.

— Pardon, asseyez-vous, si vous voulez.

Gabriel et Dassieux restent debout. La femme aux cheveux gris pose une main amicale sur l'épaule de Marie Caron, dit avec gentillesse : « Courage, Marie » ; puis quitte la maison, refermant la porte derrière elle.

— Pas de nouvelles de Catherine ? tente Dassieux dès la femme aux cheveux gris partie.

Il sait bien sûr que Lequeux et Hutin, qui ont passé la nuit dans une voiture à claquer des dents en surveillant la porte des Caron, auraient prévenu si tel était le cas. Tout comme ils les ont prévenus, alors que Gabriel et Dassieux traversaient la rue en sortant de chez Salors, que Marie Caron avait de la visite.

Marie Caron secoue la tête. Elle est sans doute encore sous le coup de toutes ces surprises, car elle hésite, beaucoup, parle haché.

— Non… j'ai… est-ce que je peux ranger ses affaires ? Les affaires de Catherine. Je ne savais pas si… hier quand vous…

Gabriel et Dassieux échangent un coup d'œil. Hier, on était pressé, trop nombreux. C'est peut-être l'occasion d'examiner de nouveau la chambre à coucher de Catherine, de trouver quelque chose.

Ils montent à l'étage. La porte de la chambre est ouverte, et la pièce est semblable à la veille, quand ils l'ont quittée. Gabriel observe le désordre : les tiroirs de la commode ouverts, l'armoire aux rayonnages exposés, les livres des étagères en désordre, le lit sur lequel on a étalé, en vrac, le contenu de la petite table de nuit. La descente de lit est souillée d'empreintes de pas, un coin du tapis retourné. La mère de Catherine s'avance, légèrement hésitante, et commence à remettre de l'ordre.

Hier, Gabriel est entré, comme les autres, sans se soucier de piétiner ou de déranger, une horde d'hommes impatients dans la petite chambre, les pieds lourdement chaussés souillant le sol de parquet. Ce matin, il ne sait pas pourquoi, il se sent embarrassé, mal à l'aise du chaos qu'ils ont laissé ; de la tempête qui a fondu d'un coup et sans prévenir sur la maison, sur la vie de Marie Caron.

— Est-ce que vous voyez quelque chose qui manquerait ? Quelque chose qui vous aurait échappé hier soir ? demande Dassieux.

La femme regarde, sur le lit, les livres et les bibelots. Tout est un peu passé, un peu décrépit. Marie secoue la tête et continue de rassembler les affaires de sa fille. Elle a perdu la rougeur un peu affolée qui lui brûlait les joues lorsqu'elle leur a ouvert plus tôt.

— Mélie, à la ferme, nous a dit que Catherine prenait un raccourci pour aller d'ici au Domaine quand elle partait à pied. Vous savez par où elle passe ?

La voix de Dassieux est calme et amicale.

— Oui, je pense.

— Vous pourriez venir avec nous ? Nous montrer ? demande Gabriel, adoptant le même ton que son collègue.

— … Oui… si ça peut aider.

On redescend au rez-de-chaussée, où Marie s'habille pour sortir, s'enroule, superpose.

Dès qu'elle met le nez dehors, ses joues rosissent de nouveau. Elle leur fait faire le tour de la maison, la contourner par l'arrière. Il est 9 h 30 passées, il n'y a pas d'enfants dans les rues, seules quelques femmes chargées de commissions, et des hommes qui travaillent, passent à bicyclette, poussent des choses, charrient des choses. On ne sort pas pour le plaisir par un froid pareil.

Gabriel pensait commencer à connaître le village, pas si grand, crispé sur lui-même, mais réalise que celui-ci s'aventure sur les pentes, compte des contre-allées, des cours dissimulées ; en passant ils entendent des bruits de voix, quelques disputes, de l'eau que l'on jette dans l'arrière-cour et des bribes de conversations. Gabriel surprend même quelqu'un qui parle d'eux, une voix de femme grave ou peut-être celle d'un homme trop jeune, qui dit « les deux de Paris sont passés chez la Caron ». C'est si étrange, comme si quelqu'un narrait sa journée, son heure, ce qu'il est en train de vivre – il n'aurait pas dû se moquer des clients des Salors qui s'exclamaient devant les images du café où ils se trouvaient. Et puis un bruit de porte qui se referme et il n'entend plus, il ne saura pas la suite. Devant lui Marie avance, le pas à peine hésitant dans la neige où des marcheurs plus matinaux ont déjà posé leurs empreintes.

La sente qu'ils empruntent pour sortir du village est étroite, au-dessus de leurs têtes les branches nues sont immobiles. Le creux de la sente les protège du vent. Plus ils montent, plus les traces de pas se font rares, bientôt Marie devant eux ralentit, car elle pose les pieds dans une neige intacte et assure d'abord son pas avant d'en tenter un autre.

Quand ils débouchent dans le petit bois, Gabriel met un instant à se situer et puis reconnaît, voit les toits du Domaine, plus haut.

— Voilà, dit Marie. Elle passe par là. Quand on a traversé le bois, on arrive sur la route, juste en dessous de la ferme.

Elle est essoufflée d'avoir marché et les regarde avec des yeux incertains.

— Désolée, je ne sais pas… vous allez la retrouver ?

Dassieux lui lance un sourire gentil.

— On va essayer. Vous avez vu les journaux ? Tout le pays est au courant. Avec un peu de chance, on va le repérer. Et mon collègue ici présent est bien décidé à ne pas abandonner.

Peut-être Dassieux trouve-t-il Marie Caron sympathique, peut-être est-il désolé pour elle, qui se retrouve sans fille et sans rien, juste une paie en moins et un village tout entier qui médit déjà sur elle dans les arrière-cours et chuchote des choses sur « la Caron ». Gabriel aussi, maintenant qu'il y pense, a de la peine pour elle, elle n'est peut-être pas responsable de ce qu'a fait sa fille. Hier soir il a pensé « elle aurait pu mieux la surveiller » ; mais ce matin il est forcé de s'avouer : comment peut-il reprocher à quelqu'un de n'avoir pas gardé Catherine suffisamment à l'œil, quand il a commis la même erreur ?

Dans le petit bois, le tapis de neige blanc est immaculé, personne n'est venu ici depuis la tombée de la nuit. Le bois a des airs de bosquet, vraiment, il est dans un creux, et s'il fait soixante mètres de longueur avec ses bosquets et ses petits arbres aux troncs mousseux, c'est bien la fin du monde. On dirait une tache, presque, un oubli, un petit coin brouillon et sauvage, alors qu'aux alentours, tous les reliefs sont ras de végétation et portent la marque de Demest, de la domestication forcenée qu'il inflige à tout ce qu'il possède.

— Vous pouvez rentrer chez vous, propose Dassieux, et la mère de Catherine, sans discuter, fait demi-tour.

— Bon, et maintenant quoi ? demande Gabriel.

— On cherche.

— Quoi ?

— On cherche.

— On ne va rien voir, avec cette neige.

— On cherche quand même, Gabriel. On est flics. On est payés pour ça. Surtout toi, d'ailleurs, à partir de maintenant.

Gabriel se reprend, pose les pieds sur le sol recouvert d'une croûte gelée, et avance ; regarde autour de lui.

Gabriel peine à reconnaître les essences des arbres, il a su, sans doute, mais il a oublié. Les arbustes épars ont des formes fantaisistes, le contraste entre les champs déserts desquels rien ne dépasse et cette petite poche sauvage lui saute aux yeux. Il avance encore, vers un des rares arbres un peu élancés de la parcelle, aux multiples troncs fins, comme un fagot disproportionné, qui sort du sol en touffe, et dont l'écorce brune et craquelée est piquetée de mousse vert foncé. Il contourne.

— Dassieux ?

Derrière lui, un bruit de chute et un juron. Gabriel se retourne : son collègue a trébuché sur quelque chose et est tombé, sur les mains et les genoux. Il se relève, les paumes rouges et brunes, de froid et de boue, le pantalon humide et maculé de terre.

— Mais cesse donc de jouer dans la neige… ce n'est pas parce que tu es fraîchement retraité…

— Petit malin.

— Non mais vraiment, viens voir.

— C'est quoi, ça ? Un sureau ? Un seringa ?

— Aucune idée, mais regarde… fais le tour, par là.

L'arbre est entouré d'une ceinture exempte de neige, feuilles mortes pourrissantes et plantes rampantes d'un vert sombre et luisant. Au centre du bosquet, les branches sont cassées et tordues de manière à ménager un abri. On a entremêlé d'autres branches, tressé des brindilles fines et souples, du lierre ; on dirait un nid d'oiseau.

— Un seringa, je pense.

— Mais on s'en fout, Dassieux ! On n'est pas là pour faire du jardinage ! Regarde, je te dis.

— C'est une cabane ? fait Dassieux, incrédule.

— C'est assez grand pour un adulte, je pense. Alors pour une petite fille…

— Les deux à la fois ? Plusieurs heures ? À cette saison ?

— Avec une bâche pour les isoler du sol, de bonnes couvertures, assez de douceurs pour faire tenir la petite tranquille … Et puis il a fait vite nuit, et elle a pu dormir ? Cet emballage de sirop qu'on a retrouvé…

Dassieux se gratte le menton, concède :

— C'est vrai, les enfants, ça dort un peu n'importe où.

— Si elle a bu du sirop, dès le moment où Jean-Pierre l'a amenée jusqu'ici. Les gendarmes sont arrivés vite, ils ont interrogé Catherine, mais ils l'ont laissée tranquille après quoi ? Une paire d'heures ?

— Non, davantage. Elle est partie tard le premier soir. Mais disons que ce n'est pas… impossible.

Gabriel s'avance dans l'épais bouquet de tiges épaisses, dérangeant quelques flocons de neige poudreux qui tombent des branches sur ses épaules, ses manches, ses cheveux.

— Qu'est-ce que tu fais ?

— J'essaye de voir…

Il finit par se retourner, s'agenouiller, malgré son jean qui se gorge immédiatement d'eau. Ce n'est pas confortable, mais Gabriel aurait de la place pour s'asseoir, et même être à l'aise. Quant à Sylvie, elle tiendrait sans encombre au cœur des branches. Gabriel scrute le sol, époussette le tapis de neige, bien plus léger qu'à l'extérieur – l'entrecroisement des branches offre une protection naturelle. Il révèle des coupes au ras du sol : l'espacement libre au centre du seringa a été aménagé volontairement. Il continue de tâter. Sous sa main, une légère résistance : un papier d'aluminium.

— Emballage de bonbon.

Il s'extrait du seringa, l'emballage à la main.

— Ça pourrait être d'autres enfants du village. Mais quand même, ça fait pas mal d'indices que c'est bien là, « la cabane ».

Gabriel fourre le petit papier dans la poche de son blouson.

— Bon. Montons jusqu'à la route.

Ils avancent lentement, progressant dans la vallée miniature, cachée au milieu des champs. Il y a un arbre devant eux, fourchu, biscornu. Ensuite, encore quelques mètres, puis une montée, et plus haut la route, en replat. L'arbre est très ramassé et a des airs contrariés, il rappelle à Gabriel les arbres de Blanche Neige. On l'a emmené au cinéma, il a eu peur, il n'a pas osé le dire. Onze ans, c'est trop grand pour avoir peur, surtout pour un garçon. Il a repensé longtemps à la scène et à ces arbres maudits, qui peuplent encore parfois, vaguement, certains de ses cauchemars. Il a bientôt trente ans et n'a plus peur, il avance vers l'arbre avec un fond de défi – et plus il s'approche, plus celui-ci lui semble petit. C'est un pommier sans doute, ça, il sait reconnaître. Un pommier à la forme tarabiscotée : son tronc est court, presque inexistant, ses deux branches principales partent loin l'une de l'autre, comme irrémédiablement fâchées, et entre elles deux cette grosse cavité ronde, aux bords boursoufflés, évoque une bouche grande ouverte, figée dans un hurlement silencieux. Gabriel sort un index prudent de sa poche et tâte la neige qui sert de chapeau à la fourche, il aimerait être ici avec Claudia, tout est mieux avec Claudia. Marcher avec Claudia, montrer la fourche à Claudia, lui raconter qu'il a eu peur – parce que c'est loin, parce qu'elle aurait son rire plein de compassion et dirait « oh, *caro mio* ! ». En attendant, il laisse son esprit divaguer pendant que Dassieux avance derrière lui, prenant son temps, craignant de glisser de nouveau sans doute.

Gabriel a les pieds humides, se penche en avant pour étirer son dos et regarder du même coup l'état de ses chaussures, probablement ruinées. Le cuir est détrempé. Quand il n'y a pas de boue, il y a de la neige, vraiment ce pays, se dit-il, savourant la futilité de ses pensées ; après tous ces jours à ne penser qu'à Sylvie, au petit corps mort de Sylvie, qu'il est bon finalement de s'autoriser à penser sans remords à ses chaussettes. Quand Gabriel se redresse, un éclair blanc attire son œil, du blanc là où il ne devrait pas en voir ; il ne peut pas y avoir de neige à l'intérieur de la souche, si ? Il se penche de nouveau, le visage à la hauteur de la bouche du petit pommier fourchu.

— Dassieux ?

C'est une feuille de cahier d'écolier, gluante d'humidité. Dassieux s'en saisit.

— Attends, peut-être… les empreintes…

— Sur du papier dans cet état ? Ça m'étonnerait…

Gabriel insiste :

— Allez, faisons les choses bien…

Dassieux fixe le papier puis hausse les épaules.

— Bon, puisque je l'ai déjà touché…

Et il entreprend de le déplier.

— Illisible. Regarde.

Gabriel voit l'encre qui a coulé, la feuille est toute détrempée d'une eau bleu pâle, on ne distingue plus rien. Ne sachant qu'en faire, il insiste pourtant pour que Dassieux la garde ; celui-ci obtempère en râlant : « Ça va me tremper la poche. »

Ils finissent par rejoindre la route. Le sentier qu'ils escaladent à demi a sans doute été tracé jour après jour par les pas de Catherine. Une fois sur la route, le vent les cueille immédiatement. Gabriel fourre les mains dans ses poches et baisse de nouveau les yeux. Il va avoir besoin de nouvelles chaussures. En remontant la route, plus haut vers la gauche, après encore un coude : le Domaine. Vers la droite, on descend au village.

— Tu penses que Sylvie pourrait nous confirmer, pour la cabane ?

— On peut toujours essayer.

Chez les Demest, c'est Radier qui les accueille, en sortant de son bureau sur la coursive, alors qu'ils ont sonné pour la deuxième fois à la porte de la maison et attendent sur le perron.

— Je peux vous aider ?

— Radier. Nous sommes remontés voir si la petite pourrait nous en dire plus. Nous montrer le chemin qu'elle a parcouru avec Jean-Pierre Louvet.

Radier s'approche, secouant la tête.

— Ils ne la laisseront pas sortir par ce froid, je ne crois pas.

— Lui parler alors, au moins.

Radier secoue de nouveau la tête.

— Je ne crois…

— Votre patron serait content de récupérer son argent, non ? Après tout, c'est aussi votre faute s'il lui manque deux millions.

Radier a de nouveau un signe de dénégation.

— Faites-nous entrer, Radier, au lieu de remuer la tête comme un vieux coucou.

Clémence refuse que sa fille mette le nez dehors.

— Il gèle, elle va attraper la mort.

À ses côtés, son mari reste immobile.

— Ce n'est pas loin... insiste Dassieux.

— C'est non.

Demest père, qui est descendu lui aussi au salon, insiste à son tour :

— Clémence, si elle peut aider...

— Aider à quoi ? Elle a quatre ans, elle ne sait même pas quel jour on est, que croyez-vous qu'elle peut faire ? Je refuse de la faire sortir.

— Clémence...

— Mais je m'en fous, moi, de vos millions !

Demest père sursaute, sous la force de l'affront. On lui dit non, on questionne son autorité, et pire : on insulte sa fortune, sous son toit, devant témoin.

— Michel ! il apostrophe son fils.

Michel, mou et mutique, hésite une seconde, puis passe la main autour de la taille de Clémence, et suggère :

— Peut-être juste lui parler ?

Clémence croise les bras et fait un pas de côté, pour se libérer de l'étreinte de son époux. Elle serre un instant les mâchoires puis consent un :

— Je vais la chercher, mais que ça ne dure pas.

La petite fille est blottie dans les bras de sa mère. Quand elle voit Dassieux et Gabriel, elle serre fort contre elle une grosse peluche. Clémence l'assied sur le canapé inspiration Louis XV, les jambes de Sylvie battent l'air, le talon de ses chaussures vient taper contre un des pieds.

— Sylvie, intime la grand-mère, qui les a rejoints au salon, et la petite fille immobilise ses jambes.

Clémence jette à sa belle-mère un regard peu amène, mais celle-ci, les mains calmement croisées sur son ventre, ne remarque rien. Pour Mme Augustin Demest, tout est rentré dans l'ordre, tout doit rentrer dans l'ordre, Sylvie est revenue, il ne s'est rien passé, ou pas assez en tout cas pour que l'on ait le droit d'abîmer le faux canapé Louis XV.

— Bonjour, Sylvie.

— Bonjour, répond la fillette, la voix s'envolant vers les aigus, légère, comme une question.

— Je ne sais pas si tu te souviens de moi ? demande Dassieux. Nous étions là hier quand tu es revenue.

Sylvie secoue la tête. Il y avait trop de monde, se dit Gabriel, et peut-être que pour une si petite fille, tous les hommes se ressemblent.

— Mais je me souviens de toi, dit Sylvie à Gabriel, tu as un manteau comme dans les films à la télé.

Gabriel sourit. Son blouson de cuir est très différent du long manteau de Dassieux et de la veste de lainage de Radier et, c'est vrai, un peu comme dans les films. Il ne l'avouera pas d'ailleurs, mais c'est pour cela qu'il l'a choisi, c'est presque celui de James Dean, et Claudia adore James Dean. Sylvie lui sourit, timidement.

— On dit « vous », Sylvie, la reprend sa grand-mère, et une nouvelle moue hostile vient déformer le visage de Clémence.

— Oh, ce n'est pas grave, rassure Gabriel. Dis-moi, Sylvie, je me demandais. Est-ce que la cabane où tu es restée avec Johnny était très loin d'ici ? Tu as dû marcher longtemps pour y aller ?

— Johnny, il m'a portée.

— Il t'a portée longtemps ?

— Je ne sais pas.

Pour une si petite fille, le temps doit être une notion floue, pense Gabriel.

— Et après, la cabane, c'était comment ?

— Oh c'était épatant !

— Tu veux nous dire comment ?

— C'était pour faire l'aventure, comme les Indiens, comme dans les films.

— Par terre, c'était comment ?

— Il y avait une grosse couverture. Ça grattait un peu.

— Et il y avait un toit, des murs ? C'était comment ?

— Tout en couvertures !

— Il y avait de la lumière ?

— Il y avait une bougie.

— Est-ce que tu as mangé des bonbons ?

— Oui !

— Des bonbons comme celui-ci ? demande Gabriel en sortant l'emballage de sa poche.

— Oui ! Ce sont mes préférés. Tu en as ?

— Non, désolé… Tu as fait quoi dans la cabane ?

— Juste mangé des bonbons… et aussi j'ai joué avec Pitou.

Elle lève la peluche, pour qu'on puisse l'admirer. Gabriel a une expérience limitée en matière de jouets pour enfants, mais l'ours beigeasse lui semble d'une qualité médiocre. La fillette, elle, rayonne de joie.

— C'est un très bel ours en peluche, complimente Gabriel. Est-ce que tu te souviens de ce que tu as fait, après ?

— J'ai dormi.

— Et après ?

— Après, on était chez Johnny.

— Tu as eu peur ?

— Bah, non, et il y avait Pitou.

— Est-ce que tu te souviens d'autre chose ?

— Oui, on a mangé des pommes frites. Tous les jours !

Elle semble absolument ravie.

— Tu sais qui on avait sous la main et à qui on n'a pas parlé de Catherine ? demande Gabriel, alors qu'ils redescendent vers le village, à pas précautionneux – la neige gelée ne permet pas de grandes enjambées, à moins d'accepter de se retrouver les quatre fers en l'air.

— Dis.

— L'institutrice, Mme Martin. Ça fait trente ans qu'elle est en poste. Elle l'a eue comme élève.

Dassieux consulte sa montre.

— Je n'y connais rien en horaires d'école, mais ça doit être la pause du déjeuner, non ?

C'est un homme qui leur ouvre la lourde porte en bois verni de l'école. Il a une coupe de cheveux à la propreté quasi militaire, des sourcils sévères et le menton faible, et se présente comme le directeur, et l'instituteur « des grands ». Quand on s'enquiert de Mme Martin, il fronce le nez et pointe le doigt vers un couloir.

— Vous êtes nombreux à travailler dans l'école ?

— Seulement Mme Martin et moi. Vous venez la voir pour... ? Si je peux me permettre de demander, se reprend-il.

— Catherine Caron.

Cette fois, la fronce du nez s'accompagne d'une petite moue de réprobation.

— Pas votre élève préférée ? demande Dassieux.

— Ce n'est rien de le dire, répond l'instituteur. Il y en a certaines qui n'ont rien à faire à l'école, si vous voulez mon avis.

— Ah mais nous voulons en effet votre avis, confirme Dassieux. Nous viendrons vous voir dans un moment.

Mme Martin est dans sa classe. Elle est petite, mais se tient très droite, et un instant, Gabriel a envie de baisser les yeux et d'aller s'asseoir sans faire d'histoires.

— On peut vous parler ?

— De Catherine Caron, je suppose.

— Vous supposez bien.

Elle soupire.

— Pauvre Marie. Ça lui est tombé dessus ce matin, d'un coup, j'ai l'impression. La réalité de la situation. Elle était parvenue à rester calme, mais elle est allée chercher du bois, et quand elle est revenue, que vous avez sonné... elle était complètement défaite.

— Nous tentons de comprendre qui est Catherine, où elle pourrait être, indique Dassieux.

— On ne saisit pas trop... on ne sait pas si on doit s'inquiéter pour elle, si Jean-Pierre Louvet peut lui faire du mal, ajoute Gabriel.

— C'est-à-dire ? demande l'institutrice.

— Si elle est à la merci de ce jeune homme et qu'il décide... On nous a dit, pour être honnête, qu'elle était limitée.

L'institutrice hausse les sourcils.

— Vraiment ? Qui vous a dit cela ? Mon collègue ?

— L'instituteur des grands ? Monsieur...

— Dubuis est le nom que vous cherchez.

— M. Dubuis, oui. Mais non, ce n'est pas lui. Et ça n'a pas été posé dans ces termes exacts, précise Dassieux. Mais à la ferme, au village...

— Je vois... (La femme fait quelques pas, saisit une manique de feutre et entreprend d'effacer le tableau d'ardoise.) Eh bien, M. Dubuis, oui, irait sans doute dans votre sens.

— Ce n'est pas ce que j'ai... (Dassieux renonce :) excusez-moi, poursuivez.

— Je sais qu'il l'a prise en grippe, presque dès le premier jour. Ses notes étaient très bonnes, pourtant, mais il était convaincu qu'elle trichait, que sa mère faisait ses devoirs pour elle. Il l'humiliait en classe, alors elle a cessé de répondre, et lui alignait les zéros de participation et d'interrogation orale. J'ai tenté de lui en parler, lorsque j'en ai eu vent. L'échange ne s'est pas bien passé. C'était épidermique, chez lui, il peut être très injuste. Mon intervention n'a fait qu'empirer les choses, je n'ai plus rien tenté. Catherine s'est renfermée. Inutile de vous dire, par ailleurs, que lorsqu'un enseignant se laisse aller à afficher son hostilité envers une élève, ses camarades se sentent tout permis.

— Mais elle l'était vraiment ? Limitée ?

— Ce n'est pas le souvenir que j'en ai. Au contraire. Catherine est, je crois, une enfant brillante. Je sais qu'elle a dû quitter l'école. Mais si elle avait pu… Elle apprenait tout avec facilité, tout, vraiment. Les lettres et la lecture, comme les chiffres, ou la couture bien sûr, pour l'avoir observée chez elle, mais même la mécanique, quand elle parvenait à mettre la main sur le petit établi des garçons. Si les choses étaient différentes, je pense qu'elle aurait pu aller loin.

— Différentes comment ?

— Catherine a perdu son père, vous le savez, je suppose. Un accident, en 52. Sa mère Marie Caron, enfin, Marie Berger à l'époque, a toujours été très timide. J'ai eu Marie comme élève. Une timidité… maladive. Je suppose que c'est pour cela qu'elle n'est pas parvenue à trouver à s'employer en usine, aux Moulins Bleus ou quand Vico a ouvert à Vic – dans ce genre d'endroits, il faut savoir faire sa place. Mais elle aussi était une excellente élève : une grande vivacité d'esprit, beaucoup de curiosité. Extrêmement en avance pour son âge. Elle ne sortait pas durant la récréation – elle avait peu d'amies. Elle restait là, elle lisait le journal. À cinq ans ! Et j'étais, j'étais admirative, je dois l'avouer. Et je reconnais que je l'ai traitée… un peu à part. C'était sans doute un tort. Si je l'avais forcée à sortir, à se mêler aux autres élèves, elle aurait peut-être réussi à vaincre sa timidité. D'autant que la taille de l'école a imposé la mixité depuis longtemps et que pour ma part, je crois beaucoup à ses mérites pour la socialisation des enfants. Mais… c'est ainsi. Et Catherine montrait exactement les mêmes prédispositions.

— Timide, aussi ?

Le tableau est propre. L'institutrice s'essuie soigneusement les mains de la poussière de craie, secoue la tête.

— En aucun cas. Ou, à tout le moins, de manière très différente de sa mère. Discrète, oui. Secrète. Mais davantage par instinct de protection, selon moi.

— De protection de quoi ?

— Marie Caron a quitté la région pour se marier juste après la fin de l'Occupation. Elle est revenue veuve, dans la maison que vous lui connaissez. Son père – le grand-père de Catherine – était un des rares hommes du village à être rentré du front après la Grande Guerre. Il avait été gazé dans les tranchées, il était diminué – les poumons, bien sûr. Ça n'a pas empêché les Allemands de le réquisitionner pour le STO. Il est parti en 1942 et il n'est jamais revenu. La famille n'était pas riche. Quand Marie est revenue, sa mère s'en sortait avec sa pension de veuve. Marie aurait pu être embauchée au Domaine, mais elle a refusé. Ce départ, ce refus, ajoutés à cette timidité extrême qui lui rend les échanges difficiles, a donné l'impression aux gens du village qu'elle se pensait trop bien pour eux. Ajoutez à cela l'attitude de M. Dubuis… et vous connaissez la cruauté des enfants. Les adultes se sont mis à les tenir à l'écart eux aussi, mère et fille, sans y penser vraiment. On fait travailler Marie, mais on ne l'invite pas vraiment, on ne la côtoie pas. Catherine a tenu jusqu'à la fin du cycle élémentaire. Je suis persuadée qu'au collège, elle aurait enfin pu être notée justement… mais avec les évaluations de Dubuis… Elle n'avait pas d'autre choix que de préparer le Certificat d'études – habituellement c'est le sort qu'on réserve aux enfants qui accumulent trop de retard, qui doivent sortir rapidement du système scolaire pour pouvoir travailler. Au Certificat, malgré l'acharnement de Dubuis, elle a eu des notes brillantes. Mais ensuite… Marie n'avait pas les moyens. Catherine est restée à la maison, elle aidait sa mère, puis elle a trouvé son travail en haut, à la ferme.

— Et Marie Caron, pourquoi ne voulait-elle pas travailler au Domaine ?

La femme les regarde très droit.

— Être une femme seule ici… est un statut délicat à gérer. Vous avez entendu les rumeurs autour des enfants illégitimes de Demest, je suppose.

Hochement de tête.

— Il ne s'agit pas de on-dit. Je connais personnellement au moins deux jeunes femmes qui ont eu un enfant de lui.

— Deux liaisons ?

— Non, répond sèchement Mme Martin. Ce n'est pas ce que je qualifierais de « liaisons ».

— Je ne comprends pas, fait Gabriel. Deux enfants, pas de liaison ? Des aventures d'un soir ?

Le regard de l'institutrice glisse vers Dassieux, qui ne dit rien, et Gabriel a l'impression d'être un enfant qu'on juge trop bête pour lui expliquer quelque chose. Mme Martin s'éclaircit la voix :

— Demest fournit du travail à toute la vallée. Il est ami avec la plupart des patrons de la région. S'il décide qu'il a envie, pensez-vous vraiment qu'une fille se risquerait à lui dire non ? Et si elle disait non, pensez-vous vraiment que *Monsieur* Demest l'écouterait ?

— On nous a parlé des « poules » de Demest. Jamais de viol.

— Bien sûr, se contente de répondre l'institutrice. Une femme pauvre a toujours le choix, c'est connu. (Elle a un geste de la main, comme si elle manquait de temps pour leur faire une leçon nécessaire.) Quoi qu'il en soit, de ces deux jeunes femmes, l'une a eu un fils. Je crois savoir que Demest lui verse une rente, rente conditionnée à un engagement notarié de ne jamais demander de reconnaissance en paternité. L'autre a eu une fille, et on m'a dit que Demest n'avait plus jamais voulu en entendre parler. Elle a quitté le village. Je crois qu'elle habite plus au nord, maintenant. Et…

Pour la première fois, elle hésite. Elle détourne le regard et se concentre quelques secondes sur la gouttière de métal ; entreprend d'y aligner les craies blanches, avec de petits gestes précis.

— Il y a eu des rumeurs. Une autre fille. Que je ne connaissais pas bien, sa famille est arrivée ici plus tard, elle a été scolarisée ici mais je ne l'ai pas eue en classe. Ses parents travaillaient à la ferme, et elle y est allée aussi. Elle avait plus ou moins le poste que Catherine occupe. Occupait. Elles étaient amies, d'ailleurs. C'est peut-être la seule camarade que j'aie connue à Catherine, quand elles étaient toutes les deux chez Dubuis. Je me souviens de les voir toutes les deux dans la cour parfois, et de me réjouir que Catherine ait… quelqu'un. Mais elle était loin d'avoir les capacités de Catherine, et la famille avait besoin d'argent. Entre un salaire supplémentaire et une fille qui allait à l'école, le choix a été fait rapidement. Une autre des générosités de *Monsieur* Demest. Employer la fille, verser le salaire aux parents, trois paies au lieu de deux. Quoi qu'il en soit, elle aussi serait tombée enceinte, et sa tentative de mettre fin à cette grossesse se serait mal passée. Elle a dû être hospitalisée un certain temps. C'est Demest qui a payé les frais, si on en croit le bruit qui court. Ensuite, la famille aurait accepté de l'argent pour quitter la région. Pour aller dans le Sud, Nice peut-être. Elle était vraiment jeune, pas plus de quinze ans. C'était il y a… quatre ans environ ?

— Vous avez son nom ? demande Gabriel par réflexe, bien qu'en y pensant, il ne voie pas trop ce qu'ils en feraient.

— Pour que vous alliez lui faire des problèmes des années après pour avoir refusé la grossesse ?

— Ce n'est pas du tout le sujet qui nous amène, la rassure Dassieux.

Elle s'essuie les mains, comme pour les nettoyer de ce qu'elle vient de raconter.

— Je ne me souviens pas de son nom, de toute manière.

Pour la première fois depuis qu'ils ont commencé à lui parler, elle dit cela en baissant les yeux, et Gabriel sait qu'elle ment. Mais Dassieux ne dit rien, alors il ne dit rien. Mme Martin reprend :

— Accepter de travailler pour Demest, c'était accepter de risquer qu'il vous trouve à son goût. Tout le monde a toujours su ça. Et Marie est une belle femme, elle courait le même genre de risque. Mais refuser de travailler pour Demest, c'était courir un autre risque : celui de ne pas être embauchée ailleurs. Alors Marie Caron a dû trouver une autre solution, et c'est comme ça qu'elle s'est mise à son compte, avec des travaux de couture, comme sa mère l'avait fait. Vu le niveau de vie de ce village, et la facilité avec laquelle on achète des vêtements du commerce maintenant, cela ne lui rapporte sans doute pas bien lourd, même si je ne saurais vous dire précisément... Oui ? s'interrompt-elle.

Gabriel, qui espérait que sa mimique de légère exaspération était passée inaperçue, a l'impression d'être pris en faute.

— Je veux dire... Demest n'est pas roi de France, à la fin. Depuis le début, on nous en parle comme d'un véritable magnat. Mais il reste un fermier qui fait pousser de la betterave.

— Et qui fait travailler et loge la moitié du village. L'autre moitié embauche chez des gens qu'il connaît personnellement. Vous ne pouvez rien comprendre du fonctionnement de ce village, de cette région, tant que vous ne comprenez pas cela.

Gabriel hausse les épaules. Ce n'est pas la première fois qu'on leur dit cela, mais il n'est toujours pas convaincu.

— On peut partir, aussi.

Le visage de la femme se durcit.

— Vraiment ? Cela semble très simple, à vous entendre. De renoncer à sa maison, à ses amitiés, à l'endroit où on a grandi, pour risquer des conditions de vie plus précaires encore. Si Marie Caron est revenue ici après son veuvage, peut-être que ce n'était pas plus facile ailleurs.

— Très bien, dit Dassieux, apaisant. Continuez, je vous en prie.

— Les travaux de couture ne les faisaient pas vraiment vivre correctement, toutes les trois, pourtant elles s'en sortaient. Mais la grand-mère a cessé de travailler, puis est tombée malade. Marie a fait diviser la maison en deux parties relativement inégales, et a vendu la plus grande. Cela lui a laissé un peu de quoi voir venir. Son objectif était que Catherine puisse faire des études, payer l'internat, les frais. Et puis il y a eu des imprévus, des dépenses liés à la maladie de la grand-mère de Catherine… quoi qu'il en soit, Catherine a dû trouver du travail. Les bourses n'auraient pas été suffisantes… même si elle avait pu y prétendre. Ce qui était impossible avec le dossier que lui avait fait Dubuis. C'était tellement… rageant. J'ai proposé de les aider, l'idée de voir Catherine abandonner ses études était si décevante. Mais Marie a refusé. Je pense qu'elle ne voulait pas m'être redevable.

— Je croyais que Demest finançait en partie la scolarité des enfants de la vallée, ou quelque chose du genre… se permet Gabriel.

— Rien n'est gratuit avec Augustin Demest. Jamais. Il y a toujours quelque chose à payer.

— Dans ces conditions, vous ne trouvez pas étrange que Marie ait envoyé sa fille travailler au Domaine ? interroge Dassieux.

— Marie n'a rien envoyé du tout. C'est Catherine qui a insisté. Son amie avait quitté son poste, par la force des choses. La place était libre.

— Cela ne vous étonne pas ?

— Catherine se fermait comme une huître quand je lui demandais pourquoi. Et puis, je sais par Marie que la belle Mélie se débrouille pour quitter le moins possible la cuisine. Elle envoie Catherine porter le café quand le patron en réclame. J'étais horrifiée de savoir Catherine à sa portée. Mais elle refusait de répondre à mes questions. Et quand Catherine a décidé quelque chose… J'ai cessé de demander.

L'institutrice jette un coup d'œil à la grande horloge accrochée au-dessus du tableau.

— La récréation est terminée. Je dois aller récupérer mes élèves.

— Mais j'y pense, vous avez eu les enfants Demest, aussi, demande Dassieux, alors que l'institutrice se dirige vers la porte vitrée qui sépare la salle de la cour de l'école.

Elle hoche la tête.

— Les trois. Ensuite, ils sont allés dans le privé. C'est souvent le cas ici.

— C'est-à-dire ?

— Les enfants vont à l'école la plus proche, s'il y a une maternelle. En élémentaire, aussi, parfois. Mais s'ils sont d'une famille aisée, on les envoie dans le privé au moment de l'entrée au collège. À Saint-Rémy souvent, à Soissons, pour les filles. Il y a aussi plusieurs collèges privés, tenus par les jésuites, à Compiègne.

— Pourquoi ?

Mme Martin a un petit rire aux notes acides.

— Oh, pour ne pas les laisser tisser trop de liens avec la plèbe, je suppose. Il ne faudrait pas qu'ils puissent faire de sentiment plus tard, quand ils emploieront leurs anciens camarades de classe.

— Et les enfants Demest, alors ? Augustin, Michel, Martine ? Vous pouvez nous en dire quelque chose ?

— Vous pensez… qu'ils ont quelque chose à voir dans cette histoire ? Ils n'ont pas côtoyé Catherine, même la cadette Martine a un an de moins qu'elle… et je ne crois pas les avoir vues beaucoup ensemble dans la cour. Pas du tout, d'ailleurs, si j'y pense, répond l'institutrice.

— Non, non, se défend Dassieux. C'est par… curiosité, disons.

Mme Martin lisse les pans de son gilet bordeaux, a un nouveau regard à la pendule.

— Tenus à la baguette, tous les trois. Et trois manières bien particulières de contrer l'autorité paternelle. (Elle ouvre la porte.) En rang, tout le monde !

— C'est-à-dire ?

— Augustin, dans l'opposition frontale malgré la crainte viscérale qu'il avait de son père. Je n'ai pas été surprise une minute quand j'ai su qu'il avait quitté la ferme pour ne plus jamais y revenir. Michel, terrorisé et fermé comme une huître. Je pensais qu'il partirait, lui aussi, et je crois qu'il ne rêvait que de cela, mais la défection de son frère l'a condamné à prendre la suite…

— Et la cadette ? J'ai eu l'impression qu'on lui passait davantage de choses…

— Ah, Martine. Une roublarde, dit Mme Martin avec un bref sourire – et cela sonne comme un compliment. À faire à son idée, en contournant tout ce qu'il y a à contourner. Elle aussi, elle est futée. Elle ira loin…

Mme Martin tourne la tête vers eux, et son ton se fait plus amer :

— Si *Monsieur* Demest ne la marie pas à un gros bonnet du coin. Ou de plus loin, histoire de passer des accords et de faire fructifier tout cela ; même si Martine est la petite dernière et qu'il était peut-être un peu moins dur avec elle qu'avec les garçons… une fille, cela reste une monnaie d'échange.

Mme Martin s'arrête une seconde, avant d'ajouter :

— Je ne devrais pas dire cela, avec ce qui vient de se passer. Quoi qu'il en soit, ne vous inquiétez pas pour Martine Demest. Elle sait où elle va. Hier encore, j'ai entendu à l'épicerie qu'elle allait sans doute se fiancer avec l'aîné des Ponthieu.

— Jean-Paul Ponthieu ? s'étonne Gabriel, qui se souvient parfaitement du jeune homme, son visage mal assemblé, sa toge en velours, ses manières d'efféminé. Les assurances du Soissonnais ?

C'est au tour de Mme Martin d'afficher une certaine surprise.

— Vous le connaissez ? Oui, celui-là même. Enfin, il n'y en a pas cent, des Jean-Paul Ponthieu, dans la région. Elle est loin d'avoir vingt et un ans, mais c'est le genre de mariage qui devrait obtenir la bénédiction de son père. Ils sont très à l'aise, ça devrait plaire à Demest. C'est ce qu'il faut espérer pour Martine, tout du moins. C'est encore sa meilleure chance de pouvoir mener sa vie.

Elle a un dernier regard pour l'horloge.

— Rentrez, les enfants, ajoute-t-elle sur un ton qui signifie clairement : « Et vous, sortez, messieurs. »

Une fois dans le couloir, Dassieux et Gabriel se regardent.

— Tu y crois, toi, à Catherine brillantissime ? Ça vaut le coup que l'on demande son avis à Dubuis, non ? demande Gabriel.

Dassieux élude, ne répondant qu'à une partie de la question :

— Oui, mais alors discrètement, dit-il, pince-sans-rire. Je n'ai pas envie de me faire attraper par Mme Martin.

— Par où, tu penses ?

De l'autre côté de la porte, la voix de Mme Martin s'est mise à réciter une série de syllabes et dans un chœur aigu et assourdi, de petites voix répètent.

Ils font quelques pas dans le couloir ; il flotte une odeur de fumée et de craie, à peine teintée d'une note de cire mielleuse. Ils s'avancent jusqu'à une autre porte. Aucun bruit ne provient, à peine quelques chuintements discrets. Dassieux toque ; des bruits de pas font immédiatement grincer le parquet, et on vient leur ouvrir la porte.

— Oui ?

Dubuis a passé une blouse grise impeccable depuis qu'ils l'ont croisé dans le hall d'entrée. Derrière lui, cinquante têtes curieuses feignent de rester penchées avec sérieux sur leur cahier, mais une multitude de petits coups d'œil s'envolent à travers la pièce en direction des deux intrus.

Dassieux désigne le couloir d'un signe de tête.

— Vous avez une minute ?

Dubuis hoche la tête. Il se tourne vers sa classe, lance un « Lebret, tu es responsable. Pas de chambard » et referme la porte derrière lui.

Ils font quelques pas dans le couloir.

— Messieurs ?

— Catherine Caron. Que pouvez-vous nous en dire ?

Il fronce le nez, dans une moue un peu dédaigneuse.

— Rien de bien flatteur.

— C'est ce que nous avions cru comprendre tout à l'heure. Mais on nous a dit qu'elle était bonne élève.

— Ah ! Mme Martin, je suppose.

Et dire que ces deux-là vivent dans des logements de fonction mitoyens, pense Gabriel. Les soirées doivent être festives.

— Quelle est votre opinion ?

— Mon opinion ? Aucun effort en classe. À la limite de la stupidité. Assez roublarde pour tricher, cependant.

— Pourtant, elle aurait eu d'excellentes notes à son Certificat.

Il hausse les épaules et n'a, visiblement, rien à répondre.

— Elle avait des amies, des camarades ?

— Non, elle était plutôt mal vue.

— Pourquoi cela ?

L'homme détourne le regard.

— Allez savoir. Les enfants.

— Vous en aviez discuté avec sa mère ?

— Oui, bien sûr, mais cela n'avait rien donné. La mère elle-même est une affabulatrice.

— Affabulatrice ?

— Tricheuse, affabulatrice, pour moi c'est du pareil au même.

Gabriel lui trouve l'air fuyant.

— Le garçon qui trempe dans l'affaire, il n'a pas été votre élève, je suppose.

— Non, bien sûr. Je vous l'aurais signalé, sinon, quand le portrait a été diffusé, ou quand j'ai lu son nom dans les journaux. J'ai bien peur de ne pas pouvoir vous être très utile, ajoute-t-il, d'un ton qui se voudrait distingué mais n'est qu'obséquieux.

— En effet, confirme Gabriel, peu soucieux de le vexer.

Chez Salors, ils arrivent trop tard pour qu'il reste du dessert, mais on leur sert du gratin dauphinois et de la soupe. Gabriel s'absente de table, puis revient bredouille, quelques minutes plus tard.

— Au Quai, ils n'ont connaissance d'aucun signalement reçu de Jean-Pierre ou de Catherine, Coutin avait l'air surpris que je demande… Je crois bien qu'on est les seuls à s'intéresser à la suite de cette histoire.

— Tu veux appeler le juge ?

— Non, c'était juste pour avoir des nouvelles, entre nous…

— Peut-être en tentant côté Aubreuil ? suggère Dassieux.

— J'ai essayé. Côté gendarmerie, rien non plus. Ils sont en train de taper les derniers rapports, de ranger. Ce soir, ils rejoignent tous leurs casernes habituelles, Ichy-sur-Loy pour Aubreuil et ses gars, Soissons pour Fournier et sa brigade. Fin des recherches, fin aussi de l'équipe de recherche.

— Tu t'y attendais un peu, Gabriel, non ?

— C'est quand même rageant.

Mme Salors vient les servir, plus souriante que d'habitude. Gabriel remarque et apprécie, cela lui remet du baume au cœur. Mme Salors n'est plus toute jeune, mais il aime que les femmes lui sourient.

— Je respire mieux, leur confie-t-elle. Quel soulagement, vraiment. Que la petite ait été retrouvée.

Assis à leur table, Dassieux et Gabriel acquiescent et Gabriel convoque un sourire en retour. Au fond, c'est pour ça qu'il voulait être policier. Pour que les gens le regardent et disent « Quel soulagement ».

— Et sans vouloir vous chasser… vous ne rentrez pas à Paris ? Maintenant que c'est fini ?

— Pas tout de suite, mais nous libérerons les chambres ce soir, sans doute, confirme Dassieux. Très bonne, cette soupe.

— Il vous garde pour retrouver son argent, c'est ça ? demande Mme Salors, une main sur la hanche, et un petit sourire aux lèvres.

— C'est-à-dire ? demande Gabriel, prudent.

— Demest. Il veut récupérer sa rançon, hein ? Quelle pince, celui-là. Il devrait remercier le ciel d'avoir retrouvé la petite indemne.

— Je croyais que votre père bouffait du curé ? demande Gabriel.

— Et moi aussi, monsieur Sautet. Mais ce n'est qu'une expression. Et puis une petite comme ça, ça vaut bien une entorse aux principes.

— N'allez pas répéter ça, madame Salors.

— Répéter quoi ? Que vous êtes en service commandé pour courir après son argent ? Je ne voulais pas vous offenser, mais c'était aux informations. Si vous ne voulez pas que ça se sache, c'est un peu tard.

La pendule indique 14 h 30. C'est trop tard pour le journal.

— Ils disaient quoi, exactement, à la radio ?

— Hum. Quelque chose comme, « Bien que la petite Sylvie ait été retrouvée, les agents délégués sur place n'ont toujours pas retrouvé leur affectation habituelle » et… et que les policiers de Paris sont toujours là, et que c'est probablement pour tenter de retrouver et suivre la piste de l'argent car « M. Demest, délesté de deux millions, se serait laissé aller à critiquer le travail accompli par les forces de l'ordre », enfin, quelque chose dans ce goût-là…

Gabriel se lève et va chercher le journal du matin sur le comptoir.

— J'ai pris *Le Monde*, aussi, indique Salors, de derrière le zinc. Ce n'est pas tous les jours qu'on est dedans.

— Donne, Gabriel. À moi *L'Union*, à toi *Le Monde*.

Ils finissent de déjeuner, en prenant leur temps et en essayant de préserver les journaux des miettes.

— Ah oui, tout de même, dit Dassieux, quand il a terminé, en lissant soigneusement les pages pour remettre en ordre *L'Union*.

— C'est tout ce que tu trouves à dire ? répond Gabriel, en poussant *Le Monde* au bout de la table, sans le moindre soin.

— Tut tut tut, fait Dassieux, avant de repasser du plat de la main les feuilles du national, pour réparer les dégâts. Ce n'est pas la faute du journal.

— Mais ils nous font... !

— Du calme, Sautet.

— Il nous font passer pour des bras cassés ! chuchote furieusement Gabriel. Regarde, là !

— Oui. J'ai lu l'article. Et toi qui trouvais Declerc désagréable.

Une sonnerie retentit.

Dassieux a terminé son repassage, repose le quotidien.

— Tu sais, ça va peut-être arranger tes affaires. Viens, ajoute-t-il en se levant. On va voir ce brave Aubreuil avant qu'il ne plie bagage.

— Arranger mes affaires comment ? demande Gabriel, se levant à son tour.

— Tu n'es pas le seul que ça risque d'énerver. Et peut-être que cette affaire que tu ne veux pas laisser va durer encore un peu. Que deux petits prolos leur échappent... ça va commencer à être vexant pour pas mal de monde.

— Au 36 ?

— Au 36. Ou place Beauvau.

— Téléphone pour vous, annonce Salors alors qu'ils repoussent leur chaise.

Gabriel va jusqu'au poste en quelques enjambées rapides.

— *Ah, je suis contente de vous trouver. C'est Simone. Simone Mahieux.*

— Oui Simone ?

— *Un chef de gare a reconnu Jean-Pierre Louvet. Il aurait pris un train à Soissons pour Paris hier en fin de journée.*

— Seul ? demande Gabriel.

— … *Oui.*

— Merde, seul ?! dit-il encore.

Au bout du fil, un silence, puis la voix de Simone répète simplement :

— *Oui.*

Dassieux qui l'a rejoint prend le combiné des mains de Gabriel.

— Ne t'énerve pas sur cette pauvre Simone. Simone ? Nous arrivons.

Le quartier général d'Anceny leur paraît désert – il n'en est rien pourtant, une petite dizaine de gendarmes y sont encore. Mais la fébrilité nerveuse qui tendait l'atmosphère des bureaux depuis leur arrivée a disparu. Quand Gabriel et son collègue font leur entrée, Simone vient d'aérer la pièce et l'air est frais. Assis à leurs bureaux, Chaval, Girard et Charpentier lisent ou triturent des papiers ; sur les tables, des chemises à sangles. Ils préparent leur départ, la mairie va retrouver son rôle de mairie.

— Bonjour, dit Simone. Je préviens le capitaine que vous êtes là.

Mais Aubreuil ouvre déjà la porte de son bureau et s'avance vers eux, tirant sur les pans de sa veste.

Il semble fatigué. Ses yeux sont encore cernés. Mais sa moustache est débarrassée de la petite mimique nerveuse qui troublait régulièrement sa prestance ces derniers jours. Il a retrouvé toute sa superbe, la tenue est impeccable, le port assuré.

— Ah, bonjour, je pensais bien que cela vous intéresserait.

— Vous avez reçu des nouvelles ? interroge Gabriel.

— Comme vous le disait Simone…

— Non, de l'état-major. On reprend ? l'interrompt Gabriel.

Puis, voyant qu'Aubreuil se redresse encore et tire de nouveau sur sa veste, il a un geste d'excuse.

— L'enquête ? On reprend l'enquête, si on a repéré Jean-Pierre ?

Il y a un regard entre Dassieux et le capitaine, quelque chose de très « cette fougue de la jeunesse », Gabriel le prend mal mais tente de ne pas le montrer. Aubreuil répond, posément.

— Non. Je suis navré. De notre côté, cela ne change rien. L'enquête est terminée. J'ai eu le juge Fiquet. Ainsi que l'état-major, ce sont eux qui centralisent les signalements qui leur semblent crédibles – il n'y en a pas eu foule, notez. Il semble que le, eh bien, que le soufflé soit retombé. Sylvie est vivante, fin de l'histoire.

— Mais Johnny était seul ! Qu'est-ce qui est arrivé à Catherine ? s'exclame Gabriel, la colère décuplée par le calme apparent de Dassieux.

— Je crains qu'il ne nous appartienne pas de le découvrir. Mes hommes et moi passons à autre chose. Ce sont les ordres.

Aubreuil a un geste de la main vers la carte de la région, un des rares documents encore punaisés sur les tableaux de liège.

— Souhaitez-vous que je vous montre… ? Soissons, ici. Comme vous le voyez, une distance parfaitement faisable en Solex. Sous la neige, cela me paraît un peu dangereux, mais je suppose que seul…

Il jette un regard furtif à Gabriel, qui déporte son poids d'un pied à l'autre, nerveux.

— Que seul et motivé par la perspective de s'en tirer avec beaucoup d'argent, cela n'a sans doute pas arrêté « Johnny ». Ici, à Soissons, plusieurs trains chaque jour pour Paris et pour Laon, pour Compiègne, aussi. Il semble que Johnny ait pris le Laon-Paris de 16 h 02. Si c'est bien lui, car l'homme ne peut pas en jurer. Cheveux plus courts, épaules plus étoffées, lunettes et barbe naissante, pas de gros bagage. S'il pense l'avoir vu, c'est parce qu'il s'est dit après coup que le type avait l'air nerveux, sur ses gardes, et en même temps comme raide, légèrement au ralenti.

— Votre opinion ? demande Dassieux.

— J'y ai réfléchi. Je pense que si c'est bien Louvet, il portait l'argent sur lui, dans une sorte de gilet. Et qu'il faisait très attention à ne pas attirer l'attention par des mouvements brusques. Ce qui peut donner au contraire des mouvements peu naturels.

— D'accord, dit Gabriel, d'accord, et après ? (Son pied droit tressaute furieusement.) À Paris, quoi ? Vous avez envoyé des hommes sur place ? Il faut qu'on demande ça au 36 ?

— Gabriel, dit Dassieux posément. Le capitaine vient de nous rappeler que l'enquête de la gendarmerie était finie. Combien de temps pour le train Soissons-Paris ?

— Selon les horaires et les arrêts prévus sur le trajet, entre une heure quinze et une heure vingt-cinq.

— Donc, arrivée à Paris au plus tard à 18 heures, disons. À cette heure-ci hier, on venait de retrouver Sylvie. Il a presque vingt-quatre heures d'avance, Gabriel. Il a pu attraper un autre train. Rejoindre le Pas-de-Calais, Douvres, embarquer sur un ferry pour l'Angleterre. Prendre un train de nuit. Il peut être en Espagne, en Italie, en Suisse… Sans compter les possibilités que laisse l'avion, s'il a atteint Orly.

— Et elle, Dassieux ? Elle est où ? C'est lui qui nous a menés en bateau tout du long, et Catherine avec ! Elle est dans une de vos vallées, sous la neige, et on trouvera son corps au dégel, et lui on le laisse s'en tirer, c'est ça ?

Aubreuil tire sur les pans de sa veste.

— … L'appel à témoins ne sera pas reconduit. Louvet a selon toute vraisemblance quitté le territoire, avec l'argent. C'est en ce sens que l'état-major rédigera ses conclusions avant de fermer le dossier. Pour ce qui est de Catherine Caron… je comprends votre émotion. Mais souvenons-nous qu'elle est complice d'un ravisseur d'enfant. Qu'elle ait compris ou pas les conséquences possibles de ses actes, vous et moi savions qu'il y en aurait, nécessairement. Peut-être est-ce là une forme…

S'il dit « justice », crie Gabriel intérieurement, s'il dit « justice » ! Il écrase sa cigarette avec un mouvement maladroit, fourre les poings dans ses poches, puis les sort, les lève, prêt à quoi ? Prêt à tout.

Aubreuil choisit de ne pas terminer sa phrase, et Dassieux a le geste, le geste du bras, celui qui veut dire « du calme, garde le contrôle », mais cela ne fonctionne pas cette fois. Gabriel a quelques pas rapides en direction de la porte de la salle, puis fait demi-tour, brusque et désordonné. Chaval se lève, incertain, et dans sa colère Gabriel comprend que l'homme s'est mis debout pour se préparer à l'arrêter, à le maîtriser, lui. « Si tu veux être furieux va être furieux ailleurs », Claudia lui dit ça parfois, elle ne tolère pas la colère, il essaye de penser à elle, de se calmer, il est tellement frustré, humilié même, furieux, ils se sont fait rouler dans la farine par un gamin minable, un homme même pas fini, ils se sont démenés, pour rien, pour rien.

— Vous vouliez nous parler dans votre bureau ? rappelle Dassieux au capitaine, avec une subtilité toute relative.

— Bien sûr. Si vous voulez me suivre.

Quand il consent à s'asseoir, Gabriel fulmine toujours mais la rage a cessé de brouiller sa vision.

— Alors. Racontez-moi, les enjoint Aubreuil, avec un signe de la main vers les chaises.

— Nous avons probablement trouvé la « cabane », explique Dassieux quand il voit que Gabriel lutte encore, se passant les mains dans les cheveux sans tendresse. Quelques centaines de mètres à peine de la ferme des Demest, dans une sorte de petit bois en contrebas de la route. Il y a un sentier qui passe par là et mène jusqu'au village. Il ne nous a pas semblé très utilisé, Marie Caron pense que sa fille était probablement la seule à l'emprunter.

— Des traces de Sylvie ?

— Rien de spécial à signaler, sauf un emballage de bonbon. Nous sommes retournés chez les Demest, voir si la petite pouvait aider. Elle a reconnu l'emballage. Elle n'a pas pu nous en dire beaucoup plus. Il y a aussi ceci, ajoute Dassieux, sortant de sa poche le papier humide. Sautet insistait pour qu'on le garde.

Le capitaine se penche.

— Je ne déchiffre rien...

— C'est un message, il faut le déplier... Gabriel ?

Gabriel comprend qu'il est supposé ouvrir de nouveau la note, le papier a commencé à sécher et semble encore plus fragile que lorsqu'ils l'ont sorti de la souche de pommier. Il a l'impression qu'on lui donne des crayons de couleur pour le distraire, le calmer pendant que l'on parle entre adultes. Il se reprend ; Dassieux ne pense pas à mal. C'est lui qui prend tout mal. C'est la fatigue, la descente de l'angoisse, l'après de la colère. Il a déjà connu cela, dans des proportions moindres cependant : des affaires qui se bouclent ou au contraire ne se bouclent pas, et le laissent las et susceptible.

— Nous avons aussi parlé à l'institutrice de Catherine, et incidemment, de sa mère, Marie Caron. Elle nous a dit qu'elles étaient brillantes, toutes les deux. Ce qui laisserait entendre que « Cathy » ne serait pas forcément une victime innocente, dans toute cette affaire. L'instituteur, lui, nous a dit exactement le contraire. Ce qui laisserait entendre, eh bien, exactement le contraire, et nous a amenés à penser qu'elle était possiblement en danger… ce qui s'est semble-t-il vérifié.

— Ah, oui. M. Dubuis. Il y a des rumeurs à son sujet.

— Quel genre de rumeurs ?

— Qu'il aurait fait des avances à Marie Caron, quand Catherine était plus jeune. Qu'elle l'aurait repoussé. Qu'il se serait vengé sur sa fille en sabordant sa scolarité.

— Un homme fiable, donc. Où avez-vous entendu cela ?

Aubreuil tourne ses paumes vers le plafond.

— Si vous saviez tout ce qu'on a exhumé comme ragots au fil des jours. Il a fallu trier, je suppose que cela fait partie des informations glanées avant votre arrivée, et qu'il n'a pas semblé utile de vous faire partager sur le moment. C'est forcément dans un des rapports tapés par Simone, quelque part. Je ne vous ai rien caché. Mais… comme l'attention s'est détournée de Catherine assez rapidement… il est possible que…

Aubreuil se redresse sur son siège, puis tire sur sa veste d'uniforme et s'éclaircit la gorge :

— Comme nous avons détourné notre attention de Catherine Caron, peut-être les entretiens menés avec elle n'étaient-ils pas aussi poussés qu'ils auraient dû l'être.

Il se redresse encore, Sautet n'a sans doute jamais vu quelqu'un se tenir aussi droit.

— Soyons clairs, *j'ai* dirigé rapidement l'enquête vers d'autres suspects. Mes hommes ont interrogé tous les Italiens, un à un. Les saisonniers qui étaient présents pour le bûcheronnage, également. Et quand j'ai repris l'équipe, c'est aussi vers ceux-là que je me suis tourné en premier. Et ensuite, les journaliers qui vivent au village, les possibles rancuniers, ceux dont Demest avait acheté les terres… C'est ma responsabilité. J'ai fait prendre une mauvaise direction à cette enquête.

Peut-être qu'il se tient droit pour s'appuyer sur lui-même, pense Gabriel, tout en manipulant deux extrémités de portemines pour déplier le papier. Il procède avec soin, pendant que Dassieux, au contraire du capitaine, se laisse de plus en plus aller sur son siège, comme s'il voulait ménager de la place sur ses genoux pour sa part de responsabilités.

— Eh bien, capitaine Aubreuil, nous sommes venus vous prêter main-forte, et nous avons nous aussi creusé des pistes qui, nous le savons désormais, n'étaient pas les bonnes… alors, je suppose que les torts sont partagés, entre vous et moi, conclut Dassieux.

Le capitaine Aubreuil observe attentivement son interlocuteur. Sa moustache reste stoïque. Il a simplement un hochement de tête entendu. C'est ce qu'il s'est passé. Dassieux est venu de Paris, et il a commis des erreurs de jugement, Aubreuil aussi, cela arrive, ils ont fait de leur mieux, ses hommes n'y sont pour rien, Sautet non plus, lui aussi suivait les ordres.

Gabriel lève le nez. Il a compris ce qui venait de se dire. Ne sachant pas trop quoi faire d'autre il hoche la tête à son tour, dans une mimique discrète et reconnaissante du mouvement d'Aubreuil, puis retourne à sa feuille.

Un dernier geste, et il parvient à défaire l'ultime pliure du papier. Il se sent étrangement satisfait. Une satisfaction minuscule et bienvenue. Sur la face enfin dévoilée de la feuille, des traces d'encre, irrémédiablement baveuses.

— Voilà, dit Gabriel.

La tête du capitaine s'avance vers le papier.

— Je ne distingue rien.

— Nous non plus, confirme Dassieux.

— Je peux ranger cela avec le reste du dossier, au cas où, si vous le souhaitez.

Gabriel soupire.

— Ne perdez pas de temps. C'est illisible. Ça ne sert à rien.

Gabriel se lève, pour se dégourdir les jambes. Ça y est, c'est passé. Il ne reste plus qu'un peu d'amertume. Il a rangé la colère et la déception dans un coin. Nous passons à autre chose, a dit Aubreuil. Moi aussi, se dit-il. Je vais faire ça. Dans la corbeille à papier, il voit les journaux du matin, seule concession visible du capitaine au dépit.

Derrière son bureau, Aubreuil se lève, tend la main, à Dassieux d'abord, Gabriel ensuite.

— Je suis moi-même très insatisfait de la situation, avoue-t-il, mais sachez que même si l'enquête ne peut pas être taxée de réussite, mes supérieurs ont convenu de nos efforts, et il a été souligné que la coopération entre forces de police et gendarmerie avait été fluide. Il n'est jamais agréable d'être pris en défaut. Mais la petite a été retrouvée vivante, et c'est le plus important, n'est-ce pas ?

— Oui… oui, je suppose, répond Gabriel.

Gabriel gare la voiture devant le café de Salors. À côté de lui, Dassieux ouvre la portière, pose une main sur son genou, se penche, se soulève, se déplie. Il est dehors, il est debout. Gabriel se demande s'il joue la vieillesse, pour bien lui démontrer que sa décision est la bonne, inéluctable, ou s'il est sincère. Gabriel, lui, a les mouvements lourds. Il n'est plus en colère mais tellement déçu, de lui-même et d'occasions manquées. Il aurait voulu que ça finisse bien. Il aurait voulu attraper les méchants. Et quand il serait rentré ce soir-là, Claudia aussi aurait été impressionnée, Claudia a la tendresse accessible mais l'admiration difficile, père de marbre, résistant et tout ce qui s'ensuit. Mais cela, tout de même, l'aurait soufflée, du moins il l'espère. Et maintenant, quoi ? Elle ne sera sûrement pas admirative, certainement pas. Il allume une cigarette qui lui racle la gorge, veut parler, se retient, souffle de travers et s'embue les yeux de fumée, toussote, s'énerve de toussoter.

— Ne pleure pas, Gabriel, dit encore Dassieux qui a fait le tour de la voiture et lui lance un de ses petits sourires habituels, en lui tapotant le dos.

— De Dieu, Dassieux ! lance Gabriel, s'écartant des tapes amicales de son collègue. On s'est foirés, arrête de faire des blagues.

— Ça va, Gabriel, ça va. Tu vas t'en sortir.

Gêné, Gabriel réalise, repense aux propos de Dassieux face à Aubreuil.

— Oui, Dassieux, excuse-moi, je… j'ai bien noté. Bien entendu, j'entends, enfin je veux dire, ce que tu as dit dans le bureau, comment tu as pris la faute sur toi. Mais tu sais…

— Je ne sais rien du tout. Aubreuil a raison. Notre ministre Marcellin n'est pas content, très bien. Tu es jeune, Marcellin moins. Il y en aura d'autres, des grands patrons.

— Merci, Dassieux, dit Gabriel, lui tendant la main.

— Ah ! Allez, tu me gênes. Montons chercher nos affaires.

Au café, tout est calme. Dassieux demande la note.

— Un petit verre avant de partir ? propose Salors.

— Allez. Un demi. Gabriel, tu vas bien m'accompagner.

— Dites, le type avec la queue-de-cheval, la veste en jean fourré, Declerc, demande Gabriel.

— Oui ?

— Il a quitté l'hôtel ?

— Non, mais il ferait sans doute mieux. Il y a des gens qui lui ont dit des choses, sous le coup de l'émotion. La petite dont on ne savait pas si elle était vivante... Maintenant, ils vont regretter. On ne lui parlera plus. Et puis, fouiller dans les petits papiers des Demest, dès lors que la petite est revenue, quel intérêt ?

— Je croyais que vous ne le portiez pas dans votre cœur, Demest.

Salors hausse les épaules.

— Oh, c'est ma femme, surtout. Chez elle, on n'aime pas les patrons. Moi, vous savez...

Il ne termine pas sa phrase. Visiblement, oui, Dassieux et Gabriel sont supposés savoir.

— Elle est ici, votre femme ?

— Non, au bureau de poste.

— Vous la saluerez, dit Gabriel, avant de finir son demi en quelques gorgées rapides, et de monter préparer ses affaires.

La chambre est faite. Il y a du linge propre sur le lit. Gabriel n'avait pas pris assez de change et il a demandé à Mme Salors s'il était possible de faire laver une ou deux chemises. Elles sont impeccables, et il remarque que la bleue dont il avait accroché le dernier bouton du bas a été reprise, et le bouton remplacé. Il faut qu'il colle son nez au tissu pour retrouver l'accroc, réparé à points minuscules et précis. Il entend la porte de la chambre de Dassieux qui s'ouvre puis se ferme, les pas de son collègue sur le plancher, dans la pièce mitoyenne.

Gabriel fourre ses affaires dans son sac et fait de même avec les chemises, avant d'être pris d'une culpabilité inattendue, de ressortir les chemises repassées et de les ranger de nouveau, cette fois-ci avec précaution, le plus à plat possible.

— Merci, pour les chemises, lance-t-il quand il redescend, son sac à la main.

Mme Salors est rentrée et ôte son manteau.

— Oh, non. Les travaux d'aiguille, ça me rend chèvre. Je les ai portées chez Caron. Elles sont patientes.

— « Elles », vous parlez de Catherine, aussi,

Elle interrompt son geste une seconde, réfléchit une seconde, et puis répond :

— Oui, je suppose. C'est elle qui me les dépose habituellement, elle fait souvent cela, déposer le linge dont sa mère s'occupe.

— Vous n'en avez pas une mauvaise opinion, de Catherine ?

— Vous en posez, des questions ! Elle est impliquée dans l'enlèvement de la petite Demest, non ? On ne va pas lui donner une médaille.

— Non, mais, avant ça.

— Je ne sais pas, non, je suppose. Je sais qu'elle n'est pas aimée, ici… mais Marie non plus. Pour de mauvaises raisons, si vous voulez mon avis.

— Comme ?

— Comme… eh bien Marie a réussi à échapper aux champs, à Demest. Elles n'ont pas grand-chose, toutes les deux, mais elles s'appartiennent.

— L'instituteur…

Elle prend la mouche immédiatement :

— Ah ! Lui ! Lui, on le connaît, aussi !

Gabriel ne dit rien – ce n'est pas la première fois qu'en la laissant s'indigner d'une chose ou d'une autre, il a obtenu de Mme Salors plus qu'il n'en espérait.

— Lui, il aime bien aller proposer aux femmes seules de prendre soin de leurs enfants. Des meilleures notes, des dossiers pour les études.

Salors remonte de la cave, lance un regard plein d'appréhension à sa femme, comme un marin guette le grain, espérant peut être le garder à distance.

— Il y a un prix bien sûr, oh, lui, lui… il ne met pas les pieds ici, et il a bien raison, si vous voulez savoir, parce que je lui mettrais le nez dans sa fange.

— Mathilde… tente le cafetier, sur un ton d'armistice.

— Ce ne sont pas des façons ! Mon mari, monsieur Sautet, pense que je m'indigne trop. Mais moi, je pense qu'il est inadmissible de profiter de son statut de maître d'école pour obtenir des faveurs.

Salors murmure quelque chose, visiblement, ce n'est pas la première fois qu'il doit battre en retraite sur le sujet.

— Et puis aucune solidarité, rien : Mme Martin, elle n'est pas du genre à faire des courbettes, résultat ? Le conseil municipal a voté la remise à neuf d'un des logements de fonction, un seul, encore une manière de régler des comptes... vous croyez que Dubuis aurait protesté, aurait proposé de laisser sa chambre neuve à sa collègue ? Elle prend en âge pourtant. Par principe, ou par galanterie même. Ah, les plus jeunes, ça, il sait leur proposer des choses.

— Et avec Marie Caron... ? relance Gabriel.

— Oh, il a essayé, ça oui. Un soir, je l'ai vu taper à la porte, un peu tard pour une visite innocente, si vous voyez ce que je veux dire. Et puis je l'ai vu ressortir dare-dare, et Marie lui claquer la porte aux fesses, et pourtant elle se ferait écarteler plutôt que d'attirer l'attention, celle-là, qu'elle est timide ! Et pas longtemps après, je dépose des blouses à reprendre chez les Caron, Marie transpire le souci, et j'en tire qu'elle s'inquiète, que les notes de Catherine ont chuté – comme par hasard. Elle m'a même dit... Pourtant elle n'est pas du genre à se plaindre, mais elle était sens dessus dessous, et je ne sais plus comment elle a tourné cela. Que peut-être, si c'était pour que sa fille puisse réussir ses études, elle pouvait faire un effort. Bien sûr Catherine a entendu, rien ne lui échappe à cette petite, elle est descendue en furie, son livre à la main, je la vois encore... je les ai quittées, ça ne me regardait pas. Mais je ne crois pas que les notes de Catherine aient remonté.

Gabriel relève :

— Ses livres… oui, j'ai vu des livres chez Marie Caron. Je n'ai pas fait attention sur le moment.

— C'est autant les siens que ceux de Catherine. D'ailleurs, Catherine venait souvent m'en emprunter. Moi, je suis lectrice, même si je manque de temps. Et ici, à l'hôtel, les livres, c'est quelque chose que les gens oublient facilement derrière eux.

— Des préférences ? Dans les lectures de Catherine ?

Les pas de Dassieux, lourds, se font entendre dans l'escalier.

— Je l'ai vue dévorer n'importe quoi, vraiment. Des romans. Des livres d'histoire. Des biographies. Des traités d'horlogerie ! Même des livres en italien qui nous restaient du temps où Demest faisait construire sa baraque pour les loger là-haut. Moi, l'italien, pas un mot, je lui ai donné le tout.

— Catherine parle italien ? s'étonne Gabriel, alors que Dassieux les rejoint au comptoir.

— Le parler, je ne sais pas, mais elle le lit, ça c'est certain. Il y avait un petit dictionnaire dans le lot, je suppose qu'elle s'en est servie.

— Eh bien. Elle est pleine de surprises, cette Catherine, remarque Dassieux, en raffermissant sa prise sur la poignée de sa petite valise. Prêt, Gabriel ?

— Avant de partir, si je peux vous demander… avance Mme Salors, la voix plus basse.

— Oui ?

— J'ai parlé aux gendarmes de Dubuis. De ses sales manières. Bien sûr, ils avaient autre chose en tête à ce moment-là, mais… je ne pense pas qu'ils aient relevé. Et ici, un homme n'irait pas s'en prendre à l'instituteur. Encore moins pour défendre l'honneur d'une femme seule. Surtout pas Marie Caron, jolie comme elle est, vous comprenez, ça ferait des histoires. Mais je crois bien qu'il s'en est pris à d'autres. Qu'il s'en prend à d'autres. Et vous, vous êtes la police. Il saura bien que vous n'étiez pas venus pour cela au départ, mais vous iriez voir Dubuis ? Lui parler ? Lui remettre les idées en place ?

— Bien sûr, madame Salors, acquiesce Gabriel.

— Tu vois, commente Dassieux alors qu'ils se dirigent vers l'école, où de la lumière brille aux fenêtres du premier étage, tu vas avoir quelqu'un à secouer.

Ils viennent d'arriver dans l'Oise quand survient l'éclaircie. C'est un soleil d'hiver, laborieux et déjà couchant, qui rase la campagne et colore le ciel d'un orange et d'un rose pâles, poudreux et brouillons.

— Je rêve, dit Gabriel. On quitte la région et à la même exacte seconde, il fait enfin beau ?

Dassieux roule une cigarette, époussette ses genoux des miettes de tabac.

— Il pleut, ça ne va pas, il neige, ça ne va pas, il fait soleil, ça ne va pas non plus. Tu as intérêt à être de meilleure humeur après avoir retrouvé ta Claudia.

Gabriel ne répond rien. Il sait désormais que Dassieux va retrouver un appartement vide et cela le gêne. Il doute que son collègue sache arranger ses propres repas ou s'occuper de son propre linge. Il ignore quoi lui dire, ils n'ont pas ce genre de conversations. Il va voir avec Claudia, pour inviter Dassieux à dîner, peut-être qu'elle saura lui parler, savoir ce qu'il en est.

— Devine à quoi je pense ? demande Gabriel.

— À des choses ensoleillées et joyeuses, j'espère. Maintenant que tu as insufflé la terreur divine dans le cœur du méchant instituteur et que nous avons quitté ces contrées polaires.

— Je pense à Johnny et son Solex. Son Solex qui « fait un bruit d'enfer ».

Dassieux tire une bouffée de tabac, hoche la tête.

— Tu te souviens de l'insomniaque qui a affirmé qu'un deuxième Solex était passé devant chez elle presque tous les soirs de la semaine dernière ? Je l'ai relu plus tard dans les notes de Chaval : « Après 22 heures, parfois après 22 h 30. » Chaval demande si c'est Johnny et elle répond, en substance, que ça doit être un autre : il a un casque, il est moins maigre, son Solex est plus gros, il fait beaucoup moins de bruit. Chaval a aussi noté que la silhouette de cet autre conducteur était plus épaisse – mais ça, il suffit qu'il mette une autre veste. Personne ne voyait l'intérêt de Johnny à se camoufler, à ce moment-là, parce qu'on ne se doutait pas qu'il partait en vadrouille pour garder le contact avec Catherine. On était épuisés, pressés. La femme dit à Chaval : c'est un autre Solex, Chaval note : c'est un autre Solex.

— Mais comment ça, deux Solex ? Toi tu penses qu'il n'y en a qu'un seul ?

— Eh bien, il est mécano, tout de même. Peut-être que s'il voulait rendre sa bécane silencieuse, il était bien placé. Je n'en sais rien, mais un pot, une protection qui étouffe les vibrations, ça s'arrange. Et ça change l'allure du Solex. Il a pu jouer sur l'éclairage, aussi. Et Johnny se retrouve avec un Solex qui pétarade quand il veut être sûr qu'on le repère, à des horaires habituels… pour bien signaler certaines allées et venues aux Sellier, par exemple, montrer que tout est normal. Et une version silencieuse pour dissimuler d'autres sorties.

— Ça serait malin.

— Malin, oui.

Gabriel allume à son tour une cigarette, roule la fenêtre d'un petit centimètre vers le bas. L'air qui s'infiltre est glacial et vient le frapper dans le cou ; il renonce, remonte la vitre. La bouffée qu'il souffle stagne dans l'habitacle.

— La nuit de dimanche à lundi, quand on a fait le guet devant chez les Sellier, la patronne s'est levée vers 6 heures. Et elle m'a dit quelque chose comme « Je n'ai pas fermé l'œil, d'habitude, je dors comme une souche ». Non, « à poings fermés », elle a dit « Moi qui dors à poings fermés dès 22 heures ». Ils travaillent dur. Ils se lèvent tôt. On l'a vu : la nuit, les rues sont désertes. Rien d'impossible. Surtout pour un type malin.

— Un type malin, répète Dassieux, mais quelque chose dans son ton pousse Gabriel à quitter la route des yeux une seconde pour tenter de déchiffrer l'expression sur son visage.

— Non?

— Je ne sais pas. Tu penses à Johnny. Moi, je pense à Catherine. Cette fille… cette fille que personne ne regarde, et toi non plus, Gabriel. Tu as même eu du mal à te souvenir de son prénom, alors que c'est un des premiers qu'on a lus, un des premiers qu'on a entendus, puisque c'est avec elle que Sylvie était avant de s'envoler. Toi, Gabriel, ça ne te ressemble pas. À un moment, il faut le vouloir, pour être à ce point discrète. Je me demandais quand on l'avait vue, Catherine, cette semaine. Et la réponse, c'est : tout le temps. Elle a déposé le café quand on était avec Demest. Elle nous a vus la photo à la main. Si tu y penses, tu vas te souvenir qu'on l'a croisée à chaque fois qu'on est montés. Réfléchis bien. Pas une fois on n'est allés à la ferme sans qu'elle soit là. Lundi matin, quand on attendait tous que Demest et Aubreuil reviennent avec l'argent, elle était là. Elle a écouté Chabrot qui était rentré de chez la mère de Johnny. Tout ce qu'ont dit les hommes, elle l'a entendu. Elle débarrasse les tables, elle fait le ménage, elle vide les eaux sales, elle jette les épluchures aux cochons, elle a accès aux chambres, aux communs. Elle est en permanence entre la maison et les réserves, les hangars, la baraque des Italiens. Elle est invisible. Mais elle est partout.

— Elle était partout. Maintenant, elle n'est nulle part.

— Hum, fait Dassieux.

Le silence se pose sur les deux hommes et les accompagne jusqu'aux premières lueurs de Paris.

— Je te dépose chez toi ? Ou tu veux qu'on passe par le 36 ? demande Gabriel.

— Tu peux m'y laisser en passant.

— Tu as besoin de moi ?

— Pour quoi faire ? Prends donc deux jours, décline Dassieux.

Gabriel pense à la manière dont Dassieux a épousseté le tabac de ses genoux pour le laisser choir sur le plancher de la voiture. Le sol de la 204 Peugeot est maculé de boue et de fragments de feuilles mortes, et il voit l'appartement où son collègue va rentrer ce soir, l'appartement sur lequel régnaient Yvette et son aménagement soigné, sa propreté appliquée. Sans réfléchir, il propose :

— Tu veux venir dîner à la maison ?

— Gabriel, la séparation est proche. Je sais que tu es désormais habitué à ma présence, mais il va falloir te préparer à cette terrible vérité : nous ne pouvons pas cohabiter de manière permanente. Qu'en penserait ta fiancée ?

Gabriel ne relève pas. Claudia appréciait Yvette, mais il sait que si elle acceptait d'honorer parfois l'invitation pour un dîner à quatre, ce n'était pas par affection pour Dassieux. Car celui-ci la froisse sans le vouloir, avec des riens qui lui sont propres et intrinsèques : son naturel à rester assis pendant qu'Yvette s'active, à dire « Mais n'embarrassons pas ces dames avec des détails » quand la discussion s'égare sur des dossiers, des considérations politiques ou tout autre sujet que Dassieux juge par essence masculins. Pour son collègue – et Gabriel le sait, c'est, tout comme le chemin qui mène vers l'enfer, pavé de bonnes intentions –, Claudia, malgré son futur d'avocate, n'a pas à entendre certaines choses car certaines choses n'ont pas à être entendues par des oreilles délicates. Dassieux considère que son travail est de protéger les femmes, toutes les femmes en général et les femmes respectables en particulier, des divers dangers et désagréments, parmi lesquels la réalité des affaires criminelles, la vulgarité des plaisanteries grivoises, l'inélégance des chaussures plates ; mais aussi le monde du travail, ou l'affront de devoir ouvrir elles-mêmes les portes. Gabriel, enquêteur doué qui sait lire entre les lignes, sait aussi Dassieux pleinement conscient de sa propre incapacité à tenir les comptes de son ménage, faire cuire une omelette, établir une liste de courses ou redémarrer la chaudière lorsque celle-ci fait des siennes. Au fil des années, Gabriel a glané ainsi des indices sur le quotidien d'Yvette, et en a déduit simplement que Dassieux et son épouse appartiennent à une autre génération, un peu comme ses parents, qui offrent l'image d'une complémentarité sans trop d'accrocs. Mais Yvette est partie et cette semaine, Gabriel n'a pas eu le temps de bien appréhender ce que cela signifiait pour son collègue.

— Tu es sûr, Dassieux ?

— J'ai survécu plus d'une cinquantaine d'années sans ta précieuse présence à mes côtés, je pense pouvoir m'en sortir pour un soir.

Quand il tourne la clé dans la serrure, Gabriel a le cœur coincé dans la gorge. Depuis qu'il a déposé Dassieux quai des Orfèvres, il n'est plus que tourné vers Claudia, seulement Claudia. Au point qu'il a commis quelques imprudences, est allé trop vite, a oublié une priorité à droite qui lui a valu une grosse frayeur et un voile de sueur qui est venu lui tremper le dos. Il s'est forcé à ralentir, à faire attention, mais quand il s'est garé en bas de chez eux des fourmis lui picotaient les lèvres et ce n'était plus la peur qui le faisait transpirer.

Il pousse la porte et tout est Claudia soudain, tout est Claudia enfin : l'odeur de l'appartement, un mélange de savon et de fruits ; les rideaux d'un rouge épais qu'elle tire pour maintenir la nuit à distance ; les couleurs vives des affiches qu'elle a punaisées au mur. Tout est Claudia, et surtout Claudia, les cheveux onyx relevés en un chignon luxuriant dont quelques boucles rebelles lui dégoulinent dans le cou, assise à la table de la cuisine, entourée de livres et de cahiers. Le couvert n'est pas mis, le dîner pas en route, ses pensées étalées sur des feuilles éparses dans un magma qui n'a de chaos que l'apparence. Elle est déjà debout et s'avance vers lui, les bras ouverts, et le *Caro mio !* si chaud, si tendre, qu'elle lui lance d'une voix chantante est très parfaitement, très exactement, ce qu'il a attendu toutes ces heures glacées, passées à grelotter en fuyant sans succès l'image d'un cadavre en minuscule robe bleue.

Mercredi 19 février 1969

Marie a fermé ses volets et a attendu que Saint-Dury s'endorme. C'est fini. Les dernières voitures inhabituelles qui étaient garées devant chez les Salors sont parties ce midi. Les policiers, depuis hier. Il restait les journalistes. Mais ils sont partis eux aussi, et la rapidité avec laquelle le village a retrouvé ses habitudes est rassérénante – même si cela, aussi, l'emplit pour de courts instants d'une angoisse qui confine au désespoir. Tout ici est rétif au changement, à l'inconnu, tout refuse le mouvement, ils vivent pétrifiés dans leurs journées de labeur, ravis au fond que tout soit revenu à la normale, toute cette agitation, le malheur de Demest les a distraits mais toutes les bonnes choses ont une fin et puis la petite n'y est pour rien, on n'est pas là pour plaisanter, il y a du travail à faire, du bois à couper, des soupes à mouliner, des enfants à nourrir.

Lundi, elle n'a rien vu. Catherine est venue en rentrant de la ferme, a ouvert la porte de l'arrière-cour, a laissé de l'argent, a laissé la lettre mais aucunes traces de pas, et elle Marie n'a rien entendu.

Et elle s'en veut. Elle aurait aimé la serrer dans ses bras. Catherine a toujours été secrète, toujours, un legs inconfortable que Marie aurait préféré garder pour elle, mais qu'elle a transmis à sa fille. Marie n'a jamais regretté l'enfant, même si elle n'avait pas prévu de l'élever seule, même si elle aurait aimé avoir une petite fille plus simple, dont elle aurait su lire les humeurs. Une petite fille ruisseau, calme, sans trop de renfoncements obscurs, une petite fille d'eau claire, dont on voit le fond et dont on peut déceler à l'œil nu les courants. Mais elle a eu Catherine, Catherine qui observe le monde avec des sagesses de vieillard et des fureurs d'enfant, patiemment ravalées, enfouies, indéchiffrables, dans des profondeurs de lac opaque qui l'inquiètent parfois. Souvent. Marie, s'est-elle avouée au cœur de la nuit sans sommeil qui a tiré péniblement jusqu'à mardi, est soulagée que sa fille n'ait fait que cela. Elle ne la croit pas cruelle, elle ne la croit pas capable du pire, mais elle sait à quel point Catherine hait Demest, ce qu'il représente, ce qu'il a fait, ce qu'il est. Une haine certaine et presque tranquille – peut-on dire de quelqu'un qu'il hait paisiblement ? Demest quant à lui est paisiblement haïssable et ne semble pas s'en formaliser. Catherine a dû se sentir désolée pour Clémence, cependant. Marie le sait, ou du moins elle l'espère. Elle a lu le journal, écouté les informations, on est mercredi et déjà Saint-Dury et Demest n'étaient plus qu'une colonne, mince. La petite est en bonne santé et on la disait souriante. Catherine n'est pas cruelle.

Mardi matin, quand elle a laissé Gisèle Martin une minute pour retourner chercher du bois, elle a vu que les bûches étaient dérangées, pas à leur place ; entre les tronçons du pin trop léger de cette année, acheté faute de mieux, les bûches de chêne des temps meilleurs qu'elles gardent pour les grandes occasions avaient été déplacées. Tout avait été déplacé, de fait ; Catherine a réussi à créer un espace invisible entre les deux rangées de bûches qui montent presque jusqu'au plafond de l'appentis – quand a-t-elle trouvé le temps de faire cela ? La nuit ? Depuis combien de mois prépare-t-elle son coup ? Elle ne le dit pas dans la lettre. Marie a tiré le bois, elle a trouvé le sac ; l'a palpé ; a hésité une seconde puis a compris : de l'argent. « Marie, on frappe à la porte ! » a appelé Gisèle Martin, « Veux-tu que j'aille ouvrir ? » Marie a remis le chêne en place, les mains tremblantes, les joues en feu.

Elle s'est pressée de rentrer chez elle quand les policiers l'ont laissée partir, après qu'elle leur a montré le petit bois de Catherine. Ensuite, elle n'a pas quitté l'appentis des yeux, de toute la journée. Le bruit a couru qu'ils partaient, les deux policiers de Paris, qu'ils étaient partis, ne reviendraient plus. Elle a attendu le cœur de la nuit, a déplacé les bûches avec précaution et le moins de bruit possible. S'est calfeutrée à l'intérieur et a ouvert le sac.

Elle a pris le temps de lire la lettre, la lettre de Catherine. Et de compter l'argent. Beaucoup d'argent, presque trop, cela lui serre le ventre quand elle y pense, l'opulence soudaine et secrète, le danger. Elle sait qu'elle doit être prudente. Attendre avant de dépenser, attendre avant de déposer à la banque, pas tout, très progressivement, attendre. Si elle veut, vendre la maison, partir ailleurs, laisser Saint-Dury derrière elle, figé dans la pierre froide et les regards en coin.

La lettre dit de ne pas s'inquiéter. Mais Marie s'inquiète, bien sûr, elle ne peut que s'inquiéter – sa petite fille lac. Catherine disait de brûler la lettre, mais Marie ne peut pas s'y résoudre. Elle la relit en cachette, la garde sur elle, collée à sa peau. Catherine qui lui dit de ne pas s'en faire pour elle, qu'elle est au soleil, avec le Johnny des journaux, oui, celui-là. Qui lui dit que tout ira bien. Qu'elle ne doit pas croire ce qu'elle lira dans la presse. Qu'ils ont prévu de partir ensemble. Qu'il est gentil.

Marseille

Quand elle descend du train, la luminosité est telle que pendant quelques secondes, les couleurs n'existent plus ; il n'y a plus que du blanc, du blanc partout, et des formes noires qui se meuvent autour d'elle. Il est encore tôt pourtant, le train de nuit l'a déglutie là, sur le quai, à 9 h 17 très exactement, mais le soleil est déjà jaune et le ciel déjà bleu ciel, de vraies couleurs, celles dont elle rêvait. Et l'odeur, les odeurs, à peine hors du train : c'est comme d'émerger d'un coup, de précéder le dégel, ici cela sent déjà le printemps, l'été peut-être, sa gorge se gonfle de nouveaux parfums, sucrés, acides et salés, il y a la mer, elle la sent, elle l'a aperçue de la fenêtre un peu poussiéreuse du Mistral, le front collé contre le verre et les yeux écarquillés, bleue verte, dominée par des grues gigantesques, elle a si hâte de l'approcher. Ses paupières papillonnent, elle est assaillie d'impressions, et puis elle sent une main sur la sienne et elle sait qu'ils se sont retrouvés. Il fallait qu'ils se séparent, qu'ils voyagent seuls, on chercherait un couple, ce n'était pas prudent, qu'il parte d'abord, dès Sylvie déposée à l'abri du seringa. Elle prendrait l'argent, elle le rejoindrait à Marseille, qu'il ne s'inquiète pas. Et il est là, et dans les mains de Catherine ses paumes aussi rêches de travail que les siennes, ses bras aux proportions étranges, comme s'ils peinaient à rattraper la force qui anime les doigts, ses poignets d'homme. Il a encore le torse mince, il est encore comme elle : trop petit, pas encore poussé, pas encore mûr, faute d'ensoleillement.

Johnny.

Au début, elle a ri. Elle disait : « Il te faudra un faux nom, pour les bûcherons. Tu laisseras ton manteau au seringa, tu prendras bien garde à te glisser au milieu d'eux quand le dernier camion montera à la ferme le lundi, sois en chemise, sois réchauffé, comme si tu avais trimé comme eux. Il faut que l'équipe d'en bas pense que tu as travaillé avec l'équipe d'en haut. Et que l'équipe d'en haut pense que tu arrives avec l'équipe d'en bas. Alors ? Tu veux t'appeler comment ? » C'était le début du jeu, le début de l'invention. Ils pourraient tout réinventer, plus tard ; quand le plan aurait été exécuté ; pour commencer il fallait un nom. Jean-Pierre a dit : « Johnny » ; et elle a ri. Puis elle l'a pris dans ses bras, l'a rassuré : « Je ris parce que c'est très joli, parce que c'est très bien. » Il la craint parfois, elle le sait, pas elle mais son intelligence, la vitesse à laquelle elle pense, elle imagine, elle comprend, elle élabore. Il a eu peur qu'elle se moque mais elle ne se moquait pas : elle sait ce que veut dire ce nom, le nom que son père n'a pas pu lui donner. La mère de Jean-Pierre aurait voulu un nom qui pourrait se prononcer par un Américain, mais il n'est jamais revenu, une lettre d'excuses seulement, pathétique, honteuse, désespérée. Alors sa mère a rangé la lettre et elle a choisi seule : Jean-Pierre, pensant que si, si un jour, si peut-être, cela pourrait faire « John ».

Catherine, elle, n'a pas l'intention de changer vraiment de nom. Ses papiers italiens disent « Caterina », cela lui plaît beaucoup. Giovanni avait souri en lui tendant les faux papiers : Caterina, c'est le nom de sa fille, celle qu'il a laissée à Sanremo. Il lui a montré sa photo souvent, quand elle venait apporter les cantines et s'entraîner à parler sa langue nouvelle et pleine de rondeurs, cette photo où Giovanni trouve sa fille si belle, et qui faisait sourire Catherine car elle lisait sur le visage de l'adolescente la bouderie de devoir se faire sérieuse, de devoir passer la jupe brodée, le châle, de perdre des heures à arranger ses cheveux en une coiffe complexe qui tire sur le crâne, de devoir passer une journée alourdie de tradition, pour faire plaisir, pour le souvenir, pour que son père l'emporte avec lui. Caterina, cela plaît à Catherine : on dirait qu'elle reste la même mais se marque de soleil. Peut-être se fera-t-elle appeler Cathy, comme dit parfois la petite-fille de Demest, pour qui les mots trop longs ont longtemps été des épreuves. Devant sa famille, Sylvie n'a pas droit à l'erreur, on la reprend, on la corrige, il n'y a rien de facile, même pour elle. Seules, parfois la petite préfère dire Cathy, c'est plus simple et c'est comme leur secret. Clémence pourtant fait de son mieux, pour élever sa fille avec tendresse, mais la tendresse est une denrée sans valeur chez les Demest, tout doit rapporter. Catherine aime bien cette petite. Elle a tout préparé, tout pensé pour qu'elle n'ait pas froid, pas peur, pas une seconde.

Elle s'approche de lui, dans la lumière. Elle lui a coupé les cheveux, dans le clair-obscur du seringa, avant qu'il ne quitte Saint-Dury à vélo pour la gare de Villers, lui laissant son Solex, pour brouiller les pistes – elle aime l'idée qu'au printemps, quand la neige fondra enfin, des oiseaux nicheront dans les mèches qu'elle a tondues avec des gestes sûrs et rapides, dans les cheveux imprégnés d'odeur d'essence qu'il a laissés dernière lui. Il porte des lunettes aux verres fumés qui lui dévorent le visage, il a rasé sa moustache, il a l'air si jeune, ils sont si jeunes, ils vont être si jeunes enfin, maintenant qu'on leur en laissera le temps. Elle lui a recommandé de porter plusieurs vêtements, à la fois pour changer son allure et pour voyager léger. Cela lui fait les épaules carrées, le torse plus massif, rigide, cela l'empêche. Elle, porte à même la peau le gilet cousu où elle a rangé les liasses d'argent, le poids de la liberté, le poids de l'argent volé à Demest, elle a hâte de pouvoir l'ôter, cela lui semble peser une tonne, surtout elle veut qu'ils se défassent de leurs fardeaux, elle veut retrouver Johnny tel qu'il est, mince, anguleux.

Ça lui plaît qu'il soit étroit, ça lui plaît qu'il soit petit. Ça lui plaît, ses mains encore pataudes, qu'il récure de toutes ses forces avant de venir la voir, ça lui plaît de savoir qu'il se gratte à la paille de fer, pour essayer de déloger le cambouis de ses ongles courts – ça ne fonctionne pas, il a toujours un reste de noir coincé dans les cuticules, si la vieille savait ça elle dirait que ce n'est pas étonnant, elle, la petite sale, mais Catherine sait que c'est autre chose qui la touche : l'attention, la précaution. La première fois qu'il l'a vue il lui a demandé s'il pouvait marcher avec elle et d'étonnement, elle est restée muette, immobile, alors il a demandé de nouveau, encore moins assuré, les épaules encore plus rondes, il n'y aurait pas de troisième tentative, elle était si surprise qu'on lui demande son avis.

Elle a dit oui, il a cheminé à ses côtés, poussant son Solex qu'il rodait au hasard des chemins, ils se sont rencontrés par chance. Il avait les bras tendus et les mains sur les poignées, elle regardait ses ongles noirs, c'est parce qu'ils étaient si sales ce jour-là qu'elle a su qu'il les avait nettoyés pour elle, quand ils se sont revus.

Elle a eu le temps de les regarder, ces ongles, ces mains, ces épaules, la courbe de ce nez et l'ourlé de ces oreilles, tout ce temps où il lui a appris à conduire le Solex, sur des routes à l'écart, dans le calme des dimanches après-midi – elle a fait mine d'avoir besoin d'aide, c'était au tout début, quand il n'osait pas encore la toucher et n'avait pas encore compris qu'elle comprenait tout.

Il entremêle ses doigts aux siens et lui embrasse les phalanges, elle voit le gris au coin de ses ongles, les traces de leur vie dans la crasse des autres, ça partira, ça finira bien par partir. Elle a réglé tout ce qu'elle avait à régler, elle a vengé tout ce qu'elle pouvait venger, Lequemer le saisonnier brutal qui a appris l'humilité et Dubuis – Dubuis injuste et répugnant, elle a suffisamment œuvré, elle sait que si Gisèle Martin s'oblige à rester correcte, Mathilde Salors, elle, saisira l'opportunité d'envoyer les flics le secouer, et Catherine n'aurait pas pu rêver mieux que ce jeune policier si désireux de bien faire, si content de lui, de ses jolis yeux bleus et de ses airs de justicier. Elle en connaît d'autres, des comme lui, elle les a croisés parfois quand Marie insistait pour prendre le bus et aller à Soissons, Compiègne ou Villers et permettre à sa fille un moment de loisir, la fête foraine, le cinéma – Catherine sait ce que cela a coûté d'économies à sa mère de lui offrir parfois quelques heures plus légères.

Pendant ces moments offerts, entourée de jeunes de son âge et plus, de leurs bandes joyeuses, elle a vu des garçons aux bottes un peu pointues et aux vestes à l'américaine, prêts à cogner parce qu'ils aiment comme des rebelles ou parce qu'ils pensent qu'eux seuls savent ce que doit être l'ordre du monde. Et elle a reconnu le jeune policier, Sautet ; il n'était qu'une version à peine plus âgée de ces garçons-là. Elle espère qu'il était en colère quand il est allé voir Dubuis, elle espère que la frustration et la rage sourde qu'elle a vu se déposer sur lui par couches successives, jour après jour, écrasant les épaules de la belle veste de cuir, ont pu trouver une échappatoire, elle espère qu'il s'est bien amusé, que Dubuis s'est senti aussi petit, coupable et répugnant que les femmes auxquelles il a proposé son marché dégueulasse ; elle espère qu'il lui a fait peur, qu'il lui a fait mal, Catherine a de la pitié, mais pas beaucoup, et pour Dubuis, aucune. « Il ne le fera pas », avait dit Johnny, quand ils se sont vus dans la cabane, le jeudi soir, blottis l'un contre l'autre.

— Tu ne pourras pas arriver à régler tes comptes avec chacun d'entre eux, pas de cette manière, même avec tes plans. Même toi. Il ne s'en prendra pas à Dubuis, ce vieux salaud n'a rien à voir avec tout ça. Tu l'as dit : ce sont des flics mais il a l'air de quelqu'un de bien.

— J'ai dit qu'il avait l'air de se prendre pour quelqu'un de bien, avait corrigé Catherine. Les hommes qui se prennent pour des gens bien ne veulent jamais reconnaître à quel point ils peuvent faire du mal. Il le fera. Non, il ne fera peut-être pas exactement ce que je veux, mais il en fera assez. Je dois descendre. Guette mon signal. Si je ne croise personne sur la sente, j'allumerai la lumière de la cour deux fois.

— Oui, je sais.

— Souviens-toi, reste le moins possible sur la départementale. Ils ne surveillent pas encore les routes mais on ne sait jamais. Je ne vais plus remonter ici la nuit, je préfère éviter qu'on me voie sortir, c'est trop risqué : ils logent chez Salors, juste en face de chez moi. Mais s'il y a une urgence, tu sais comment faire : un message dans la souche du pommier.

Le premier soir, quand il a pris Sylvie dans la cour et qu'il a attendu Catherine dans le seringa, elle l'a aidé à blottir la fillette endormie contre son torse, à bien l'y attacher avec un grand linge et des châles de laine. Johnny avait une allure étrange, de femme enceinte, de nourrice, il avait des gestes doux pour manipuler l'enfant et elle a eu envie de les embrasser, lui et sa douceur. Mais elle s'est retenue, pourquoi, ne pas leur porter malheur peut-être. Tout était décidé, tout était commencé, la fillette dissimulée chez lui, le sirop, les mots à laisser dans la souche en cas de problème, il viendrait vérifier chaque soir qu'elle n'avait pas d'alerte à lui transmettre. Elle se dit que Marie a dû trouver sa lettre, qu'elle n'a pu que trouver la lettre ; que si les policiers avaient mis la main dessus avant sa mère, les journaux en auraient parlé et les gendarmes de Paris, les contrôleurs du train l'auraient regardée différemment, elle la fille seule aux vêtements neufs, le cerveau de l'affaire, au lieu de chercher désespérément un couple, une souillon perdue et terrifiée par son Johnny. Elle a repensé à la feuille de papier, aussi, leurs messages du pommier, durant ses heures de nuit bercées par le roulis du train, s'est demandé si la police l'avait trouvée, ce qu'elle en avait fait – rien sans doute. S'ils avaient lu les échanges, compris que c'était son écriture, que c'était elle qui avait écrit la lettre de rançon, elle qui disait quoi faire, qu'est-ce que cela aurait changé ? Rien sans doute, ou peut-être que le jeune policier aurait compris qu'elle était au centre de tout et qu'elle les avait bien roulés, lui, et tous les autres, tous, mais Demest surtout – imaginer la fureur de Demest l'a tenue tout ce temps, toutes ces années de rancune et ces mois de préparation, toute cette longue semaine aux aguets, ne pas faire d'erreur, ne rien ignorer, se faire plus invisible que jamais, attendre le bon moment. Et dans le journal, à la radio, les voix qui peignaient Demest en patron odieux et les policiers en bons bougres embourbés dans une enquête inutile et coûteuse, et Demest offusqué, scandalisé, quelle image délicieuse. Elle a bien vu Declerc aussi, ses manœuvres, sa vivacité, elle l'a croisé à plusieurs reprises et il a fallu faire très attention, il avait un pas d'avance sur la police, elle a dû en avoir deux sur eux tous.

Ils se traînent plus loin à l'abri des regards, sur le quai qui se vide progressivement et restent là, blottis dans les bras l'un de l'autre, comme s'il leur fallait se toucher pour s'assurer qu'elle est bien là, qu'il est bien là ; finalement, après ce qui semble des heures cou contre cou, ils s'embrassent, lentement, doucement. Quand il la regarde, c'est avec une note légère d'appréhension, de crainte, presque. Il la trouve différente, elle le sait, elle s'en ravit. Elle a passé une nuit et une journée à Paris, submergée par la foule, les odeurs des voitures et les lumières qui ne s'éteignent jamais, a acheté quelques nouveaux vêtements – économiser pour acheter ceux avec lesquels elle est montée dans le train à Villers a été long ; réfugiée dans sa chambre d'hôtel elle a terminé de changer sa coiffure, et il a hésité quelques secondes quand elle est descendue du train. Il lui dit, hésitant : « J'ai failli ne pas te reconnaître », avec son jean neuf, son maquillage, ses cheveux blondis et laqués, mais ce n'est même pas cela, c'est la manière dont elle se tient, le menton haut, les épaules en arrière malgré le gilet d'argent cousu qui alourdit sa silhouette et lui scie les épaules ; elle ne tremble pas pourtant, ne faiblit pas ; elle se sent dénouée, déliée, immense.

Elle lui sourit, passe la main dans ses cheveux ras, s'autorise une seconde de soulagement. Elle n'a jamais osé lui dire que cela ne serait peut-être pas suffisant, qu'elle n'avait pas peur pour elle mais qu'elle craignait pour lui, même s'il suivait le plan détail après détail, même s'il obéissait en tous points. Qu'ils n'abandonneraient peut-être pas les recherches assez vite, qu'il n'aurait peut-être pas assez d'avance, que les papiers qu'a pu leur faire faire Giovanni ne seraient peut-être pas à la hauteur d'un contrôle attentif, qu'elle ne parviendrait peut-être pas à le déguiser assez bien. Que prendre un enfant même en le rendant indemne, à un homme aussi riche, cela pouvait valoir la mort. Tant de choses pouvaient mal tourner, malgré son plan minutieux, malgré ses mois entiers à parcourir le Domaine, à envisager chaque chemin, chaque détail, chaque possibilité. Mais il est là. Elle est là. Ils sont là.

Ils descendent les marches, riant de cette démarche un peu lourde que lui impose le poids du gilet solidement cousu – subtiliser le matériel de couture de Marie, qui le tient et le range avec tant de soin, dissimuler la camisole renforcée et confectionnée pour accueillir des liasses, voilà encore une manœuvre qui aurait pu être découverte. Elle a eu l'idée en lisant un livre sur le Titanic, quand elle y pense elle se dit que c'est ce que fait ce faux gilet de sauvetage, repensé et ajusté à ses mesures pour y dissimuler l'argent : il l'extrait de l'eau glacée, il lui offre la survie. Main dans la main, ils descendent jusqu'au port, lui dans ses gros pulls, elle se forçant à corriger sa démarche pour ne pas attirer l'attention, son sac est petit et ne justifie pas à lui seul qu'elle peine à avancer, l'argent pèse tout ce qu'ils laissent derrière eux et Catherine savoure la brûlure des muscles de ses bras, de ses épaules.

L'hôtel est petit, le réceptionniste se lève pour les accueillir, Catherine lui parle en italien et il répond de même, aimable. Giovanni lui a recommandé l'adresse où on ne lui fera pas d'ennuis, tenue par un ami qui veillera sur eux, le quartier où se perdre dans le fouillis d'une ville où personne ne s'étonne d'entendre couler des mots de langues autres. Il a donné des noms aussi, d'hommes et de femmes prêts à aider si quelque chose va mal, tant qu'ils sont encore en France, ou même plus tard, quand l'émotion sera passée et qu'ils rejoindront l'Italie – mais à partir de maintenant, Catherine le sait, tout ira bien. Elle avait préparé, tout, les documents d'identité, l'histoire des jeunes mariés, la lune de miel, ils sont prêts si nécessaire. L'hôtelier s'adresse à Jean-Pierre et celui-ci s'excuse en français, malgré ses efforts il ne parvient pas à apprendre la langue. L'homme dit : « Ah ! Ce n'est pas grave » et tend les clés. Catherine rit : elle est patiente et là où ils vont, plongés dans le soleil, elle est sûre que cela viendra, ils ont le temps, ils ont tout le temps du monde.

Note de l'autrice

Ce texte est une œuvre de fiction, et les personnages et leurs actions sont issus de mon imagination. Saint-Dury, Anceny et Ichy-sur-Loy n'existent pas.

Remerciements

Pour écrire ce roman, j'ai bénéficié de l'aide du Centre national du livre, que je remercie (en particulier Laurence Torzo, mon contact au CNL durant la mise en œuvre de ce projet, ce qui lui a valu de recevoir force mails fébriles).

J'adresse également mes remerciements à M. Duval, adjoint au responsable du Centre national des archives historiques de la SNCF ; M. Roncaglia, chargé du centre de ressources documentaires du Musée de la gendarmerie nationale et M. Hardouin, référent mémoire mécanique ainsi que M. Setti du Service d'Information et de Relations Publiques des armées ; M. Biotteau des Archives de la Préfecture de Paris. Cette histoire comporte très certainement des erreurs (conscientes ou involontaires), qui ne sont en rien de leur fait.

Je remercie également – et pas qu'un peu – Nathalie et Lionel.

Je remercie aussi toutes les personnes qui font vivre internet en postant des informations parfois obscures et un peu farfelues, en se disant peut-être : « Allez, je l'écris, on ne sait jamais, ça pourra être utile à quelqu'un. » Les personnes qui filment le tableau de bord de leur voiture (quelle démarche mystérieuse, pourtant), celles qui prennent des photos de leurs vieux micros ou de ce qu'elles voient de leur fenêtre lors d'un trajet Paris-Marseille, sortie de ville et grafittis compris. Merci aux personnes qui répondent quand je pose des questions étranges sur Twitter (et à Cepcam qui s'est aventuré sur des Discord interlopes pour transmettre mes interrogations, avec succès).

Merci à toutes les personnes qui mettent en ligne leur mémoire de maîtrise, leur thèse, leurs recherches. Vous avez peut-être parfois l'impression que vos travaux n'intéressent que vous : non, il faut continuer, pour vous, pour l'intelligence collective et parce que ça aide parfois des auteurices !

Merci à Stéphanie D pour l'indéfectible soutien dans toutes mes aventures.

Merci à Véronique Cardi pour sa confiance, et à toute l'équipe du Masque (Lucie en particulier !).

Merci à Violaine et à Karine pour tout leur travail (on ne sait pas ce qui va se passer cette fois, mais merci de m'avoir accompagnée jusque-là).

Cet ouvrage a été composé par Belle Page

Imprimé en France par
CPI BUSSIÈRE (18200 Saint-Amand-Montrond)
en avril 2023

pour le compte des Éditions J.-C. LATTÈS
17, rue Jacob – 75006 Paris

PAPIER À BASE DE FIBRES CERTIFIÉES

JC Lattès s'engage pour l'environnement en réduisant l'empreinte carbone de ses livres. Celle de cet exemplaire est de : 850 g éq. CO_2
Rendez-vous sur www.jclattes-durable.fr

N° d'édition : 05 – N° d'impression : 2071355
Dépôt légal : janvier 2023
Imprimé en France